Henri Troyat
de l'Académie française

Tant que la Terre durera

Tome I

« Tant que la Terre durera, les semailles et les moissons, le froid et le chaud, l'été et l'hiver, le jour et la nuit ne cesseront point de s'entre-suivre. »

À mon père
et à ma mère

PREMIÈRE PARTIE

1888

1

LE CHEVAL s'arrêta au sommet d'un tertre pelé. Michel Danoff leva la main en visière. Les rayons du soleil écorchaient son visage. Devant lui, à perte de vue, s'étalait un pays d'herbe haute, où le vent animait de brusques remous de métal. Des coquelicots incandescents et des marguerites géantes flottaient à la surface ondulée de la plaine. Au loin, une écharpe de vapeur signalait seule les rives de l'Ouroup. Dans cette brume vibrante, dans ce frissonnement de limaille verte, un troupeau de chevaux sauvages grouillait sur place et se boursouflait, gris et brun, vivant et lustré, comme une île aux formes mouvantes. Des cavaliers tcherkesses assaillaient le haras. Michel les connaissait tous. Il appela :

– Artem! Hé! Artem!

L'air libre dilatait ses poumons. Son cœur battait, hors de lui, dans l'espace. Il rendit la main, se porta doucement en avant de la selle à double pommeau de cuir et poussa son cheval au petit galop. Chaque jour, Michel Danoff s'échappait ainsi de la maison familiale pour visiter le domaine de ses parents. Les gardiens tcherkesses aimaient ce gamin de douze ans, aigu, noiraud et fier, qui était leur maître et les traitait en élève patient.

– Artem!

Le troupeau était proche déjà. Il y avait là cinq centaines de bêtes circassiennes, petites, sèches et bien membrées, la plupart d'un roux soyeux de limace, d'autres noires, ou bai foncé, ou bai fauve. Effrontées, nerveuses, elles s'emballaient sans raison, jouaient de la crinière, se cabraient, piaffaient, ivres de vent et de fourrage, et leurs sabots sonnaient clair sur le sol.

Un cavalier se détacha du groupe des gardiens et s'avança au trot vers le nouveau venu. C'était Artem, l'intendant de la propriété, un Circassien de quarante ans, au cou lourd, à la forte face hâlée. Ses lèvres étaient rasées de près. Il avait un nez gris et poreux comme un tubercule. Le chapeau d'astrakan tiré sur l'oreille, le corps sanglé dans sa tunique noire. La poitrine barrée d'un régime de douilles, il s'élevait et s'abaissait en souplesse au-dessus de la selle. Michel admirait que cet homme massif parût impondérable au dos de la monture.

– Avez-vous capturé la jument noire? demanda-t-il.

– On t'attendait, dit Artem.

– Vous l'attraperez aujourd'hui?

– Pourquoi pas?

– Et Tchass essaiera de la seller?

– Oui.

– Et je pourrai la monter ce soir même?

– Non.

– Pourquoi?

Artem se mit à rire doucement, les yeux plissés, la bouche fendue sur une dentition jaune et serrée :

– Ah! Quel gamin! Monte donc ton cheval de poupée, et laisse les vrais chevaux aux vrais hommes.

– Tu crois que la jument me désarçonnerait?

– Allah! Allah! Que dirait ton père si tu te fracassais l'épaule?

– Il dirait qu'un vrai Tcherkess doit savoir tout supporter sans se plaindre...

– Peut-être... Mais, le soir même, il me convoquerait dans son bureau, et alors...

– Et alors?

– Et alors... ce serait à moi de tout supporter sans me plaindre... Tiens, la voilà ta jument noire!... Regarde comme elle est belle!

Une jument noire, au poitrail saillant, à la tête fine, s'était échappée du troupeau et courait à foulées rondes vers la rivière.

– Prends-la, Tchass! glapit Artem.

Et Tchass, un solide gardien aux épaules de pierre, à la taille glissante de danseuse, se dressa sur ses étriers, enfonça son bonnet d'astrakan sur son crâne et détacha le lasso pendu à l'arçon de sa selle.

– Elle est à moi! cria-t-il.

Son cheval hennit, allongea l'encolure et partit au galop à travers l'herbe sifflante. Tchass laissait traîner son lasso sur le sol pour bien le détordre. Puis il le ramena et l'assura en boucles dans sa main droite. La jument, prise en chasse, détalait, la crinière défaite, le dos flexible. Soudain, elle crocheta vers la gauche. Et Tchass la suivit, sans perdre un pouce de terrain. Michel regardait ce jeune homme aérien, sublime, les manches pleines de vent, la bouche ouverte, le corps soudé à sa monture active. Il semblait un dieu forcené et gracile, le génie même de l'espace et de la liberté. Les deux bêtes passèrent en trombe, bombardant le gamin de mottes de glaise et de cris. Peu à peu, le cheval de Tchass acceptait l'allure de la jument et s'hypnotisait dans le rythme particulier de sa course.

Tchass lâcha les rênes, saisit le bout de son lasso dans la main gauche et les nœuds concentriques dans la main droite. Ainsi, il tenait son lasso ramassé à hauteur de la hanche. Tout à coup, il éleva légèrement son bras, balança la boucle. La corde se déroula, s'étira, intelligente, vivante, et s'abattit en cercle sur le garrot de la jument. La bête, freinée en plein effort, se cabra. Puis elle pivota, battit l'air de ses jambes peureuses, retomba sur ses pieds et continua de courir follement. D'un geste rapide, Tchass avait glissé le filin entre sa cuisse et le panneau de la selle, et, maintenant, il attirait sa prise. La jument, étranglée, s'arrêta enfin.

– Bravo, Tchass! cria Michel.

Tchass tourna vers lui son visage doré, dur, ruisselant, et il reniflait en secouant la tête :

– Elle est belle, n'est-ce pas?

– Tu vas la monter?

– Ça, c'est une autre affaire! Je la connais, la malicieuse! Sitôt qu'on la sangle, elle se jette sur le dos! Un seul moyen...

– Quel moyen?

– Eh, tu vas voir.

Il siffla, et trois jeunes Tcherkesses accoururent pour lui prêter main-forte. Tchass demeurait en selle, immobile, rigide. La jument sauvage et le cavalier semblaient s'étudier, se comprendre en silence. Unis par la ligne oblique et tendue du lasso, ils mesuraient leurs forces respectives. Par moments, la bête capturée imprimait des secousses brusques au filin. Les Tcherkesses se rapprochaient d'elle. Tout à coup, l'un deux lui serra le nez dans un tord-naseaux, un autre lui passa la queue entre les jambes, le troisième la saisit aux oreilles. La jument hennissait, râlait de colère et de douleur. Tandis qu'on passait le bridon sur la tête de l'animal, Tchass cria :

– Menez-la à la rivière, moi, je me déshabille.

Les trois jeunes gens entrèrent pieds nus dans le courant glacé et la bête les suivit, l'encolure étirée, les membres tremblants. Ses veines saillaient sous sa robe lisse. Ses muscles frémissaient brièvement. Ses naseaux étaient rouges. Elle tourna la tête, et ses prunelles effarées roulèrent dans l'orbite jusqu'à montrer le blanc de ses yeux.

– Ho! Ho! hurlaient les garçons qu'elle éclaboussait en piaffant dans l'eau froide.

Artem joignit les mains avec extase :

– Une beauté! Quelle femme tiendrait devant une bête pareille!

– À nous deux! dit une voix claire.

Et Tchass apparut au revers de la berge. Il était entièrement nu. Son corps mince, à la poitrine évasée, aux hanches maigres, se découpait sèchement sur le fond ébloui du ciel. Il dévala la pente en quelques bonds amortis et pénétra dans l'eau. De la main gauche, il caressait le garrot de la jument. De la main droite, il pesait sur sa croupe. D'un saut, il l'enfourcha.

– Lâchez-la!

Les jeunes gens s'écartèrent. Et Michel écarquilla les yeux, avec un sentiment de joie.

Dans une apothéose de gifles pures, d'éclaboussures radieuses, le cheval se débattait, noir, diabolique, dément. Et ce cavalier nu le maintenait entre ses genoux, le frappait de sa main légère, riait, trempé de sueur et d'eau froide, et on voyait les muscles de ses cuisses contractés à se rompre, et les muscles de son ventre arqués en lyre solide, et les muscles de son cou tendus comme des cordes. Le soleil enflammait son profil brutal. D'un seul élan, la jument se cabra et s'effondra sur le dos. Le cavalier et sa monture plongèrent dans le courant jusqu'à mi-corps. Tchass se releva le premier. Un toupet de cheveux noirs lui pendait sur le front. La jument se dressa sur ses jambes de devant, puis sur ses jambes de derrière et poussa un hennissement plaintif. Mais à peine était-elle debout que Tchass bondissait sur son dos avec un hurlement guerrier. De nouveau, la jument se mit à tourner, à encenser de la tête, à crever la vague d'un sabot furieux. Pour la seconde fois, elle disparut dans l'eau avec son cavalier. Puis, elle émergea, ruisselante. Mais Tchass était déjà sur elle et la commandait du geste et de la voix.

À présent, la jument ne bougeait plus. Plantée sur ses jambes raides, elle ronflait, elle haletait sourdement.

– Elle a de l'eau dans les oreilles, dit Tchass. On peut la mener sur terre ferme. Je parie qu'elle garde un trop mauvais souvenir de son bain pour se rouler encore sur le dos.

Et il la frappa de ses talons nus. La bête partit en flèche, gravit le talus et fila droit devant elle, dans la plaine.

– Laissons-les, dit Artem. Ce n'est plus intéressant. Il va la fatiguer. Et, quand elle sera rendue, il en fera ce qu'il voudra. Le vent passe et l'herbe se couche. Dans quinze jours, tu pourras la monter toi-même.

Michel, émerveillé, demeurait au bord de l'Ouroup, les bras libres, la tête vide. Il ne pouvait oublier cet homme nu et cette jument noire, luttant corps à corps dans les gerbes ensoleillées de l'eau. Que n'avait-il quelques années de plus pour rivaliser d'adresse avec Tchass et ses compagnons!

Une fraîcheur amère venait de l'eau. Sur la rive opposée, la plaine continuait, jaune et vert, pour se fondre au bord du ciel dans une vapeur absinthe. Artem avait allumé sa pipe et l'odeur âcre du tabac se mêla au parfum de l'herbe.

– Apprends-moi à lancer le lasso, Artem, dit Michel.

– Je t'ai déjà montré.

– Montre encore.

Artem ramassa négligemment le lasso de Tchass – une longue corde de crins tressés, terminée par un coulant en bois de bouleau –, le roula en spires concentriques et l'affermit dans la main de Michel.

– Tiens-le bien. À l'étranger, il paraît qu'ils le font tourner au-dessus de leur tête. Chez nous, c'est à hauteur de hanche qu'on le prépare. Balance doucement... Vise... Vise la branche de cet arbrisseau... Mieux que ça... Réfléchis... Vise... Réfléchis...

Les gros doigts d'Artem serraient les doigts de Michel,

guidaient légèrement son geste, et l'enfant sentait derrière son épaule ce corps robuste, cette odeur de pipe, ce souffle.

– Prépare-toi... Attention... Hop... À merveille!

La boucle s'était accrochée à la souche. Michel tira sur le nœud coulant et, bien qu'il fût à pied, passa prestement la corde sous sa cuisse, comme il l'avait vu faire à Tchass.

Artem riait à pleine gorge, les mains au ventre, son grand nez pointé vers le ciel :

– Un vrai Tcherkess!

Michel se redressa avec orgueil. Aucun compliment n'aurait pu le toucher davantage. Un vrai Tcherkess. Voilà ce qu'il voulait être. Il lui était indifférent que les Comptoirs Danoff fussent les plus réputés d'Armavir. Malgré les montagnes de drap et de roubles d'or, il serait un Tcherkess. Il vivrait dans une hutte de terre glaise, se nourrirait de *chachlik*, de lait caillé, de gruau, boirait de l'hydromel et monterait des chevaux sauvages à longueur de journée. L'espace d'un éclair, il s'imagina, nu, sur une pouliche d'ébène, la giflant à pleines mains, lui broyant les côtes, et l'eau lui sautait au visage et dans les yeux pour le punir de son audace.

Un meuglement prolongé secoua la plaine. Les vaches descendaient à l'abreuvoir. L'horizon se voilait de lumière jaune. On eût dit qu'une poussière de cuivre, impalpable, brouillait la vue. Venait-elle du ciel? Venait-elle de l'herbe? Le monde entier trembla derrière cette nuée fine. Un coup de vent creusa la steppe. Le soir tombait. Michel se sentait très seul et très grand, tout à coup. Un chien aboyait au loin.

– Viens boire une tasse de lait, dit Artem. Puis tu retourneras chez toi. Le soleil va se coucher. Il ne faut pas que ton père s'inquiète.

Un vaste foyer de pierre occupait le centre de la masure. Le tuyau de tôle montait en cône jusqu'au plafond. Les murs, en terre glaise, étaient décorés de poignards d'argent, de sabres damasquinés et de peaux de bêtes. Et, sur le sol, traînaient des coussins de cuir et des *bourkas* en feutre pelé. Artem et Michel s'assirent en tailleur devant une table basse. Tout en buvant son lait, l'enfant écoutait les bruits crépusculaires de l'*aoul* [1], la rentrée des chevaux, les rires des femmes, l'appel des hommes essoufflés et joyeux. Un musicien invisible jouait sur la flûte de roseau. Quelqu'un l'accompagnait en claquant deux pièces de bois l'une contre l'autre, au rythme de la mélodie. Une voix grêle chanta :

> Allah verdy! *Que Dieu soit avec toi*
> *Quelle que soit ta terre d'origine...*

– Je voudrais rester parmi vous, dit Michel.

Artem essuyait ses grosses lèvres barbouillées de lait :

– On ne peut pas, Michel... On ne peut pas...

La fille d'Artem, une Circassienne mince, les cheveux tordus en tresses, les jambes enfournées dans des pantalons bouffants en soie bleue, entra dans la pièce et s'inclina gravement devant l'invité. Elle tenait à deux mains un de ces fromages tcherkesses, ronds, durs et légèrement dorés, comme de la corne.

– Accepte-le, dit Artem. Et reviens-nous bientôt.

– Demain... Après-demain... Tous les jours! dit Michel.

Une barrière de ronces marquait la limite de la propriété. À l'approche du crépuscule, les feuilles devenaient pointues et méchantes. Un épervier planait au-dessus de Michel, avec une lenteur redoutable. Michel bâilla de fatigue et de plaisir : « Bientôt, on va marquer les chevaux au fer... Puis, il y aura la fête de l'*aoul*... Enfin, mon propre anniversaire, dans un mois... »

Le cheval dépassa les broussailles et partit au galop

1. Village circassien.

sur la route ouverte. Michel tenait les rênes d'une main et, de l'autre, balançait un lasso imaginaire à hauteur de sa hanche.

– Je suis Michel, le *Djiguite*! criait-il.

Tandis que Michel achevait d'étriller son cheval dans la cour, un commis de son père, vêtu à l'européenne et le crayon glissé derrière l'oreille, s'avança vers lui à petits pas obséquieux :

– Michel Alexandrovitch, excusez-moi de vous importuner : votre père vous demande de passer au bureau.

Michel conduisit sa bête à l'écurie, vérifia la ration d'avoine, lava ses mains et son visage à l'abreuvoir et se dirigea vers le magasin.

Les Comptoirs de drap Danoff & fils occupaient tout un quartier de la ville et ouvraient sur trois rues leurs vitrines bondées d'étoffes en rouleaux. Le revendeur ambulant, le Tcherkess montagnard, le négociant arménien du littoral se servaient chez les Danoff d'Armavir, parce que leur marchandise était loyale et leurs prix calculés au plus juste. Le grand-père de Michel avait fondé l'entreprise en pleine conquête du Caucase par les armées russes. À cette époque-là, tous les Arméniens établis dans la montagne – les ancêtres des Danoff en tête – étaient passés aux ordres du tsar très chrétien. Employés comme guides, interprètes et francs-tireurs, contre les Tcherkesses mahométans, ils avaient rendu un service appréciable aux forces impériales. En récompense, dès l'année 1839, ils reçurent la nationalité russe et le droit de bâtir une ville administrée par leurs propres soins. Ces citadins de fraîche date parlaient le circassien mieux que le russe, portaient la tenue des Tcherkesses, enlevaient leurs fiancées suivant la coutume musulmane, juraient par le nom d'Allah, mais fréquentaient régulièrement l'église, où un prêtre, spécialement venu d'Etchmiadzine, leur enseignait les vertus chrétiennes.

En fait l'activité commerciale d'Alexandre Lvovitch Danoff avait considérablement discipliné son caractère. À l'encontre de ses concitoyens, il s'était efforcé, dès son plus jeune âge, de se conformer à un idéal de civilisation raffinée. Dans sa façon de parler, même, et de se vêtir, il obéissait aux modes de la capitale. Il disait volontiers : « Je cache le Tcherkess en moi, par politesse envers ceux qui ne le sont pas. » « Cacher le Tcherkess », Michel jugeait cette formule offensante et absurde. Comment son père, si noble, si grave, si réfléchi, pouvait-il renier ainsi les vertus d'une race admirable? Et pourquoi, s'il tenait tant à « cacher le Tcherkess », avait-il acheté à son fils un cheval, un chapeau d'astrakan et un petit poignard à fourreau de velours rouge? Pourquoi lui avait-il promis une carabine Monte-Cristo?

D'ailleurs, c'était peut-être pour lui donner cette carabine que son père le convoquait au bureau? Une invitation aussi exceptionnelle ne se justifiait que par la nécessité d'une réprimande ou la promesse d'un cadeau. Et Michel n'avait rien à se reprocher.

– Monte-Cristo! Monte-Cristo! s'écria Michel en sautant à cloche-pied.

Et, soudain, frappé par l'évidence, il se rua en courant dans le magasin rempli d'acheteurs, bouscula un commis qui déroulait une pièce de drap et s'arrêta, essoufflé, devant la vitre dépolie du bureau.

– Entre.

Alexandre Lvovitch était assis derrière une table en acajou massif, chargée de registres et de cahiers. Au mur, pendait un portrait d'Alexandre III en tenue de couronnement.

– Assieds-toi.

Michel s'installa sur une chaise et attendit que son père eût achevé la lecture d'une pièce comptable.

Alexandre Lvovitch avait un beau visage laiteux, au

nez brusque, aux prunelles bleues et calmes. Une barbe, d'un gris lustré, lui prenait les joues et le menton. Il la caressait d'un doigt nonchalant et répétait :

– Oui... Oui... Oui...

Tout à coup, il se redressa, posa les deux mains à plat sur la table et dit :

– D'où viens-tu, Michel?

– Du domaine. J'ai vu Artem. Tchass a capturé la jument noire. Il l'a conduite vers l'Ouroup...

Alexandre Lvovitch sourit, se leva et s'approcha de son fils :

– Tu les aimes tant que ça, les chevaux, Michel?

– Oui, dit Michel avec gravité, et il poussa un soupir, comme si cet aveu eût décidé de son existence future.

– Il y a autre chose pourtant, dans la vie, que les chevauchées, le lait caillé et les palabres avec des gardiens tcherkesses. Ce sont des distractions. Mais, pour mériter les distractions, il faut travailler longtemps, longtemps...

– Travailler?

– Écoute, Michel. Nous sommes aujourd'hui le 15 août 1888. Dans un mois, exactement, tu auras douze ans...

« Mon anniversaire! Il va me parler du Monte-Cristo », songea Michel.

– Douze ans, reprit Alexandre Lvovitch. Douze ans, et tu n'as pas encore mis les pieds dans une école! Il est temps de penser à ton éducation. Voici. Il existe à Moscou un établissement qui s'appelle : l'Académie d'études commerciales pratiques...

Michel frémit de la tête aux pieds et ravala une goulée de salive.

– Comme tu seras mon successeur, un jour dans cette affaire, poursuivit Alexandre Lvovitch, il est bon, il est indispensable, que tu suives les cours de cette institution.

– Mais, toi..., balbutia Michel.

– Moi, j'ai souffert de mon ignorance. J'ai dû m'instruire seul, lutter seul. Je veux que ces difficultés te soient épargnées. Au reste, nos cousins, les Bourine d'Ekaterinodar, destinent leur fils, Volodia, à la même école. Tu ne connais pas Volodia. Moi non plus. Mais je suis sûr qu'il est un charmant garçon. Tu partiras donc d'abord pour Ekaterinodar. Tu y passeras quelques jours. Puis, Philippe Savitch Bourine vous conduira, toi et son fils, jusqu'à Moscou. Et là...

– Je serai seul...

– Oui, tu seras seul, dit Alexandre Lvovitch avec une dureté soudaine.

– Et tu ne viendras pas me voir?

– Non.

– Et il y aura plein de garçons autour de moi, qui se moqueront de moi parce que je parle mal le russe...

– Tu sauras faire respecter ton nom.

Michel bondit sur ses jambes et, secoué par des sanglots épais, s'agrippa au veston de son père :

– Mon nom? Quoi, mon nom? Je suis un Tcherkess! Je veux le demeurer. Je ne veux pas le « cacher » comme toi! Toi, tu n'es plus un Tcherkess! Et c'est pour ça que tu m'interdis de rester ici! Et c'est pour ça que tu me forces à apprendre un tas de choses stupides!

Alexandre Lvovitch revint à son fauteuil et attira son fils contre ses genoux.

– Je ne suis plus un Tcherkess? dit-il d'une voix douce. Tu connais mal ton père. On peut être un Tcherkess sans porter la tunique cintrée, le poignard d'argent et la toque de fourrure. On peut être un Tcherkess sans vivre dans un *aoul.* Être un Tcherkess, vois-tu, mon petit, c'est placer au-dessus de tout la religion de l'honneur, des ancêtres, de l'hospitalité. Crois-tu qu'on perde ces vertus pour cela seulement qu'on s'habille à l'européenne? La défroque ne compte pas...

Il se tut, réfléchit et ajouta gaiement :

– Je pourrais m'habiller en Chinois. Cela ne changerait rien!

Ils gardèrent le silence. Derrière la vitre dépolie du bureau, on entendait claquer les billes des bouliers, maniées par des mains rapides. Une pièce de drap s'effondra avec un bruit sourd et cossu. Des acheteurs se querellaient en dialecte tcherkess.

La gorge de Michel était irritée par les larmes. La tête lui tournait. Il respirait sur le veston de son père ce parfum d'eau de Cologne qu'il aimait tant.

– Eh bien, quoi? Mon petit, mon petit, murmura Alexandre Lvovitch.

– As-tu prévenu maman?

– Oui.

– Qui est-ce qui m'accompagnera?

– Artem. Vous irez en train jusqu'à Tikhoretsk et, de là, vous louerez une voiture...

– Une troïka?

– Si tu veux, dit Alexandre Lvovitch en riant. Une troïka avec des grelots et un cocher qui chantera en fouettant ses bêtes.

Michel rit un peu, comme son père, mais sans entrain, par pure politesse. Ses yeux ne distinguaient plus très bien les objets autour de lui. Des coups sourds ébranlaient sa poitrine.

– Va, dit Alexandre Lvovitch d'une voix enrouée.

Michel sortit, traversa le magasin, tête basse. Les commis accrochaient déjà les volets de bois aux vitrines. Des lampes à pétrole brûlaient sur les tables vides. L'air sentait le cuir de bottes, l'étoffe neuve, la colle. Un dernier acheteur chargeait son ballot de drap sur l'épaule. Michel quitta la salle de vente, franchit la cour à pas lents et pénétra dans l'écurie, où son cheval, Chaïtan, mastiquait sagement la ration d'avoine.

Il faisait chaud dans l'écurie. On y respirait une odeur de paille écrasée et de crottin. Un fanal allumé pendait au plafond de bois. Chaïtan, ayant entendu le pas de son maître, tourna vers lui sa tête fine et rousse, marquée d'une étoile blanche au front. Michel s'approcha de l'animal, passa une main sur son dos, plaqua la joue contre son encolure glissante et tiède.

– Chaïtan, Chaïtan, je vais te quitter. On m'envoie à Moscou, murmura-t-il.

Dans un éclair, il revit Tchass sur sa jument noire, Artem dans sa hutte, le retour par la route libre, tout ce passé perdu, tout ce trésor qui lui tombait des mains.

– Adieu, Chaïtan.

Et, frappé d'une détresse subite, il se mit à sangloter à gros hoquets, le nez enfoui dans la crinière de la bête.

Chaïtan ne bougeait pas, respirait d'une haleine égale. Les chevaux voisins remuaient doucement leurs chaînes et grattaient le sol d'un sabot léger. Michel les appela par leur nom, à mi-voix, entre deux sanglots :

– Bouïane, Mouchka, Ondaloï...

Puis, soudain, il s'appliqua un grand coup de poing sur le front et s'enfuit de l'écurie sans se retourner.

2

La calèche roulait à grand fracas sur la route crevée de chaleur. À droite, à gauche, la steppe s'étendait d'un flux tranquille jusqu'à l'horizon.

– Eh! Diatchok, tu dors ou tu travailles? cria le cocher.

Son dos énorme se dandinait au rythme des cahots. La poussière volait en nuée blonde sous les roues. Des mouches tournaient sur les oreilles nerveuses des chevaux attelés en troïka. Le drap bleu de la voiture sentait l'étoffe moisie et le goudron. Les grelots tintaient. Les essieux grinçaient.

– La route est mauvaise, n'est-ce pas? demanda Michel.

– Quand on sait tenir les bêtes, tous les chemins sont doux comme du caramel, dit Artem avec dégoût.

Bien que la chaleur fût intolérable, Artem avait renoncé à déboutonner sa tunique ornée d'un poignard et de deux pistolets massifs. Il souffrait, digne et résigné, le menton ruisselant de sueur comme une éponge. Il souffrait et cherchait le sommeil, les paupières clignées, les narines prêtes au ronflement. Mais Michel le tira par la manche :

– Nous sommes loin du relais encore?

– Tu es bien pressé d'arriver!

– Non, mais cela m'amuserait de voir une auberge.

– Quand le soleil se couche, les ombres s'allongent, dit Artem sentencieusement.

Il employait souvent des métaphores poétiques dont le sens échappait à ses interlocuteurs aussi bien qu'à lui-même. Mais ces formules flattaient son goût du langage noble. Et il se fâchait quand on lui demandait de les expliquer. On disait de lui, dans l'*aoul,* qu'il parlait comme le Coran.

Michel extirpa de sa poche un paquet de bonbons Montpensier, ramollis et poisseux, et en fourra un dans sa bouche pour tromper la soif. Artem s'était endormi. Un grognement creux et régulier sortait de ses lèvres entrouvertes. Le fouet du cocher cingla le paysage trop lent.

– Hou! cria Michel pour « essayer l'écho ».

Mais sa voix s'évanouit aux confins de la steppe. La steppe, Michel la regardait avec une intensité obstinée, douloureuse. Elle s'étalait jusqu'aux bords du monde visible, échevelée d'herbes folles, piquée de fleurs. Si quelqu'un s'y aventure, il doit perdre pied et couler dans un abîme glauque où passent des vermisseaux à lunules de feu. Mais non, voici, très loin, le fichu rouge d'une femme qui marche dans la plaine. Elle enfonce à mi-corps dans la matière épaisse de l'herbe. Elle agite les bras. Elle rit. Elle crie. Et ses paroles se défont dans l'air, comme si certaines syllabes cheminaient plus vite que d'autres à travers l'espace enflammé. Des corbeaux volent à plat dans le ciel, et tombent sur le sol à grandes secousses d'ailes. Une borne blanche sur la route : encore dix verstes jusqu'au prochain relais.

– Artem! Artem!

Artem dort pour de bon, et des mouches enragées se promènent sur son visage. Comme il transpire! La sueur coule en ruisseau le long de son nez, s'accumule au-dessus de sa lèvre supérieure et dégouline jusqu'à son menton. Pourtant, il ne déboutonne pas sa tunique. C'est admirable! « Voilà un homme, un vrai! » songe Michel. Il n'est pas étonnant que ce gaillard ait tenu en respect douze brigands d'une tribu montagnarde, lors d'un lointain voyage à Stavropol. Que ferait-il, Artem, si on les attaquait maintenant? Il arrêterait la calèche, il s'embusquerait derrière les roues et, à travers les rayons : « Pan, pan!... » Lui, Michel, tirerait avec sa fronde, et presque à bout portant. Quand les ennemis ne seraient plus que deux, Artem sortirait son poignard et Michel son couteau de poche à cran d'arrêt; la lame de ce couteau était plus longue qu'un travers de main : donc, elle pouvait être meurtrière. « En avant! » Et les derniers bandits s'effondreraient aux pieds des voyageurs. Puis, ce serait l'arrivée au relais, les récits du cocher, les clameurs flatteuses de la foule, les articles dans les journaux et les distinctions honorifiques d'usage. On reconduirait Michel chez ses parents en grande pompe, et il n'irait pas à l'Académie d'études commerciales pratiques. À la seule pensée de l'école, une tristesse sans gloire accablait Michel. Pour chasser son appréhension, il résolut de ne plus s'intéresser qu'au paysage. Un village cosaque s'avançait vers lui en se balançant d'une manière comique. Tout un groupe de maisons blanches, propres et dures comme des blocs de craie, avait poussé là, en pleine herbe. Chaque demeure avait son jardin planté de maïs et de tabac, son champ de pastèques, son enclos où paissaient des vaches et des chevaux joueurs. Une église à coupole verte dominait de peu les toits de chaume du hameau. Le cocher retint ses bêtes. La calèche longea des palissades tressées d'où sortaient les têtes jaunes et ahuries des tournesols. Une femme en jupe de percale bleue, les cheveux tordus en couronne, tirait de l'eau d'un puits à balancier. Sous le porche d'une écurie, trois hommes en blouse blanche chantaient au son plaintif d'un accordéon.

– Salut, Grichka, cria l'un d'eux.

– Salut, répondit le cocher. Toujours à ne rien faire? Tu devrais bien prendre ma place pour un jour!

– D'accord, mais je ferais maigrir tes rosses à chaque

tour de roue. Il te sert à quoi, ton fouet? À chasser les mouches?

Michel rit de la boutade. Le cocher fouette ses bêtes. Quelques poules détalent devant les chevaux en caquetant. Des gamins en chemise et pieds nus courent dans la poussière et cherchent à s'agripper aux ressorts de la voiture.

– Place, morveux! hurle le cocher.

Et le village s'écoule de part et d'autre de la calèche, dans un fracas de sabots, dans un tintement de grelots exaspérés. Et, de nouveau, la steppe s'avance, lisse, pure, interminable. Tiens, un bouquet d'arbres, des acacias obèses, deux bouleaux grêles entourés d'un feuillage de vif-argent. Une malle-poste surgit, croise la troïka au galop. Le postillon, coiffé d'un chapeau de feutre, un bouquet de fleurs à l'oreille, brandit son fouet et crie :

– Rangez-vous! C'est Vasska qui conduit!

Vasska? Qui est Vasska? Sûrement quelqu'un de très connu. Artem est-il au courant?

Des têtes de voyageurs se montrent à la portière; une main tient un gobelet d'étain.

– Saligaud! grogne le cocher, il nous passerait sur le ventre!

La calèche reprend le milieu de la route. Le limonier trotte sec, et Michel regarde les draperies d'écume qui s'arrondissent sur son pelage. Les deux bricoliers, l'échine tirée, courbée, galopent régulièrement. La chaleur devient torride. Le ciel bleu tourne au mauve et accueille des nuages ébouriffés, livides, venus d'on ne sait où, effrayés d'on ne sait quoi. Un grondement soyeux roule à la lisière du monde. L'un des chevaux hennit, encense de la tête.

– Diable! dit le cocher. Il va pleuvoir avant la nuit.

Une borne. Un chiffre. Le relais est proche. Voici les premières maisons de la bourgade, aux murs de terre battue, aux remparts de fumier. Artem se réveille, s'étire et se mouche d'un coup brusque dans ses doigts. Puis il s'essuie les mains avec un carré de drap blanc, impeccable.

La calèche tourne à droite. Une porte cochère s'ouvre en grinçant, et un valet d'écurie, roux et boiteux, saisit le limonier au mors et le mène à pas lents jusqu'au centre de la cour. Michel saute à bas de son siège. Artem se laisse descendre à terre, en gémissant :

– Tu nous as rompu les côtes, cocher de malheur! La foudre tape et la branche casse.

Des calèches vides rangées à gauche, les brancards dressés, les sièges encombrés de vieux papiers. À droite, s'étirent les bâtisses vétustes des écuries. L'auberge est au fond de l'enclos.

– N'y allons pas, dit Artem. Ça sent toujours mauvais et c'est bourré de monde. Nous avons tout ce qu'il faut dans le panier.

Sur une table de bois, en plein air, il déballe les vivres de voyage, et Michel suit ses mouvements avec déférence. Il se souvient de sa mère, penchée sur ce même panier, avec sa figure jaune et fruste. Cette image l'afflige un peu. Pourtant, sa mère n'a jamais été bien tendre avec lui. Hautaine et rude, ménageant le geste, la parole, elle l'a traité, depuis son plus jeune âge, avec sévérité. Elle a privé Michel d'un millier de joies puériles, par discipline, par pudeur. Lors de son départ, même, elle lui a déposé un seul baiser sur le front. Un baiser froid et strict. Ce baiser, il le sent encore sur sa peau. Un peu au-dessus des sourcils. Pour se distraire, il regarde les provisions : une bouteille d'eau de fruit, du pain bis, une boule de fromage circassien, du saucisson fumé, des tranches de viande sèche.

Hier encore, il était à la maison, entre son père et sa mère, parmi des meubles stables, dans un pays amical et riche. Aujourd'hui, il n'y a plus que des inconnus sur sa route. Il songe tristement à toutes ces plaines dévidées à droite, à gauche, à tous ces villages dépassés, à tous ces visages aperçus. La distance qu'il a parcourue lui donne le frisson.

Que font-ils, à présent, ceux qu'il aime, ceux qu'il a quittés? Sa mère doit raconter le départ aux vieilles Circassiennes bavardes qui lui tiennent compagnie, l'après-midi. Son père est au bureau. Tchass monte la jument noire. Dire que Michel ne la verra même pas sellée et docile! Il compare son aventure à celle des chevaux sauvages : ils jouent, insouciants, dans la plaine. Et puis, on les attrape. On leur passe le mors. Et il faut qu'ils travaillent pour gagner leur fourrage. C'est leur Académie d'études commerciales pratiques.

– Le fromage est trop salé, dit Artem. Et je crois qu'un peu d'eau de fruit a coulé sur le pain. Mais c'est bon quand même.

– Oui, c'est bon, dit Michel d'une voix blanche.

– Ta maman m'a dit d'acheter du kwas si nous avions soif. Et je meurs de soif...

– Maman t'a dit cela? Quand?

– Juste avant de partir. Sur le perron.

– Sur le perron... sur le perron, murmure Michel, et son chagrin l'empêche d'en dire davantage.

Il va pleurer, c'est sûr. Et devant Artem encore!

Artem tousse et se gratte la nuque. Il est visiblement gêné et ne sait comment détourner la conversation. Tout à coup il repousse son chapeau d'astrakan sur la nuque et pose sa patte énorme sur la main droite de Michel.

– Tu es triste, dit-il.

– Non, dit Michel avec colère.

– C'est bien ce que je pensais, dit Artem. L'oiseau s'envole et la branche tremble. Allah! Allah! On a des malheurs à tout âge, et plus tôt on commence, plus tôt on a fini.

– Je n'ai pas de malheurs. Simplement, j'étais heureux à la maison. Je montais à cheval, j'allais, je venais, je vous regardais travailler...

– Et tu ne travaillais pas toi-même. Ton tour est venu. C'est justice. Les Tcherkesses sont éleveurs, ou guerriers, ou voyageurs. Un beau jour, ils quittent parents, femme, enfants et partent à l'aventure...

– Ils ne vont pas à l'Académie d'études commerciales pratiques, dit Michel avec humeur.

– Et après? Qu'est-ce que ça change? L'Académie, la montagne, c'est la même chose. Cligne des yeux, tu verras plus haut.

– Je n'ai pas envie de voir plus haut.

– Parce que tu es bête comme une brique. Pense un peu! À douze ans, tu vas affronter Moscou. Quelle expédition! Aïe! aïe! aïe! Comme je serais fier à ta place!

– Je voudrais être de retour.

– Mais tu nous reviendras. Tu nous reviendras comme le Tcherkess qui a quitté sa famille et s'est lancé au galop vers la terre inconnue. Tu nous reviendras, et tu nous diras comme lui : « Voici ce que j'ai vu, pendant que vous, pauvres imbéciles, demeuriez sur place à vous chauffer le dos. Voici ce que j'ai vu, moi... » Et nous tous, assis en cercle, la pipe aux dents, nous t'écouterons en hochant la tête. Et puis, il y aura des danses pour toi. Et on tirera des coups de feu en ton honneur. Et tu seras plus grand et plus fort parce que tu auras osé mettre un pied devant l'autre...

Jamais de sa vie, Artem n'avait parlé de façon aussi abondante et péremptoire. Michel le considérait avec stupeur. Le visage hâlé et violent du Tcherkess exprimait une émotion véritable. Ses mâchoires étaient serrées. Un regard d'orgueil brillait dans ses minces yeux noirs.

– Pourquoi me dis-tu tout cela, Artem? demanda Michel.

– Parce que je n'ai pas eu de fils! dit Artem.

– Je ne comprends pas.

– Qui te demande de comprendre?

À ces mots, Artem partit d'un éclat de rire, si franc, si juvénile, que Michel lui sauta au cou.

– Laisse-moi! Tu m'étrangles!

– Tu ne m'oublieras pas, Artem?

– L'herbe coupée, la racine demeure. Non, je ne t'oublierai pas. Et nous prendrons soin de la jument noire. Quand tu reviendras, elle sera dans votre écurie. Toute sage. Toute belle.

– Comment l'appellerons-nous?

– Oulîta.

– Pourquoi Oulîta.

– Et pourquoi pas Oulîta? C'est joli, Oulîta. J'ai connu une femme fidèle qui se nommait ainsi. La jument te sera fidèle. C'est important.

– Oui, c'est important, dit Michel en fronçant les sourcils pour se donner un air averti.

Un gamin, pieds nus, les pantalons roulés, la camisole crottée jusqu'aux épaules, apporta une bouteille de kwas. Artem la débrida, et le bouchon jaillit d'un craquement sec vers le feuillage :

– *Allah verdy!* Que Dieu soit avec toi, mon garçon.

L'ombre du tilleul s'étirait jusqu'au centre de la cour. Des valets d'écurie s'affairaient autour de la calèche. Le cocher s'approcha de la table, son bonnet à la main :

– Quand vous voudrez partir...

3

LE NEZ écrasé contre la vitre, Michel regardait s'éloigner la calèche, haute sur roues, ailée de poussière, qui emportait son ami Artem. À genoux sur la banquette arrière, le Tcherkess secouait son chapeau à bout de bras, grimaçait, criait quelque chose. La voiture tourna le coin de la rue. Et Michel sentit que le dernier lien qui le rattachait à la maison, à la famille, venait de se rompre d'un coup. Il était seul. Le vide bourdonnait autour de sa tête chaude. Une mouche traversa le champ de sa vision. Il l'envia d'être une mouche. Des larmes brûlantes lui piquaient les paupières, lui gonflaient le nez. Il s'écarta de la fenêtre. Quelqu'un était assis devant lui. Ah! oui! Volodia Bourine. Cette chambre était la chambre de Volodia Bourine. Cette maison était la maison de Volodia Bourine. Un drôle de garçon, ce Volodia Bourine, maigre, blond, assez joli, mais avec des yeux voleurs et des oreilles décollées. Les Tcherkesses n'avaient jamais les oreilles décollées parce que, dès leur plus tendre enfance, ils portaient un bonnet enfoncé sur le crâne.

Volodia taillait un crayon sur son pouce. Il posa le crayon au bord de la table, souffla la poudre de plomb rassemblée dans sa paume et referma son canif avec précaution.

– Alors, il est parti? demanda-t-il.

– Oui, dit Michel.

– Et tu le regrettes?

Michel haussa les épaules avec humeur. Volodia se planta devant lui, les jambes écartées, les poings aux hanches, et le considéra gravement :

– C'est drôle, tu parles assez mal le russe. Et tu as un accent terrible, par-dessus le marché.

– Je me demande l'accent que tu aurais si tu parlais le circassien! dit Michel.

– Que comptes-tu faire, plus tard?

Michel n'avait jamais réfléchi à la question. Il grommela :

– Plus tard, je reviendrai à Armavir et je monterai à cheval.

– Moi, plus tard, je veux m'amuser...

– Comment?

– En amusant les autres. Je veux être acteur, ou écrire des histoires comiques dans les journaux, ou dessiner des tableaux qui feront rire...

– Et c'est pour ça qu'on t'envoie à l'Académie d'études commerciales pratiques?

Volodia fronça les sourcils, posa un doigt sur ses lèvres et chuchota :

– Mon père ne connaît pas mes projets.

Puis, tout à coup, il saisit Michel par le bras et l'attira auprès de lui sur le canapé :

– Écoute. Tu me plais parce que tu as l'air franc. Si tu veux que nous devenions des amis, je te montrerai le carnet secret que j'ai déjà préparé.

Et, sans attendre la réponse de Michel, il tira de sa poche un carnet à couverture de toile verte, l'ouvrit sensationnellement.

– *Carnet secret,* lut-il en tournant la première page.

Les autres pages étaient vides.

– Que vas-tu y inscrire? demanda Michel.

– Des impressions, dit Volodia. Mon précepteur français, Lebègue, m'a dit que j'avais des dispositions pour le récit. Alors, je vais faire des récits.

– De quoi?

– Oh! les sujets ne manquent pas, dit Volodia.

Il passa une main nerveuse dans ses cheveux.

– Est-ce que tu as des sœurs? reprit-il brusquement.

– Non.

– Et des cousines?

– Oui, deux : Sophie et Olga.

– Elles sont jolies?

Michel ne s'était jamais demandé si ses cousines étaient jolies. Il répliqua évasivement :

– Je les aime bien.

– Oui, mais... enfin... la figure?

Comme Michel se taisait, le front bas, l'œil distrait, Volodia bondit à pieds joints sur le canapé et se croisa les bras avec violence.

– Est-ce que tu aimes les filles? demanda-t-il.

– Je ne sais pas. Je ne joue jamais avec mes cousines.

– Pas tes cousines. Les autres. Qu'en penses-tu?

– Rien.

– Je vois que tu arrives de loin, Micha. Tu permets que je t'appelle Micha? Les filles, c'est très amusant!

– Pourquoi?

– Ça crie. Ça pleure. Ça dit des mensonges. Et on est toujours puni à cause d'elles, dit Volodia.

– Eh bien?

Volodia fit un sourire malin :

– Micha! Micha! Je t'apprendrai. Il y a des filles extraordinaires. Des filles fatales. Surtout si elles sont amoureuses de toi!

– À douze ans?

– Oui, à douze ans... Et même avant... J'en connais moi...

– Qui sont amoureuses de toi?...

Volodia eut une sorte de petit rire sangloté et saisit

son nez dans son poing, comme pour prévenir un éternuement :

– Oui! Oui! figure-toi!

Michel, que la question dépassait, ne répondit rien. Il examinait avec surprise ce gamin éveillé, rieur, cette chambre inconnue, ces jouets épars sur le tapis. Mais, tout à coup, le frêle décor craqua comme une écorce, et Michel n'eut plus sous les yeux que la courbe ensoleillée de l'Ouroup, et la jument noire, cabrée dans un éclaboussement de feu.

– Moi, je monte à cheval, dit-il, et je sais lancer le lasso.

– Tu sais lancer le lasso? s'écria Volodia. Alors, nous sommes sauvés. Figure-toi que j'ai organisé un cirque chez les Arapoff. C'est une famille très bien, pleine de filles. Demain, c'est l'anniversaire de Tania, la seconde. Elle a des yeux bleus. Il y aura une grande représentation. Les parents assisteront peut-être et paieront leur place. Moi, je fais le clown, le dompteur de fauves et le dresseur de chevaux.

– Il y aura des chevaux?

– Non, ce sont les filles qui font les chevaux, dit Volodia avec sévérité. Mais elles les imitent très bien. Et j'ai un long fouet. Toi, tu feras un numéro de lasso exceptionnel. On t'ajoutera sur l'affiche...

Il parlait si vite qu'il dut s'interrompre pour essuyer un peu de salive qui lui coulait sur le menton.

– On t'ajoutera sur l'affiche en lettres rouges, reprit-il. Micha, l'homme de la steppe.

Il s'arrêta encore pour souffler et, brusquement, passa son bras autour des épaules de Michel :

– Tu sais, tu me plais de plus en plus. Tu es un type très bien. Veux-tu qu'on fonde un club?

– Qu'est-ce que c'est?

– C'est quand on se réunit à quelques-uns pour faire quelque chose. Nous serons deux, toi et moi...

– Et qu'est-ce qu'on fera?

– On amassera de l'argent et on achètera des pièces de feu d'artifice. Mais pas un mot à personne.

Malgré lui, cette gaieté active enchantait Michel. Il admirait Volodia de pouvoir parler aussi vite et avec tant de gestes.

– Je veux bien, dit-il. Mais je n'ai pas d'argent.

– Pfft! On en trouve!

Un pas vif se rapprochait de la chambre.

– C'est mon père, souffla Volodia. Silence. Mot de reconnaissance : « Le renard rouge est sur la piste. »

Et, comme la porte s'ouvrait, les deux enfants, instinctivement, se séparèrent. Philippe Savitch Bourine entra dans la pièce en se dandinant un peu. C'était un homme de haute taille, au visage pincé et aux yeux gris, durs et rapides, comme des billes d'acier.

– Les voilà, les deux compères! s'écria-t-il sur un ton faussement jovial. Alors, tu as passé une bonne nuit, Michel? Et mon fils t'a déjà raconté son premier lot de balivernes?

– Nous avons parlé de nos études, dit Volodia avec componction.

Michel, qui n'avait jamais menti à son père, rougit jusqu'aux oreilles et baissa la tête.

– De vos études? très bien... très bien... Je veux que ça marche comme à la baguette. De bonnes notes. Des rapports parfaits. Sinon, j'interviens pour qu'on vous visse l'un et l'autre.

Il renifla d'un air important et se frotta les mains comme sous le jet d'un robinet imaginaire.

– La jeunesse doit travailler! Une, deux! Et être correcte. Boutonne-moi cette tunique, Volodia. Et ne te ronge pas les ongles, sinon... je te visse...

Il lança ses prunelles à droite, à gauche, renifla encore et ajouta :

– Vous avez dix minutes avant qu'on se mette à table. Puis, vous examinerez votre programme de cet hiver avec M. Lebègue. Quelle heure est-il à ta montre, Volodia?

– Deux heures cinq.

– Elle retarde de cinq minutes. Ce n'est pas la peine que je t'offre une montre en or pour ton anniversaire, si tu n'en prends pas soin. La prochaine fois, je la confisquerai...

Dès que la porte fut refermée, Volodia bondit sur le divan dont les ressorts gémirent.

– Le renard rouge est sur la piste! cria-t-il.

Mais Michel restait sur place, atterré. Depuis son arrivée chez les Bourine, la veille, à neuf heures du soir, il éprouvait une gêne intolérable. Dès l'antichambre, il avait été frappé par l'aspect glacial et anonyme de la demeure. Le suisse avait un visage de bois. Les lustres brillaient d'une lumière morte. Dans le grand salon, où Artem et Michel avaient été introduits d'abord, il y avait des palmes comme dans un jardin. Philippe Savitch paraissait avoir été nourri, formé, par ce décor arrogant. Durant tout le souper, il n'avait cessé de pérorer sur les nouvelles méthodes de l'enseignement et sur les libertés que certains écrivains prenaient avec la religion et le pouvoir. M. Lebègue, le précepteur français, jaune et plissé du front à la pomme d'Adam, s'écriait : « D'accord... d'accord », entre deux bouchées. La femme de Philippe Savitch, pâle et douce, ne disait mot. Quant à Volodia, il était très occupé à subtiliser des bouts de pain dont il ferait plus tard des « sculptures ». Autour de la table, des laquais glissaient en silence, s'affairaient, se passaient des plats aériens, des bouteilles poudreuses. On mangeait des mets étranges, avec de la sauce fade. Plusieurs fois, Philippe Savitch avait demandé à Michel des nouvelles de ses parents, mais avec une expression de condescendance amusée, qui avait blessé le garçon. Et on n'avait pas invité Artem. Il dînait avec les domestiques. Michel ne pardonnait pas à Philippe Savitch l'insulte ainsi faite à son vieil ami. Maintenant, Artem était parti. Il avait bien de la chance. Michel eût donné cher pour être dispensé de reparaître à table.

– Tu aimes ton père? demanda-t-il tout à coup à Volodia.

– Non, pourquoi?

Volodia s'était arrêté de danser sur le divan pour remonter un de ses bas noirs, décroché.

– Mais tout de même, c'est ton père, reprit Michel.

– Bien sûr. Seulement, il m'embête. Et il embête maman, et il embête tout le monde. Quand il crie, il faut réfléchir à autre chose. Moi, sitôt qu'il dit : « Je te visserai », je pense au feu d'artifice. « Pan, voilà la bleue qui s'envole... Pan, voilà la jaune... »

– Moi, quand mon père me parle, je ne peux pas réfléchir à autre chose, dit Michel.

Et il devint triste et attentif, comme si Alexandre Lvovitch venait de lui prendre la main.

Une cloche sonna.

– Le déjeuner! s'écria Volodia. Et je ne me suis pas lavé les mains. Tant pis. En avant! Désormais, tu t'appelleras le serpent à sonnette, et moi, l'aigle noir. Tu commanderas un jour, et moi, le jour suivant. D'accord?

4

MONSIEUR Lebègue fit un sourire mondain, tira les manches de sa redingote et poussa Michel et Volodia dans le salon des Arapoff en murmurant :

– N'oubliez pas le baisemain, jeunes gens!

Zénaïde Vassilievna Arapoff était assise dans un grand fauteuil près de la table chargée de porcelaines blanches. C'était une femme de quarante ans, potelée et rose, au nez retroussé, au regard tendre. Elle était myope, et plissait les yeux en parlant.

D'autres dames l'entouraient et causaient avec animation en tournant des cuillers musicales dans leurs tasses.

– Voilà notre petit Volodia et son futur compagnon d'études, dit Zénaïde Vassilievna d'une voix basse et veloutée.

Volodia baisa la main de Zénaïde Vassilievna et déclara posément :

– Nous nous excusons d'arriver si tard...

– Et moi aussi je m'excuse, dit Michel, dans un effort terrible pour vaincre sa timidité.

Il y eut un éclat de rire tout à fait incompréhensible parmi les dames. Une jeune personne, parfumée comme une rose, se pencha vers Michel, le baisa vivement au front et demanda :

– C'est le fils d'Alexandre Lvovitch, n'est-ce pas?

– Il est arrivé avant-hier, dit M. Lebègue.

– Et il sait monter à cheval, dit Volodia avec fierté.

Michel rougit et dirigea son attention sur la fenêtre ouverte où bourdonnaient des guêpes. Une servante entra dans la pièce avec un grand plateau chargé de tranches de pastèques. Quelqu'un cria :

– Ma chère, j'ai oublié de vous dire. Les Gleboff ont reçu des nouvelles de leur fils qui est à Paris...

Et toutes les dames se mirent à parler ensemble.

– Un garçon très bien... Il s'est fourvoyé... Sa pauvre mère... toutes les larmes de son corps...

Volodia tira Michel par la manche :

– Elles nous embêtent... On va filer...

Comme si elle eût deviné leur intention, Zénaïde Vassilievna se tourna vers les enfants et dit :

– Ne vous croyez pas obligés de rester au salon, mes petits. On vous attend dans la cour.

La cour était vaste, sablonneuse et cernée d'une palissade en planches. Une quinzaine de gosses étaient rassemblés là et se chamaillaient avec frénésie. La petite Tania, qui venait d'avoir dix ans, pleurait parce que les deux dames les plus généreuses de la ville lui avaient donné deux poupées parfaitement identiques. Sa sœur aînée, Lioubov, maigre et criarde, lui expliquait violemment que ce coup double était une réussite.

– Comme ça, tu as des jumeaux. Ça existe les jumeaux, et c'est tout.

Tania secouait la tête :

– Non... non...

– Tu n'en as jamais vu?

– Non...

– Alors, si tu ne me crois pas, échange cette poupée contre l'une des miennes.

– Non.

– Nina, explique-lui!

Nina, douce, molle et lunatique, protégeait un petit chat contre les entreprises de son frère Akim.

– Donne-le-moi, dit Akim. Il fera le fauve.

– Jamais! Il est à moi.

– Regarde les trois filles Arapoff, dit Volodia en s'arrêtant sur les marches de l'escalier. Laquelle te plaît le mieux?

Michel demeurait bouche bée.

– Lioubov, c'est un diable en jupe, dit Volodia. Je me la réserve. Toi, si tu veux, prends Tania qui n'est pas encore formée, ou Nina, la cadette, qui ramasse tous les petits chats abandonnés du quartier. Ce soir, tu me raconteras tes affaires et je te raconterai les miennes.

– Volodia! cria une voix stridente.

Et toute la marmaille se précipita vers l'escalier.

Volodia, très maître de ses effets, arrêta d'un geste la ruée :

– Écoutez tous. Je suis venu ici avec mon nouvel ami. Il s'appelle Michel. Il monte à cheval et lance le lasso. Nous allons organiser une représentation magnifique.

– Et moi, je ne veux pas qu'on organise de représentation, dit Lioubov.

Elle le défiait, l'œil brillant, les sourcils rapprochés, la bouche pincée en cul-de-poule.

– Pourquoi?

– Je ne veux pas. Et c'est tout. Ça m'embête. Et c'est tout. Et ce sera raté. Et tout le monde se moquera de vous.

– Lioubov, tu es une imbécile! dit Volodia.

– Et toi, tu es très intelligent. N'empêche que tu ne me forceras pas à sauter dans un cerceau comme la fois où j'ai déchiré ma jupe.

– Tu ne sauteras pas dans un cerceau. Tu feras la danseuse de corde.

– Avec une ombrelle?

– Oui.

Il y eut un silence ému dans l'assemblée.

– Bon, dit Lioubov, brusquement radoucie. Comme ça, j'accepte.

– Et moi, qu'est-ce que je ferai? Et moi? Et moi? s'écrièrent les invités.

– Chacun aura son rôle. Je vais étudier le programme. Suivez-moi.

Volodia descendit les marches du perron et se dirigea vers le hangar, traînant à sa suite un troupeau humble et murmurant. Tania, la prunelle éteinte, la lèvre boudeuse, ses deux poupées jumelles dans les bras, fermait le cortège. Elle avait un petit visage clair, aux yeux bleus finement bridés. De lourdes boucles blondes, soyeuses, lumineuses, encadraient ses joues. Elle marmonnait :

– Si au moins l'une des poupées était un garçon et l'autre une fille. Mais toutes les deux sont des filles!

Michel se tourna vers elle et dit avec une hardiesse qui le surprit lui-même :

– Vous pourriez habiller l'une des poupées en garçon et l'autre en fille.

Tania s'arrêta, réfléchit un instant et baissa les paupières d'une façon coquette :

– C'est vrai! Merci. Oh! Merci.

Puis elle jeta un glapissement qui parut lui déchirer la bouche :

– Nina! Lioubov! C'est arrangé! J'ai un garçon et une fille!

Mais personne ne répondit à son cri de joie. Les enfants s'étaient groupés autour de Volodia, qui, assis sur un tonneau, pérorait avec des gestes décisifs :

– On commencera par une entrée de clowns. Les clowns seront Akim et moi-même.

– Ça m'est égal, dit Akim, qui mangeait une pomme avec une expression de paresse béate.

– Ensuite, viendra le numéro de Michel, l'homme de la steppe.

À ces mots, Michel frémit d'orgueil et de crainte. Son cœur battait à coups rapides dans sa poitrine. Comme il sentait que l'attention générale se concentrait sur lui, vivement il cambra la taille.

– Tu prendras un cordon de store pour le lasso. Et puis, il te faut un cheval sauvage. Qui veut faire le cheval sauvage?

– Moi, dit Tania, et elle lança à Michel un chaud regard de tendresse.

Michel cligna des yeux et une vague de chaleur lui gonfla les joues.

– Tu ne sais pas faire le cheval sauvage, s'écria Lioubov. Tu ne sors pas de tes poupées!

– Si, je sais le faire, répliqua Tania. On courbe la tête, on renifle et on tape du pied.

– Tu auras l'air bête et tout le monde se moquera de toi! Et c'est tout! Et le numéro sera raté!

– Lioubov, gronda le directeur du cirque, si tu nous embêtes encore, je vais t'envoyer ma main sur la figure.

– Alors, moi je ne ferai pas la danseuse de corde! dit Lioubov en ricanant. Et je sifflerai pendant que vous jouerez, et c'est tout!

Tania s'était rapprochée de Michel et le poussait doucement de l'épaule :

– Vous êtes content que j'aie accepté de faire le cheval?

– Oh! oui, bredouilla Michel.

– Vous savez, c'est moi qui suis la plus gentille des trois. Lioubov a mauvais caractère. Et Nina vient à peine d'avoir six ans. Elle ne pense qu'à ses petits chats. Non, c'est vraiment moi *la meilleure.* J'ai dix ans. Et vous?

Elle lui souriait, le front baissé, le regard coulé à ras de sourcils.

– J'aurai douze ans, dans un mois, dit Michel, et il respira profondément, car il avait l'impression d'étouffer.

Volodia, qui l'observait depuis un moment, cria :

– Alors? Ça va les affaires?

– Il nous taquine, dit Tania. Il est amoureux de Lioubov.

Michel sentit qu'il fallait répondre quelque chose, mais il ne trouvait pas de mots pour exprimer son plaisir. Il demanda :

– Vous courez vite?

– Très... Papa dit de moi que je suis une vraie flèche.

– Moi aussi, je cours vite. Ce doit être bon de courir derrière vous, dit Michel.

Ces paroles lui parurent tellement audacieuses, qu'il ferma les paupières, comme pour se soustraire au spectacle d'un cataclysme inévitable. Mais le monde ne broncha pas d'une ligne. Et, lorsque Michel rouvrit les yeux, Tania, le visage ardent, confiait ses deux poupées à la fille de la cuisinière :

– Tu les tiendras pendant mon numéro avec Micha. Elles regarderont.

Très rapidement, la cour des communs fut transformée en cirque. La piste était délimitée par une rangée de caisses et de tonneaux. Le hangar servait de coulisses. Sur la palissade en planches, Volodia fixa, au moyen de punaises, une grande affiche qu'il avait rédigée lui-même avec des encres de couleur :

CIRQUE BOURINE-ARAPOFF
FORCE, COURAGE ET GRÂCE
Plus de 20 attractions

La femme de chambre de Zénaïde Vassilievna apporta un panier de vieux vêtements pour les travestis. Son apparition souleva une clameur rapace. Les enfants fondirent sur le panier, s'agrippèrent aux anses, renversèrent la charge dans le sable, fouillèrent les défroques avec une fièvre hâtive de chiffonniers. Volodia, debout au milieu d'eux, s'efforçait de rétablir l'ordre parmi cette marmaille déchaînée :

– Les plumes et les aigrettes sont pour les chevaux. Tania, sers-toi. La vieille robe rose, pour la danseuse de corde. Le frac déchiré pour les clowns. La toque de Zénaïde Vassilievna pour l'homme de la steppe...

Ceux qui étaient servis reculaient, farouches, serrant leur butin contre leur ventre. Lioubov secouait, à bout de bras, une jupe de soie tachée de rouille :

– Je ne mettrai jamais ça. Je ne veux pas être ridicule. Je ne ferai pas la danseuse de corde, et c'est tout.

Volodia imposa les échanges indispensables, calma les jalousies naissantes, excita les enthousiasmes suspects. À cinq heures, la troupe était rangée au complet, dans le hangar. Akim fut chargé de « prévenir les parents ». Il revint en courant :

– Ils arrivent!

Dès que les grandes personnes se furent installées sur le perron, Volodia, en haut-de-forme et ganté de blanc, commanda :

– Les clowns en avant!

Les portes du hangar s'ouvrirent en grinçant, et Volodia, suivi d'Akim, qui n'avait pas lâché sa pomme, entra en piste aux applaudissements du public. Les enfants piaillaient :

– Vite, vite, refermez les portes! Il ne faut pas qu'on voie les autres artistes!

Déjà, des voix maternelles criaient, à l'autre bout de la cour :

– N'est-ce pas Nina que j'aperçois, tout au fond?

– Et Sonietchka! Tu n'as pas trop chaud, Sonietchka?

– Les portes! hurla Lioubov.

Volodia rebroussa chemin et ferma les portes d'un coup de pied. Puis Michel l'entendit qui s'éloignait en imitant le chant d'un homme ivre.

– Il joue bien, dit-il. On croirait vraiment un homme ivre.

– Après, c'est à nous, murmura Tania.

Il faisait sombre dans le hangar. Quelques filets de lumière brillaient aux fentes des planches disloquées. Du plafond, pendaient des toiles de sac. Tania était blottie contre Michel, et il sentait le souffle de la fillette sur sa joue. Autour d'eux, se pressaient des visages obscurs. Quelqu'un soupira :

– J'ai envie de sortir.

– On ne sort pas, dit Michel.

Les ténèbres le rendaient courageux. Une exaltation singulière lui dilatait la poitrine. De toute évidence, il éprouvait pour Tania un sentiment d'une valeur exceptionnelle. Était-ce un des entraînements amoureux dont Volodia paraissait friand? L'aigrette accrochée au front de Tania scintillait légèrement dans l'ombre.

– J'ai peur, dit Tania.

Une voix querelleuse retentit au fond du hangar :

– Je n'irai pas. Et c'est tout! Je ne veux pas me montrer dans une robe trop longue.

– Tu es une fille. Et toutes les filles sont des buses. Quand Volodia reviendra, il te tirera les cheveux, répondit un invité.

Tout à coup, les portes s'ouvrirent avec violence. Le numéro de clowns était fini. Volodia et Akim regagnaient les coulisses en riant. Akim n'avait plus sa pomme.

– À vous, dit Volodia, en s'épongeant le visage avec le revers de la manche.

– À nous! s'écria Tania. Mon Dieu! Oh! Michel! Je n'oserai jamais...

– Tu fais des manières et tout le monde le comprend, et c'est tout! grogna Lioubov.

– Tania, le public s'impatiente, espèce de toupie! hurla Volodia.

– Bien, dit Tania.

Dans un grand effort, elle redressa la tête et sortit du hangar en caracolant et en reniflant à pleine gorge.

« Pourvu que tout se passe bien », songea Michel.

Et, les genoux faibles, le cœur défaillant, il suivit la fillette.

– Caracole, toi aussi, lui cria Volodia.

Michel se mit à caracoler le long des caisses. La lumière brusque du ciel l'aveuglait. Il regarda les parents, massés au fond de la cour, qui bavardaient entre eux avec des mines aimables. Des gamins de la rue s'étaient hissés sur la palissade et contemplaient le spectacle en croquant des graines de tournesol. Ils crièrent :

– Oh! la drôle de fille!

Tania galopait d'une façon alerte et gracieuse en secouant ses lourdes boucles blondes. Le jeu de ses jambes fascinait Michel et lui donnait vaguement la nausée. Elle était vraiment très jolie avec sa jupe cloche semée de fleurs. Le mouvement de la course découvrait ses jupons amidonnés. Ses bottines jaunes étaient minuscules. Le comble du bonheur eût été de courir derrière elle jusqu'à en mourir de fatigue et de joie. Mais, tout à coup, une idée atroce traversa Michel et l'arrêta, stupide, au centre de la piste : *il n'avait pas le lasso.*

Volodia avait ouvert la porte du hangar et criait :

– Ton lasso, tu l'as oublié ici!...

Les parents éclatèrent de rire. Tania s'assit sur une caisse et dit : « Eh bien! » Et Michel, brûlé de honte et de rage, dut revenir aux coulisses et accepter le cordon de store que lui tendait une main charitable.

– Ce n'est rien... Un accroc, disait Volodia.

Les rires se turent enfin, et Michel, ivre de haine, les dents serrées, le cœur meurtri, reprit sa course en grommelant des injures. Patience! Il leur montrerait à ces rieurs imbéciles, de quoi était capable un garçon de sa race. Il les étonnerait par son adresse. Il les obligerait à regretter leur effronterie. Comme ils le complimenteraient plus tard! Comme on parlerait de lui à table, ce soir même, et tous les autres soirs! « C'est le fils d'Alexandre Lvovitch! Un vrai Tcherkess!... »

En quelques enjambées, Michel se rapprocha de la fillette. Elle tourna vers lui une figure rose et moite. « Je suis Tchass et elle est la jument noire », songea Michel. Il cria :

– Hourra! Hourra! pour se donner du courage.

Et, de la main droite, il balançait la masse pliée du lasso. Tout à coup, il leva le bras, lança la corde. Un sanglot aigu répondit à son geste. La boucle, mal dirigée, avait frappé l'œil gauche de Tania. Les deux mains sur le visage, la fillette trépignait et poussait des hurlements affreux. D'un seul mouvement, le public avait abandonné ses places.

– Ma petite fille! Ma chérie! Apportez vite de l'eau! Il faut prévenir Constantin Kirillovitch! Un peu de valériane, Macha! Et des mouchoirs!...

Les artistes, jaillis des coulisses, accouraient à toutes jambes, en glapissant :

– Un accident! Un accident!

Michel, pétrifié, demeurait à l'écart du groupe. Ses mains devenaient froides. Et sa tête lui faisait mal. De toutes ses forces, il tentait de comprendre. Mais à quoi bon réfléchir? N'avait-il pas blessé une fille, la fille de son hôte, l'amie de son meilleur ami? Par ce geste, il s'était désigné au mépris des autres enfants et à la juste rancune de la famille. En vérité, il méritait qu'on le chassât dans la rue. Volodia s'approcha de lui, la mine consternée.

– Ne t'inquiète pas, dit-il.

– Laisse-moi. Je me tuerai, grogna Michel.

Cependant, le groupe se défaisait lentement autour de la victime. Et Michel vit Zénaïde Vassilievna reconduire sa fille vers la maison. Tania marchait à petits pas boiteux. Sa robe était trempée d'eau. Une compresse énorme, gorgée de coton, tapissée de gaze, lui couvrait l'œil gauche et une moitié de la joue.

– Mon Dieu, dit Michel. Elle est aveugle. Et c'est ma faute...

– Mais non, dit Volodia. Les filles aiment qu'on les batte.

– Je ne peux plus rester dans cette maison, dit Michel d'une voix basse. Je ne suis pas digne de cette hospitalité.

Je ne suis pas digne de mon nom. Je ne suis pas un Danoff. Si Artem savait ça...

Arrivée au perron, Zénaïde Vassilievna confia sa fille à une nounou éplorée et revint sur ses pas.

– Mes enfants, dit-elle, après ce petit incident, j'espère que vous allez jouer à des jeux plus calmes. Tania va se reposer un peu et vous rejoindra dans un moment...

Tandis qu'elle parlait, Michel s'était approché d'elle.

– Je vous demande pardon, murmura-t-il. Je ferai tout ce que vous exigerez pour réparer ma faute.

– Tout ce que j'exigerai? s'écria Zénaïde Vassilievna en riant, alors emmène tes petits amis prendre une tasse de chocolat au salon, et quitte cet air grogron.

– Pardon! Pardon! dit Michel. Je suis un chien. Un sale chien!

Et il se donnait des claques sur les joues :

– Chien! Chien!

– Allons! Allons! Calme-toi, dit Zénaïde Vassilievna. Ce n'est rien...

Elle se baissa vers lui et le baisa sur la tempe. Michel ferma les yeux. Lorsqu'il les rouvrit, Mme Arapoff avait disparu.

– Comme elle est bonne! dit Michel.

Brusquement, il s'imagina sauvant Zénaïde Vassilievna d'un incendie. Les flammes dévoraient le dernier étage de la maison. Et lui, dressé sur l'échelle des pompiers, environné de fumée et d'étincelles craquantes, descendait les barreaux de bois en portant Zénaïde Vassilievna dans ses bras vigoureux. En bas, la foule noire l'acclamait, l'appelait par son nom : « Micha! le héros! Micha! » Et Tania, assise au bord du trottoir, levait vers lui un regard d'extase. « Il a blessé la fille. Il a sauvé la mère. » Rasséréné par cette vision bénéfique, Michel consentit à suivre la horde des invités qui se ruait vers la table.

À sept heures du soir, comme les enfants jouaient aux charades costumées, dans le salon, Tania fit une apparition tragique, l'œil bandé, la démarche aveugle et un sourire douloureux aux lèvres. On l'entoura :

– Tu as mal?

Michel s'était avancé vers elle, penaud et taciturne.

– Tania, je suis malheureux de ce que j'ai fait, dit-il.

Elle mit beaucoup de noblesse dans le regard de son œil valide et répondit :

– Je ne vous en veux pas, Michel. On risque toujours quand on fait le cheval.

– Tu ne sais pas faire le cheval. Si tu le savais, ça ne serait pas arrivé. Et c'est tout, dit Lioubov. Moi, ça ne m'est jamais arrivé.

– Lioubov, je te défends d'embêter Tania, dit Volodia en levant la main.

Michel lança un regard de haine à la fillette et grogna :

– À toi aussi, je peux taper sur l'œil, si je veux!

– Sauvage! cria Lioubov. Je le répéterai à maman! Maman! Maman! Il a dit...

Mais, à ce moment, la porte d'entrée claqua vigoureusement, et les dames qui étaient assises dans le salon tournèrent la tête :

– Constantin Kirillovitch!

– Eh oui! c'est moi, mes amis, c'est moi! dit Arapoff en entrant dans la pièce.

Il se tenait droit comme un officier et souriait gaiement dans sa barbe blonde :

– Alors? Vous avez bien papoté? Vous avez dit du mal de vos amies et de vos maris, et du bien de vos enfants et de vous-mêmes?

– Les hommes se figurent toujours qu'on parle d'eux en leur absence, soupira une petite rouquine au nez impertinent et à la poitrine renflée comme un flanc de théière.

Arapoff effleura des lèvres le front de sa femme et baisa successivement la main de toutes les invitées.

– N'est-ce pas qu'il est beau, papa? murmura Tania.

– Oui, dit Michel.

– Il plaît beaucoup aux dames. Il est médecin.

– Et les enfants? demanda Arapoff. Tiens, ma petite Tania s'est offert un pansement sur l'œil pour son anniversaire?

Michel sentit son cœur se décrocher dans sa poitrine.

– Ce n'est rien, dit Tania. Un accident au cirque. Demain, il n'y paraîtra plus.

– Pas besoin du docteur?

– Non, papa.

– Alors, c'est parfait! Quelle journée! Je suis fatigué et bête. Venez m'embrasser, les mioches.

À ces mots, les enfants se précipitèrent sur Constantin Kirillovitch avec des piaillements d'allégresse. Tania s'accrocha au cou de son père. Nina et Lioubov se pendirent à ses bras. Akim empoigna sa jambe droite, comme une colonne.

– Prisonnier! Prisonnier! criaient-ils.

– Que faut-il faire pour que vous me relâchiez? disait Arapoff, riant et se débattant avec douceur.

– Des caramels! Des caramels!

– C'est une condition terrible... Je ne sais si je dois... Enfin... Allez les chercher dans l'entrée... Un paquet bleu...

Les enfants l'abandonnèrent et s'élancèrent vers la porte en hurlant.

Arapoff se tourna vers les dames :

– Je reviens du jardin. Les roses sont admirables, veloutées, charnues, souriantes...

– On croirait que vous parlez d'une femme, Constantin Kirillovitch, dit la petite dame rousse.

– C'est vrai, le langage est le même, dit Arapoff.

Zénaïde Vassilievna regardait son mari avec une expression d'adoration inquiète. Elle savait qu'il la trompait, mais n'osait pas exiger une fidélité absolue d'un homme aussi charmant, sociable et cultivé.

– Zina! dit Arapoff en lui tapotant la joue comme à

une fillette. Je vais m'occuper de la cuisine. Quand je n'y mets pas le nez, le chef néglige son travail. D'ailleurs, il ne sait pas orner un plat. Et ses marinades sont ratées. Ah! la table, les roses, les femmes!

– Vous êtes un bon vivant, dit une vieille dame sévère à lorgnon.

– Je suis vivant, voilà tout. Je cueille tous les plaisirs de l'existence avec une égale gratitude.

– Il y a des limites, s'exclama une grosse femme quelque peu moustachue, mère de huit enfants.

– Papa, demanda Tania en sortant son bonbon de la bouche pour en admirer la couleur mordorée, est-ce qu'on ne pourrait pas rester à souper avec les grandes personnes? C'est mon anniversaire.

– Tu n'y songes pas, dit Zénaïde Vassilievna. Les enfants doivent être couchés à neuf heures.

Tania avança une lippe désenchantée :

– Pour une fois!

– Mais oui, reste donc, reste, dit Constantin Kirillovitch avec rondeur. Et j'invite tous tes petits amis à te tenir compagnie.

– Voilà comme il est! soupira Zénaïde Vassilievna en joignant les mains d'un air amoureux et triste. Je t'assure, Constantin...

Elle ne put achever. La porte s'ouvrit et Philippe Savitch Bourine, maigre, sec, en redingote olive, apparut sur le seuil. Un instant, il se tint immobile et considéra l'assemblée avec colère. Il était de mauvaise humeur. Ce matin même, il avait eu avec sa femme une scène pénible, vulgaire. Elle lui reprochait ses dépenses excessives et le soupçonnait d'entretenir une maîtresse. C'était vrai qu'il entretenait une maîtresse et qu'elle lui coûtait cher. Mais il n'était pas le seul mari infidèle d'Ekaterinodar. Arapoff, par exemple, était encore plus coupable que lui. Cependant, jamais Zénaïde Vassilievna n'aurait osé adresser à son époux la moindre réprimande. Il avait de la chance, Arapoff. Un bon mariage.

Une maison confortable. Des enfants sains et joyeux. D'un coup d'œil rapide, Philippe Savitch isola son fils dans le groupe des petits invités. Chaque fois qu'il voyait Volodia, il éprouvait un sentiment d'irritation et de gêne. C'était plus fort que lui. Ce gamin l'agaçait. Sa femme l'agaçait aussi, d'ailleurs. Tout le monde l'agaçait. Il était fatigué de vivre.

– Tu en fais une tête! dit Arapoff en lui tendant la main.

– Des ennuis.

– Dans tes affaires?

– Oh! mes affaires, dit Bourine avec mépris.

Il était architecte, mais la fortune de sa femme lui permettait de refuser la plupart des commandes.

– Ta femme? demanda Arapoff à voix basse.

Bourine inclina la tête :

– Elle ne veut pas comprendre.

– Quoi?

– Que j'en ai assez.

– D'elle?

– D'elle, de l'autre, de moi...

– Que de cachotteries! dit Zénaïde Vassilievna en s'avançant vers Philippe Savitch. Je croyais que vous nous amèneriez Olga Lvovna.

– Elle s'excuse. Elle est malade.

Des pas retentirent dans l'antichambre. Arapoff se porta au-devant des nouveaux arrivants. Les maris de ces dames revenaient du Cercle. Il y eut des exclamations, des embrassades. Un maréchal de la noblesse, pansu et fessu, s'écriait en appliquant de grandes tapes sur le dos d'Arapoff :

– Alors, mon bon. On ne te voit plus. J'avais besoin de te parler. Je suis allé jusqu'à ton jardin, tu n'y étais pas.

– Je n'y ai pas mis les pieds de la journée! dit Constantin Kirillovitch, oubliant qu'il avait affirmé, quelques instants plus tôt, avoir passé son après-midi à soigner les roses.

Zénaïde Vassilievna rougit légèrement et détourna la tête.

La table, drapée d'une nappe blanche, était chargée de hors-d'œuvre nombreux. Caviar frais, glauque et léger, caviar de conserve, pressé en brique, cèpes marinés, radis noirs à la crème, concombres salés, raisins au vinaigre et au sucre, harengs habillés d'oignons et de carottes, esturgeon fumé, tomates farcies, *balyk*, cochon de lait au raifort, saumon froid, pâté de choux. Des flacons de vodka blanche, de vodka au poivre et de vodka à la sorbe, des fioles d'eau-de-vie aux groseilles, aux framboises et aux cassis, des bouteilles de vin blanc et rouge de Crimée, de vin du Caucase rosé et lourd et de vin français, bordaient ce parterre de victuailles. L'air sentait le poisson, la marinade, le fenouil. Les domestiques s'empressaient derrière les chaises. La voix de Tania retentit :

– Est-ce qu'il y aura une bombe glacée pour le dessert?

– Oui, et arrosée de chocolat chaud! dit Arapoff.

– Tu as tort de lui répondre, dit Zénaïde Vassilievna. Elle devient mal élevée.

– Et après? Je suis allé exprès aux cuisines pour voir s'il y aurait de la glace! dit Constantin Kirillovitch.

– Constantin! dit Zénaïde Vassilievna avec reproche.

Mais il ne l'écoutait plus :

– Philippe Savitch, tu ne bois rien, tu ne manges rien...

Un gros homme à favoris d'étoupe pérorait en balançant sa fourchette :

– Pendant mon dernier voyage de Minsk à Pinsk...

Tania, qui était assise à côté de Michel, le poussa du genou.

– Minsk à Pinsk... Celui-là, chaque fois qu'il ouvre la

bouche, il parle de Minsk à Pinsk. Nous l'avons surnommé M. Minsk-à-Pinsk...

Et elle éclata de rire.

– Un peu moins de bruit, les enfants, dit Zénaïde Vassilievna.

– Et pourquoi donc? s'écria Arapoff. Qu'ils rient! C'est de leur âge! Je suis heureux et je veux que tout le monde le soit. Même Philippe Savitch!

Bourine, qui mastiquait une olive, fronça les sourcils :

– Être heureux et braire, ça fait deux, dit-il d'une voix sinistre.

La gaieté d'Arapoff lui était insupportable. Il souhaitait confusément qu'une catastrophe endeuillât cette famille prospère. Lorsque Zénaïde Vassilievna parla de son fils aîné, Nicolas, un garçon de seize ans déjà, qui terminait ses études à Moscou, il dressa l'oreille. Nicolas inquiétait ses parents. Sa santé était précaire. Il écrivait rarement.

– Pourvu qu'il ne tombe pas sur de mauvais camarades, sur des libéraux, soupira Zénaïde Vassilievna.

– Tous les intellectuels sont libéraux, dit M. Minsk-à-Pinsk. C'est la nouvelle mode. Savez-vous que le professeur de droit civil à la faculté de Moscou, Kovalevsky, n'a pas craint de dire à ses élèves : « Comme dans notre pays le droit n'existe pas, je ne vous ferai pas un cours de droit civil, mais d'adaptation »? Je tiens ces paroles de mon neveu.

– Kovalevsky a été révoqué, dit Constantin Kirillovitch.

– Oui, mais il y a des milliers de Kovalevsky en Russie, des milliers! s'écria Philippe Savitch avec une soudaine allégresse.

Cette pensée le soulageait un peu. L'angoisse qu'il lisait dans les yeux de Zénaïde Vassilievna lui était douce.

– Tout est pourri, ajouta-t-il.

Et il renifla avec sentiment.

– Moi, je ne veux plus qu'on parle de politique, susurra la petite dame rousse.

– Oui, oui, plus de politique, reprirent d'autres voix.

Il faisait chaud. La vodka et le vin montaient à la tête. Une dinde rôtie et un plat de canard à la confiture de pommes ranimèrent l'appétit et la conversation.

M. Lebègue, mince, pâle, la cravate déviée, tentait vainement d'intéresser sa voisine aux charmes de la poésie française :

– Il y a dans Victor Hugo des vers qui sont d'un charme si pénétrant qu'on ne peut que les murmurer du bout des lèvres : *Sarah, belle d'indolence...*

– Sarah! C'est une juive? demandait la grosse dame moustachue.

Le maréchal de la noblesse tapa du plat de la main sur la table :

– Le problème juif est à sa phase critique.

– Le monde entier est à sa phase critique, dit Bourine.

M. Minsk-à-Pinsk buvait beaucoup et balbutiait des compliments à la jeune personne potelée et rousse qui était assise à sa droite. Subitement, il ferma les paupières et devint si rouge que Zénaïde Vassilievna craignit une attaque d'apoplexie.

– Ouvrez la fenêtre, dit-elle aux domestiques.

– C'est ça, ouvrez les fenêtres, s'écria Bourine. Donnez de l'air...

Arapoff décocha un coup d'œil à Philippe Savitch.

– Que veux-tu, je suis malheureux, dit Bourine.

Les domestiques ouvrirent la croisée sur un carré de nuit, pure et fraîche.

Michel tourna la tête vers la fenêtre. Tout à coup, il pensait que cette même nuit reposait sur la maison paternelle et sur l'*aoul* perdu dans l'herbe et le vent. Artem et Tchass étaient assis, jambes croisées, autour de la petite table. Les chevaux hennissaient en rêve. C'était triste.

– Vous avez l'air drôle. Vous ne mangez pas, dit Tania. C'est à cause de mon œil?

– Oui, dit-il...

Et il rougit de son mensonge.

Au dessert, on servit du champagne sucré. Constantin Kirillovitch ordonna d'en verser un doigt dans le verre des enfants. Puis, il réclama le silence, se leva, la flûte à la main, le visage animé, la barbe légèrement défaite et déclara d'un ton emphatique :

– Je dédie mon premier toast aux dix ans de Tania.

Quand les applaudissements se furent tus, il bomba le torse et se mit à chanter :

Qui boira la coupe?
Qui sera prospère?
Celle qui boira la coupe.
Celle qui sera prospère,
C'est notre chère Tania...

Tania se dressa, confuse, les yeux brillants, et porta le verre à ses lèvres.

– Bois jusqu'au fond! criaient les invités en claquant leurs mains l'une contre l'autre.

– Laisse cette petite, dit Zénaïde Vassilievna. Tu es ridicule.

– Jusqu'au fond! Jusqu'au fond! répétait Arapoff avec une rage joyeuse.

Tania vida son verre, et se laissa tomber sur sa chaise en gémissant :

– Ouf!

– Bravo! hurla Constantin Kirillovitch.

– J'ai bien bu, n'est-ce pas? dit Tania, en tournant vers Michel son seul œil bleu et tendre.

Mais, déjà, Constantin Kirillovitch saisissait un plateau, le chargeait d'une flûte pleine et s'approchait de la petite dame rousse avec une démarche glissante de danseur. Il se tenait, la tête haute et la main passée derrière le dos :

Qui boira la coupe?
Qui sera prospère?...

– Bois jusqu'au fond! Bois jusqu'au fond! crièrent les convives.

Tania criait plus fort que les autres.

– Tout ça?... Je ne pourrai jamais! gazouillait la dame.

Et elle posait sur sa poitrine une patte molle et blanche ornée de bagues.

– Jusqu'au fond! Jusqu'au fond! vociférait Arapoff. Nous ne vous laisserons pas avant.

Les invités criaient. Les domestiques riaient. Zénaïde Vassilievna souriait d'un air indulgent et doux. Et les enfants sautaient sur leur chaise et battaient des mains. La dame vida son verre et, d'un geste large, l'envoya se briser dans un coin de la pièce.

– Je n'en veux plus! Vous m'avez tuée! dit-elle en s'éventant gracieusement avec un mouchoir brodé.

– Ça c'est un anniversaire! dit Tania, le regard fiévreux.

– Pour le mien, on n'a pas bu le champagne, dit Lioubov. On voit bien que tu es le chouchou de la famille!

Un coup de tonnerre roula au loin.

– Le ciel est de la fête, dit Arapoff.

– J'ai peur, dit la petite dame rousse. Quand il tonne, j'ai des picotements aux extrémités.

Après le repas, les grandes personnes passèrent au salon et les enfants se rassemblèrent sur le perron pour regarder l'orage. Dans le ciel, d'un violet menaçant, se boursouflaient d'étranges remous d'écume grise. L'averse tombait, raide, sur le sol. On entendait le bruit du sable troué d'eau et des feuilles de tilleul secouées. Un éclair fendit l'horizon d'une gifle blanche.

– La pluie sur la tête, c'est magnifique! dit Volodia, et il se rua dans la cour.

Quatre ou cinq gamins se précipitèrent à ses trousses.

– On les suit? demanda Tania.

– Non, dit Michel, restons.

Ils restèrent l'un près de l'autre, face à la nuit déchaînée. Derrière eux, il y avait la maison chaude, trapue, vivante. Et, devant eux, cette ombre infinie cinglée de gouttes d'argent.

– Si la foudre tombait! Reviens, Volodia, ou je me plains à maman, et c'est tout! cria Lioubov.

– C'est agréable d'être au bord de l'orage et d'avoir une maison solide derrière soi, dit Michel.

Tania ne répondit pas. Michel sentait dans sa main cette petite main souple. Il lui sembla que, d'une minute à l'autre, il allait s'évanouir de joie.

– Quand devez-vous partir pour Moscou? demanda Tania.

– Dans cinq ou six jours. Pourquoi?

– Pour rien...

L'eau ruisselait des gouttières et s'accumulait en mare au pied de l'escalier. Volodia revint avec ses compagnons, trempé, radieux, une branche cassée à la main :

– Vous êtes tous des mauviettes!

– Tais-toi, dit Tania. Écoute...

À travers le murmure étouffé de la pluie, parvenaient les sons limpides d'un piano. On eût dit que la musique descendait du ciel avec cette eau légère. Une voix d'homme chantait :

Par habitude, les chevaux connaissent
Le logis de ma bien-aimée.
Ils font sauter la neige épaisse.
Le cocher chante des chansons.

– C'est papa qui chante, dit Tania. Sans doute, une dame lui a demandé...

5

MICHEL ouvrit les yeux, haussa la tête, et regarda la pendule murale qui marquait cinq heures et demie du matin. Une heure encore à passer dans la chaleur mince des couvertures. Le dortoir de l'Académie d'études commerciales pratiques baignait dans une ombre bleue, où palpitaient, de place en place, les papillons lumineux des veilleuses. Cent cinquante lits flottaient comme un banc de méduses dans ces ténèbres habitées. Cent cinquante respirations égales soulevaient et abaissaient le poids indifférent du silence. L'air sentait vaguement la sueur, le savon, l'encre sèche. Au fond de la salle, le surveillant ronflait derrière un paravent d'étoffe jaune. Et, entre les lits, déambulait la silhouette massive du *diadka,* sorte de concierge à tout faire, veilleur de nuit infatigable, maître envié de la sonnette des récréations et détenteur des lampes à pétrole. Il était vêtu d'une houppelande fourrée et chaussé de bottes de feutre. À force de préserver le sommeil des autres, il semblait être devenu lui-même une créature de songe. Quelle que fût l'heure à laquelle ils se réveillaient, les élèves l'apercevaient qui errait, le dos rond, les mains dans les poches, dans l'allée centrale du dortoir. Ses semelles touchaient à peine le sol. Son ombre se cassait aux corniches du plafond. Les enfants disaient de lui :

« Il en sait long... » Et les grands racontaient même que le *diadka* ne pouvait plus dormir parce qu'il avait eu des démêlés avec le diable.

– Quels démêlés?

– Il a refusé de cracher sept fois par la fenêtre.

– Et alors?

– Et alors, il est maudit. Il ne dort plus.

Michel tremblait encore au souvenir de ces paroles étranges. Le *diadka* s'était arrêté devant un lit et grommelait :

– Tu ne dors pas, Markoff? Tu bavardes. Je vais te signaler.

– Je dormais, c'est toi qui m'as réveillé, geignait Markoff.

– Il ment et ne craint pas la colère de Dieu! dit le *diadka,* et il poursuivit sa ronde en bougonnant.

Quand il fut à l'autre bout de la pièce, Michel se tourna vers le lit voisin et appela d'une voix sourde :

– Volodia! Volodia! Tu dors?

– Que veux-tu?

– Rien.

Le visage maigre de Volodia sortait de la nuit. Deux cornes de cheveux blonds pointaient de part et d'autre de son crâne. Sa chemise était ouverte.

– Tu es encore triste? demanda-t-il dans un bâillement.

– Je pense à la maison.

– Il ne faut pas. Pense plutôt au professeur de géographie. Je prépare une blague pour demain.

– Quoi?

– Je ne sais pas encore. On pourra commencer par faire claquer les lampes en envoyant des boulettes de papier mâché contre les globes.

– Tu trouves ça drôle?

– Ça fait passer le temps.

De la rue monta brusquement une rumeur de galop, de grelots secoués, de rires :

– Qu'est-ce que c'est? demanda Michel.

– Un fêtard, dit Volodia. Il a été au bal, où il y a des jets d'eau, des dames décolletées et du champagne. Et maintenant, il rentre chez lui. À peine arrivé, il dira à son valet de chambre : « Ôte-moi mes bottes, Vasska. » Et Vasska retirera les bottes. Et, dans la botte droite, on trouvera une rose que quelque admiratrice y aura glissée en cachette.

– D'où le sais-tu?

– Je ne le sais pas. Je l'imagine. Tous les fêtards se ressemblent. Nous aussi, nous serons des fêtards, Michel.

– Quand?

– Plus tard. À seize ans, je pense. Regarde les grands, ils n'en sont pas loin.

Les grands étaient couchés à l'autre bout de la salle. Élèves des classes de septième et de huitième, ils bénéficiaient d'un régime de faveur scandaleux et enviable. C'est ainsi qu'ils avaient le droit de fumer après le repas au fumoir de l'école, qu'ils étaient dispensés des promenades en rangs dans les rues de la ville, et qu'ils pouvaient manger de la moutarde avec leur plat de viande. Volodia les appelait les « moutardiers », et recherchait assez bassement leur compagnie.

– Ils dorment, les moutardiers, murmura-t-il, et ils voient des dames en rêve. Est-ce que tu as rêvé de Tania?

– Non.

– C'est que tu ne l'aimes pas. Moi, je rêve chaque nuit de Lioubov. Nous nous promenons dans un parc, et nous nous embrassons. C'est bien agréable. Tu ne comprends pas encore, parce que tu n'es pas très avancé pour ton âge. Mais ça viendra. Je vais me rendormir; je sens qu'elle m'attend!

– Qui elle?

– Lioubov, imbécile! Elle m'attend, ma chérie...

Il pouffa de rire et piqua un plongeon sous les couvertures. Michel se recoucha et ferma les yeux. Mais il ne pouvait pas dormir. Depuis deux mois qu'il était entré à l'Académie d'études commerciales pratiques, une tristesse continue l'engourdissait. Il détestait cette vie recluse et monotone. Le lever à six heures et demie du matin, au tintement de la sonnerie. Les ablutions bruyantes dans le lavabo d'étain aux robinets de cuivre à poussettes. La prière dans la salle des fêtes, dite par M. l'inspecteur en grande tenue. La promenade en rangs. La classe morne. Les récréations dans le préau sonore. Le déjeuner dans le réfectoire. Et, de nouveau, les cours succèdent aux cours, et le ciel s'assombrit, et c'est le départ des externes, et l'étude surveillée, et le dîner frugal, et le dortoir.

Comment Volodia peut-il supporter cette existence fade et lente? Volodia lit à peine ses leçons, bâcle ses devoirs en une heure, et n'en est pas moins le premier de la classe. Il sait tout sans avoir rien appris. Ses camarades l'aiment et le respectent. Ses professeurs disent de lui : « Bourine est un élève brillant. » Même lorsqu'il fait des niches, il n'est jamais soupçonné, jamais puni. Mais lui, Michel Danoff, il faut qu'il travaille comme un forcené pour retenir les vers de Kryloff et les règles d'arithmétique. Il se réveille la nuit pour se réciter les leçons du lendemain. Et, quand ses maîtres l'interrogent, il se trouble et bégaye des âneries qui font exploser la classe en rires et en quolibets. On se moque de lui parce qu'il a mauvaise mémoire. On se moque de lui parce qu'il parle le russe avec l'accent guttural des Tcherkesses. Des gamins lui crient dans le préau : « Retourne à ton bazar!... » ou : « Va peigner la queue de tes chevaux, Tcherkess! »

Mais, quand il se jette sur eux pour les châtier, ils se réfugient derrière le dos du surveillant, et ils disent :

– Monsieur le surveillant, c'est un Circassien! C'est un sauvage! Il veut nous battre!

Non, il n'est pas de ce pays. Il n'a rien de commun avec ces garnements sournois qui le méprisent. On l'appelle : « Sauvage. » Eh bien! oui, il est un sauvage. Il le demeurera jusqu'à la fin de ses jours. L'air libre. La steppe. Les gardiens tcherkesses. Les chevaux. Voilà sa patrie véritable. Ses amis se nomment Tchass, Artem, Salim... Il n'en aura jamais d'autres. Auprès d'eux, les Moscovites, quels qu'ils soient, font figure d'esclaves. Il secoue son voisin.

– Vassia... Vassia...

– Quoi?

– Est-ce que tu sais comment on dompte un cheval qui se roule sur le dos?

– Tu m'embêtes. Je n'aime pas les histoires d'écurie. J'ai sommeil.

Michel a la gorge serrée. Il voudrait pleurer. Il fredonne pour lui-même, à mi-voix :

> Allah verdy! *Que Dieu soit avec toi*
> *Quelle que soit ta terre d'origine...*

Que fait-il dans ce dortoir surchauffé? Pourquoi n'est-il pas dans la cahute d'Artem, à écouter la galopade des chevaux éveillés aux premières lueurs de l'aube? Il sellerait Chaïtan et partirait, bourdonnant et vif, comme une mouche dans l'espace. Une mouche. Il y en a une qui se promène sur le drap. On parlait aussi d'une mouche dans la fable qu'il devait apprendre pour ce matin. Comment était-ce donc? Ah! oui :

> *Une mouche survient et des chevaux s'approche,*
> *Prétend les animer par...* par... par quoi?

Il ne s'en souviendra jamais, et le professeur ne manquera pas de l'interroger.

– Élève Danoff, je suis au regret de vous marquer un zéro pour votre récitation.

Voilà ce que dira le professeur. Et il ajoutera :

– Bourine, récitez la fable à la place de votre camarade.

Alors, Volodia se lèvera de son banc, blond et fier, comme une épée au soleil. Tout le monde fera silence.

On entendrait voler une mouche. Ah! cette mouche! Il semble à Michel que les mots de la fable sont une nuée de mouches noires qui tourbillonnent dans sa tête et l'empêchent de réfléchir. Fatigué, il ferme les paupières et tente de dormir un peu. Mais ses rêves mêmes sont visités par un bourdonnement innombrable.

– Élève Danoff, cela suffit. Zéro.

Michel revint à sa place, tandis que les rires fusaient dans ses oreilles chaudes.

– Un peu de silence, messieurs, dit le professeur en tapant sur sa chaire avec une règle en bois. L'infirmité mentale d'un camarade ne doit pas être un sujet de joie mais de mélancolie pour les gens de son entourage.

Le voisin de Michel, un gosse de dix ans au visage piqué de taches de rousseur, fit mine de pleurnicher dans son coude.

– Imbécile, gronda Michel.

Volodia, qui était assis au premier rang, se tourna vers Michel et lui adressa un regard de tendresse compatissante.

– Le renard rouge! cria-t-il, tandis que s'apaisaient les derniers rires de la classe.

La sonnette des récréations secoua la marmaille entassée entre les quatre murs blancs de la salle, et ce fut une ruée générale vers le préau. Volodia et Michel couraient côte à côte dans les couloirs sonores.

– Je les déteste, disait Michel.

– Moi aussi, disait Volodia. Mais il ne faut pas le montrer.

– Pourquoi?

– Parce que tu n'es pas le plus fort.

– Et alors?

– Il vaut mieux être ridicule que vaincu.

Le préau retentissait d'une galopade bruyante. La

tradition voulait qu'en arrivant dans cet espace de vitres et de pierres les élèves criassent leur enthousiasme à pleins poumons. Le *diadka* avait fourré des boules de coton dans ses oreilles.

– Les voilà frappés d'idiotie, grognait-il.

Une chaîne s'organisait en hâte. Quelques troïkas improvisées fonçaient d'une porte à l'autre. Les duels à la règle opposaient des gaillards hirsutes, aux faces enflammées et aux doigts bleus. Une colonne de « cavaliers » tournait en rasant les murs. Et celui qui tenait la tête, soucieux de préserver sa dignité toujours menacée, glapissait en cadence : « Ne-dépassez-pas-le-chef! Ne-dépassez-pas-le-chef! »

Dans un coin, Larionoff, un grand de quinze ans déjà, assemblait les petits qui voulaient entendre ses aventures de chasse. Ce chenapan efflanqué, aux yeux bigles et à la lèvre mauvaise, avait la réputation de connaître spécialement les mœurs des ours blancs et des baleines. Mais il ne donnait de consultations que contre un paquet de bonbons à la framboise. Michel et Volodia se rapprochèrent du groupe.

– Figurez-vous, disait Larionoff à son auditoire extasié, figurez-vous que mon père a acheté une baleine qui s'appelle Rose. Il l'a entreposée dans l'un des grands bassins que nous avons au bord de la Volga. Et il est en train de la dresser. Déjà, elle vient quand on la siffle...

– Et qu'en fera-t-il plus tard? demanda un mioche en s'interrompant de curer son nez.

– Plus tard? C'est très simple, il lui fera tirer les péniches sur le fleuve, et il gagnera beaucoup d'argent.

Volodia et Michel pouffèrent de rire.

– Que faites-vous là, tous les deux? dit Larionoff. Vous n'avez rien donné pour entendre. Filez, si vous ne voulez pas que je vous torde les oreilles.

– Il rit et il a eu un zéro en récitation, siffla le gamin au visage taché de son, qui était le voisin de Michel en classe.

– Un zéro! s'écria Larionoff. C'est un zéro qui prétend se moquer de moi? Et quel zéro! Regardez-moi sa gueule. Espèce de Tcherkess à la manque! Quand il est sur un cheval, il doit trembler dans sa culotte et appeler sa maman pour qu'elle le descende bien vite et lui poudre les fesses!

Michel blêmit sous l'offense et crispa les poings dans ses poches.

– Viens, dit Volodia. C'est un idiot. Et il est plus fort que nous. Viens.

– Non, dit Michel.

Il serrait les dents, et ses yeux noirs se chargeaient d'une colère brillante. Larionoff le dominait de la tête, mais Michel s'avança vers lui et le tira par un bouton de son uniforme :

– Répète ce que tu as dit.

– Et pourquoi donc? D'abord, tu parles trop mal le russe. Je ne te comprends pas.

– Et ça, tu le comprends? demanda Michel en lui appliquant une gifle plate sur la joue.

Il hurla encore :

– Hourra!

Et, avant que Larionoff eût tenté de se ressaisir, il lui comprimait la gorge à pleins doigts.

– Lâche-moi, criait Larionoff.

Michel donna un coup de tête dans le menton de son adversaire et tous deux basculèrent sur le sol.

– Vas-y, Michel! glapit Volodia.

Michel, à genoux sur la poitrine du grand, lui cognait le crâne contre les dalles. Il avait perdu toute notion de temps et de discipline. Une rumeur houleuse était dans ses oreilles. À quelques centimètres de son visage, il voyait ce visage jaune, aux prunelles révulsées, à la bouche ouverte. Sa haine se nourrissait de ce spectacle odieux. Autour de lui, les élèves avaient fait cercle et commentaient passionnément le combat.

– C'est Michel Danoff qui donne une correction à Larionoff!

– Un petit de première qui tabasse un grand de septième!

– Comme il est fort!

– Il a l'air d'un fou!

Et, vraiment, Michel se sentait devenir fou de rage et de joie primitives. Il s'évadait de son uniforme d'écolier, de sa timidité d'écolier, de sa tristesse d'écolier, de son zéro d'écolier. Oh! si Artem, si Tchass avaient pu le voir! Un spasme lui serra la gorge. Il aboyait des paroles incohérentes en circassien :

– *Kham Kalfig! Si haï Woshk!*

Ces voyelles gutturales étaient comme une insulte lancée à toute la civilisation. Au moment où Michel enfournait ses deux pouces dans les narines de Larionoff, une main solide le saisit par le collet et le tira en arrière.

– Élève Danoff! Qu'est-ce qui vous prend de brutaliser ainsi votre camarade?

Un inspecteur était devant Michel et lui brisait le bras entre ses doigts secs.

– Il... Il m'a insulté, balbutia Michel, échevelé, le souffle rauque.

– C'est bon. Nous tirerons cette affaire au clair. De toute façon, vous aurez trois jours de cellule.

– Pourquoi? Je n'ai fait que me défendre.

– Il ne vous a pas attaqué.

– Il m'a dit : « Espèce de Tcherkess à la manque... »

– Hum... Ce n'est pas une raison. Vous auriez dû vous plaindre à moi. J'aurais fait un rapport.

– Je n'aime pas me plaindre.

Larionoff s'était relevé, la lèvre saignante, la joue souillée de poussière, et filait, tête basse, vers les lavabos.

– Hou! Larionoff! Kss! Larionoff! hurlaient les petits.

Quelqu'un cria :

– Vive Michel Danoff!

Michel dressa fièrement le menton. Un goût âcre était

dans sa bouche. En passant la main sur son visage, il s'aperçut qu'il saignait du nez.

– Allons, du champ, du champ! disait l'inspecteur en claquant ses paumes l'une contre l'autre.

La sonnette tinta pour annoncer la fin de la récréation. Volodia et Michel rejoignirent leurs camarades qui se hâtaient vers la classe de danse.

L'enseignement de la danse tenait une place capitale dans l'éducation des élèves de l'Académie. Un maître de ballet de l'Opéra impérial de Moscou, aidé d'un pianiste français, s'efforçait d'inculquer à cette jeunesse turbulente les premières notions d'harmonie et de maintien. Pour la danse, comme pour le reste, Volodia dépassait aisément ses compagnons.

– Et une et une, et deux et deux, et trois, scandait le professeur en dodelinant sa tête de porcelaine fine.

Les enfants se soulevaient et s'abaissaient en cadence aux sons vigoureux du piano. Michel lorgnait Volodia, souple et nonchalant. Le cou dégagé, les reins cambrés, les pieds lestes, Volodia pesait à peine sur le sol.

– Il paraît qu'en quatrième on leur apprend déjà le Quadrille des lanciers, chuchotait quelqu'un.

– Et une et une, et deux... je ne veux entendre personne... et deux... rentrez-moi ce ventre... et trois... et une... Markoff vous êtes un cancre et vous ne sortirez pas dimanche... et une et deux... très bien, Bourine... et deux et trois... Un peu plus vite, monsieur Labadie... et une... top top... et deux... top... top...

Michel suait à grosses gouttes et retombait sur ses talons en soufflant.

Cet exercice était fastidieux et inutile : « C'est bon pour des filles. »

– Et deux... top top, poursuivait le professeur... Michel Danoff, vous manquez effroyablement d'allure... On dirait que vous avez du plomb dans vos poches... et vos genoux, rentrez-moi vos genoux... et trois, top top... Ce n'est pas avec une dégaine pareille qu'il vous faut espérer briller aux bals et aux réceptions...

Michel s'attendait aux rires serviles de ses camarades. Il se mordit les lèvres, furieusement. Mais, à sa grande surprise, un silence gêné accueillit la remarque du professeur. Michel regarda ses voisins. Ils souriaient timidement. On eût dit qu'ils l'admiraient pour sa gaucherie.

– C'est la correction de tout à l'heure qui leur a donné à réfléchir, murmura Volodia.

– Tu crois?

– Ils ont peur de toi, maintenant. Ils t'estiment.

– Et trois, top top...

Un doux orgueil envahit le cœur de Michel. Il se sentait bon et juste, fort et généreux. La musique de M. Labadie devenait particulièrement entraînante et joyeuse. Les élèves qui sautillaient en mesure avaient des têtes sympathiques, et leurs gestes n'étaient pas dénués de grâce. Tout à coup, Michel évoqua le visage hargneux de Larionoff, sa lèvre fendue, ses joues griffées, son regard faux.

– Crois-tu qu'il ait très mal? demanda-t-il à Volodia.

– Qui?

– Larionoff.

– Tu le plains?

– Non... C'est... c'est pour savoir, dit Michel d'un air confus.

– Tu devrais le savoir mieux que moi. Tu l'as bien assommé. Sûrement, il aura une bosse. Peut-être deux...

– Deux bosses?

– Oui.

– Surtout, il doit être humilié...

– Ce n'est pas grave.

– Non, ce n'est pas grave.

– Si Tania apprenait ton exploit! reprit Volodia.

– Eh bien? dit Michel.

– Elle en perdrait la tête!

L'air fleurait vaguement la résine, la poussière arrosée. Le piano sonnait à grand renfort de pédale. Le professeur bondissait avec ses élèves et retombait sur ses pieds avec une souplesse de chat.

– Et trois et quatre... C'est mieux, Danoff... C'est bien mieux... Et cinq... Mes observations n'auront pas été inutiles... Et six...

Michel acquiesçait du menton et tirait la langue, parce qu'il s'appliquait de tout son cœur, à présent.

À la fin du cours, Michel avait oublié les menus désagréments de la journée et ne songeait plus qu'à sa joie toute neuve. Dans le vestiaire, les externes se pressaient devant les patères numérotées. Ils allaient partir, rentrer dans leurs familles chaudes et closes, oublier l'école. Une mère les attendait, sans doute, avec des mains douces et un front parfumé, un père, des frères, des sœurs. Michel et Volodia considéraient leurs camarades avec un sentiment d'envie. Les grands astiquaient d'un revers de manche les boutons de leur uniforme, enfilaient leur pardessus à martingale serrée et coiffaient crânement la casquette de drap noir cerclée de velours vert. Tous parlaient d'une manière ardente et péremptoire :

– Tu as vu, les Bylinoff ont changé d'attelage!

– Le trotteur de mon père est excellent. C'est un demi-sang anglais, dressé par Bogdanoff.

– Bogdanoff n'a jamais su dresser un trotteur!

– La prochaine fois on te demandera de l'aider!

Devant l'Académie d'études commerciales pratiques, une file de traîneaux encombrait le boulevard Pokrovsky. Les chevaux piaffaient. Les cochers aux tenues matelassées et aux ceintures de couleurs vives tiraient sur les rênes et juraient dans leurs grandes barbes fumantes. Un à un, les externes descendaient les marches du perron et se dirigeaient vers leurs voitures respectives. À peine installés, ils glissaient leurs cahiers et leurs livres sous la banquette, par crainte qu'on ne reconnût en eux de modestes élèves de l'Académie. Par ce geste sacramentel, ils rompaient ostensiblement avec l'école et ses représentants. Ils devenaient des « étudiants », des hommes libres.

– On fait la course, Kolia? criait un élève.

– D'accord. Je te laisse cinquante mètres de handicap.

– Je n'en veux pas. Nos chevaux valent les tiens.

– En route. Va, Stepan.

Les équipages s'ébranlaient à tour de rôle. Des courses s'organisaient tout au long du boulevard Pokrovsky, jusqu'au champ de Vorontzoff. Et les internes, massés à la grille, pénétrés de jalousie et d'ennui, échangeaient entre eux des paris mélancoliques :

– C'est Kolia qui l'aura, dit Michel. Il a pris la corde.

Volodia fronçait le nez en connaisseur :

– Je parierais plutôt pour l'autre. Il ne donne pas à fond. Il se réserve. Il faut toujours parier pour ceux qui se réservent...

Comme ils s'apprêtaient à regagner le vestiaire, Larionoff les dépassa. Il portait un paquet de cahiers sous le bras. Sa lèvre était tuméfiée. Ses yeux étaient obstinément braqués sur le sol. Il s'éloigna, à pied, le dos rond, sous la neige qui tournoyait finement.

– Il s'en va à pied, dit Michel. Ses parents n'ont pas de voiture.

Son cœur se serra, tout à coup. Il eut honte.

– Eh bien, oui, dit Volodia. Il s'en va à pied. Et nous, nous ne pouvons même pas nous en aller à pied. Alors?

– C'est tout de même nous qui avons le plus de chance, dit Michel.

DEUXIÈME PARTIE

1892

1

CETTE ANNÉE-LÀ, comme les années précédentes, Tania et Lioubov espérèrent le retour de Volodia pour les grandes vacances. Mais, encore une fois, Volodia trompa leur attente et se rendit à Armavir, dans la famille de Michel Danoff. En vérité, depuis qu'il était entré à l'Académie d'études commerciales pratiques, Volodia n'était revenu que trois fois à Ekaterinodar. En 1889, au moment de Noël. En 1890, pour les fêtes de Pâques. Et, l'année dernière, lorsque sa mère était tombée malade. C'était tout. Une conduite aussi bizarre ne laissait pas d'intriguer les fillettes. Aux questions qu'elles posaient à leur mère, Zénaïde Vassilievna répondait évasivement :

– Je crois que ça ne va pas très fort chez les Bourine. Les parents de Volodia ne s'entendent guère entre eux. Ils préfèrent tenir Volodia écarté de leurs querelles. C'est triste pour ce pauvre garçon...

Tania, qui avait quatorze ans déjà et qui suivait des cours au gymnase d'Ekaterinodar, estimait qu'à son âge et avec son instruction une jeune fille avait le droit de savoir toute la vérité. Les paroles ambiguës de sa mère étaient pour elle un signe de méfiance et d'incompréhension. Quoi qu'elle fît, on la traitait en gamine. Sa seule consolation était de se dire que Lioubov n'était pas mieux renseignée qu'elle sur les déboires sentimentaux de la famille Bourine. Elles en discutaient souvent, toutes les deux, dans leur chambre, avant de s'endormir. Lioubov prenait naturellement le parti de Mme Bourine, affligée d'un mari volage et hargneux. Mais Tania nourrissait une secrète indulgence à l'égard de Philippe Savitch. Elle disait :

– Son visage porte les marques du malheur. Cela me suffit pour le plaindre.

Et encore :

– Je me dis qu'il a des liaisons. Et je n'arrive pas à le condamner.

Les deux sœurs imaginèrent même d'écrire un poème lyrique sur ce ménage divisé. Cependant, une grande nouvelle interrompit leur travail, dès le début. Le jour de la Transfiguration, Zénaïde Vassilievna reçut une lettre de son fils aîné. Nicolas annonçait son arrivée à Ekaterinodar pour la fin de la semaine. Aussitôt, ce fut un branle-bas général dans la maison. Les domestiques astiquaient les meubles avec fureur. Zénaïde Vassilievna inventait des menus généreux et vérifiait à tout propos le contenu du garde-manger. Elle répétait :

– Le pauvre enfant! Avec toutes ses études, il a dû oublier l'atmosphère de la maison familiale.

« L'atmosphère de la maison familiale. » Ces quelques mots obsédaient Tania. Elle n'aurait jamais supposé que la maison familiale pût avoir « une atmosphère ». Était-il possible que Nicolas souffrît d'avoir vécu longtemps hors de ces murs modestes?

Le matin même du jour où Nicolas devait débarquer dans sa ville natale, Tania fit le tour de la demeure et l'examina dans tous ses recoins. C'était une vieille bâtisse à deux étages, avec un petit jardin par-devant, et une grande cour par-derrière. La grande cour était réservée aux jeux des enfants et aux travaux des domestiques. Le petit jardin, touffu, négligé, servait de refuge aux parents et aux visites pour prendre le thé sous les tilleuls et jouer au croquet. Constantin Kirillovitch possédait un autre jardin, aux environs de la ville, où il cultivait des roses. Ce jardin-là était ratissé, pomponné, et Arapoff était fier de sa réussite. Mais Tania préférait les ronces aux roses, et le désordre des grands arbres pleins de murmures à l'alignement sec et morne des espaliers. Une paix profonde régnait autour de la douce maison. Elle présentait au soleil sa façade plate, bâtie en pierres de couleur ocre. Les degrés du perron étaient craquelés et rongés de mousse. L'un d'eux, descellé, branlait au moindre choc, et Tania lui vouait une affection spéciale. Elle tremblait à l'idée qu'on le remplaçât. À l'intérieur du logis, les pièces étaient vastes, éclairées de deux fenêtres chacune, avec des parquets luisants. Il y avait une dénivellation entre l'antichambre et le salon. Une marche. Pourquoi? Personne ne l'avait jamais su. Évidemment, cette marche insolite contribuait à créer « l'atmosphère » de la maison. Et aussi la porte vitrée qui conduisait du salon à la salle à manger, et qu'on n'avait jamais pu fermer, parce que le bois s'était gondolé avec l'âge. Et aussi la bergère bouton-d'or, dont un pied était plus court que l'autre. Maman disait qu'elle était assise dans cette bergère, lorsque Constantin Kirillovitch lui avait fait sa première déclaration.

Ayant inspecté toutes les pièces du rez-de-chaussée, Tania s'installa à son tour dans la bergère et songea qu'un jeune homme lui disait des paroles flatteuses en s'écrasant les deux mains sur le cœur. C'était très agréable et assez scandaleux, en somme. À travers les volets mi-clos, filtrait un rayon de soleil poussiéreux. Le salon sentait la cire d'abeille. Aux murs, pendaient de nombreuses silhouettes découpées dans du papier noir et serties dans des cadres ovales. Il y avait aussi ce portrait représentant un personnage sombre et renfrogné, qui était un grand-oncle de Constantin Kirillovitch et dont on disait qu'il avait beaucoup fréquenté le poète Joukovsky. Participait-il, lui aussi, à l'atmosphère de la maison? Au-dessus de sa tête, Tania entendait les pieds nus de la vieille servante Akoulina qui rangeait la chambre de Nicolas. Une voix de fille chantait du côté de l'office. La peinture du plafond s'écaillait par places. Des mouches se promenaient sur le miroir glissant du parquet. Et Tania devinait confusément que tout cela était nécessaire à sa joie quotidienne, les mouches, les craquelures du plafond, les chansons de l'office, la bergère bouton-d'or, le portrait du grand-oncle et les silhouettes en papier noir sur fond blanc. Une gaieté paisible l'envahissait et brouillait ses idées, comme lorsqu'elle buvait du champagne pour un anniversaire. Elle avait chaud. Elle bâilla de plaisir et de paresse. Zénaïde Vassilievna entra dans le salon, portant un bouquet de roses serré contre son corsage. Elle aperçut Tania et parut étonnée :

– Que fais-tu là?

– Je me reposais. C'est le seul endroit qui soit frais, dit Tania.

– Viens m'aider à fleurir la chambre de ton frère.

Tania se leva d'un bond :

– C'est bien dans cette bergère que tu étais assise lorsque...

– Je te l'ai déjà dit cent fois, répondit Zénaïde Vassilievna, et elle se mit à rire.

– Et la bergère se trouvait à cette même place?

– Mais oui. Pourquoi?

– Pour rien.

– Ne me fais pas perdre mon temps, dit Zénaïde Vassilievna d'un air contraint. Nicolas arrivera et rien ne sera prêt pour le recevoir.

Tania suivit sa mère dans la chambre de Nicolas. Et, jusqu'au soir, elle ne la quitta plus d'une semelle.

Nicolas arriva juste à l'heure du souper. Tania le reconnut à peine. Il avait grandi, maigri. Son visage était pâle. Une ombre bleutée dominait sa lèvre. Il parlait peu, et d'une façon dédaigneuse et triste. Cependant, grâce à l'entrain de Constantin Kirillovitch, le repas fut plus animé que de coutume. Comme Nicolas avait été fatigué par le voyage, tout le monde se coucha tôt.

Mais Tania ne pouvait pas dormir. Dans la chambre obscure, elle écoutait la respiration égale de Lioubov. Lioubov avait de la chance. Rien ne l'exaltait, rien ne la chagrinait. Elle vivait d'une façon animale, égoïste, et s'arrangeait toujours pour être heureuse, jolie et triomphante. L'arrivée de Nicolas, même, ne l'avait pas empêchée de s'assoupir avec simplicité, dès qu'on avait éteint la lampe. Pourtant, il y avait tant de mystères à élucider. À quoi pensait Nicolas? Qui fréquentait-il à Moscou? Était-il déjà amoureux? Quels étaient ses projets d'avenir? Nicolas avait brillamment terminé ses études au lycée. L'année prochaine, il entrerait à la faculté de droit de Moscou. Il serait un étudiant. Il aurait un uniforme d'étudiant. Tania ferma les yeux, subjuguée, et tenta d'imaginer Nicolas en étudiant. Puis en avocat. Puis en fiancé. Elle s'endormit sur cette dernière image.

Un roulement lointain la réveilla, en pleine nuit. Le tonnerre grondait. Une pluie lourde et drue giflait les volets et engorgeait les gouttières. Un éclair blanc explosa dans la glace, en face du lit, et toute la chambre bondit hors de l'ombre, rose et vert, pour s'éteindre à nouveau. Tania poussa un faible cri :

– Lioubov! Lioubov! Un orage!

Chaque fois qu'un orage se déchaînait au-dessus de la ville, toute la famille Arapoff se réunissait autour du lit de Zénaïde Vassilievna. Cette tradition datait de l'époque légendaire où la foudre était tombée sur un tilleul proche de la maison. Les enfants, Tania et Nina surtout, aimaient ces conciliabules nocturnes. Pour rien au monde, ils n'auraient laissé passer l'occasion de veiller un peu. D'autant que, pour les distraire, Constantin Kirillovitch racontait des plaisanteries et distribuait des bonbons. Lui-même profitait de la diversion pour manger « un petit quelque chose ». C'était la règle.

– Un orage! Un orage, Lioubov, répéta Tania.

– Un vrai? demanda Lioubov d'une voix pâteuse.

– Oui, oui... Il faut aller voir maman...

Elles se levèrent, en chemise, pieds nus, et sortirent dans le corridor. Au bout du couloir obscur, une faible lueur passait sous la porte de Zénaïde Vassilievna. Puis, la porte s'entrebâilla en grinçant. C'était le signal. Tania et Lioubov coururent à toutes jambes vers la lumière. Une lampe voilée d'un abat-jour rose à glands dorés éclairait le lit de Zénaïde Vassilievna. Elle était assise dans ses oreillers, les épaules couvertes d'un léger châle de mousseline, les cheveux emprisonnés dans un bonnet de nuit en dentelle crème. Un peu plus loin, dans un autre lit, semblable en tout point au premier, reposait Constantin Kirillovitch. Il feignait de dormir et poussait des ronflements affreux.

– Cela suffit, Constantin, dit Zénaïde Vassilievna, tu ne nous feras jamais croire que tu dors.

– Si, je dors, dit Arapoff.

Et il continua de ronfler.

Un bruit de galopade retentit dans le corridor. C'étaient Nina et Akim qui venaient rejoindre leurs sœurs. Ils s'installèrent sur le bord du matelas, de part et d'autre de Zénaïde Vassilievna, et Nina, selon un privilège que nul ne songeait plus à lui contester, se glissa même à demi sous les couvertures. Tania et Lioubov traînèrent un petit canapé tout contre le lit et s'assirent côte à côte, les pieds ramenés sous les fesses. Un éclatement brutal déchira le ciel et fit trembler le lustre en perles de verre. Zénaïde Vassilievna se signa précipitamment.

– Boum, s'écria Akim, d'un air courageux et méchant.

Nina se mit à geindre.

– Ce n'est rien, ce n'est rien, ma chérie, dit Zénaïde

Vassilievna en pressant la tête de l'enfant contre sa poitrine.

– Ne crois-tu pas qu'on devrait appeler Nicolas? dit Tania.

– Laisse Nicolas tranquille, grogna Constantin Kirillovitch en redressant le buste. Il est fatigué. Et vos sornettes ne l'amuseront guère.

– Même si on lui demandait, dit Lioubov, il ne viendrait pas. Il est bien trop fier.

– Il est intelligent, voilà tout, dit Akim, et il ferma les yeux brusquement, parce que la lumière blanche d'un éclair éblouissait la fenêtre.

– Cette fois, la foudre tombera tout près, dit Tania. Tout près...

Elle compta :

– Un, deux...

Un formidable éboulement lui coupa la parole.

– Badaboum! hurla Akim.

Et il courut à la fenêtre :

– Je vais voir si ça flambe.

Lioubov le suivit.

– Lioubov, Akim, restez ici, soupira Zénaïde Vassilievna.

– Vous entendez ce que dit votre mère? demanda Constantin Kirillovitch. Si la foudre vous voit, elle vous sautera dessus.

– Et Nicolas qui ne vient pas, dit Zénaïde Vassilievna. Ce n'est pas bien. Il sait pourtant que j'aime réunir mes enfants quand il y a un orage.

– Veux-tu que j'aille le prévenir, maman? dit Tania.

– Il t'enverra joliment promener, ricana Akim.

À ce moment, la porte s'ouvrit et Nicolas parut sur le seuil. Il était vêtu d'une robe de chambre marron un peu trop courte. Ses cheveux étaient dépeignés.

– Vous n'avez pas changé, dit-il.

Et il accompagna ses paroles d'un faible sourire.

– C'est l'orage qui t'a réveillé? demanda Zénaïde Vassilievna.

– Non, mais Akim et Nina en courant dans le corridor. Alors, je suis venu voir.

– Assieds-toi, assieds-toi, mon cher, dit Constantin Kirillovitch en lui désignant une chaise. Le spectacle va commencer.

– Tu as vu l'éclair? dit Akim. La foudre est tombée à quelques pas d'ici. C'était magnifique!

– Oui, dit Nicolas et il se frotta les yeux.

– Est-ce qu'à Moscou les orages sont aussi violents qu'à Ekaterinodar? demanda Lioubov.

– C'est bien, mon enfant, de chercher à t'instruire, dit Constantin Kirillovitch, avec cet air moqueur qui le faisait, tout à coup, paraître très jeune.

– Je n'ai guère le temps de m'occuper des orages, à Moscou, dit Nicolas.

– Et de quoi t'occupes-tu? demanda Tania.

– De mes études, parbleu!

– Et puis?

– Et puis, encore de mes études.

– C'est tout?

– Mais oui.

Constantin Kirillovitch riait à gorge déployée :

– Bravo, Nicolas! Bravo! Ne crains pas de décevoir ces demoiselles. Pour elles, Moscou est un lieu de perdition où les jeunes gens volent de théâtre en théâtre et de bal en bal.

– Je n'ai pas été à un seul bal depuis le début de l'année, dit Nicolas.

– Tu n'aimes pas danser? s'exclama Lioubov.

– Si... non... je ne sais pas... Parmi mes camarades, on ne s'intéresse guère à cela. Nons parlons de choses plus sérieuses.

– De politique, n'est-ce pas? dit Constantin Kirillovitch.

– Oui, souvent.

– Quelle maladie!

Constantin Kirillovitch écarta les bras, comme pour prendre l'assistance à témoin de son indignation. Puis, il continua, sur un ton amusé :

– Ce n'est pas très nouveau, en somme. Moi-même, lorsque j'étais jeune, je me suis intéressé à la politique. J'ai rêvé de réformes sociales. J'ai bâti des Constitutions en rêve. Et puis, vois-tu, les années ont passé, et je me suis retrouvé dans la peau d'un médecin municipal, pas trop riche, pas trop pauvre, mais entouré d'une famille nombreuse, dévoué au régime et heureux de son sort. Passionne-toi donc pour la politique, Nicolas, c'est de ton âge. Plus tard, tu oublieras toutes ces calembredaines et choisiras ton bonheur dans le calme, le confort et l'honnêteté.

Nicolas eut un mince sourire.

– Je ne le crois pas, dit-il.

– Moi non plus, je ne le croyais pas. Eh bien, regarde-moi, ai-je l'air d'un naufrageur d'empires?

– Je ne tiens pas, non plus, à devenir un naufrageur d'empires. Mais, sans prétendre renverser un régime, on peut songer à l'améliorer.

– Ah! voilà, dit Constantin Kirillovitch en dressant un doigt sentencieux. Tu veux améliorer le régime!

– Je voudrais...

– Mais l'empereur lui-même le voudrait.

– Je crois qu'il manque d'énergie, ou qu'il est mal entouré.

– Bravo. Et tes camarades sont de ton avis?

– Oui.

– Cela nous promet de beaux lendemains.

– Sans doute.

De nouveau, la foudre poignarda les fenêtres d'une lueur blanche et morte. La maison trembla.

– Heureusement, la maison est solide, dit Constantin Kirillovitch.

Et on ne savait pas s'il parlait de sa propre maison ou de l'Empire russe.

– Maman, je voudrais un bonbon, dit Nina.

Zénaïde Vassilievna tira de sa table de nuit une grande boîte ronde, garnie de bonbons à la groseille. La boîte fit le tour de la famille. Comme les autres, Nicolas choisit un bonbon et le glissa dans sa bouche.

– C'est drôle, dit Lioubov, je ne pensais pas que tu mangeais encore des bonbons.

– Pourquoi?

– Ça ne te va pas.

Tania était heureuse. Cette discussion trop grave entre Nicolas et Constantin Kirillovitch avait failli compromettre la veillée. Grâce aux bonbons, tout rentrait dans l'ordre. La tradition reprenait ses droits.

– Moi, dit Constantin Kirillovitch, je mangerais bien quelque chose de plus sérieux.

– Akim, va réveiller Akoulina, dit Zénaïde Vassilievna.

Akim se précipita hors de la chambre en criant à tue-tête :

– Akoulina! Akoulina!

Il revint au bout d'un moment, accompagné de la vieille servante. Akoulina portait un plateau chargé d'un carafon de vodka et de quelques tartines au caviar. Elle dormait debout. Son visage était maussade.

– Excuse-moi, Akoulina, dit Constantin Kirillovitch. Mais j'avais faim.

Akoulina s'inclina sans mot dire et quitta la pièce.

Constantin Kirillovitch offrit un verre de vodka à son fils aîné.

– Non, merci, dit Nicolas, je supporte mal les alcools.

La tristesse se peignit sur la figure d'Arapoff :

– Aïe! aïe! aïe! Tu me fais de la peine.

Il s'envoya une gorgée de vodka d'un coup sec dans le gosier, clappa et se mit à manger les tartines. La pluie avait chassé la chaleur lourde de la nuit. Un souffle frais venait de la fenêtre entrouverte. Les enfants se serraient, instinctivement, autour de leur mère. Un roulement lointain, assourdi, une sorte de roucoulement inoffensif, emplit les oreilles de Tania.

– L'orage s'éloigne, dit Constantin Kirillovitch.

Mais Tania n'avait pas envie de retourner dans sa chambre.

– Il peut revenir, dit-elle.

– Non, non, votre père a raison, dit Zénaïde Vassilievna. Allez dormir. Sinon, demain matin, il faudra vous tirer par les pieds pour vous sortir du lit.

– On est si bien ici, soupira Nina. Je voudrais rester.

– Moi aussi, dit Akim.

– Tu as vu? s'écria Lioubov. Un éclair!

– Tu as la berlue, ma fille, dit Constantin Kirillovitch.

– Si, si, tout près, dit Tania.

Elle mentait. Mais il fallait gagner du temps, à tout prix. Cela aussi était dans la tradition.

Zénaïde Vassilievna bâilla derrière ses doigts refermés en cornet.

– Mes enfants, j'ai sommeil.

– Tu te lèveras plus tard demain, dit Tania.

Constantin Kirillovitch prit un air fâché :

– Je compte jusqu'à trois. Si, à trois, vous n'avez pas vidé les lieux...

Il n'acheva pas et se pencha hors du lit, à la recherche de ses pantoufles. Les ayant trouvées, il les brandit à pleines mains et se mit à compter :

– Un...

Selon la règle du jeu, les enfants se retirèrent vers la porte. Ils riaient et se poussaient du coude. Nicolas suivait le mouvement.

– Deux, dit Constantin Kirillovitch en roulant des yeux féroces.

Les enfants ouvrirent la porte et se tinrent sur le seuil, d'un air effronté et joyeux.

– Trois, hurla Constantin Kirillovitch.

Et il lança ses pantoufles contre la porte. Elles frappèrent le battant avec un bruit mat.

Les enfants avaient disparu. La voix d'Akim cria dans le corridor :

– Manqué!

Et tout rentra dans le silence.

Tania retrouva son lit avec un plaisir frileux. Les draps étaient neufs, aérés, inconnus. La chambre avait pris un parfum de pluie et de feuillage. On entendait ruisseler les gouttières. À peine eut-elle posé la tête sur l'oreiller que le sommeil la détacha du monde.

2

VERS LA FIN du mois d'août, Nicolas quitta ses parents pour se rendre chez un ami de classe, qui habitait une propriété aux environs de Kiev. Constantin Kirillovitch l'avait laissé partir sans regret. Depuis quelques jours, il était débordé de travail et n'avait guère le temps de penser à son fils. Une épidémie de choléra décimait la population du faubourg ouvrier de la Doubinka. Arapoff, en tant que médecin municipal, était responsable de l'état sanitaire de la cité. Mais comment raisonner les gens de la Doubinka? Cette agglomération, accrochée comme une lèpre au flanc d'Ekaterinodar, était le refuge des mendiants, des voleurs, des voyous, des ouvriers déclassés et des filles. L'assistant de Constantin Kirillovitch, qui avait voulu les réunir, dimanche dernier, pour leur enseigner les précautions à prendre contre la contagion, était tombé sous leurs coups. Son corps, affreusement mutilé, avait été retrouvé, le lendemain, au pied d'une palissade. Aussitôt, la police avait entrepris des recherches prudentes et arrêté trois ivrognes qui furent relâchés après interrogatoire. L'enquête se poursuivait. Mais le résultat en était connu d'avance. Le dossier serait classé, comme tous les dossiers relatifs aux règlements de compte, à la Doubinka. En vérité, il était hors de doute que le meurtre avait été accompli par la foule. La rumeur publique accusait les médecins d'avoir empoisonné un puits dans la nuit de l'Ascension. Pour lutter contre cette légende absurde, pour sauver malgré eux ces malades récalcitrants et préserver du même coup la ville d'Ekaterinodar, Constantin Kirillovitch résolut de se rendre lui-même sur les lieux. Obéissant à sa requête, le commissaire de police de la Doubinka convoqua les habitants du faubourg à se rassembler en masse, pour le 29 août 1892, jour anniversaire de la décollation de saint Jean-Baptiste, devant le puits pollué. Jusqu'au dernier moment, Constantin Kirillovitch avait laissé ignorer à sa femme qu'il entendait s'aventurer sur le territoire de la Doubinka. Avant de partir, il se lava des pieds à la tête, se parfuma et revêtit du linge fin à son chiffre. Il quitta la maison à trois heures de l'après-midi. Zénaïde Vassilievna l'accompagna jusqu'à la grille du jardin.

– Tu es bien élégant, lui dit-elle, tandis qu'il s'installait dans la calèche. Où vas-tu donc, s'il te plaît?

Constantin Killovitch murmura :

– Écoute, Zina... Justement, je voulais te prévenir... On ne sait jamais... Il faut que je voie ces gens... les malades de la Doubinka...

Zénaïde Vassilievna pâlit un peu et joignit les mains sous son menton :

– La Doubinka!

– Marche! cria Constantin Kirillovitch.

Le cocher fouetta ses bêtes et la calèche s'éloigna en dansant sur les pavés.

La Doubinka commençait aux portes mêmes de la ville, passé la voie du chemin de fer et le marais du Kara-sou. Là, des bicoques en bois et en torchis déchiqueté s'emboîtaient les unes dans les autres, confondant leurs jardinets rachitiques. Des vitres de papier huilé étaient posées sur les façades galeuses. Une liqueur jaune suintait des tas de purin qui défendaient les portes. Les hautes cheminées de l'usine de briques Steingel dominaient la carapace hideuse des faubourgs. Le cocher se tourna vers Constantin Kirillovitch :

– Faut-il aller plus loin, barine?

– Mais oui, dit Constantin Kirillovitch en riant.

Tout était bien ainsi. Sa décision lui laissait au cœur une impression de dignité parfaite.

Le cocher, à demi rassuré, grommela dans sa barbe :

– Si c'est pas malheureux de risquer sa peau pour une vermine pareille!

À mesure qu'on avançait, les maisons devenaient plus laides et plus chétives encore. Des gamins, en chemise et pieds nus, la face mangée de croûtes, les yeux vides, se rangeaient au passage de la voiture. Deux hommes, qui portaient un cadavre sur une civière de toile, dévisagèrent les nouveaux venus et crachèrent dans le ruisseau.

– Voilà! Voilà! Ça commence! geignait le cocher.

Plus loin, un groupe criard bloquait le seuil d'une baraque. Une jeune femme était étendue au bord de la route, et ses cheveux noirs dénoués s'étalaient comme une flaque d'encre autour de sa tête. La peau de son visage était tirée à craquer sur ses pommettes dures. Un gamin de cinq ans, accolé à son flanc, tiraillait la robe souillée et appelait la morte à longs hurlements monotones.

Des voisins entouraient la mère et le fils et discutaient posément :

– Il faut l'emporter.

– Et si elle vivait encore?

– On verra bien en route...

– Laissez-la. Ne la touchez pas. Écartez l'enfant. Je repasserai pour l'examiner, cria Constantin Kirillovitch.

Et il donna un coup de poing dans le dos rembourré du cocher.

– File, idiot. Nous n'avons pas une minute à perdre.

Une fièvre découragée le prenait tout à coup devant l'immensité de sa tâche. La mort était partout, dans le baiser, dans la poignée de main, dans les habits, dans les aliments, dans l'eau, dans les fruits, dans l'air même.

Et que devait-on opposer à l'épidémie? Des boissons chaudes, des frictions, une hygiène rigoureuse? Est-ce qu'on pouvait conseiller cela aux pauvres de la Doubinka? Est-ce qu'ils l'écouteraient seulement, lorsqu'il leur dirait cela?

– C'est affreux, c'est affreux, murmura Constantin Kirillovitch, et il passa une main lourde sur son visage.

La voiture contourna un dernier paquet de cabanes et s'arrêta à la lisière d'une sorte de terrain vague, cerné de maisonnettes sordides et planté d'arbres grêles aux troncs brûlés. Une foule compacte s'était rassemblée là, à l'heure dite, sur l'ordre du commissaire de police. Deux agents, noyés dans le flot, se rapprochaient péniblement de la calèche.

– Les policiers sont déjà là! dit le cocher. Et il y en a combien? Un, deux? Que veulent-ils faire à deux contre mille? Ah! Sainte Vierge!

Une rumeur épaisse monta de la populace :

– Le voilà! Le voilà!

Un vieillard s'avança vers Constantin Kirillovitch. C'était un ancêtre cassé, à la barbe de mousse polaire et aux yeux malins et cruels. Il n'avait pas retiré son bonnet. « Mauvais signe », pensa Constantin Kirillovitch et, se baissant vers l'homme, il demanda :

– Qui es-tu? Que me veux-tu?

– Les camarades m'ont prié de vous saluer en leur nom. Ils ont confiance en moi, les camarades. Je suis vieux. Je connais la vie.

– Bref, tu es au courant de tout.

– Qui pourrait le dire? susurra le vieillard. Dieu peut-être, et encore!...

– Qui a tué mon assistant?

– La police cherche, dit l'autre avec une courbette. Il faut faire crédit à notre police. Les agents sont intelligents et actifs. De braves gens...

– C'est bon, dit Constantin Kirillovitch, je vais parler à tes amis.

Il se dressa dans la voiture et contempla la masse des visages. Cette multitude de faces hâves, barbues, de casquettes à visières cirées, de mouchoirs noués, de regards menaçants, donnait le vertige. Malgré lui, Arapoff remarqua un colosse à la gueule spongieuse, qui mastiquait des semences de tournesol et crachait les écorces à la ronde. Il se sentit, tout à coup, faible et stupide. Qu'y avait-il de commun entre lui et ces êtres frustes et méchants qu'il avait à charge de convaincre? Quelle langue leur parler? Quelle autorité invoquer pour les toucher et les soumettre?

– Écoutez tous, dit-il soudain.

Sa voix violente l'étonna, comme s'il eût fait partie de la foule et qu'un inconnu l'eût harangué avec les autres, du haut d'une tribune.

– Écoutez tous, je suis Constantin Kirillovitch Arapoff, médecin municipal d'Ekaterinodar...

– On le sait, cria une femme.

Arapoff baissa les paupières et le sang lui vint aux joues. Il continua cependant :

– Une épidémie de choléra ravage le quartier de la Doubinka. Nous devons nous unir pour combattre ce fléau. Vos proches sont morts ou risquent de mourir d'une minute à l'autre, faute de soins. Il importe de les sauver. Je veux les sauver avec vous, pour vous...

– C'est pas en restant ici que tu les sauveras, dit le vieillard avec force. Va-t'en, et la maladie s'en ira toute seule.

L'hostilité concertée, la bêtise opaque de cette assemblée déroutaient Constantin Kirillovitch. Il ramassa tout son courage et poursuivit en tenant haut la tête :

– Parlons franc. J'ai envoyé un médecin pour vous soigner et vous l'avez assassiné lâchement. La justice s'occupe de cette affaire. Les coupables seront découverts et châtiés...

Un rire énorme secoua l'auditoire. La colère gagnait Constantin Kirillovitch.

– Mon affaire, à moi, n'est pas de vous juger, dit-il. Pour moi, vous êtes des hommes. Et ma conscience me commande de vous guérir. Qu'est-ce que le choléra? À quoi le reconnaît-on? Comment peut-on le combattre? Voilà ce qu'il faut que je vous apprenne.

– On le sait déjà! hurla le colosse au visage spongieux.

– Qu'est-ce que tu sais? demanda Arapoff.

– Je sais que, s'il y avait moins de médecins, il y aurait moins de choléra.

– Et pourquoi?

– Qui est-ce qui a intérêt à ce qu'il y ait des malades? Les médecins, parbleu!...

– Je vous soigne gratuitement.

– Parle toujours! T'es payé par la ville; on te balancerait, si tu n'avais plus de travail.

– Oui! Oui! Oui! vociféraient des voix enrouées. Tueurs de pauvres! Assassins! Lâches!...

– Vous... vous ne savez plus ce que vous dites, bégayait Arapoff, éperdu de rage et d'impuissance.

– Partons, barine, dit le cocher. Regardez, les agents se défilent. Ils vont nous laisser seuls. On nous fera un mauvais sort.

– Tais-toi! cria Arapoff.

Et il ajouta, tourné vers la foule :

– Vous ne me faites pas peur, tant que vous êtes!

– L'autre non plus n'avait pas peur, dit une femme.

– Laisse-nous, si tu ne veux pas y passer comme l'autre, aboya un gaillard, à la tête rasée et au nez aplati de Kalmouk.

– Je ne crains pas d'y passer comme l'autre, dit Arapoff, trempé de sueur et les poings serrés. Je fais mon devoir, voilà tout...

– Et c'est ton devoir que tu faisais hier soir, reprit la femme, lorsqu'on t'a vu jeter de la poudre empoisonnée dans le puits?

Un silence terrible engourdit le troupeau massé autour

de la calèche. Arapoff, à bout de nerfs, glapit tout à coup, comme un forcené :

– Qui est-ce qui a dit ça?

– Moi!...

Une femme, à la figure rongée de petite vérole, aux yeux minuscules et roses, dressait un bras vengeur vers le ciel.

– Moi! Moi! je t'ai vu.

– À mort! À mort! grondait la populace, et des poings se levaient au premier rang.

Les agents avaient disparu. Arapoff eut un mouvement de recul et demanda encore :

– Dans quel puits aurais-je, d'après vous, jeté la poudre?

– Dans celui-ci.

De nouveau, la foule eut un long cri de haine, puis se tut.

Arapoff sentait le calme revenir en lui. L'imminence du danger le rendait singulièrement lucide. Il éprouvait même une sorte de plaisir vaniteux à jouer sa vie sur une parole.

– C'est bon, dit-il. Va me chercher un verre d'eau dans ce puits que tu prétends empoisonné. Je boirai l'eau. Mais, si je ne meurs pas, c'est que tu as menti. Et, alors, je te ferai fouetter jusqu'au sang devant ces hommes et ces femmes que tu as trompés. Ma proposition est-elle équitable?

– Oui! Oui! crièrent des voix.

– Alors, au travail. Mais comment t'appelles-tu, d'abord?

Un hurlement de chienne lui répondit. La femme s'était écroulée à genoux. Elle se frappait le front contre la terre et déchirait sa robe sur sa poitrine, en gémissant :

– Seigneur, Seigneur... j'ai menti... Je n'ai rien vu... Je ne sais pas pourquoi j'ai parlé... Le diable m'a tentée... Le diable m'a tentée... Pardonne-moi!...

– Non, je ne te pardonne pas, dit Arapoff. Va me

chercher l'eau. Je te l'ordonne. Je veux que tout le monde connaisse ma bonne foi.

La femme se traîna jusqu'au puits, tandis que la foule, haletante, suivait ses moindres gestes avec attention. Puis les spectateurs commencèrent à rire et à discuter entre eux. Arapoff distinguait mal leurs propos :

– Sacrée Matriona! Elle fait plus de mal avec sa langue qu'avec une épingle! On se demande pourquoi elle vit encore, cette vipère! Regardez-la, elle se signe maintenant! Et si l'eau était vraiment empoisonnée? Eh bien, il mourrait, et ça nous éviterait de le descendre! Prends ma cruche, Matriona, mais je te la casserai sur la tête si tu as menti!

Arapoff souriait d'un air las. Il avait risqué le tout pour le tout. Peut-être tomberait-il malade? Peut-être mourrait-il dans un jour ou deux? Les guérisons étaient rares. Et il n'aurait pas le temps de se soigner. Cependant, un enthousiasme grave le soutenait aux épaules. De nouveau, il retrouvait en lui cette impression de netteté, de discipline, qui était si agréable.

Des mains se passaient une cruche ébréchée et pleine d'eau. Le cocher la cueillit entre les doigts d'un vieillard et la tendit à Constantin Kirillovitch.

– Ne buvez pas, barine, chuchota-t-il.

Arapoff lui donna une tape sur le ventre, éleva la cruche jusqu'à ses lèvres et but l'eau fraîche à longs traits. Un silence respectueux entourait son geste.

Ayant vidé la cruche, il la retourna et la secoua audessus de la voiture.

– Et voilà! cria-t-il. Me croyez-vous à présent?

Nul ne lui répondit. La foule contemplait sérieusement cet homme qui risquait la mort pour prouver sa bonne foi et son dévouement. Tout à coup, un petit moujik à cheveux de paille se mit à hurler :

– Oui! Oui! nous te croyons! Sauve-nous! Sois notre père!

Arapoff eut envie soudain de descendre vers cet inconnu et de l'embrasser.

– Notre sauveur! Notre sauveur! reprenaient d'autres voix d'hommes et de femmes.

– Ils m'aiment... Et voilà, demain peut-être que je serai mort, songeait Arapoff.

Il hocha la tête et réclama le silence, de ses deux bras étendus :

– Puisque vous croyez en moi, vous allez m'écouter sagement et retenir une bonne fois mes paroles. Lorsqu'un cas de choléra se déclare, il faut garder la maison propre, frictionner le malade, lui donner des boissons chaudes...

Le cocher se signait à petits gestes rapides. Les agents reparurent au premier rang. Ils étaient rouges. Visiblement, ils venaient de boire un coup.

– C'est gagné pour cette fois, dit l'un d'eux en desserrant d'un cran son ceinturon de cuir noir.

Arapoff parlait toujours, et le son de sa voix cuivrée lui procurait un plaisir intense.

– À présent, dit-il enfin, que je vous ai expliqué en quelques mots ce qu'il y a lieu de faire pour combattre le choléra, je vais visiter avec vous les malades. Conduisez-moi, mes amis.

Et il descendit de la voiture. Comme il mettait pied à terre, un homme se précipita sur lui et lui baisa l'épaule, dévotement. Des chapeaux volèrent au-dessus de la foule.

– Matriona! Matriona! Tu peux graisser ton dos! cria quelqu'un.

Tout le monde se mit à rire. Et Arapoff riait aussi en avançant dans cette cohue déférente. « Non, je ne mourrai pas, pensait-il. Ils m'aiment trop pour que je meure. »

Il était six heures du soir, lorsque la calèche d'Arapoff quitta la Doubinka et pénétra dans les rues d'Ekaterinodar. Les façades des maisons, roses et blondes, exhalaient la chaleur qu'elles avaient accumulée tout au long de ce beau jour d'été. La chaussée, pavée de briques rouges, aveuglait le regard comme une coulée de sang.

Arapoff était content de sa visite, mais déprimé et fébrile. Ce n'était pas la crainte de sa propre mort qui l'obsédait ainsi, mais une pensée plus lointaine. La pensée de ceux qui lui survivraient et qui souffriraient ce qu'il n'aurait pas souffert. Il se rappela le petit moujik aux cheveux de paille. Il avait une veste de peau, déchirée au coude, une casquette de cuir et des bottes trop larges qui bâillaient autour de ses mollets maigres. Et il criait de joie après avoir crié de haine. Ils étaient des millions de petits moujiks semblables à celui-ci, qui changeaient leur haine en joie et leur joie en haine, pour le prix d'un geste ou d'un mot. « C'est si facile de les retourner. Et, si on les retourne, c'est le monde entier qui est retourné. Car le monde entier repose sur eux, sur ces millions d'êtres anonymes, aux regards d'enfant et aux poings meurtriers. Si je n'avais pas trouvé la phrase qu'il fallait, j'étais mort. Saura-t-on toujours trouver la phrase qui leur convient? »

Arrivé à ce point de ses réflexions, Arapoff arrêta la calèche devant la boutique d'un parfumeur et entra dans le magasin en sifflotant. Il avait besoin, tout à coup, de respirer un parfum, de croquer une friandise, de contempler une fleur. La vanité même de ces plaisirs lui était agréable; ils étaient les signes d'un monde précieux et fragile, d'autant plus délectable qu'il paraissait condamné. « Notre univers n'existe que par un miracle d'habitude. Tout est à la merci de tout! »

Il demanda un flacon de Fougère royale, versa du parfum dans ses mains ouvertes et les appliqua en cornet sur ses narines. D'un côté Fougère royale, et de l'autre, la menace hideuse de la Doubinka. Comment Dieu permettait-il qu'il y eût à la fois cette Fougère royale et cette Doubinka? Il frissonna.

– Votre vendeuse est bien jolie, dit-il à la caissière. Je vous félicite.

La vendeuse rougit et eut un petit rire clairet de jeune fille.

– Vous me flattez, Constantin Kirillovitch.

– Tiens, vous connaissez mon nom?

– Qui ne le connaît pas à Ekaterinodar?

Arapoff sourit avec une satisfaction puérile et se lissa la barbe du bout des doigts. « Non, je ne mourrai pas. Non, ce monde ne mourra pas... », songea-t-il encore. Et il dit bien haut :

– Au revoir, mesdames, je reviendrai.

– Il arrive! Il arrive!

Toute la famille était rassemblée devant la grille. Arapoff reconnaissait le corsage bleu clair de sa femme, la robe marron de Tania, le chapeau de paille de Lioubov, et la jupe noire dont Nina s'affublait pour jouer avec les bêtes de la basse-cour. Derrière elles, Akim secouait les bras et poussait des exclamations stridentes. La calèche s'arrêta et les enfants coururent à la rencontre de leur père.

– Ne me touchez pas! cria Constantin Kirillovitch. Pour l'amour du ciel, ne me touchez pas! Je vais me changer, me laver, me désinfecter. Nous parlerons ensuite.

Zénaïde Vassilievna venait vers son mari, le visage défait, les yeux bouffis de larmes :

– Dis-nous au moins si tout s'est bien passé?

– On ne peut mieux. D'ailleurs, vous me voyez devant vous en chair et en os, que vous faut-il de plus?

– Tout de même, je ne suis pas tranquille!

– Est-ce que tu as dû te battre avec eux? demanda Akim, avec une sorte de voracité rapide.

– Oui... Seul contre dix mille. Et j'ai triomphé. Tu es content?

Arapoff eut un sourire narquois, écarta ses enfants et gravit les marches en sautillant un peu pour « faire jeune ».

– Nous prenons le thé dans le jardin ; tu viendras nous rejoindre, dit Zénaïde Vassilievna.

Arapoff se lava des pieds à la tête, frotta ses mains à l'ichtyol et revêtit une robe de chambre légère en soie crème passementée de vert. Puis, il alluma un petit cigare et pénétra dans son bureau de bois sombre et de cuir marron. Il voulait s'isoler un peu avant de retrouver sa famille. Il avait besoin de réfléchir à son aventure. Ce fut avec un sentiment d'allégresse coupable qu'il s'allongea sur les coussins du divan de consultation. Par la fenêtre ouverte, arrivaient les voix déréglées des enfants, la voix sage de Zénaïde Vassilievna. Ils étaient assis là. Ils l'attendaient. Ils dépendaient de lui, comme une grappe. Grâce à eux, une épaisseur tiède et vivante l'enveloppait de toutes parts. Plus jamais, il ne serait seul. Cette pensée lui procurait un bien-être physique. Il songea au temps lointain où il s'était établi dans la ville. Il avait vingt-sept ans, à l'époque. La cité n'était encore qu'une bourgade cosaque, accrochée aux marais clapotants du Kara-sou, avec des rues noyées de boue noire et bordées de trottoirs en planches. Les jeunes filles se rendaient au bal, debout dans des charrettes à bœufs. Le seul orchestre de l'endroit était la clique du régiment. Mais, avec les années, des maisons neuves avaient poussé par centaines, et la situation de Constantin Kirillovitch s'était rapidement améliorée. À trente ans, Arapoff avait épousé une jeune fille aimable et modeste. Zénaïde Vassilievna venait d'achever les cours du sévère Institut Smolny, lorsque Arapoff la rencontra dans une réunion mondaine. Elle était d'origine allemande, rougissait à tout propos, n'avait rien vu, rien lu, rien appris d'utile, et accepta le mariage avec un effarement extasié.

Arapoff lui fit des enfants, parce qu'il aimait les enfants et qu'il fallait bien occuper sa femme. À présent, la ville comptait plus de cent mille habitants. La famille d'Arapoff était nombreuse et saine. La clientèle avait triplé en dix ans. Arapoff était connu de tous, aimé, fêté, gâté; il avait su réaliser son rêve et acheter un petit jardin aux confins de la cité pour cultiver des roses. Les roses, le Cercle, quelques maîtresses fugitives, une bonne chère, une brave femme, de beaux enfants, un travail considérable et varié, que pouvait-il souhaiter encore? Constantin Kirillovitch regardait la vie avec contentement. Mais, déjà, une pensée inquiète altérait son plaisir. Les enfants. Partis de lui, détachés de lui, quelle serait leur démarche dans un univers hostile? Lioubov aurait dix-sept ans bientôt. Elle se révélait coquette, frivole et paresseuse. Zénaïde Vassilievna échafaudait pour elle des projets de mariage approximatifs. Mais la gamine se plaisait aux promenades de la rue Rouge. Jeunes gens et jeunes filles déambulaient en groupes, le long de cette voie élégante, pavée de briques écarlates, et promise de longue date aux intrigues sentimentales.

– Je vais me promener dans la rue Rouge, disait Lioubov en ramassant le coin de sa robe.

Et Arapoff savait déjà qu'il la rencontrerait flanquée de deux ou trois garçons exaltés et timides, à qui elle disait : « Vous êtes insupportables! » et pour qui elle riait très fort, en montrant ses dents blanches et en renversant la tête.

Tania donnait plutôt dans le romantique, lisait des livres français en cachette, fredonnait des valses, tenait un journal et affectait un maintien langoureux, bien qu'elle fût une solide gaillarde de quatorze ans, aux joues roses comme des pommes frottées, et aux yeux bleus et clairs de nourrisson.

Nina, elle, s'intéressait toujours aux petits chats abandonnés et aux chiens galeux, et disait qu'elle épouserait un vétérinaire.

Akim, qui avait eu dix ans avant-hier, posait au stoïcien, se plantait des aiguilles dans la main pour éprouver sa capacité de souffrance, refusait de dormir sur un matelas, méprisait les filles et suçait des cailloux afin d'acquérir une mâchoire volontaire.

Quant à Nicolas... Constantin Kirillovitch poussa un soupir : « Il finira bien par se ranger, Nicolas. Ses études finies, nous l'établirons à Ekaterinodar. Il se mariera. Il aura des enfants. Lioubov aussi se mariera, et Tania, et Nina, et Akim lui-même. »

Des mariages, des luttes, des victoires, des morts, des naissances, la descente du sang dans des ramifications inconnues, la transmission du nom à des êtres nouveaux, l'écoulement des gestes, des voix, des silences... Constantin Kirillovitch imaginait difficilement cette échelle dénouée dans le vide.

Une hâte inquiète le prenait de caser ses enfants, de les marier, de les enchaîner, de les « vieillir ». Vivrait-il assez longtemps pour être rassuré sur leur compte? De nouveau, cette idée de la mort le frappait au cœur. Il se rappelait la cruche d'eau qu'il avait bue à la Doubinka. Il fallait interdire au cocher d'en parler à Zénaïde Vassilievna. Mais on le saurait en ville, on le répéterait de porte en porte. D'ici là, le péril serait dépassé. Avait-il la fièvre? Non. Un peu chaud, seulement.

– Papa! Papa, que fais-tu? Tu nous délaisses.

Il sursauta et s'approcha de la fenêtre. Zénaïde Vassilievna et ses enfants s'étaient assis autour d'une table ronde, dans le jardin. On avait allumé une lampe et ce cercle de clarté jaune les isolait au centre du monde. Lioubov s'appliqua une claque sur le bras.

– Sales moustiques! dit-elle. Je serai jolie, demain, si ça continue.

Tania lisait des vers à mi-voix :

Que ne suis-je l'oiseau, le corbeau de la steppe
Qui vient de survoler mon front!
Que ne puis-je planer comme lui dans les airs.
Et n'aimer que la liberté!
Occident, Occident, je volerais vers toi...

– De qui est-ce? demanda Arapoff.

– De Lermontoff, dit Tania.

– Je trouve ça grotesque, dit Lioubov. Il serait bien embêté s'il était corbeau.

Tania ferma le livre. Dans la salle à manger, les serviteurs dressaient la table. On entendait tinter la vaisselle.

– Alors, tu viens, papa? demanda Nina. On s'ennuie sans toi.

– Oui, oui, je viens, dit Arapoff. J'étais fatigué. J'ai somnolé un peu.

Et, pour faire rire les enfants, il sauta dans le jardin par-dessus le rebord de la fenêtre.

3

DEPUIS trois quarts d'heure, Philippe Savitch Bourine déambulait à longues enjambées de la fenêtre du salon à la bergère bouton-d'or.

– Vous êtes sûre qu'il rentrera pour le souper? demanda-t-il enfin.

Zénaïde Vassilievna, qui travaillait à une tapisserie, secoua la tête :

– On n'est jamais sûr de rien avec lui. Il a dit qu'il rentrerait...

– Oui... Oui... Il est encore avec ses cholériques?

– Hélas!

– On n'a pas idée! Il faudra que je me résigne à attraper le choléra pour avoir sa visite!

Tania et Lioubov, qui étaient assises sur le sofa et feuilletaient un journal illustré, pouffèrent de rire. Philippe Savitch fronça les sourcils. Un tic rapide fit sauter sa paupière gauche. Il était un peu ivre et, comme toujours dans ces cas-là, n'admettait pas la plaisanterie.

– Voulez-vous que je lui fasse une commission? demanda Zénaïde Vassilievna.

– Merci. Je préfère lui parler moi-même, dit-il rudement.

Mais aussitôt, il s'aperçut de sa maladresse et murmura :

– Il y a si longtemps que je ne l'ai vu! Vos filles ont encore embelli depuis ma dernière visite...

– Il y a sept jours, dit Lioubov.

– Vous avez bonne mémoire... Hum... N'a-t-on pas ouvert la grille?

– Mais non.

Il y eut un silence gêné, et Tania se pencha vers Lioubov pour lui chuchoter à l'oreille :

– Le pauvre, il a des chagrins d'amour!

– Avec une tête pareille! dit Lioubov.

Tania rougit et haussa les épaules :

– Je ne le trouve pas si mal... Une distinction triste et méchante...

– Surtout depuis qu'il s'est mis à boire.

– Quelle sottise!

– Il pue l'alcool à dix pas.

– Ce n'est pas vrai.

– Tu parles de lui dans ton journal?

– Non.

– Ah! je croyais...

– Pourquoi?

– Akim m'avait dit...

– Qu'en sait-il, Akim?

– Il a trouvé ton carnet, et il l'a lu en cachette.

Tania s'enflamma jusqu'au bout du nez :

– La belle affaire. Il n'a rien pu comprendre. C'est chiffré.

– Asseyez-vous, Philippe Savitch, dit Zénaïde Vassilievna. Vous me donnez le mal de mer. Votre femme va bien?

Philippe Savitch eut un regard traqué, porta la main à sa pomme d'Adam pointue et dure comme une corne, et répliqua :

– Bien... oui... je vous remercie... Un peu fatiguée par ces chaleurs, toutefois...

– Et Volodia?

– Je viens de recevoir une lettre de lui.

Tania redressa la tête.

– Ah! oui? En quelle classe est-il donc à présent? demanda Zénaïde Vassilievna.

– En sixième. Il travaille correctement. Je suis content. Mais je compléterai son éducation. À l'école de préparer les hommes, aux parents de les parfaire. Je vais le parfaire, le parfaire, oui.

– Et plus tard?...

Philippe Savitch réprima un hoquet. Ses yeux s'emplirent de larmes. Il renifla et répondit d'une voix vague :

– Plus tard, j'espère le faire entrer comme directeur dans l'affaire des Danoff. Vous savez qu'ils ont acheté un terrain à Ekaterinodar pour y installer une succursale? Mon fils et Michel Danoff sont devenus d'excellents amis. Et je m'en félicite. Les Danoff l'invitent régulièrement chez eux pour les grandes vacances. Des gens frustes. Des Tcherkesses. Ou de faux Arméniens. Mais ils ont de l'argent. N'est-ce pas une calèche qui tourne le coin de la rue?

Tania et Lioubov bondirent à la fenêtre :

– Si. C'est papa.

– Tant mieux, soupira Bourine... ou plutôt... excusez-moi... cet entretien était fort agréable, mais je suis tellement pressé de revoir Constantin Kirillovitch!

– Pauvre Philippe Savitch, murmura Tania. Il a l'air si malheureux, si malheureux! Sûrement, il n'a pas la femme qu'il lui faut.

– Il en a deux, ricana Lioubov en tirant sa sœur vers la porte. Viens au-devant de papa... Oui, il en a deux... Sa femme et une autre... Une modiste...

– Ce n'est pas vrai! cria Tania dans l'antichambre. D'ailleurs, s'il a deux femmes, il est encore plus à plaindre, parce que aucune des deux ne le comprend!

– Et toi, tu le comprends?

– Je ne réponds pas à des questions stupides!

– Eh bien, eh bien, on se dispute en mon absence, dit

Constantin Kirillovitch en gravissant lourdement les marches du perron.

Il repoussa les deux jeunes filles qui s'avançaient vers lui et passa dans son bureau pour changer de linge. Comme il enfilait sa robe de chambre, on frappa à la porte et la voix de Philippe Savitch se fit entendre :

– Je t'attends depuis une heure. On peut entrer?

– Entre! Entre, mon cher.

Bourine pénétra dans la pièce en coup de vent.

– Enfin, je te retrouve! s'écria-t-il.

– Tu es malade?

– Ce n'est pas le médecin que je viens voir, c'est l'ami.

– Alors, c'est que tu as des démêlés sentimentaux avec ta couturière?

Bourine poussa un mugissement nasal et se laissa tomber de tout son poids sur le petit divan des consultations.

– Oui? Non? demanda Constantin Kirillovitch.

– Oui, dit Bourine. Mais, cette fois-ci, nous frisons le drame.

– Ta femme est intervenue?

– Il s'agit bien de ma femme!... Tu sais que j'ai installé ma maîtresse, confortablement...

– Oui.

– Tu sais que j'ai payé ses dettes...

– C'était régulier.

– Mais tu ne sais peut-être pas qu'elle me trompe!

– Si.

– Ne me plains pas, cela m'est égal. Elle me trompe avec un officier de cavalerie, un garçon très bien, ma foi, mais un peu joueur. Or, avant-hier, le gredin a perdu sur parole une somme importante, importantissime...

– Et Lydie te demande de « tenir parole » pour le godelureau?

– Voilà. J'accepte d'être trompé. Nous autres, mon cher, avec notre étoffe intellectuelle, nous savons le prix des passions humaines. Nous aimons une femme. Elle nous est nécessaire. Et le reste importe peu. Un grand seigneur ne doit pas prêter attention aux miettes qui tombent de sa table. Je ris des miettes, je ris des miettes...

– Excellent principe, dit Arapoff avec lassitude. Mais ce ne sont pas des miettes que tu laisses.

– Plus le convive est fastueux, plus les reliefs de son repas sont délectables, dit Bourine.

– Alors paie les dettes de ton officier et n'en parlons plus.

– Paie les dettes... Paie les dettes..., grommela Philippe Savitch en s'épongeant le front. Si je le pouvais!

– Tu n'as pas d'argent?

Bourine se fâcha :

– Est-ce qu'on a de l'argent? J'ai des terres. J'ai ma maison. J'ai des commandes en perspective. On ne peut pas tout avoir!

– Hypothèque la propriété.

– Elle est déjà hypothéquée.

– La maison.

Bourine se redressa, très digne :

– Je ne veux pas que le toit sous lequel habitent ma femme et mon fils soit hypothéqué pour les beaux yeux d'une étrangère.

– Alors, signe des lettres de change.

– Les prêteurs sur gages me demandent vingt pour cent à échéance de huit mois... Je ne veux pas me laisser plumer comme un poulet novice... Je suis un Bourine, moi... Je...

Il se mit debout, posa ses deux mains sur les épaules d'Arapoff et cria soudain :

– Prête-moi cinq mille roubles!

– Tu te fais une singulière idée du traitement d'un médecin municipal, dit Arapoff en se dégageant doucement. D'ailleurs, même si j'avais cinq mille roubles, je ne te les prêterais pas...

– Et pourquoi? vociféra Bourine, la face nouée, le regard étincelant.

– Parce que tu es trop bête, dit Arapoff avec sérénité.

Il s'assit dans un fauteuil en cuir, croisa les jambes et alluma une cigarette, tandis que Bourine, les bras ballants, l'œil hébété, marmonnait entre ses dents :

– Ça par exemple! Ça par exemple!

– Écoute-moi bien, reprit Arapoff. Moi aussi, j'ai des aventures. Mais elles sont légères, fuyantes. De petits soupers fins. De petites déclarations attendries. Le tout entouré de champagne, de roses, de parfums, de bonbons. Cela dure une semaine, un mois, deux mois. Et puis, cela s'évanouit joliment, comme une bulle de savon trop tendue.

– Tu ne sais pas aimer, tu n'aimes pas, dit Bourine.

– Si, j'aime. J'aime ma femme. Et je me distrais avec les autres femmes.

– Eh bien, moi, dit Bourine, je ne me distrais pas avec ma femme et j'aime les autres femmes. Voilà le désastre...

Arapoff partit d'un éclat de rire joyeux et secoua la cendre de sa cigarette sur le tapis.

– Philippe Savitch, il faut que tu plaques cette couturière effervescente.

– Jamais, rugit Bourine. Jamais. Je l'ai dans la peau. J'ai goûté auprès d'elle des minutes inexprimables...

– Auprès de toutes les femmes, on goûte des minutes inexprimables. Et celle-ci te mène droit à la ruine.

– Qu'en sais-tu?

– Je n'ai qu'à te regarder vivre. Tu as beau plastronner, entretenir douze domestiques et gronder ton fils en français, tu es un homme fichu. Les commandes se ralentissent...

– Je n'ai jamais cherché les commandes.

– D'accord. Mais, à présent, en voudrais-tu, que tu n'en trouverais pas. Tu t'es mis à boire comme un trou. Cette petite grue a fait de toi une loque. Les gens te plaignent, t'évitent ou te méprisent.

– Je te défends! hurla Bourine d'une voix égorgée.

Puis il arracha son faux col, le lança dans le coin de

la chambre et se laissa tomber sur une chaise en pleurnichant :

– Tu as raison. Mais que faire, que faire? Comprends-moi. Ma femme est fade comme un plat de restaurant, fade et triste, fade et instruite, fade et maternelle, fade et bourrée de toutes sortes de qualités essentielles, fade, fade, fade et fade...

Il répétait ce mot avec acharnement et balançait la tête :

– Je m'ennuie auprès de ma femme. Tu ne sais pas ce que c'est que l'ennui. On se sent devenir lisse et dur, comme un galet. Plus rien n'a de prise sur vous. Les événements vous recouvrent, vous roulent, se retirent. Et vous demeurez identique à vous-même. La vie d'une pierre. Et tout l'avenir, c'est l'avenir, c'est l'avenir d'une pierre. Donne-moi un verre d'eau, j'ai le cœur meurtri à cette seule pensée.

– Ne bois plus de vodka. Cela vaudra mieux.

– Et voilà que, sur cette pierre, il pousse une petite fleur...

Il eut un sourire d'ivrogne, la bouche tirée, les yeux humides, et souleva la main droite comme pour saisir une tige invisible :

– Une petite fleur, murmura-t-il avec un attendrissement comique. Une petite fleur d'eau...

– La couturière?

– Oui. Et le caillou a senti que l'ornement de sa vie était cette petite fleur, que le triomphe, l'orgueil, la grâce de sa vie étaient cette petite fleur. Et voilà qu'on prétend lui ravir sa petite fleur. Et voilà que tu veux me priver de Lydie... Procure-moi ces cinq mille roubles, et je te dirai merci.

– Encore!

– Si tu ne m'aides pas, Lydie me quittera et fuira la ville.

– Avec qui?

– Avec celui qui l'aura aidée.

– Et l'officier de cavalerie?

– Il ne fera pas de difficulté, puisque son honneur sera sauf.

– Quel est l'imbécile qui verserait cinq mille roubles dans ces conditions?

– Elle a dix, vingt, trente propositions. Il faut que je me dépêche si je veux la garder pour moi.

– Je ne ferai rien pour toi, dit Arapoff en le regardant profondément dans les yeux. Rien. Et je pousserai un soupir de soulagement lorsque ta couturière aura changé d'adresse.

Philippe Savitch se redressa et passa une main tremblante sur son visage.

– Tu ne me demandes pas ce que je vais devenir après son départ? dit-il d'une voix sourde.

– Ma foi, j'ai ma petite idée là-dessus.

– Je crains qu'elle ne soit fausse.

Arapoff, excédé, serra les dents.

– Écoute, dit-il, je suis fatigué. Il y a des gens qui meurent par centaines à Ekaterinodar... Et toi... toi tu viens moduler des gémissements de matou dans mon bureau, pour une affaire dont tu ferais mieux de rire. Parle-moi d'autre chose, ou va-t'en au diable!

– Je m'en vais au diable, dit Bourine avec amertume.

Il renifla et se dirigea vers la porte. La main sur la poignée, il regarda son ami longuement, tendrement et proféra à voix basse :

– Adieu, Constantin.

– Je passerai te voir demain.

– C'est ça... C'est ça... Ça me fera plaisir, dit Bourine. Mais adieu, quand même.

Un brusque sanglot lui monta aux lèvres et il s'enfuit en criant encore :

– Adieu!

La porte d'entrée claqua sourdement au bout du corridor. Arapoff sursauta. « Il serait bien capable!... Mais non, je le connais... » Un contentement égoïste lui vint à considérer la tranquillité de son existence familiale comparée aux désordres où se débattait son ami. Quel génie bienveillant le préservait, lui, Constantin Kirillovitch, de ces complications sentimentales et pécuniaires? Tout était calme et net dans la maison et dans le cœur d'Arapoff. La fortune modeste était gérée par les soins de Zénaïde Vassilievna. La table était copieuse, les amis, innombrables. Et, lorsque le désir l'en prenait, il savait où retrouver certaine petite actrice potelée et bavarde.

– Ce soir, peut-être...

Il secoua le front. Le récit de Bourine avait réveillé en lui une brusque envie d'honnêteté conjugale, de repas généreux et de pantoufles. « Demain. J'irai demain », se dit-il. Puis il s'étira, fit craquer ses mains l'une contre l'autre.

La porte du bureau se décolla du chambranle, et Zénaïde Vassilievna passa la tête par l'entrebâillement.

– Il est parti?

– Oui.

– Et tu vas souper au Cercle?

– Non.

Elle rougit et ses yeux brillèrent gaiement.

– Les enfants! Les enfants! Votre père reste souper avec nous! cria-t-elle.

Il y eut une galopade effrénée dans le couloir. On entendit Lioubov qui répétait :

– Papa reste souper avec nous! Papa reste souper avec nous!

Arapoff, envahi d'une tendresse imprévue, se sentait devenir mou et serein, respectable et charmant.

– Viens m'embrasser, Zina...

Elle s'approcha de lui, rose et confuse, comme une toute jeune fille. En se penchant sur elle, il respira un parfum léger de savon aux violettes. Une force irrésistible refoulait Arapoff vers ce passé lointain où tremblaient des bougies, où tournoyaient des longues robes blanches. Et il était triste, soudain, à cause du chemin parcouru. Mais cette tristesse, juste et noble, lui faisait du bien.

– Tu sais, dit-il, il y a six jours, je craignais un peu d'avoir attrapé le choléra à la Doubinka. Mais tout danger me semble écarté, à présent.

Une expression peureuse arrondit les prunelles bleues de Zénaïde Vassilievna :

– Pourquoi ne m'en avais-tu rien dit?

– Parce que je t'aime, murmura-t-il.

Elle cacha la tête dans l'épaule de son mari. La porte étant restée ouverte, Arapoff repoussa le battant d'un coup de pied.

Accoudées à la fenêtre de leur chambre, Tania et Lioubov contemplaient la nuit. Elles avaient roulé les manches de leur chemise et dénoué leurs cheveux profonds. Au-dessus des tilleuls endormis, le ciel montait d'une seule pièce, lisse et lavé, mince et pur, telle une vitre. Des étoiles palpitaient à la limite du regard. Une lune ovale marquait le centre du monde. Son contour était vif comme celui d'une médaille. Et des lueurs poudreuses, vertes et rousses, irradiaient d'elle et vibraient dans les feuillages des arbres.

– C'est tellement beau que cela donne envie de pleurer, dit Tania.

Un souffle tiède apporta l'odeur de l'herbe, de la poussière et des marécages lointains.

– Près des marais de Kara-sou, on doit entendre chanter les grenouilles, dit encore la jeune fille.

Lioubov, elle, se taisait. Son profil dur, aux lèvres gourmandes, triomphait de l'ombre. Mais la nuit commençait à la racine de ses cheveux. Une horloge sonna minuit. Puis, le silence revint sur la ville, et Lioubov bâilla.

– Toi, dit-elle enfin, tu es amoureuse, et tu ne veux rien me raconter.

– Je n'ai rien à te raconter, dit Tania.

– C'est bon, c'est bon! Mais, si tu me dis les secrets de ton cœur, je te révélerai quelque chose de très important sur mon compte.

– Quelque chose de... de sentimental?...

– Peut-être.

– Tant pis, je ne te dirai rien.

Lioubov eut un rire assourdi et enlaça du bras la taille de sa sœur.

– Ma petite Tania, chuchota-t-elle, tu te crois très forte, mais j'ai deviné. Tu aimes vraiment Philippe Savitch Bourine?

Tania baissa la tête.

– Oui, dit-elle. C'est monstrueux, n'est-ce pas? Je l'aime tellement que, lorsqu'on prononce son nom devant moi, mon cœur se rétrécit et s'arrête de battre. Un homme marié. Un père de famille. Et moi, une jeune fille honnête... C'est pire que dans les romans...

– N'exagérons pas. Mais je dois savoir : il n'y a rien eu entre vous, en somme? demanda Lioubov avec gravité.

– Tu es folle! Mais ce n'est pas tout. Je crois que j'aime aussi son fils.

– Volodia?

– Oui.

– Je pensais que tu lui préférais Michel Danoff.

– Tu plaisantes! Je n'ai plus revu Michel depuis... depuis quatre ans! Il était bien gentil, je crois, mais pas au point de me faire oublier Volodia. D'ailleurs, toi aussi, tu étais amoureuse de Volodia...

– Il serait plus exact de dire qu'il était amoureux de moi.

– Ah! Lioubov, dit Tania, en fronçant les sourcils, quelle aventure! Réfléchis un peu, le père et le fils. Est-ce que tu trouves que je suis vraiment dépravée?

Lioubov s'écarta de la fenêtre et fit quelques pas dans la chambre, sans dire un mot. On entendait claquer ses pieds nus sur le parquet.

– Viens par ici, dit-elle enfin, en s'asseyant au bord du lit. Il y a plus d'ombre.

Tania s'assit à côté de sa sœur et lui passa un bras autour du cou.

– Comme tu dois me juger mal! dit-elle.

– Non, dit Lioubov. Ton affaire est étrange, mais j'entrevois une solution.

– Laquelle!

– Tu ne peux pas aimer Philippe Savitch, puisqu'il est marié, et tu ne peux pas aimer Volodia, puisqu'il n'est pas là. Du moins, tu ne peux pas les aimer *efficacement.*

– Efficacement?

– Oui, tu... tu ne peux pas les embrasser, par exemple...

– Oh!

– Donc, si tu ne peux pas les embrasser, tu dois chercher quelqu'un d'autre.

– Je ne veux pas.

– Pourquoi?

– Parce que c'est les deux Bourine que j'aime. Ça ne m'intéresse pas d'avoir quelqu'un à embrasser. Ce qu'il me faut, c'est quelqu'un à aimer.

– Tu as tort, dit Lioubov. C'est bon d'embrasser.

– Tu as déjà essayé?

Lioubov se mit à rire d'une façon insupportable :

– Oui... Mon Dieu, que tu es sotte!

– Et c'est ça ta révélation?

– En partie.

Tania sauta sur le lit à deux genoux et empoigna sa sœur par les cheveux :

– Lioubov! Lioubov! Je n'aurais jamais cru! Quelqu'un t'a embrassée? Où ça?

– Dans le jardin aux roses. Nous y allons en cachette.

– Je veux dire : où ça, sur le cou?

– Ah! Eh bien, oui, sur le cou, derrière les oreilles, sur les mains, sur la bouche, dit Lioubov.

– Et alors?

– Et alors, c'est très agréable. Il est amoureux fou de moi. Il me dit : « Lioubotchka! Lioubotchka! Tu es ma petite reine... »

– Il te dit « ma petite reine », murmura Tania, suffoquée.

– Oui.

– Et il te baise la main?

– En arrivant et en partant. Et quelquefois pour d'autres raisons.

Tania regardait le visage noyé de sa sœur. Deux prunelles brillantes sortaient de l'ombre. La respiration de Lioubov était irrégulière. Sûrement, elle était plus émue qu'elle ne voulait le paraître.

– Et toi, tu l'aimes? demanda Tania.

– Oh! il m'amuse, dit Lioubov. Tu sais, je suis très coquette, très frivole...

– Quelle chance tu as! soupira Tania.

Et elle se sentit si triste, si abandonnée, si laide tout à coup, qu'elle eut envie de pleurer. Elle demanda encore :

– Nos parents le savent?

– Non, mais ils le sauront.

– Tu vas leur dire?

– Lui. Il va leur demander ma main.

– Non?

Tania avait fait un bond en arrière.

– Tu mens! s'écria-t-elle.

– Je t'assure. Il s'appelle Ivan Ivanovitch Kisiakoff. Il possède une grande propriété aux environs de...

– Mais je le connais! dit Tania, stupéfaite. Il a un visage comme une courge et une grosse barbe noire. Il est venu chez nous, l'année dernière, et tu l'appelais « Méphisto », et tu te demandais comment il faisait pour dormir avec une si grande barbe!

– Ce n'est pas vrai, dit Lioubov avec violence. Il a un visage puissant et une barbe très normale. En tout cas, il est mieux que ton Philippe Savitch, qui a un tic dans la joue gauche, et renifle tout le temps, et se paye une maîtresse en ville. Et voilà tout!

– Tu as raison, tu as raison, balbutiait Tania. Il n'est peut-être pas mal du tout, ce Kossikoff!

– Kisiakoff, dit Lioubov sévèrement.

– Kisiakoff, oui... Et tu vas l'épouser? Mais c'est fou! Mais c'est fou, Lioubov! Mais tu ne te rends pas compte?

À présent, une gaieté nerveuse animait la jeune fille. Elle se leva et se mit à marcher dans la chambre. Elle riait, soupirait, battait des mains. Elle finit par se jeter sur sa sœur pour la pincer et l'embrasser furieusement.

– Lioubov! Lioubov! Tu vas devenir une dame. Mme Kisiakoff... Et on te respectera... Et tu auras de belles robes... Et, et... Non... Je ne sais pas encore t'expliquer ce que je ressens...

– Oui, c'est un parti assez magnifique, dit Lioubov avec componction. Il est riche, intelligent, il m'adore...

– Comment peut-on ne pas t'adorer? Tu es si jolie!

– C'est le jour où j'ai changé de coiffure qu'il a demandé ma main...

– J'en étais sûre! Au bal, n'est-ce pas?

– Au bal, oui... Il dit que je danse à ravir. Je te donnerai mes vieilles robes quand je me marierai. Seulement, pas un mot à nos parents avant demain soir...

– Je comprends, je comprends. Je saurai me taire, dit Tania.

Elles gardèrent le silence, un long moment, le regard fixé sur la fenêtre ouverte où bougeaient des feuillages d'argent. Un coq chanta, très loin, trompé par la lueur blanche de la lune. D'autres coqs lui répondirent. Une calèche passa dans la rue. Lioubov songeait aux fastes de son mariage prochain. Tania s'abandonnait à une rancune nouvelle : « Pourquoi elle?... Pourquoi elle, déjà? Elle est belle, mais si sotte, si coquette, si égoïste.

Elle ne peut pas rendre un homme heureux. Même pas un Ivan Ivanovitch Kisiakoff, qui a l'air d'une courge et dont la barbe est si noire. Et moi, je reste... »

Une buée fine brouillait ses yeux. Elle pensait à Philippe Savitch, à son sourire mélancolique et méchant, à sa démarche brusque. Elle l'avait vu sortir de la maison comme un fou, la veste ouverte, le chapeau cabossé. Il était égaré par la douleur. Et il ne savait pas qu'elle rêvait à lui, qu'elle pleurait pour lui dans cette nuit chaude. L'odeur du tilleul était d'une douceur accablante. L'air manquait dans la poitrine. La chemise collait à la peau. Tania porta une main à son cœur qui battait trop vite, ferma les paupières et sentit deux larmes brûlantes qui se détachaient de ses cils et coulaient lentement sur ses joues.

Lioubov s'était levée et coiffait un bonnet de dentelle à rubans roses.

– Tu te couches, Lioubov?

– Oui. J'ai dit tout ce que j'avais à dire.

– Oui... oui... bien sûr... Tout est dit, tout est décidé, murmura Tania.

Et elle se dirigea vers son lit. Comme elle repoussait les couvertures, elle sentit un objet insolite sous ses doigts. Elle se rejeta en arrière et cria :

– Qu'est-ce que c'est?

Une brosse à crins durs avait été glissée entre les draps.

– C'est encore Akim qui a caché cette brosse dans mon lit! Ce... ce gamin!... Ce sale gamin! gémit Tania.

Et elle éclata en sanglots. N'était-il pas odieux qu'on lui cachât des brosses dans son lit, alors qu'elle dépérissait de chagrin? N'était-il pas cruel qu'on la taquinât au lieu de la plaindre et de l'admirer en silence?

– Voilà... Personne, personne ne m'aime, bredouillait Tania entre deux hoquets.

Derrière la porte une voix gouailleuse hurla :

– Attrapée! Attrapée! Toutes les filles des idiotes!

Et deux pieds nus détalèrent dans le corridor.

4

LES RÉJOUISSANCES étaient rares à l'Académie d'études commerciales pratiques. Quelle que fût la nature de ces divertissements, les élèves les attendaient avec fièvre. En hiver, ils espéraient le « drapeau blanc » que les pompiers hissaient à la tour de surveillance de leur caserne, dès que la température descendait à moins vingt degrés Réaumur. Ce drapeau blanc était le signe officiel du congé pour cause de froid. Les externes restaient chez eux, et les internes bénéficiaient d'une liberté relative dans le préau de l'école. Le jour du protecteur était également fort apprécié par les collégiens. Le protecteur de l'Académie était le fabricant de chocolat Abrikossoff, et, à l'occasion de sa fête, les inspecteurs distribuaient à chaque élève une demi-livre de bonbons pralinés. Enfin, lors des anniversaires impériaux, tous les établissements d'enseignement recevaient des invitations gratuites aux deux théâtres d'État. Pourtant, ces distractions estimables ne tenaient pas devant l'annonce du grand bal de l'Académie. Ce grand bal, externes et internes y rêvaient plusieurs semaines à l'avance. On parlait de l'ornementation magnifique des salles, du programme de danses arrêté par M. Labadie, de l'arrivée probable du danseur Chachkline, chargé des fonctions d'organisateur et de boute-en-train. Les élèves comparaient leurs listes d'invitées. Le moindre nom de jeune fille s'entourait de marchandages fébriles :

– Si tu invites ta cousine Ida, j'inviterai ma cousine Suzanne...

– Est-ce que ta sœur aînée sera là? Parle-lui de moi et je te donnerai mon canif suisse à cran d'arrêt.

Les listes définitives, fruits d'insomnies, de discussions et de manœuvres, étaient enfin transmises à la direction de l'Académie. La direction étudiait le document, rayait les noms des personnes notoirement indésirables, et communiquait les cartes d'entrée, pour approbation, aux parents des élèves. Lorsque le nom d'une jeune fille avait franchi ce double feu de barrage, l'espoir naissait au cœur du soupirant, et il n'y avait plus à craindre qu'un malaise de la bien-aimée ou une brusque fâcherie de sa mère. Mais c'étaient là des conjonctures tellement exceptionnelles qu'il valait mieux ne pas y penser.

– Et toi, qui as-tu invité? demanda Michel à Volodia, peu de temps avant le bal.

– Personne.

– Moi non plus.

– Ne t'inquiète pas, mon cher. N'y aurait-il que deux filles, elles seraient pour nous.

– Pourquoi ça?

– Parce que nous savons leur parler.

Et Volodia fit claquer ses doigts avec une vigueur alerte. Michel admirait beaucoup Volodia. Pas une seule fois, durant ces quatre années d'études en commun, il n'avait mis en doute les mérites exceptionnels de son meilleur ami. Volodia savait tout. Volodia pouvait tout. Volodia serait un grand homme. Déjà, il recueillait tous les premiers prix de la classe. Et, pourtant, il ne travaillait guère plus qu'autrefois. Toujours rieur, négligent, paresseux, vantard, il semblait mépriser sa propre intelligence.

– Ce n'est pas ce qu'on apprend qui nous permet de comprendre la vie, dit Volodia, en bombant le torse, c'est la vie qui nous permet de comprendre ce qu'on a appris.

Ces maximes à l'emporte-pièce ravissaient Michel, qui avait encore la pensée lente et la parole malaisée.

– Je t'envie, dit-il. Et, pourtant, je sais que je n'aurai pas besoin d'être brillant pour être heureux.

– Ça dépend. Où veux-tu être heureux?

– Au Caucase, à Armavir.

– Et avec qui?

– Tout seul.

– Et Tania?

– C'est si loin. Je ne vois même plus son visage. Je crois qu'elle était vraiment jolie. Ah! si on avait pu l'inviter pour le bal!

– Tu aurais invité Tania et moi Lioubov! Mais elles ne sont pas là, qu'importe! Vivons notre vie, mon cher.

Volodia renifla en rejetant la tête, comme son père.

– Tu viens de ressembler à ton père, tout à coup, dit Michel.

Volodia le regarda sévèrement :

– Je n'ai rien de commun avec mon père. Si tu savais la lettre que j'ai reçue ce matin! Il refuse de m'envoyer de l'argent, il dit que je suis fou de songer à acheter une édition illustrée de Shakespeare. Lui, il dépense des sommes folles pour payer des femmes. Et moi, rien...

– Tu exagères.

– Non, non, il a toujours été avare et méchant avec moi. Je ne l'aime pas. Et puis, tiens, parlons d'autre chose!

Il passa un doigt sur ses lèvres :

– Tu as vu? Ma moustache commence à pousser très sérieusement. Seulement, elle est blonde, et ça ne se voit pas. Pour le bal, je vais la foncer au cosmétique. On croira que je suis un élève de huitième. Michel, Michel, mon cœur bat d'avance pour celle que je vais aimer!

La dernière nuit avant le bal fut très pénible pour le

diadka chargé de la surveillance des dortoirs. Les élèves rêvaient tout haut, se relevaient, se retournaient, chuchotaient d'un lit à l'autre :

– Tu me prêteras ta brillantine?

– J'ai vu amener des palmiers dans la grande salle.

– Comment sera-t-elle habillée, ta sœur?

– Une robe couleur saumon.

– Saumon? C'est bien triste. Et un grand décolleté?

– Il paraît.

– Chic, alors! J'aime les grands décolletés chez les femmes!

La sonnerie du réveil précipita tout un monde hirsute et rieur vers les lavabos. Une gouttière d'étain faisait le tour de la pièce. Les robinets étaient des tuyaux courts traversés d'une tige. Il suffisait de pousser la tige pour faire couler l'eau, mais l'eau s'arrêtait net dès qu'on relâchait la pression. Pour les ablutions sérieuses, il fallait donc qu'un élève obligeant fît fonctionner le mécanisme, tandis que son camarade se débarbouillait à deux mains.

– Pousse bien la tige, Volodia, pendant que je me lave le cou, haletait Michel. Les jeunes filles regardent toujours le cou de leur cavalier.

L'eau giclait dans une explosion de rires grelottants. Les gamins, nus jusqu'à la ceinture, se lavaient avec rage, s'écorchaient le dos au gant de crin, s'aspergeaient, pataugeaient dans les flaques.

– Brr! Qu'elle est froide!

– Ça y est, j'ai un bouton sur le nez!

– C'est pour ma belle que je me rince!

– Il paraît que Simon refuse de se laver les pieds!

– Il attend les grandes vacances!

Michel releva sa tête ruisselante et observa ses compagnons, enfoncés dans une vapeur épaisse, où leurs visages passaient et repassaient, dilués, déformés, comme des masques de rêve. Une hâte joyeuse faisait battre son cœur à la pensée du bal. Mais il avait peur aussi de paraître gauche.

– J'espère bien que tu danseras ce soir, Michel, dit Volodia en se plaçant à son tour sous le robinet. L'année dernière, tu es resté à t'empiffrer au buffet...

– Je danse mal.

– Si tu le reconnais, c'est que tu ne danses pas si mal que ça! Taratata... une deux... une deux... Taratata... une deux... une deux...

Et Volodia, nu comme un ver, les cheveux ébouriffés, empoigna Michel à bras-le-corps et l'entraîna dans une valse rapide.

La prière, ce jour-là, fut particulièrement solennelle. L'inspecteur Synoff, la barbe parfumée et le sourcil tragique, lut un passage de l'Évangile et le commenta si copieusement qu'on finit par oublier le texte initial. Un élève récita le *Pater noster* d'une voix claironnante. Et les professeurs occupèrent leurs heures de cours à déclamer des vers d'*Eugène Onéguine* et du *Prisonnier du Caucase.* Quand on parlait du Caucase, les jeunes gens tournaient la tête vers Michel et clignaient de l'œil :

– C'est vrai ce qu'il dit?... C'est bien comme ça, chez toi?...

Michel, rouge de fierté, haussait les épaules.

Enfin, l'heure fatidique sonna aux horloges de l'Académie. Les élèves avaient revêtu leur uniforme de sortie – pantalon gris et tunique noire boutonnée d'or –, enfilé leurs gants blancs et chaussé des souliers vernis à semelles légères. Leurs oreilles s'écartaient de leur crâne soigneusement pommadé. Leurs yeux brillaient d'une même convoitise.

L'établissement réservait à l'évolution des danseurs trois vastes salles très claires, aux parquets miroitants et aux glaces monumentales. Une quatrième salle était transformée en jardin d'hiver, avec des palmiers en pots, des aloès, des cactus et des corbeilles de roses. Deux orchestres étaient installés sur des estrades tendues de velours vert. Dans une pièce retirée qui servait de buffet, le pianiste Labadie déroulait des arpèges cristallins en attendant les consommateurs.

Après la visite des salons, Michel et Volodia se postèrent au sommet du grand escalier pour épier « les arrivées » et choisir dans le tas leur future « victime ».

– Je la veux brune, disait Volodia, avec un grain de beauté au coin de l'œil et un léger duvet au-dessus de la lèvre.

– Pourquoi le léger duvet?

– Parce que c'est signe de passion, mon cher!

Les premiers invités se débarrassaient de leurs manteaux dans le vestiaire installé au bas de l'escalier. Vu d'en haut, le spectacle était prometteur. Des capes tombaient, révélant des corsages fleuris, des pardessus glissaient, découvrant des épaulettes étincelantes. Quelques valets de pied s'affairaient autour des nouveaux venus. Une rumeur de papotages, de petits rires, de claquements de talons et de tintement d'éperons flattait l'impatience des élèves.

– Les voilà! cria quelqu'un.

Et l'orchestre attaqua une valse, à grand renfort de cuivres et de violons.

– Maintenant, ça commence, balbutia Michel.

Et il regardait une jeune fille blonde et rose qui montait l'escalier, en devisant avec un chérubin en uniforme du corps des pages.

– Celle-là, je te la laisse, dit Volodia. Elle est encore trop maigre. En revanche, il y a une petite brunette qui vient derrière elle, et qui...

Il se tut parce que l'inspecteur Synoff lui appliquait une tape discrète sur l'épaule :

– Bourine, suivez-moi, le directeur vous demande dans son bureau.

Volodia fit une grimace ahurie et souleva les épaules :

– Le directeur?...

– C'est sans doute pour la caricature que tu as faite

au tableau noir, avant le cours de comptabilité. Quelqu'un a dû te dénoncer, chuchota Michel.

– Venez, venez vite, disait Synoff en regardant à droite et à gauche, furtivement.

– Mais je pourrai retourner au bal?

– Oui... oui... si vous y tenez...

– Eh bien, à tout à l'heure! dit Volodia.

Et il suivit Synoff qui descendait l'escalier à petits pas rapides.

– Je t'accompagne, cria Michel, après une brève hésitation.

Comme Michel arrivait dans l'antichambre du directeur, il vit Volodia et Synoff qui pénétraient dans le bureau. La porte se referma sur eux. Michel réfléchit un moment, puis s'avança vers la fenêtre, colla son front aux carreaux et regarda la cour déserte. Le reflet des grandes baies allumées au premier étage se découpait en rectangles exacts sur le gravier. On entendait les explosions sourdes de la musique. Un rythme joyeux ébranlait l'édifice. Michel tenta d'imaginer une jeune fille qui riait. Il devait sûrement y avoir une jeune fille qui riait, tandis qu'il regardait ainsi la cour ensevelie dans l'ombre. Elle ne pouvait être que jolie et coquette, avec de lourdes anglaises descendues sur les épaules, et des fossettes au coin de la bouche. Que n'était-il déjà auprès d'elle? Aucun bruit distinct ne traversait la porte épaisse du bureau directorial. L'entrevue risquait de se prolonger. Fallait-il attendre?

Michel se leva, s'étira et se dirigea vers la sortie, mais à ce moment, il songea encore aux salles brillantes, aux jeunes filles rieuses, aux cavaliers bavards, et une timidité subite arrêta le sang dans ses veines. Jamais il n'oserait rentrer dans la lumière, s'approcher d'une blonde beauté et l'enlever dans ses bras « sur les ailes de la mélodie », selon l'expression du maître de ballet. Loin de Volodia, il se sentait tout à coup empoté et déplaisant. « Sans Volodia, je ne suis rien », pensa-t-il. Cette idée le rasséréna.

Il traîna une chaise devant la fenêtre et s'assit tristement, les mains sur les genoux. À peine fut-il installé, que la porte du bureau s'ouvrit d'une volée, et Synoff traversa le vestibule au pas de course. L'inspecteur revint bientôt, portant un verre d'eau et une fiole.

– Que se passe-t-il? demanda Michel.

Mais Synoff ne tourna même pas la tête, fonça dans le bureau et tira sur lui le battant matelassé de cuir vert. Pour qui étaient ce verre d'eau et cette fiole? Sans doute Volodia s'était-il permis quelque réplique cinglante, et le directeur avait éprouvé le besoin de boire une potion pour se calmer. Sacré Volodia, toujours franc, dur et spirituel « comme un journaliste ». Il avait tort cependant de jouer au plus fin avec le directeur. Cette caricature était de lui. Il n'avait qu'à reconnaître sa faute. Au lieu de ça, des discussions interminables, un verre d'eau, une fiole... « Non, non, il n'est pas raisonnable? Et un jour de bal, par-dessus le marché! Qui sait si on ne va pas le consigner pour la soirée! »

Quelques minutes passèrent encore, durant lesquelles Michel décida tour à tour de regagner les salles de danse, de frapper à la porte du directeur, d'aller se promener, « cheveux au vent », dans la cour, et de se rendre aux lavabos pour vérifier sa coiffure. Enfin, des rumeurs de voix se rapprochèrent, et la poignée de la porte tourna imperceptiblement. Volodia parut sur le seuil. Michel poussa un faible cri et s'avança rapidement à sa rencontre. Volodia était affreusement pâle, les cheveux défaits, la mâchoire tremblante. Ses yeux regardaient au-delà des murs. Il posait ses pieds l'un devant l'autre, comme un automate. Des taches d'eau souillaient son uniforme de sortie au col déboutonné.

– Volodia, qu'as-tu? balbutia Michel.

– Viens, allons à l'air, dit Volodia.

Et, comme ils arrivaient dans la cour, il prononça d'une voix sourde :

– Mon père s'est tué...

– Quoi? souffla Michel.

– Oui, reprit Volodia, tête basse. Le directeur a reçu une lettre de ma mère lui demandant de me prévenir. Je partirai pour Ekaterinodar demain matin...

« Il va partir... Il va me laisser... je vais rester seul... » songea Michel. Mais aussitôt, il se reprocha cette pensée égoïste et saisit la main de Volodia dans les siennes :

– Tu souffres?... Volodia... Volodia, réponds-moi...

Volodia haussa les sourcils :

– Après ce que je t'ai dit sur mon père, avant le bal, je n'ai même pas le droit de prétendre souffrir.

– Ce que tu m'as dit ne compte pas. On a souvent des mouvements d'humeur contre ses proches.

– Tu ne m'as jamais dit du mal de ton père, toi, murmura Volodia.

À travers les fenêtres closes, parvenaient les accords joyeux d'une valse. Des femmes riaient. Volodia hocha la tête :

– On doit bien s'amuser, là-haut.

Michel lui passa un bras autour des épaules et l'embrassa sur la joue, furieusement.

– Ne regarde pas ça, idiot... Volodia, mon cher Volodia... Tu ne seras pas seul dans la vie... Je serai près de toi... Tu te souviens de notre serment?... Tu es l'aigle noir et moi le serpent à sonnette...

Ces surnoms, dont ils avaient ri quelques mois plus tôt, ne leur paraissaient plus comiques. Michel répéta :

– L'aigle noir... Le serpent à sonnette...

Et des larmes lui montèrent aux yeux :

– Sois fort, Volodia, dit-il encore. Tu vas avoir dix-sept ans. Tu seras le chef de la famille, maintenant. Et moi, je finirai mon temps à l'Académie et je viendrai te rejoindre à Ekaterinodar. Je n'habiterai pas Armavir, si tu veux. Je vivrai près de toi, pour... pour te défendre...

Un besoin farouche lui venait, tout à coup, de protéger Volodia contre des ennemis puissants et nombreux. Il avait envie de se dépenser en coups de poing, en coups de tête, en coups de pied, comme si, par les manifestations de cette ardeur sauvage, il eût pu soulager Volodia de son chagrin.

– Oui, tu dois compter sur moi, dit-il encore. Le renard rouge est sur la piste...

Il renifla ses larmes valeureusement. L'orchestre jouait le *Quadrille des lanciers.* Il n'y avait plus personne aux fenêtres.

Volodia se dirigeait à pas lents vers le bâtiment du dortoir.

– Où vas-tu? demanda Michel.

– Me changer, préparer ma valise...

– Je reste avec toi.

– Merci, dit Volodia.

Bras dessus, bras dessous, l'aigle noir et le serpent à sonnette gravirent les marches du perron.

Dans la salle des fêtes, le danseur Chachkline claquait ses mains l'une contre l'autre et criait gaiement :

– Changez vos dames!

5

– QUAND on ordonnera : « Changez vos dames », disait Lioubov, tu t'arrangeras pour danser avec mon fiancé. Il ne faut pas qu'il danse avec quelqu'un d'autre que toi ou moi, ce soir. Tu entends, Tania?

– Oui, dit Tania qui se contemplait dans la glace avec indifférence.

Suivant l'exemple des grands établissements scolaires de Saint-Pétersbourg et de Moscou, le gymnase de jeunes filles d'Ekaterinodar avait choisi le mois d'octobre pour organiser son bal annuel. Tania, qui était encore en cinquième classe, devait se rendre à la fête avec les autres élèves de l'école. Lioubov, qui avait interrompu ses études, n'arriverait que plus tard, avec ses parents et son fiancé.

Malgré le souvenir grisant qu'elle gardait du bal de l'année dernière, Tania demeurait soucieuse et s'habillait à contrecœur. L'annonce du suicide de Philippe Savitch Bourine, qui datait d'une semaine, étouffait en elle toute envie de danser et de rire. Le drame s'était joué à quelques pas d'elle, dans cette ville même, et peut-être aurait-il suffi qu'elle criât son amour pour que Philippe Savitch, étonné, renonçât à sa décision. Ni Olga Lvovna ni cette couturière ne valaient la peine qu'on vécût pour elles. Mais elle, elle, Tania...

« S'il avait su, s'il avait pu savoir! »

Et voici, maintenant, il n'était plus. Il avait disparu, comme un reflet dans une glace. Elle ne le verrait plus entrer dans le petit salon, le cou raide, l'œil dur, et se fouettant la cuisse avec des gants minces qu'il tenait à la main comme une cravache. Elle n'entendrait plus ce reniflement nerveux, cette voix tranchante : « Vos filles ont encore embelli depuis ma dernière visite! » Elle se souvenait de cette phrase et la récitait en esprit, avec délices. Pourquoi s'était-il tué? Comment s'était-il tué? Papa savait les moindres détails de l'histoire, mais évitait d'en parler devant les jeunes filles. On chuchotait que Bourine s'était brouillé avec sa femme à cause de la couturière, ou avec la couturière à cause de sa femme. On disait aussi qu'il s'était tiré une balle de revolver après s'être enivré « dans un endroit louche ». Quel endroit louche? Voilà ce qu'il fallait apprendre. Ah! que Tania était donc inutile et délaissée depuis cette mort! Il lui semblait qu'elle avait épuisé toutes ses ressources de tendresse et qu'elle ne pourrait plus jamais aimer un autre homme, ni prendre du plaisir à des distractions aussi futiles que le bal annuel du gymnase. Mais ses parents exigeaient qu'elle se rendît à ce bal. Eh bien, elle irait. Toutefois, par son attitude indifférente, elle découragerait les jeunes gens qui tenteraient de la courtiser. Alors sa mère, comprenant enfin la cruauté de l'épreuve, la ramènerait à la maison et s'excuserait humblement de sa maladresse. Tania baissa la tête et prononça d'une voix ferme :

– Oui, j'agirai ainsi, et ce sera encore pour servir sa mémoire.

– Qu'est-ce que tu baragouines? demanda Lioubov.

– Je me parle à moi-même, dit Tania.

– Tu ferais mieux de te dépêcher. Le bal commence à huit heures et tu n'as pas encore passé ta robe. Je sais bien que ta toilette est moins compliquée que la mienne, mais quand même!

Et Lioubov pirouetta devant la glace pour animer la lourde jupe verte semée de roses pompon :

– Comment me trouves-tu? dit-elle.

Tania la regardait avec la condescendance d'une aïeule qui se penche sur les jouets d'un enfant. La teinte vert pâle de la robe donnait un éclat de nacre à la chair robuste de Lioubov. Toute sa personne était comme enveloppée dans une fraîcheur saline. La taille serrée jusqu'à l'évanouissement, les épaules découvertes, le corsage échancré à la naissance des seins, Lioubov demeurait debout devant la glace, étonnée et amoureuse d'elle-même. D'une main nonchalante, elle toucha l'ondulation épaisse de ses cheveux bruns, approcha une rose de sa coiffure, inclina la fleur au-dessus de la tempe, la remonta jusqu'au front, la recula au plus épais d'un chignon vigoureux et finit par la saisir entre ses dents blanches :

– Crois-tu qu'il me faille une fleur sur la tête, Tania? Sans fleur, j'ai l'air plus fatale. Avec une fleur, j'ai l'air plus coquine. Dois-je avoir l'air fatale ou coquine pour affoler Ivan Ivanovitch?

– C'est à toi de le savoir.

– Je veux qu'il me dise : « Ma petite ondine. » Comment vois-tu les ondines : avec ou sans fleurs dans les cheveux?

– Je n'y ai jamais réfléchi.

« Parler de coiffure, alors qu'un désastre sans précédent s'est abattu sur le monde, songeait Tania, quelle inconscience ou quelle stupidité! »

Lioubov se faisait des mines dans la glace :

– Je lui décocherai un sourire, comme ça... Et puis, je plisserai un œil, comme ça... Et puis, je lui donnerai une petite tape sur la main, comme ça, avec mon éventail...

Elle s'arrêta de parler, tout à coup, et s'appliqua une claque légère sur le front :

– J'ai trouvé : je vais mettre une rose dans mes cheveux et me planter un grain de beauté sous l'œil. La rose fera coquin et le grain de beauté, fatal. Hourra! Ivan Ivanovitch Kisiakoff, votre fiancée est une coquine fatale. Ne jouez pas avec le feu, Ivan Ivanovitch Kisiakoff.

Tania, exaspérée, haussa les épaules et grommela entre ses dents :

– Ce que tu peux être bête, ma fille!

– Ceux qui le disent le sont eux-mêmes! répondit Lioubov, et elle tira la langue.

» Il faudra que je lui tire la langue, dit-elle encore avec un coup d'œil au miroir. Une petite langue rose de chat. Il sera fou. Tu sais que maman va me prêter son parfum?

– Je m'en fiche.

– Tu joues l'indifférente, mais au fond, tu voudrais bien en avoir un peu, de ce parfum. Je te donnerai le reste de mon vieux flacon. C'est mieux que rien. Une gosse n'a pas besoin de sentir bon. Mais moi, je veux embaumer mon Ivan Ivanovitch jusqu'à ce qu'il demande grâce. Mon Dieu, que je suis belle! Dis-moi que je suis belle, ou je te pince!

– Oui, tu es belle, grogna Tania, mais tu m'agaces.

– C'est ce qu'il faut! Je suis tellement belle que toutes les femmes en sont agacées, et que tous les hommes ont envie de me réciter des vers. Tania, ma chérie, dépêche-toi. Je vais me montrer à maman.

Elle cria : « Maman, maman, regarde!... » et quitta la chambre en courant.

Tania, restée seule, avança la tête et se regarda dans le miroir sans indulgence : ces cheveux dépeignés, ce nez retroussé, ces quelques taches de rousseur...

Pourtant, elle avait beau critiquer son visage, elle était obligée de reconnaître qu'il ne manquait pas d'un certain attrait. Sans doute, elle n'était pas aussi belle que Lioubov, mais il y avait dans ses yeux une lueur mouillée, dans sa chevelure un reflet doré, au coin de ses lèvres une fossette moelleuse, qui valaient bien qu'on les admirât.

« À quoi bon, tout cela? » soupira-t-elle.

Et, brusquement, elle décida de se « faire laide », afin que les garçons, découragés, se détournassent d'elle. Mais cette résolution ne la satisfaisait pas pleinement. Être délaissée parce qu'on est laide lui semblait humiliant et commun. Ce qu'il fallait, c'était au contraire paraître sculpturale, capter tous les regards, provoquer tous les compliments, allumer tous les cœurs disponibles, mais demeurer froide dans le triomphe, et torturer ses soupirants par l'indifférence qu'elle opposerait à leurs entreprises. Ainsi, elle immolerait au souvenir de Philippe Savitch les nombreuses passions qu'elle aurait suscitées dans la salle. Elle serait une madone de glace dédiée à la mémoire du cher disparu. On dirait d'elle : « Elle a une beauté inhumaine... Elle ne marche pas, elle plane... Elle n'a pas l'air tout à fait vivante... »

Au reste, Tania tenait absolument à éblouir la directrice du gymnase après la réprimande que cette personne avait cru bon de lui adresser. Deux jours plus tôt, en effet, Tania s'était permis de changer le ruban de son chapeau marron d'écolière, et d'en faire bouffer le nœud d'une manière inédite. En sortant de classe, quelle n'avait pas été sa stupéfaction en constatant que le chapeau avait disparu du vestiaire! Il lui avait fallu rentrer à la maison, nu-tête, comme une ouvrière, et les passants la dévisageaient avec réprobation. L'après-midi, la directrice avait convoqué Tania dans son bureau. Le chapeau était sur la table, parmi des sifflets, des canifs, des bâtons de pommade à lèvres et des romans français qui parlaient d'amour. La directrice avait ordonné à Tania de remettre l'ancien ruban, plus étroit, et d'aplatir le nœud selon la forme imposée par le règlement : « Vous n'êtes qu'une enfant, ne l'oubliez pas. Il est dangereux de vouloir briller à votre âge, en agrémentant sa toilette de détails aussi saugrenus que disgracieux. Une jeune fille est belle quand elle est propre. Allez. »

« Vous n'êtes qu'une enfant! » murmura Tania dans un ricanement amer.

Après ce qu'elle avait vécu, cette appréciation était pour le moins comique. Elle songea un instant à l'étonnement de la directrice, lorsqu'elle verrait pénétrer dans la salle de bal une « madone de glace » à la place de l'enfant qu'elle prétendait connaître.

« Elle en avalera son dentier », dit Tania.

Puis, elle se mit à réfléchir aux subterfuges qu'elle emploierait pour paraître véritablement une « madone de glace ». La tâche n'était pas facile. En temps normal, l'uniforme des élèves du gymnase se composait d'une robe marron foncé, d'une pèlerine de la même teinte, d'un petit tablier noir, et du fameux chapeau de feutre brun en forme de barquette. Pour le bal, la direction autorisait les jeunes filles à doubler leur pèlerine avec de la soie bleue ou rose, à nouer un ruban marron dans leurs cheveux, et à remplacer le tablier noir par un tablier blanc de dentelle. C'était peu. Mais c'était assez. Tania décréta, en pensée, qu'elle serait une « madone de glace », non par la mise, mais par l'expression désespérée et digne de son visage. La table de toilette de Lioubov recelait une boîte à poudre, du rouge à lèvres et du fard bistre pour les paupières. Tania se jeta sur ces ingrédients secourables. La houppette vola sur ses joues chaudes. Le rouge à lèvres s'écrasa sur sa bouche au petit bonheur. Le fard bistre noya ses yeux. Après quelques touches rapides, Tania vit surgir dans la glace une figure dont elle admira aussitôt la carnation blafarde, le sourire saignant et les cernes habilement estompés.

« J'ai l'air plus vieille de cinq ans », se dit-elle avec orgueil.

Plus tard, elle se surprit à fredonner :

Dites-moi pourquoi je vous aime,
Et je saurai si vous m'aimez

Comme je vous aime moi-même,
Mon bien-aimé!

Mais elle n'acheva pas sa chanson, car elle savait trop dans quel esprit de sacrifice elle se rendait à cette fête.

Comme Tania boutonnait sa robe, Lioubov revint dans la chambre, entourée d'un parfum épais.

– Tu t'es maquillée! s'écria-t-elle aussitôt. Je t'ai pourtant défendu de toucher à mes fards.

« Elle a remarqué le changement qui s'est opéré en moi », songea Tania.

Et elle dit tristement :

– Ne parlons plus de cela, veux-tu? Huit heures moins le quart. Il est temps que je parte.

Déjà, d'un geste arrondi et blasé, elle jetait une pèlerine sur ses épaules. Puis, elle se dirigea vers la porte.

– Quel ennui! dit-elle encore.

– Quoi?

– Rien. Tu ne peux pas comprendre.

La vaste bâtisse en briques rouges du gymnase veillait, toutes fenêtres allumées, sur la place de l'église d'Ekaterinodar. Dès leur arrivée, les élèves étaient réparties par classes, et des surveillantes desséchées, aux cheveux tirés et aux lunettes redoutables, passaient l'inspection des jeunes filles.

– Montrez vos mains...

Des mains courtes et violacées s'alignaient sous le regard sévère de ces dames.

– Bon... Bon... Vos ongles sont trop longs, Nathalie... Allez vous les tailler... Des poignets douteux, Olga... Passez à la toilette. Retournez les poches, à présent. Je ne veux y voir qu'un mouchoir et un porte-monnaie... Le superflu est confisqué...

Tania, qui était en retard, essaya de se glisser au

dernier rang sans attirer l'attention de la surveillante. Mais celle-ci pointa vers elle un index dénonciateur.

– Inutile de vous cacher, Tania. Vous êtes en retard de cinq minutes... Et... et, Dieu me pardonne! vous vous êtes maquillée, par-dessus le marché! Ah! vous êtes jolie avec votre peinture! On dirait que vous êtes tombée dans un sac de farine. Filez immédiatement aux lavabos pour vous débarbouiller.

– Diablesse! grommela Tania.

– Vous dites?

Tania baissa la tête et se dirigea vers les lavabos, dévorée de haine muette et de désespoir. Cette dernière humiliation dépassait en cruauté toutes celles qu'elle avait déjà essuyées. On eût dit que le sort s'acharnait sur elle dans le secret dessein de la maintenir à un rang secondaire. Mais elle serait une madone de glace, envers et contre tous. Elle n'aurait qu'à laisser un peu de rose sur ses lèvres, un peu de poudre sur ses joues. Les surveillantes n'y verraient rien, et les grâces de son visage en seraient suffisamment rehaussées.

L'inspection terminée, les surveillantes conduisirent les élèves deux par deux, vers la salle de danse. Un orchestre militaire jouait avec rigueur derrière un rideau pudiquement tiré. Les lampadaires à pétrole versaient une clarté blanche et tremblante. Il y avait au mur un portrait en pied de l'empereur et de l'impératrice. Les jeunes filles, alignées par classes, piaffaient au bord de la piste vernie.

– Qu'est-ce qu'on attend? demanda une élève en prenant le bras de Tania.

– Les cavaliers, parbleu! dit Tania. Ils sont toujours en retard.

– Ils veulent se rendre intéressants! Comme si nous ne pouvions pas danser entre nous!

– C'est moins drôle.

– Pourquoi?

– Elle demande pourquoi? Hi! Hi! Tu entends, Tania,

gloussait une grande fille brune au visage soulevé de menus boutons. Elle demande pourquoi?

Tania eut le sourire indulgent qu'exigeait sa nouvelle nature et murmura du bout des lèvres, comme on crache un pépin :

– Quelle gosse!

– Ça y est, je les entends dans l'escalier, cria une voix étouffée.

En effet, une rumeur de semelles, forte et disciplinée, se rapprochait des portes du salon.

– Les cavaliers!

Les portes s'ouvrirent. Les cavaliers parurent. Un chuchotement d'impatience courut de bouche en bouche dans le groupe des demoiselles.

– Ne pousse pas!

– Où est-il, ton frère? C'est ce tout petit, maigre et jaune?

Les cavaliers étaient exclusivement recrutés parmi les garçons du gymnase municipal d'Ekaterinodar. Ils marchaient par paires, coude à coude, et au pas. Leurs vestes bleues, pincées à la taille et décorées de boutons d'argent, leurs pantalons gris perle et leurs gants blancs étaient impeccables. Ils s'arrêtèrent sur deux rangs, en face des jeunes filles.

– Rompez vos rangs, messieurs, dit leur surveillant.

– Rompez vos rangs, mesdemoiselles, dit la surveillante.

Et elle claqua ses mains l'une contre l'autre. Mais cet ordre ne fut pas instantanément obéi. Un reste de timidité empêchait les deux clans de se réunir. Les jeunes gens et les jeunes filles se considéraient d'une manière sournoise et sotte. On se poussait du coude. On ricanait. On chuchotait en plissant les yeux.

– Allons! Allons! dit la surveillante d'une voix enjouée.

Les plus hardis parmi les garçons quittèrent enfin leurs camarades avec des haussements d'épaules et se rapprochèrent des demoiselles. Celles qui avaient des cousins ou des amis parmi les élèves du gymnase les accaparaient d'emblée avec autorité. Les autres tentaient de pénétrer dans leur cercle et de se faire présenter quelque cavalier disponible. Mais il y avait aussi les désabusées, les moqueuses, qui déambulaient deux par deux à travers la salle, en se tenant par la taille et en riant très fort avec impertinence. Un grand dadais au visage mou s'avança vers Tania et lui demanda si elle se souvenait de lui. Il l'avait rencontrée à un thé chez des connaissances et sollicitait l'honneur d'être son cavalier. Tania lui décocha un coup d'œil altier et dit faiblement :

– Nous en reparlerons tout à l'heure, si vous voulez bien.

La première victime venait de tomber aux pieds de la madone de glace. Elle sourit imperceptiblement et ajouta :

– Il fait lourd, ne trouvez-vous pas? Cette tiédeur, cette musique! Cela me donne la migraine.

– Ah! dit-il d'un air ahuri. Oui?

– Vous êtes drôle, dit-elle encore.

Et elle s'assit sur une chaise en lui tournant le dos.

À ce moment, l'organisateur de la fête, un petit vieillard plissé, à favoris d'étoupe, frappa ses mains l'une contre l'autre et annonça :

– Ouverture du bal. Messieurs, invitez vos dames.

L'orchestre attaqua une valse.

Les jeunes gens claquaient des talons en s'inclinant devant les jeunes filles. Les jeunes filles baissaient les yeux et marquaient une seconde d'hésitation avant d'accepter le bras de leur danseur. Le cavalier de Tania, qui s'appelait Choura Polsky, l'entraîna aussitôt dans un tourbillon. Il tenait fortement la main de Tania dans sa main moite et soufflait par les narines comme un gymnaste. Elle l'entendait qui murmurait : « Un... deux... trois... un, deux, trois. » Tania regardait cette figure rose et grave, et plaignait Choura Polsky d'être amoureux d'elle sans espoir de succès. À la longue, cependant, elle oublia Choura Polsky. Les paupières clignées, elle s'abandonnait à une sensation de faiblesse et de chute. Des lumières tournantes lui fouettaient les yeux. Les portraits de l'empereur et de l'impératrice couraient en rond autour d'elle. À travers tout son corps, elle éprouvait comme la vibration d'une machine en marche.

– Je tourne vite, hein? fit Choura Polsky.

– Oh! oui, dit-elle.

– Ha! Ha! rugit-il, et il la serra plus fortement contre sa poitrine.

Tania crut un moment qu'elle allait tomber. Mais la musique s'arrêta sur un miaulement langoureux, et la jeune fille s'adossa au mur. Choura Polsky s'essuyait les mains et le visage avec un mouchoir à carreaux.

– Et voilà! Et voilà! disait-il en souriant d'un air béat.

L'orchestre s'était tu, les danseurs s'étaient dispersés. Cependant la valse continuait dans la tête, dans le ventre, dans les pieds de Tania. À la valse succéda une polka. À la polka, une mazurka. Tania, ivre de musique, oublia tout à coup qu'elle était une madone de glace et cria dans l'oreille de Choura Polsky :

– Comme c'est amusant!

La « victime » répondit par un hennissement joyeux, et, mettant un genou à terre, fit tourner sa danseuse au bout de son bras tendu.

Après la mazurka, l'organisateur annonça le premier entracte. Les surveillants et les surveillantes rassemblèrent leurs élèves et les rangèrent en colonnes : les garçons d'un côté, les filles de l'autre. Puis, les deux cortèges se dirigèrent parallèlement vers le buffet. Le buffet était décoré de branchages, de pommes de pin et de guirlandes en papier de couleur. C'étaient les jeunes filles du gymnase qui avaient découpé ces fleurs multicolores, pendant les classes de dessin, et en avaient frisé les pétales en les roulant autour de leur porte-plume.

Sur la longue table, drapée d'une nappe blanche, s'alignait une série de petits cornets noués de faveurs bleues et roses. Les élèves s'approchaient à tour de rôle de la table, choisissaient leur paquet et retournaient dans la salle de danse. Les paquets contenaient des caramels, des oranges, des noix, du chocolat et des rondelles de pain d'épice. Jeunes gens et jeunes filles, assis côte à côte, déballaient ces friandises sur leurs genoux. Choura Polsky exultait de tendresse.

– Écoutez, disait-il. Il y a plus de caramels dans mon paquet que dans le vôtre. Servez-vous. Je n'ai pas faim.

– Pourquoi? demandait Tania.

– Je réfléchis trop.

– À qui?

– À celle que je n'ose nommer. Laissez-moi seulement les bonbons à l'orange. Prenez tous les autres.

Tania, intimement flattée, regardait son cavalier avec gratitude et regrettait seulement qu'il n'eût pas la taille mieux prise. Philippe Savitch, lui, était si maigre!

Entre-temps, les familles des élèves arrivaient l'une après l'autre. On avait ouvert à leur intention la « salle des grands », où il y avait un buffet spécial avec du champagne et des liqueurs à volonté. Tania prit congé de Choura Polsky pour saluer ses parents et son futur beau-frère.

Arapoff, Zénaïde Vassilievna, Lioubov et Ivan Ivanovitch Kisiakoff étaient assis à une table fleurie.

– Voilà notre petite institutrice! s'écria Kisiakoff en serrant la main de Tania entre ses grosses pattes velues.

Depuis le jour où il l'avait vue dans son uniforme marron à tablier noir, Kisiakoff s'obstinait à traiter Tania de « petite institutrice » et à lui conseiller d'apprendre les langues vivantes. Tania n'aimait pas cet homme massif, rouge et barbu, qui regardait Lioubov avec l'expression du monsieur qui s'attable devant un bon repas. Elle haussa les épaules.

– C'est à cause de mon uniforme, dit-elle. Plus tard, j'aurai des robes comme Lioubov, et vous ne saurez plus comment m'appeler.

Zénaïde Vassilievna toucha du revers de la main les joues chaudes de Tania.

– Tu as trop dansé, sans doute. Tu es en nage.

– Oui, et tu es décoiffée, dit Lioubov avec un sourire vénéneux.

– Peut-être, répliqua Tania, mais toi, qui es si bien coiffée, tu as l'air...

Elle ne sut comment achever sa phrase, parce que Kisiakoff l'observait avec insistance. Il riait doucement dans sa barbe. Ses narines se distendaient, molles et huileuses.

– Tu as l'air... Tu as l'air de quoi? demanda Kisiakoff.

– Ivan Ivanovitch, dit Lioubov, ne regardez pas ma sœur de cette façon-là. Vous me rendez jalouse.

Kisiakoff se frottait les mains.

– C'est bien fait! C'est bien fait! dit-il.

Puis, sans transition, il se tourna vers Arapoff et déclara :

– Mon cher! J'oubliais de vous raconter. À propos de Bourine. J'ai des détails...

– Ah oui? dit Arapoff, qui paraissait de mauvaise humeur.

– C'est croustillant...

Arapoff embrassa d'un coup d'œil rapide le groupe que formaient sa femme et ses deux filles. Il se sentait gêné en présence de Kisiakoff. Il souhaitait abréger l'entretien.

– Plus tard, vous me direz ça plus tard, chuchota-t-il.

– Et pourquoi? Plus tard, j'oublierai. C'est tout de suite que je dois vous relater ces choses... Savez-vous où il s'est suicidé? Chez la... Hum? Vous me comprenez?... Il s'était enivré comme une brute. Il y avait avec lui trois gamines de quinze ans. De petites beautés. Il avait du goût, le coquin. Mais quinze ans! Quelle jeunesse!... Attendez, attendez donc... Pour la table, il avait commandé trois gâteaux garnis de quinze bougies chacun... Trois fois quinze font quarante-cinq. Quarante-cinq ans... Son âge, quoi!

– Votre histoire est idiote, dit Constantin Kirillovitch.

– Je ne trouve pas, dit Kisiakoff en plissant les paupières. Tout cela me paraît curieux. Psychologiquement...

Une veine s'était gonflée en travers de son front. Tania le considérait avec horreur. La tête vide, les jambes molles, elle recula jusqu'à la porte. Elle entendit encore :

– Quarante-cinq ans... Il a respiré trois boutons de rose, et paf...

Kisiakoff se mit à rire, les mains à son gilet, la barbe ouverte.

– Ivan Ivanovitch! Il rit comme un fou! dit Lioubov.

– Garçon, cria Arapoff, du champagne.

Comme elle rentrait dans la salle de danse, Tania heurta Choura Polsky et s'étonna de n'être plus seule.

– On ne passe pas, disait-il en fronçant les sourcils. On ne passe pas. Vous m'avez promis la prochaine danse.

Elle eut envie de le gifler, mais se retint et dit seulement :

– Laissez-moi.

– Vous êtes malade?

– Oui... Oui... Un peu...

D'un pas rapide, elle traversa la pièce où des couples valsaient encore, qui avaient des têtes en baudruche et des robes mortes.

– Tania! Tania! criait quelqu'un à ses oreilles.

Elle se retourna. Personne ne la suivait. Elle dévala l'escalier et longea le couloir des classes, en se frottant l'épaule contre le mur frais.

– Tous... tous..., je les déteste tous, marmonnait-elle.

Kisiakoff, et Lioubov, et mon père, et Choura Polsky... Tous... tous... Ils sont sales, méchants...

La porte des lavabos était ouverte. Tania entra, toute droite, dans une odeur de créosote et de peinture. L'eau ruisselait d'un robinet mal fermé. Derrière la fenêtre, on entendait bouger cette branche de tilleul qui avait effrayé des générations d'élèves : « Je t'assure qu'il y a quelqu'un derrière la vitre. » Il n'y avait personne derrière la vitre. Il n'y avait personne dans l'école, dans la ville, dans le monde. Philippe Savitch était mort. Et de quelle mort! Cette maison louche, dont on parlait à demi-mot. Ces trois fillettes. Ces gâteaux. Ces bougies...

– Trois fois quinze, quarante-cinq, dit Tania.

La tête lui tournait un peu. Elle s'entendit crier :

– Mais je l'aime, je l'aime...

Puis elle ferma les yeux, poussa un soupir et se pencha au-dessus du lavabo.

6

DÈS QU'IL EUT ouvert les yeux, Volodia regretta de s'être éveillé. Il s'ennuyait à Ekaterinodar, dans cette maison solennelle et vide. Du vivant de son père, il avait passé toutes ses vacances chez les Danoff, à Armavir. Philippe Savitch et sa femme ne souhaitaient guère la présence de leur fils, qu'ils n'aimaient pas et qui les eût gênés dans leurs querelles quotidiennes. Mais, Philippe Savitch étant mort, Olga Lvovna avait exigé que Volodia lui rendît visite pour les fêtes. À présent, disait-elle, il se devait à sa mère. Il n'avait plus rien à faire chez des étrangers. Cependant, Volodia ne tenait pas les Danoff pour des étrangers. Là-bas, tout le monde était gentil avec lui, à commencer par Michel et à finir par les gardiens tcherkesses. Il montait à cheval avec son ami. Il assistait à des jeux organisés par les habitants de l'*aoul.* Il tirait même au pistolet. Ici, à part les visites à la famille Arapoff, l'existence était affreusement monotone. Et il ne pouvait tout de même pas passer tous ses après-midi chez les Arapoff. Il était allé chez eux hier, avant-hier. Aujourd'hui, il devrait trouver autre chose pour se distraire. Mais quoi? Le mieux était encore d'essayer de dormir. Il regarda sa montre sur sa table de nuit : dix heures. Encore une heure, peut-être. Et après?

Il grogna d'impatience à l'idée de la journée morne qui l'attendait hors du lit. Par instants, il en venait même à regretter Moscou. Mais, soudain, une idée l'éblouit et il s'assit dans ses couvertures, les yeux écarquillés, un sourire aux lèvres. Pourquoi ne pas inviter Michel à Ekaterinodar pour Noël ou le jour de l'an? Les fêtes passées, ils rejoindraient ensemble l'Académie d'études commerciales pratiques. Sûrement, Olga Lvovna consentirait à cet arrangement.

Fort de sa décision, Volodia se leva et courut au cabinet de toilette pour se débarbouiller et peigner ses cheveux secs et rebelles. Chaque matin, quand il se lavait devant la glace, il éprouvait du plaisir à constater qu'il était joli garçon. Il admirait sans scrupule son visage maigre et rose, aux longs yeux faux, à la bouche très dessinée : une grande bouche, ma foi, mais virile, une bouche d'orateur, de tribun. Il sourit à sa propre image, écarta les lèvres pour vérifier la blancheur intacte de ses dents, battit des paupières, tourna la tête, à droite, à gauche.

Puis, il s'habilla en sifflotant.

Comme il pénétrait dans la pièce qui servait autrefois de bureau à son père, il subit une impression de gêne. Il essayait parfois de s'attendrir au rappel du passé. Mais tous ses efforts étaient vains pour tromper son indifférence. Ce qu'il obtenait dans son cœur, c'était ce petit malaise honteux, ce mécontentement dérisoire. La mort de Philippe Savitch ne l'avait pas véritablement affecté. Était-ce grave? Il toussota pour attirer l'attention d'Olga Lvovna qui était assise devant une table encombrée de dossiers. Mais elle ne leva même pas la tête. Son visage las, sali de bile, aux yeux noirs liquoreux, se penchait sur un parterre de paperasses. Auprès d'elle, se tenait l'avocat de la famille et l'intendant de la propriété.

– Je veux que mes affaires soient nettes, entendez-vous? disait Olga Lvovna. Il faut vendre le bois.

– On pourrait l'hypothéquer, Olga Lvovna, dit l'intendant.

– Non. Vendez. Mon mari nous a ruinés à force d'hésitations, d'hypothèques et de lettres de change. Vendez.

– Et les villages hypothéqués par Philippe Savitch?

– Avec l'argent retiré de la vente, vous désintéresserez les créanciers hypothécaires. Puis, les villages libérés, vous les vendrez aussi, mais sans vous presser, et à bon prix.

– Bien, bien, à votre guise, dit l'intendant d'un air fâché.

Comprenant que la discussion menaçait de se prolonger, Volodia attira une chaise et s'assit dans l'embrasure de la fenêtre. Une neige épaisse matelassait les toits des maisons. Des traîneaux glissaient sur la chaussée de boue rousse et crémeuse. Le ciel était mauve, triste.

Olga Lvovna parlait toujours d'une voix monotone. Volodia n'essayait même pas de s'intéresser à la conversation.

– Non, je ne signerai pas, disait-elle. Pour les dettes de mon mari qui ne sont pas constatées par une lettre de change, je renverrai ces messieurs devant le tribunal. Qu'ils plaident tout ce qu'ils voudront. Je saurai attendre. Je gagnerai...

Volodia regarda sa mère et sourit. Du vivant de son mari, Olga Lvovna était une femme nerveuse, fragile, indécise, larmoyante, qui avait une peur panique des réceptions, et demeurait confinée chez elle à rafistoler de vieilles tapisseries. Mais le décès de Philippe Savitch l'avait brusquement révélée à elle-même. Débarrassée de cet époux autoritaire, elle prenait la maison en main. Elle s'enivrait à l'idée de sa responsabilité et de sa puissance récentes. Chaque matin, elle s'astreignait à étudier les comptes de la propriété, les mémoires de travaux, les carnets de dépenses domestiques. Son plaisir, Volodia le savait, était de découvrir quelque gaffe commise par Philippe Savitch et encore ignorée de tous.

Avec quelle joie mauvaise elle s'écriait alors : « Je vous annonce une nouvelle générosité de Philippe Savitch! » Elle le haïssait par-delà la mort, Philippe Savitch. Elle se vengeait de lui en dévoilant publiquement ses erreurs. Une veuve féroce, consciente de ses droits et de ses devoirs. C'était comique!

L'intendant et l'avocat s'apprêtaient à prendre congé. Olga Lvovna leur tendit à baiser sa petite main sèche cabossée de bagues. Lorsqu'ils furent sortis, elle poussa un soupir et se renversa dans son fauteuil.

– Je suis exténuée, dit-elle.

Mais un sourire de triomphe plissait sa bouche mince et pâle.

– Maman, dit Volodia, en s'approchant d'elle. Je voudrais te parler d'une idée qui m'est venue ce matin.

– Tu as besoin d'argent?

Elle le transperça d'un regard pointu, et baissa les yeux.

– Non, dit-il. J'aimerais écrire à Michel pour l'inviter à passer quelques jours chez nous.

Olga Lvovna ne releva pas les paupières; aucun muscle de son visage n'avait bougé; elle demanda d'une voix plate :

– Tu t'ennuies avec moi?

– Mais non.

– Tu ne peux même pas m'accorder tes vacances de Noël?

– Autrefois, je passais presque toutes mes vacances chez les Danoff.

– C'était une idée de ton père.

Volodia eut un geste d'impatience :

– Cela ne te dérangeait pas, non plus, de me savoir loin.

Olga Lvovna se redressa et considéra son fils avec attention.

– Je n'ai pas l'habitude de donner des explications à un gamin, dit-elle doucement. Ta place est auprès de moi. Et je ne tiens pas du tout à héberger ton camarade. S'il venait, je ne te verrais plus de la journée.

Volodia détesta sa mère. Elle était avare. Elle n'invitait jamais personne à la maison. À cause de la dépense. Il en était sûr.

– Il me semble, dit-il, que j'ai été assez souvent chez les Danoff pour que tu t'imposes, à ton tour, le sacrifice de recevoir Michel.

– Je regrette, dit-elle en se levant, ta demande est irrecevable.

– Mais de quoi aurai-je l'air vis-à-vis de ses parents?

– Cela ne regarde que moi.

Il la dominait de la tête, mais se sentait gauche et vaincu.

– Bon, dit-il, je m'en souviendrai. Au revoir.

– Où vas-tu?

– Chez les Arapoff.

Il avait dit cela sans réfléchir. Olga Lvovna le saisit au poignet. Il frémit au contact de cette main froide.

– Une minute, dit-elle. Pourquoi chez les Arapoff?

– Et pourquoi pas?

– Tu leur as déjà rendu visite trois fois depuis le début de la semaine.

– Eh bien?

– C'est beaucoup.

Il ne répondit pas. Alors, elle ajouta vivement :

– C'est beaucoup pour des gens de leur espèce.

Volodia prit le parti de rire :

– De leur espèce? Qu'ont-ils fait?

Olga Lvovna revint à son fauteuil, s'assit et croisa les mains sur ses genoux.

– Tu vois, dit-elle, le mal que je me donne pour rétablir notre situation financière que ton père avait compromise avec tant de légèreté. Bientôt, grâce à mes efforts, nous serons à flot. Mieux encore, d'après mes calculs, nous compterons parmi les cinq ou six familles les plus fortunées d'Ekaterinodar.

– Je te félicite, dit Volodia avec une moue ironique.

– Tu le peux, mon cher, dit Olga Lvovna. À présent, tu dois comprendre qu'il m'est pénible de te voir choisir tes relations dans un milieu tellement inférieur à celui auquel nous avons le droit de prétendre. Qu'est-ce que cet Arapoff? Un petit médecin municipal chargé de famille. Il vivote agréablement. Et puis...?

– Et puis, je m'amuse chez lui.

– À cause de ses filles?

– À cause de ses filles, de ses fils, de sa femme, de sa table, de son jardin, de sa maison...

– Tu me fais de la peine, Volodia, dit Olga Lvovna, car tu manques étonnamment de sérieux.

Volodia sentit qu'il allait se mettre en colère. Il voulut se dominer.

– Tu exagères toujours, dit-il avec une expression faussement conciliante.

Et, tout à coup, il cria :

– Je m'embête ici! Tout est froid, triste...

De grosses larmes jaillirent instantanément des yeux d'Olga Lvovna. Elle murmura :

– Son père! Il a parlé comme son père!

Déjà, Volodia regrettait sa brusquerie.

– Ne m'en veuille pas, maman, dit-il. Essaie de me comprendre. J'ai seize ans. Je suis en vacances. Je songe à me distraire.

– Eh bien, va te distraire, va te distraire chez les Arapoff, grommela-t-elle entre ses dents.

Tout son visage tremblait. Volodia ne savait que dire. Un grand dégoût était dans sa poitrine. Il claqua des doigts et se rappela aussitôt que son père était coutumier de ce geste. Olga Lvovna le regardait d'une façon bizarre. Il crut lire une sorte de respect craintif dans ses yeux.

– Soit, qu'attends-tu pour me laisser? reprit-elle.

– Je peux y aller demain.

Elle haussa les épaules :

– Tu n'as pas de volonté. Tu ne sais pas tenir tête.
– À qui?
– À moi, parbleu, s'écria-t-elle.
Puis elle se leva et quitta le bureau d'un pas saccadé.

Tania s'approcha furtivement de la porte et colla son oreille contre le battant : Nicolas et Volodia discutaient à voix basse dans la chambre. Que disaient-ils? Et pourquoi ne l'avaient-ils pas encore appelée? Tania se réjouissait de la camaraderie providentielle qui unissait les jeunes gens pendant ces trop brèves vacances. Ainsi, elle pouvait à sa guise voir Volodia et lui parler. Depuis le retour de Volodia à Ekaterinodar, elle avait cessé de plaindre Philippe Savitch, dont la mort l'avait d'abord si profondément ébranlée. À présent, elle reportait sur Volodia le trop-plein de son affection. Elle compatissait éperdument à sa détresse. Elle souhaitait, de tout cœur, le soulager de son chagrin. Car il était malheureux. Elle en était sûre. Simplement, il cachait son jeu, par fierté. Peut-être la trouvait-il trop jeune pour lui confier son tourment. Avant-hier, il avait prêté à Tania les *Récits d'un chasseur* de Tourguénieff. Et elle avait rêvé en caressant ces pages où les yeux du jeune homme s'étaient posés avant les siens, et qui lui restituaient sa présence. Aujourd'hui, elle voulait lui rendre le livre et le remercier d'une façon qui lui fît bien comprendre la nature des sentiments qu'elle éprouvait pour lui. Mais la discussion entre Nicolas et Volodia était interminable, et Tania n'osait entrer dans la chambre, par crainte d'irriter son frère. Anxieuse, elle serrait le livre contre son cœur et attendait le premier silence. Enfin, n'y tenant plus, elle toqua du doigt au battant.
– C'est moi! Je vous dérange? dit-elle.
– Oui, dit Nicolas.
Déjà, elle était dans la chambre et murmurait :

– Oh! pardon, Nicolas! J'en ai pour un instant. Je voulais simplement rendre à Volodia...

La chambre était pleine d'une fumée âcre et bleue, qui s'élevait en nappes jusqu'au plafond. Volodia gisait de tout son long sur le canapé, les mains jointes sous la nuque et les jambes croisées. Nicolas se tenait le dos à la fenêtre, et fumait une pipe à long tuyau de bois et à fourneau de porcelaine blanche.

– Eh bien! pose le livre, dit-il, et laisse-nous bavarder en paix.

Volodia s'assit au bord du canapé et demanda paresseusement :

– Le livre vous a plu?

– Oh! oui, dit Tania.

– Pour ce qu'elle a pu y comprendre! dit Nicolas.

– Dis tout de suite que je suis une idiote! s'écria Tania.

Nicolas s'approcha de sa sœur et passa un bras autour de son épaule :

– Tu n'es pas une idiote. Tu es une inconsciente. Et Volodia aussi est un inconscient... Il lit, il travaille, il réfléchit, et c'est en pure perte. Vous me faites tous penser à des roues dentées qui tourneraient sans accrocher la roue voisine. Elles aussi doivent se dire qu'elles travaillent, et, pourtant, elles brassent le vide, elles gaspillent leur énergie dans un mouvement absurde qui ne touche rien, qui n'émeut rien, qui ne sert à rien...

Il était évident que Nicolas tentait de reprendre sa discussion avec Volodia au point exact où il l'avait laissée.

Volodia balançait la tête avec obstination :

– J'aime mieux ne rien toucher que tout démolir.

– Mais il faut démolir, dit Nicolas avec exaltation. Je me demande quelles institutions méritent à tes yeux de demeurer en place!

Volodia, plus jeune de deux ans que son camarade, baissait le front et cherchait une réponse intelligente et forte. Tania l'admirait à la dérobée.

Tout à coup, Volodia eut un sourire enfantin et loyal,

que Tania ne lui avait pas vu depuis la mort de son père, et il dit :

– Moi, je trouve que tout va très bien comme ça. Nous vivons dans un monde qui n'est ni plus mauvais ni meilleur qu'un autre. Et l'univers que tu me proposes en échange de celui où nous sommes ne vaudra sans doute pas davantage!

– Tu nies le progrès!

– Je ne nie pas le progrès scientifique, mais je nie le progrès social.

Tania, soucieuse de marquer sa sympathie pour Volodia, crut bon d'affirmer :

– Tu sais, Nicolas, je suis de l'avis de Volodia.

– Eh bien, ce n'est pas une référence pour lui! dit Nicolas. Et de quoi te mêles-tu, d'abord? Songez un peu au spectacle de la Russie actuelle : en bas, la masse organique, trouble, stagnante du peuple. Un condensé d'ignorance et de vermine. Au-dessus, quelques hommes riches, cultivés, fainéants et cruels. Plus haut encore, l'empereur. Aucune transition entre ces trois pouvoirs. La mince classe, soi-disant dirigeante, est écrasée entre deux puissances énormes : la puissance du tsar et la puissance de la foule. Elle est appelée à disparaître fatalement. Nous sommes appelés à disparaître...

– Eh bien, nous disparaîtrons, dit Volodia, et rien ne sera changé malgré notre défaite.

– Si, dit Nicolas. Les profiteurs disparus, le peuple russe connaîtra l'égalité et la dignité qui lui manquent. Nous nous interposons entre lui et le tsar, nous lui cachons le tsar. Une fois qu'on nous aura supprimés, le tsar et le peuple seront face à face.

– J'ai toujours entendu dire que, dans une révolution, on commençait par abattre le monarque...

– En Occident, oui. Chez nous, il n'en sera pas de même. Le peuple et le tsar sont deux entités traditionnelles. Mais la classe cultivée russe est un produit artificiel importé de France et d'Allemagne. Elle n'a pas de racines, pas de nourriture populaire. Elle doit donc nécessairement tomber.

– Je ne vois pas ce qui t'enthousiasme dans cette perspective, dit Volodia. Tu tomberas avec l'élite, et voilà tout.

– L'élite actuelle tombera. Mais moi, je ne tomberai pas.

– Et pourquoi ça? Tu vas devenir empereur?

– Non.

– Moujik? Ouvrier?

– Oui.

– Nicolas! dit Tania peureusement. Tu n'y penses pas!

– Mais si, il y pense, dit Volodia. Il va laisser les cours de l'université, chausser des sandales d'écorce, revêtir une pelisse en peau de mouton et labourer la terre de ses ancêtres.

Nicolas, irrité, tapa le fourneau de sa pipe éteinte contre son talon :

– Je ne deviendrai pas moujik par le costume, mais par le cœur.

– Tu me rassures, dit Volodia en riant.

Et Tania put admirer la régularité parfaite de sa dentition. « Il rit. Comme je suis heureuse! » pensa-t-elle. Et elle se mit à rire aussi, d'un air complice.

– Oui, tu nous rassures, dit-elle.

– Je ne tiens pas à vous rassurer, dit Nicolas. J'estime que le devoir de tout homme sensé est, actuellement, de se rapprocher du peuple, de se fondre au peuple et de travailler au relèvement de ses frères.

Ils se turent. Nicolas, qui jouait avec sa pipe, la laissa échapper de ses doigts. Il avait des mains molles et blanches qui ne savaient pas tenir les objets.

– Tu as les mains d'un rêveur et non d'un homme d'action, Nicolas, lui dit Volodia. La matière fuit entre tes doigts. Contente-toi donc de penser la révolution au lieu de prétendre la faire.

Nicolas regardait ses mains avec une fureur comique.

– Mes mains, mes pauvres mains, dit-il en hochant la tête. Elles me joueront plus d'un vilain tour!

– Moi, dit Volodia, j'ai consulté une bohémienne, lors d'une sortie à Moscou. Elle a examiné mes mains et m'a dit que j'aurais de la chance.

– Tout le monde a de la chance, dit Nicolas. Mais peu de gens savent l'employer.

– Je saurai l'employer. Je suis ambitieux. Je deviendrai quelqu'un!

– Et qui donc?

Volodia posa un doigt sur ses lèvres, en signe de mystère. Tania songea qu'elle l'aimait surtout lorsqu'il parlait, lorsqu'il gesticulait, lorsqu'il se moquait gentiment de lui-même et des autres.

– Vous me prêterez encore des livres? demanda-t-elle.

– Tu as tout ce qu'il te faut dans la bibliothèque de papa, dit Nicolas.

– Ce n'est pas la même chose, dit Tania en rougissant un peu.

Volodia rougit à son tour et tira une cigarette de sa poche.

– Je ne sais guère quel livre vous prêter, dit-il.

– N'importe lequel, à condition que ce soit un ouvrage que vous aimez...

Volodia passa une main rapide dans ses cheveux, renifla nerveusement et dit :

– Nous n'avons peut-être pas les mêmes goûts...

– Oh! si! dit Tania.

Et elle pensa que, si Volodia ne comprenait pas la valeur de son affection après ces dernières paroles, il était un homme sans cœur. « Je me jette à sa tête, je me jette à sa tête », se disait-elle avec exaltation.

– Voulez-vous des vers ou de la prose? demanda Volodia, qui s'efforçait de paraître fraternel.

– Des vers de préférence.

– Évidemment, grogna Nicolas. Et des vers où l'on

parle de cœur, d'amour, de lune et de larmes, autant que possible.

– Autant que possible, oui! dit Tania sur un ton de défi.

– Eh bien, dit Volodia, que diriez-vous du *Démon* de Lermontoff? Mais c'est un volume qui appartenait à mon père. J'y tiens.

Il se tut et son regard glissa vers la fenêtre. Tania eut envie de se jeter sur lui, de l'embrasser sur le visage, dans le cou, dans les oreilles. Vraiment, elle ne pensait plus du tout à Philippe Savitch, mais à Volodia. Cette substitution sentimentale l'étonnait elle-même. Peut-être n'avait-elle jamais aimé Philippe Savitch? Peut-être ne tenait-elle à lui que parce qu'il était le père de Volodia? Tout cela était mystérieux et passionnant. Elle balbutia :

– Soyez tranquille, Volodia. Je comprends très bien votre sentiment. Je prendrai soin de ce livre... je... je...

Elle ne put achever, car les larmes lui venaient aux yeux. Volodia sourit. Nicolas les regarda l'un après l'autre, claqua de la langue et quitta la pièce pour chercher du tabac dans le bureau de son père.

– Il est allé chercher du tabac, dit Tania. Il fume trop. Vous aussi, vous fumez trop. C'est une habitude qui risque de nuire à votre santé.

– Qu'est-ce que cela peut vous faire? dit Volodia.

– Comment, qu'est-ce que cela peut me faire?... Mais... mais vous m'êtes sympathique...

– Allons donc? dit Volodia.

Et il se troubla un peu plus qu'il ne l'eût souhaité.

– Demain, je vous apporterai le livre, dit-il encore.

– Merci, dit Tania en battant des paupières. Je le lirai. Je vous en parlerai... à vous seul... Parce que... parce que je sens que je m'entends bien avec vous... Autre chose... Ah! oui. Quand vous êtes triste, Volodia, il faut me le dire... J'essaierai de... d'être triste avec vous...

Elle leva les yeux vers la figure du jeune homme et rencontra son regard joyeux. Ce fut un éblouissement.

Le pas de Nicolas se rapprochait dans le corridor.

– Vite, vite, cria Tania.

Et, dressée sur la pointe des pieds, elle appliqua sur la joue de Volodia un baiser sec et court.

– Voilà, dit-elle en s'écartant de lui.

La porte s'ouvrit. Nicolas s'arrêta sur le seuil. Volodia, la face enflammée jusqu'aux oreilles, dit :

– Alors, tu l'as trouvé, ce tabac?...

7

LE MARIAGE de Lioubov avec Kisiakoff avait été prévu pour le mois de février 1893. Mais Lioubov estimait que sa nouvelle dignité de fiancée s'opposait à ce qu'elle prît le moindre intérêt aux préparatifs de Noël. Depuis quelques jours, elle traitait Tania avec une condescendance insolente, se levait tard et soignait sa peau avec des crèmes. Tania était mortifiée par ce brusque changement d'attitude et se sentait très seule.

Mais son chagrin se transforma en indignation lorsque Lioubov prétendit aider Zénaïde Vassilievna à emballer et décorer les cadeaux. Cette prérogative était réservée aux parents. Lioubov n'avait pas le droit d'en réclamer le bénéfice. À plusieurs reprises, Tania tenta d'expliquer son point de vue à sa mère. Cependant, elle ne fut pas écoutée. Et, l'avant-veille de Noël, après qu'on eut expédié au lit Nina, Akim et Tania elle-même, Zénaïde Vassilievna et Lioubov s'installèrent dans la salle à manger pour orner les paquets avec des rubans et habiller les poupées. Comme chaque année, vers onze heures du soir, Nina et Akim vinrent chercher Tania pour « espionner par le trou de la serrure ». Mais elle ne voulut pas les suivre. Il lui semblait qu'elle avait passé l'âge de ces amusements. Elle préféra demeurer dans sa chambre et écrire à Volodia une lettre en vers qu'elle ne lui enverrait pas. Volodia viendrait-il pour l'arbre de Noël? Depuis ce baiser furtif, il se terrait chez lui, évitait de sortir. Que pouvait-il bien penser d'elle? Comment la jugeait-il? L'aimait-il seulement? Tania, assise dans son lit, essayait d'ordonner son tourment en phrases cadencées. Elle avait allumé sa lampe de chevet. Un cahier ouvert sur ses genoux. Son crayon traçait dans la marge des contours de fleurs et d'étoiles. Bientôt, Akim et Nina revinrent en courant.

– J'ai vu une grande, grande poupée, en robe rose, avec un chapeau de paille, dit Nina, qui était essoufflée et dont les yeux brillaient de fièvre.

– Ah! oui? dit Tania en refermant son cahier.

– Oui, et une autre plus petite. Lioubov et maman sont en train de les habiller. Sûrement, la grande est pour toi, la petite est pour moi.

– Je te donnerai aussi la grande, dit Tania.

Et elle fit un sourire de tendre dédain. Mais, tout de même, elle était contente.

Zénaïde Vassilievna et Lioubov étaient assises côte à côte sous la grande lampe ronde de la salle à manger. Devant elles, il y avait des poupées nues, des lambeaux d'étoffe et des papiers de couleurs. Constantin Kirillovitch déambulait de long en large dans la pièce et tentait de composer mentalement un petit discours comique qu'il prononcerait pour le réveillon. Nicolas lisait les journaux. Le poêle de faïence craquait d'une façon discrète. Derrière les vitres noires, on devinait la chute patiente de la neige. Tout à coup, un tintement léger ranima la ville. Constantin Kirillovitch s'approcha de la fenêtre. À la tour de surveillance des pompiers, brillaient les lampions rouges de l'alerte. Arapoff compta les boules lumineuses, à mi-voix :

– Un, deux, trois, quatre, cinq... Cinq boules... C'est à la Doubinka qu'un incendie s'est déclaré...

Le traîneau rouge des pompiers passa en trombe dans la lumière fade des lampadaires. Il était attelé en troïka. Les casques de cuivre, les échelles astiquées, les harnais des chevaux étincelèrent et se perdirent dans l'ombre. Des voitures chargées de tonneaux suivaient en brinquebalant, vaille que vaille. Un chien aboya, puis se tut. Arapoff reprit sa marche, le front baissé, l'œil pensif. Nicolas grommela, sans interrompre sa lecture :

– Si l'incendie s'était déclaré au palais du gouverneur, il y aurait eu plus d'un traîneau, plus d'une échelle...

Lioubov éleva une poupée entre ses deux mains :

– Celle de Tania est habillée, dit-elle.

– L'année prochaine, on ne pourra plus lui donner de poupée, dit Zénaïde Vassilievna.

Elle soupira. Elle avait l'air triste.

Volodia écouta décroître le tintement des grelots qui passaient dans la rue.

– Un incendie à la Doubinka, dit-il.

Sa mère hocha la tête :

– Si seulement il pouvait nous débarrasser de cette vermine. Toutes les maladies viennent de là. Tu montes te coucher?

– Oui, dit-il.

Mais il restait sur place. Elle le baisa au front et quitta le salon d'une démarche pressée.

Volodia pensa que Tania avait entendu, comme lui, le passage des pompiers à travers la ville endormie, et cette idée l'emplit d'une faiblesse suave. Aussitôt, il tenta d'exploiter son trouble et d'en tirer des conclusions. Aucun doute n'était possible. Il était amoureux de Tania. Mais à quel degré? Et pour combien de temps? Les paupières closes, Volodia s'efforçait de reconstruire en lui, bribe par bribe, l'image d'une Tania au nez retroussé, aux yeux bleus, aux cheveux blonds. Il l'obligeait à l'embrasser de cette même façon brève et maladroite. Plus tard, il épouserait Tania. Mais, jusque-là, devait-il lui rester fidèle? Avec volupté, il décida que non. « Elle souffrira un peu. Elle fera son apprentissage. Je suis comme ça! » Puisqu'il avait été distingué par une jeune fille, il désirait l'amour de toutes les jeunes filles. Il avait peur que l'affection de Tania ne le privât de ses autres chances. Précipitamment, il passait en revue les noms et les visages féminins d'Ekaterinodar. On eût dit que le baiser l'avait dédouané et que, dorénavant, rien ne s'opposait plus à ce qu'il prît son plaisir auprès des personnes du sexe. Quel carnage en perspective! « La terreur des parents, des époux et des fiancés! » Volodia sourit à ses victoires futures. Il imagina ses victimes, blondes, brunes, rousses, toutes en larmes, toutes belles, et lui parmi elles, très droit, très simple, avec une fleur au revers du veston. Mais à ce moment, le souvenir de Tania lui revint, et il eut honte. Était-ce quelqu'un de « bien »? En marge d'un de ses devoirs, le professeur de littérature avait inscrit ces mots : *Brillant, mais superficiel.* Sûrement, il était un garçon superficiel. Ce qu'il entreprenait réussissait trop vite. Et ses sentiments changeaient comme change le temps. Rien autour de lui ne paraissait nécessaire, solide, respectable. Il regretta l'absence de Michel. Auprès de Michel, il devenait meilleur. Il l'avait souvent remarqué. Michel était franchement installé dans le monde. Il avançait sur la bonne route, avec la puissance lourde d'un bœuf. On ne l'admirait pas. On l'estimait. C'était mieux. Qu'aurait-il dit, Michel, s'il avait appris le baiser de Tania? Quel conseil, quel compliment, quel reproche aurait-il adressé à son ami? Volodia maudit sa solitude. La neige tombait derrière les fenêtres. Une horloge sonna minuit. Les poêles s'éteignaient dans toute la maison. Un courant d'air froid glaça les chevilles de Volodia. Il quitta le salon et monta dans sa chambre. Sur sa table de nuit, il avisa un livre : *Le Démon,* de Lermontoff. Il avait promis de le prêter à Tania. Il le lui donnerait pour Noël. Ayant ouvert le volume, il inscrivit, sur la page de garde : *Pour Tania, en souvenir, 23 décembre 1892.* Et il signa : *Volodia Bourine.*

Ce geste le réconcilia avec lui-même. Il lui sembla tout à coup que mille questions insidieuses venaient d'être résolues d'un trait de plume.

Derrière la fenêtre, il entendit de nouveau le tintement des grelots emballés, le grondement des tonneaux vides. Les pompiers avaient éteint l'incendie et regagnaient leurs casernes.

TROISIÈME PARTIE

1895

1

LE CONTRÔLEUR poussa la porte du compartiment et demanda :

– Vos billets, s'il vous plaît?

Michel tendit son billet en maugréant :

– Vous l'avez déjà poinçonné.

– C'est possible, mais je vérifie.

– Combien de temps encore jusqu'à Ekaterinodar?

L'employé tira sa montre :

– Deux heures quarante, si tout marche bien.

– Et sinon?

– Sinon, à la grâce de Dieu, dit l'homme, et il referma la porte.

Il y avait deux ans que Michel n'avait pas revu Volodia. Olga Lvovna avait retiré son fils de l'Académie d'études commerciales pratiques, avant même la fin des cours. Depuis, il vivait auprès d'elle, à Ekaterinodar, et ne faisait rien. Comment Volodia pouvait-il accepter de ne rien faire? Michel ne concevait pas le plaisir de l'oisiveté. Tout un côté de Volodia lui demeurait incompréhensible. Certes, les deux amis avaient correspondu avec persévérance, pendant cette longue séparation. Mais Volodia écrivait des lettres tellement lyriques et intelligentes que Michel ne les jugeait pas sincères, et, lorsque Michel voulait lui répondre, il suffisait qu'il s'installât devant son bureau pour ne plus trouver sous sa plume que des phrases banales, indignes du destinataire. Qu'aurait-il pu, d'ailleurs, raconter à Volodia sur son propre compte?

La vie de Michel, depuis les derniers examens, avait été unie, familiale, laborieuse. Ses études finies, il était revenu à Armavir et son père l'avait associé d'emblée aux affaires des Comptoirs Danoff.

L'entreprise avait ouvert des succursales à Stavropol, à Simféropol et à Astrakhan. Michel voyageait d'un établissement à l'autre, contrôlait la gestion des directeurs locaux, ordonnait les échanges de marchandises entre les maisons filiales et dressait des statistiques de vente par qualités et par régions desservies. Ces statistiques lui avaient permis d'affirmer, à une réunion du comité directeur, que les tissus de fantaisie étaient d'un écoulement difficile à Armavir, qui préférait le madapolam et la cretonne à dessins asiatiques, mais se liquidaient aisément dans le rayon de Simféropol, qu'Astrakhan s'intéressait exclusivement aux coloris criards, propres à séduire la clientèle kalmouke, et que Stavropol suivait la mode de Moscou.

Michel était heureux de son activité et de la confiance que lui témoignait son père. Il suivait avec fièvre la montée d'un chiffre d'affaires, non par souci de lutte, mais par esprit de compétition. Il aimait l'effort, la réussite par l'effort. Souvent même, il renonçait à visiter les gardiens tcherkesses de la propriété, pour surveiller l'inventaire des magasins et rédiger des rapports solides.

Il se rappelait parfois l'expression de son père : « Cacher le Tcherkess », et il souriait de l'indignation qu'il avait éprouvée jadis à l'entendre. Lui aussi, à présent, « cachait le Tcherkess ». Et mieux qu'Alexandre Lvovitch, peut-être. En était-il moins attaché à son pays, à sa race?

Il fallait à tout prix décider Volodia à revenir passer quelques jours au Caucase. Volodia racontait dans ses lettres qu'il souhaitait partir pour l'Italie, pour la France. Que ne choisissait-il plutôt Armavir? Ils s'étaient si bien amusés à Armavir, pendant leurs premières vacances. D'ailleurs, ils avaient besoin l'un de l'autre. Et pas seulement sur le plan sentimental. Une grave question préoccupait Michel depuis quelques semaines. Autrefois, Alexandre Lvovitch avait résolu d'ouvrir une succursale des Comptoirs Danoff à Ekaterinodar. Philippe Savitch Bourine avait été chargé d'acheter le terrain et de tracer les plans de l'édifice. Mais son suicide avait interrompu net les premiers travaux. Et Alexandre Lvovitch, qui était superstitieux, avait renoncé au projet de la succursale : « C'est un mauvais signe que cette mort, disait-il, il ne faut pas s'acharner sur une idée, lorsque Dieu t'indique aussi durement qu'elle ne lui est pas aimable. »

Il avait fallu toute l'insistance de Michel, pour que son père revînt sur sa décision. Michel avait prouvé, chiffres en main, que la région d'Ekaterinodar était particulièrement mal desservie, qu'elle rentrait dans la sphère d'action normale des Comptoirs Danoff, et que le terrain acheté suivant les indications de feu Philippe Savitch avait doublé de prix en quatre ans. Il importait d'exploiter cet avantage et de confier à Volodia Bourine, ancien élève de l'Académie d'études commerciales pratiques, la direction exclusive du futur établissement d'Ekaterinodar.

Alexandre Lvovitch avait délégué Michel pour examiner, sur les lieux, la possibilité de reprendre la construction de la succursale, et pour proposer à son ami le poste de directeur local. Il avait spécifié toutefois que Volodia Bourine n'entrerait en fonction qu'après un stage de trois ans à la maison centrale d'Armavir. Michel avait aussitôt expédié un télégramme pour avertir Volodia de son arrivée, mais sans préciser le but de son voyage. En vérité, Michel redoutait un peu cette entrevue avec Volodia. Comment retrouverait-il son ami? Ne serait-il pas déçu par ce jeune homme de vingt ans qu'il ne connaissait plus guère?

Il regarda sa montre et son cœur battit plus vite. Le train longeait les vastes marécages du Kara-sou. À gauche, à droite, le remblai dominait une étendue de joncs verts et de flaques brunes, d'où montait le coassement flûté des crapauds. Une odeur de vase pourrie envahit le compartiment.

– On approche! dit quelqu'un dans le couloir.

Un contrôleur, vêtu d'une tunique bleue, avec un sifflet pendu sur la poitrine, traversa le wagon en se dandinant. La locomotive poussa un meuglement prolongé. Déjà, les premières maisons s'envolaient comme des pages livides. Michel se pencha par la fenêtre et reçut en plein visage une gifle de vent furieux. La gare de brique ouvrait sa grande verrière enfumée à l'avant du convoi. Un aiguillage secoua le train. Les wagons défilèrent le long du quai où des porteurs en tablier blanc attendaient, les poings sur les hanches. Derrière eux, se pressait la cohue des parents, des amis, qui agitaient les bras et criaient avec des voix mécaniques. Le train s'arrêta enfin, comme enlisé dans la foule. Un grand silence vint des machines mortes. Michel aperçut, tout près des porteurs, un jeune homme blond et maigre, aux oreilles écartées, aux lèvres gourmandes, qui secouait son chapeau et riait en plissant les yeux.

– Volodia! hurla Michel.

Il se précipita dans le couloir, bouscula une grosse dame impotente, buta contre des valises et des porte-plaids, et se retrouva sur le quai, devant Volodia.

– Enfin! Enfin! te voilà, Michel! Tu n'as pas trop changé. Un peu grossi, peut-être; mais il faut ça pour imposer au personnel des bureaux. Et moi, comment me trouves-tu?

– Magnifique!

– Tu as bon goût, mon petit. Porteur! Porteur! Empoigne les bagages de ce respectable gentleman et suis-nous au pas de course, si tu en es capable! Bien entendu, tu loges à la maison. Maman est d'accord. Elle fait toutes mes volontés, à présent. Ça n'a pas été sans mal! Quelle bagarre! Sois tranquille, elle ne nous dérangera pas. Elle habite une chambre, et moi tout le reste. Nous serons libres, libres, libres comme des externes! Ha! ha! Tu te souviens des externes, Michel? Comme nous avons envié leur sort! Par ici! Par ici! Porteur! Il est complètement abruti, le bougre! Moi aussi, d'ailleurs!

Il s'essuya le front avec un mouchoir plié en quatre, qui était violemment parfumé, gonfla ses joues et poussa un soupir de joie.

Le porteur arrima les bagages dans la calèche de Volodia. Les deux amis s'installèrent sur la banquette arrière, qui était tendue d'un drap bleu tout neuf. Le cocher claqua de la langue. Et la voiture s'éloigna de la gare au petit trot.

– Le retour de l'enfant prodigue! dit Volodia.

Michel regardait son compagnon et lui souriait avec une tendresse amusée. Non, Volodia n'avait pas changé. Il était bien le même, bavard, léger, railleur, séduisant. Il suppliait Michel de lui raconter sa vie au Caucase, et l'interrompait aussitôt pour lui vanter les charmes d'Ekaterinodar. Il l'interrogeait sur ses espérances sentimentales, et lui coupait la parole pour évoquer le souvenir d'une certaine actrice aux dessous luxueux.

– Tu ne m'as toujours pas expliqué quelles sont tes occupations à Ekaterinodar, dit Michel.

Volodia dressa un doigt devant son nez et proféra d'une voix sourde :

– Elles sont multiples, diverses et passionnantes.

– Ce n'est pas une réponse. Que fais-tu?

– Rien.

– Comment ça?

– Je dis : « Rien. » Je ne fais rien. Ou, plutôt, ce que je fais et rien, c'est à peu près la même chose. Tu sais que ma mère s'est révélée une femme d'action étonnante. Achetant, vendant, jouant même à la Bourse, elle a redoré en cinq ans le blason écaillé des Bourine. Et moi, mon Dieu, je l'ai regardée faire. Et je continue à la regarder faire. Et je la regarderai faire jusqu'à ce qu'elle s'arrête de travailler...

– Et alors?

– Alors?... Eh bien, nous serons assez riches pour que je persiste à ne rien faire, je pense.

– Et tu es heureux?

– Follement.

Michel hocha la tête d'un air triste et réprobateur.

– Mais tes projets? dit-il. Tu voulais écrire, devenir célèbre...

– Je le veux encore! s'exclama Volodia. Mais je n'ai pas le temps.

– Tu as trop de temps.

– C'est la même chose. L'excès de loisirs détourne des grandes tâches. Et puis, ces invitations continuelles, ces soupers, ces bals, ces réceptions, ces spectacles... Mais ne crains rien, j'ai une belle idée en tête... Je la réserve pour des jours meilleurs, mais je ne l'oublie pas. Tu entendras parler de moi, Michel, avant peu. « Un nouveau Gogol nous est né. » Voilà ce qu'on dira de moi. « Un nouveau Gogol. » Comme pour Dostoïevsky. Mais laisse-moi souffler un peu...

Michel estima que le moment était venu de confier à Volodia les raisons de sa visite.

– Tu ne me demandes pas pourquoi j'ai fait ce voyage? dit-il.

– Mais pour me voir, j'espère.

– Bien sûr. Pour te voir, et pour te parler d'un projet aussi.

– Tu vas te marier?

– Non.

– Tu veux fonder une école de danse?

– Sois sérieux, Volodia. Mon père a décidé d'ouvrir

une succursale à Ekaterinodar et j'ai pensé qu'il te serait agréable d'en assumer la direction.

– Hein?

Volodia arrondit des prunelles stupides.

– Tu n'as rien à faire de la journée, reprit Michel, et comme tu as suivi les cours de l'Académie d'études commerciales pratiques...

Il fut interrompu par un éclat de rire. Volodia riait, le menton renversé, la bouche ouverte. Ses oreilles écartées se gonflaient de sang.

– Ça par exemple! Ça par exemple! Tu es bien gentil, Michel, mais je n'accepte pas...

– Et pourquoi donc?

– Mais parce que ça m'embête. Tu me vois dans un bureau, avec des bouliers, des registres, des cartons verts et des manches en lustrine!...

Michel, déçu par les plaisanteries de Volodia, rougit et murmura du bout des lèvres :

– Tu préfères vivre des mensualités que te verse ta mère?

– Eh! bien sûr, dit Volodia avec simplicité. Au reste, il vaut mieux pour toi que je n'entre pas dans votre affaire. Je suis si étourdi! Certainement, je vendrais du tulle pour du velours et du satin pour du calicot. Tu mesures la catastrophe? Je suis un poète, mon cher.

– Et un fainéant.

– Et un fainéant, je te l'accorde. Il y a des hommes qui sont nés pour être le luxe coupable de leur époque. Je suis de ceux-là

– Soit, dit Michel. Je regrette ton refus, comme tu le regretteras toi-même, peut-être. Je trouverai quelqu'un d'autre pour ce poste et la succursale n'en marchera que mieux.

Volodia renifla nerveusement et prit la main de Michel dans les siennes :

– Tu ne m'en veux pas, au moins?

– Mais non.

Ils demeurèrent silencieux, un moment. Michel était gêné par les paroles de son camarade et se demandait s'il ne fallait pas les considérer comme une injure personnelle. Susceptible à l'extrême, il ne pouvait supporter l'idée d'une moquerie, si légère fût-elle. Il éprouvait souvent de ces fortes colères immobiles, dont ses proches s'apercevaient à peine, et dont lui-même souffrait pendant des journées entières sans parvenir à les exprimer. Le nom des Danoff, l'honneur de sa famille, les mérites particuliers de sa profession, constituaient un groupe de sujets sacrés, qu'il était dangereux d'aborder en sa présence. Toutefois, une grâce plénière s'attachait aux propos subversifs de Volodia. Ce garçon-là pouvait tout se permettre. Devant lui, Michel avait honte de son intransigeance comme d'un défaut de culture.

Volodia, inquiet du mutisme de son ami, lui demanda timidement :

– Qu'as-tu, Michel, tu ne me parles plus?

– Je regarde la ville, dit Michel. C'est beau chez vous, c'est aéré, c'est neuf, c'est propre. Une vraie cité européenne.

Des maisons jaunes et roses, à perrons courbes et à colonnettes de plâtre, défilaient une à une derrière les grilles feuillues des jardins. La calèche dépassa la place de l'église Sainte-Catherine et tourna dans la rue Boursakovskaïa, pour éviter le trafic de la rue Rouge. Tout à coup, Michel se pencha vers Volodia et murmura en clignant de l'œil :

– Oh! la belle fille.

Une jeune fille mince et blonde suivait le trottoir à petits pas précieux. Elle portait un chapeau blanc à plumes vaporeuses, une veste d'un lilas tendre, pincée à la taille, et une large jupe du même ton qui se balançait mollement au gré de sa démarche.

Lorsque la calèche fut à la hauteur de l'inconnue, Volodia retira son canotier et se souleva maladroitement de son siège. L'inconnue inclina la tête et sourit.

– Qui est-ce? demanda Michel.
– Je t'expliquerai plus tard, dit Volodia en se rasseyant.
– Une nouvelle conquête?
– Peut-être.
– Cachottier, s'écria Michel. Mais tu ne t'en tireras pas à si bon compte. Je t'embêterai jusqu'à ce que tu me livres son nom.
– Elle t'intéresse donc autant que ça, cette jeune fille?
– Eh oui!
– Ça me fait plaisir, dit Volodia.
Et il croisa nonchalamment ses longues jambes habillées d'un tissu gris perle.

En pénétrant dans la demeure des Bourine, Michel retrouva cette impression d'ennui glacé, d'hostilité luxueuse, qu'il avait éprouvée sept ans plus tôt, lors de sa première visite à la famille de Volodia.

Olga Lvovna ne quittait sa chambre qu'aux heures des repas et passait le plus clair de son temps devant un bonheur-du-jour encombré de factures. La banqueroute, qu'elle avait évitée de justesse, lui laissait au cœur une inquiétude avare. Par crainte d'un nouveau revers de fortune, elle restreignait ses propres dépenses, épluchait méchamment les comptes de ses domestiques, réduisait les menus, chicanait son portier sur l'éclairage et invoquait à tout propos la fragilité des jouissances terrestres. Les deux tiers de son personnel ayant été congédiés par mesure d'économie, et les quelques serviteurs maintenus à leur poste étant incapables d'assurer l'entretien de toute la maison, elle avait fait condamner les pièces d'apparat, revêtir les meubles de housses, enfermer les lustres dans des capuchons de tulle et recouvrir les tapis avec du papier journal. Le soir, alors que la valetaille était déjà couchée, Olga Lvovna descendait, une bougie à la main, pour vérifier le cadenassage de la porte d'entrée et dénombrer l'argenterie et les cristaux de ses buffets. Un seul être échappait à cette rage de contrôle et de ladrerie : Volodia. Elle avait prétendu, d'abord, le soumettre comme les autres à son autorité. Mais, très vite, elle avait compris que l'obéissance de Volodia lui eût été désagréable. Elle ne s'expliquait pas très bien la nature du sentiment qui l'incitait à émanciper Volodia. Elle s'étonnait de sa propre indulgence. Tout ce qu'elle se refusait à elle-même, elle l'accordait à son fils, sans récriminations. Les mensualités du jeune homme étaient calculées largement, ses notes de tailleur et de jeu payées avec exactitude.

– Il faut qu'un garçon fasse la noce! disait-elle.

Sans doute pensait-elle à son mari et gardait-elle encore, au fond de sa conscience, une sorte d'admiration honteuse pour la vie de cet homme qui lui avait fait tant de mal.

Olga Lvovna ne recevait personne, par crainte des frais inutiles et par horreur instinctive des étrangers.

Cette fois encore, elle avait rechigné à l'idée d'accueillir Michel sous son toit. Mais Volodia avait insisté, tempêté, boudé, pendant une journée entière. Et Olga Lvovna, de guerre lasse, avait fini par lui donner raison. Au reste, elle n'était pas mécontente d'avoir capitulé devant son fils. Elle goûtait une joie amère à se sentir contrecarrée par lui sur quelque terrain que ce fût. Cependant, pour marquer sa désapprobation de principe, elle avait résolu de ne pas se montrer à Michel avant huit heures du soir.

À huit heures du soir, elle quitta sa chambre et se dirigea vers la salle de billard, où Michel et Volodia jouaient à cinq billes. Comme Michel venait de rater un carambolage, la porte s'ouvrit dans un grincement lugubre, et il vit une petite femme sèche, noire, aux yeux tristes, qui s'avançait rapidement vers lui.

– Le voilà donc, ce fameux Michel, dont on me parle tant et qu'on ne rencontre jamais, dit-elle.

Michel baisa une patte nerveuse et dure de volaille.

– Il a changé, il a changé, mais je le reconnais, dit encore Olga Lvovna. Les yeux, le nez. Et comment avez-vous trouvé mon fils? C'est un gaillard, n'est-ce pas? Un gaillard et un chenapan!

Visiblement, elle était très fière de Volodia, et quêtait les louanges.

Comme Michel se taisait, elle poursuivit avec enjouement :

– C'est un problème pour une mère d'élever un fils de cette trempe. La jeunesse est un gouffre. Elle a besoin de nourritures fines, de champagne, de vêtements chics et d'argent. Le tout est dévoré en un clin d'œil. Ce costume que vous lui voyez, dans quinze jours il n'en voudra plus! Et pourtant il vous paraît neuf et taillé à la dernière mode, sans doute? Combien l'as-tu payé, Volodia?

– Laisse donc, maman, dit Volodia d'un ton agacé. Ces histoires n'intéressent pas Michel.

– Tu juges les autres d'après toi-même, mon fils. Mais je suis sûre, moi, que Michel est un garçon raisonnable et qui connaît le prix des choses. Je retrouverai la facture du costume. Tout est si cher! Et pourtant rien n'est assez cher pour Volodia! L'argent file, file...

Elle donna une tape sur la nuque de son fils, le menaça du doigt, grommela : « Brigand! » et pria les jeunes gens de passer à table.

Le repas fut morne et fade.

Un laquais bourru déambulait derrière les chaises. Les vins étaient trop vieux. Olga Lvovna, qui ne mangeait guère, bavardait à perdre haleine sans s'inquiéter du mutisme des convives. Michel devinait que Volodia jugeait sa mère en silence et avait honte d'elle. Peut-être était-il même fâché d'avoir invité son ami? À plusieurs reprises, Michel feignit de s'intéresser aux doléances ménagères d'Olga Lvovna. Il tenta aussi de raconter sa vie à Armavir et de rire aux plaisanteries de la maîtresse de maison. Mais ses paroles et son rire lui parurent faux et serviles. Il sentait le regard de Volodia sur son visage et sur ses mains. Volodia comprenait la comédie charitable de Michel. Il en souffrait, peut-être. À moins qu'il ne lui en sût gré, humblement. Cette seule pensée était intolérable.

Après le repas, Olga Lvovna recommanda au laquais d'éteindre les lumières inutiles et de cadenasser les portes pour la nuit :

– Je passerai derrière vous pour vérifier. Vous servirez les liqueurs de ces messieurs sur le plateau d'argent.

Ayant dit, elle prit congé de Michel et remonta dans sa chambre.

– Eh bien, dit Volodia en rentrant dans la salle de billard, que penses-tu de ce petit dîner de famille?

Michel rougit et ne répondit pas.

– La mort de mon père l'a beaucoup affectée, dit Volodia à voix basse. Elle n'était pas comme ça, autrefois. Maintenant, elle ne veut plus voir personne. Elle devient un peu étrange, un peu sauvage...

Il alluma une cigarette à longue cartouche de carton et ajouta vivement :

– D'ailleurs, je prends rarement mes repas à domicile. Le Cercle, les invitations...

Le maître d'hôtel apporta quelques bouteilles de liqueur et des verres. Il était mal rasé. Le col de son veston paraissait élimé, verdâtre.

Michel éleva son verre, le regarda par transparence et demanda tout à coup :

– Le moment n'est-il pas venu de me révéler le nom de cette jeune fille que nous avons croisée en calèche?

Volodia éclata d'un rire sonore et claqua ses mains l'une contre l'autre.

– Elle t'a fait une impression durable, à ce que je vois!

– Elle est très belle.

– Oui, dit Volodia. Et tu la connais.

– Moi?

– Toi! C'est Tania; la petite Tania Arapoff dont tu étais amoureux à douze ans et que tu as failli éborgner avec un cordon de store!

– Ce n'est pas possible! dit Michel. Elle est devenue si blonde, si mince, si...

– Ne va pas plus loin. Tu n'as jamais su parler des femmes.

– Pourquoi n'as-tu pas arrêté la calèche pour que je refasse connaissance avec mon ancienne victime?

Ayant vidé son verre d'une lampée, Volodia fit une grimace conventionnelle de vieux buveur et alluma une nouvelle cigarette.

– Réponds-moi, faux frère! s'écria Michel.

– C'est très compliqué, dit Volodia. Je ne voulais pas te présenter à elle avant quelques jours, parce que...

– Parce que quoi?

– Parce que je préférais être sûr de... de...

– De quoi?

Volodia redressa la tête, renifla, cligna de l'œil et dit brusquement :

– J'ai décidé de l'épouser!

– Pardon?

– J'ai dit : « J'ai décidé de l'épouser. » Je la courtise vaguement depuis quelques années. Et, maintenant, j'ai décidé de l'épouser. Tu as beau arrondir des yeux de poisson, si ça me plaît, je l'épouserai...

Il haussait le ton, furieux contre son propre embarras.

– Tu pourras me dire ce que tu voudras, je m'en fous! grogna-t-il enfin.

– Même si je te dis que tu as raison de l'épouser? demanda Michel.

Volodia regarda son ami avec méfiance et murmura sur un ton radouci :

– Tu parles sérieusement?

– Oui.

– Je te remercie, Michel. Vois-tu, j'hésite encore un peu. Je voulais avoir ton avis.

– Je me demande pourquoi!

– Parce que tu es sérieux, posé... J'ai confiance en toi. Donc, tu me conseilles de...

– Puisque tu l'aimes!

– Oui, je crois que je l'aime.

– Et elle?

– Elle m'adore, dit Volodia avec conviction.

– La pauvre! dit Michel.

– Tu la plains?

– Oui, parce que tu la tromperas, tu la rendras malheureuse...

– Ce n'est pas sûr, ce n'est pas sûr, dit Volodia d'un air léger. Je suis très capable de m'attacher, de... de fonder une famille...

Il pouffa de rire :

– Fonder une famille! Tu te rends compte? Demain, je lui ferai ma demande. Elle ne se doute de rien...

Il écrasa sa cigarette dans son verre et poursuivit gravement :

– Elle ne peut pas me refuser. Je suis un parti inespéré pour cette petite. Imagine un peu : la fille d'un médecin municipal, et, tout à coup, le fils Bourine vient demander sa main. C'est un conte de fées!

Michel eut l'impression désagréable d'entendre parler Olga Lvovna par la bouche de Volodia.

– Ta mère est-elle au courant de ton projet? demanda-t-il.

– Pas encore. Mais je sais qu'elle y est opposée.

– Alors?

– Elle finira par céder. D'abord je suis presque majeur. Et puis, elle n'ose pas me dire non. Je suis son caprice, son luxe... Tu comprends? Oh! je prévois qu'il y aura des scènes, des larmes, des malédictions. C'est une habitude à prendre.

Lorsqu'ils quittèrent la salle de billard pour monter dans leurs chambres, les couloirs étaient déjà plongés dans l'obscurité. Dans l'escalier, ils croisèrent Olga

Lvovna, en peignoir de dentelle noire, un bonnet à rubans violets sur le crâne et une bougie à la main.

– Vous avez bavardé bien longtemps, dit-elle. Moi, je vais vérifier les verrous et faire un tour aux cuisines et au cellier. Ces domestiques sont tous des voleurs, des voleurs...

Une petite toux sèche lui secoua la poitrine. Elle hocha la tête et poursuivit son chemin. Volodia regarda un instant la lueur de la bougie qui tournait dans le corridor. Puis il poussa un soupir et chuchota :

– Si je me marie, j'habiterai ailleurs.

2

– VOLODIA! Volodia! Ne partez pas! dit Tania.

Mais la porte claqua lourdement et elle entendit les pas du jeune homme qui s'éloignait sur le gravier de l'allée.

Tania demeura un instant dans l'antichambre, le cœur malade, les yeux brûlés de larmes. Puis, elle se rua dans le salon et ouvrit brutalement la fenêtre. Elle vit la haute silhouette de Volodia traverser le jardin, s'approcher de la grille. Il se tenait très droit, les épaules raides, le col dégagé.

Au moment de gagner la rue, il tourna la tête, et elle aperçut, l'espace d'un éclair, son visage étroit et pâle, aux oreilles écartées. Il y avait sur cette figure une expression de colère honteuse qui bouleversa la jeune fille. Elle gémit :

– Oh! Oh!

Puis, elle cacha son front dans ses mains chaudes et se contraignit à penser. Mais il était trop tard pour penser. Il était trop tard aussi pour agir. C'était fini. Tania fit quelques pas en titubant et se laissa tomber en boule dans la bergère bouton-d'or. Ses lèvres étaient gonflées et salées de larmes. Sa gorge lui faisait mal. Elle ne comprenait pas encore le sens exact de son aventure. Elle aimait Volodia depuis des années. Depuis des années, elle rêvait du jour où il lui demanderait sa main. Mais voici que Volodia était venu en effet, grave et joyeux, pour lui proposer d'être sa femme. Elle l'avait écouté, la tête basse. Longtemps. Et, lorsqu'il s'était tu, elle avait eu peur de lui. Peur, comme jamais elle n'avait eu peur de personne. Peur, comme on n'a peur qu'en songe ou dans une chambre noire. Elle lui avait dit : non. Pourquoi avait-elle éconduit ce garçon amoureux? Pourquoi avait-elle renoncé au bonheur qu'elle appelait quotidiennement dans ses prières? Elle évoquait furieusement le souvenir de leurs dernières rencontres, de leurs baisers furtifs, des billets glissés sous la table, tandis que Zénaïde Vassilievna servait le thé et feignait d'ignorer leur manège.

Les parents de Tania étaient favorables à l'idée de ce mariage. Pour eux, comme pour tous les parents d'Ekaterinodar, Volodia était le meilleur parti de la ville. Jeune, riche, intelligent et beau, il offrait toutes les qualités propres à calmer les exigences d'une belle-famille éventuelle. On lui pardonnait même l'avarice de sa mère, sachant que cette fortune épargnée lui reviendrait intégralement à la mort d'Olga Lvovna. Il était le gendre d'élection de toutes les belles-mères, le héros secret de toutes les vierges disponibles de la cité. Et ce jeune homme, doué de tant de vertus, aimait Tania et était aimé d'elle. Alors? Quoi? Que s'était-il passé?

Peut-être était-ce la perfection même de Volodia qui l'avait effrayée? Lorsqu'elle l'avait vu paraître, une heure plus tôt, dans la pièce, elle avait éprouvé une impression d'étouffement et d'humilité. Il s'était assis devant elle, et il lui avait dit :

– Tania, je suis venu pour vous parler d'un projet qui m'enchante et qui, je pense, ne vous déplaira pas...

Et, tout à coup, elle avait compris qu'elle ne l'aimait plus. Non, ce n'était pas à ce moment-là qu'elle avait décidé de rompre. C'était plus tard, lorsqu'il s'était levé, en tirant un peu ses manchettes, et qu'il avait murmuré gaiement :

– Tania, j'ai l'honneur de vous demander votre main...

Il n'avait pas achevé sa phrase, et Tania savait déjà que cette union était impossible. Elle le savait contre toute raison. Était-ce l'intonation railleuse de Volodia, ou la vue de son pantalon au pli impeccable, qui l'avait avertie du danger? Elle eût été bien en peine de le dire. Vingt détails subtils l'avaient écartée de Volodia. Il continuait de parler d'une voix agréable, et la distance augmentait entre eux. Tania s'efforçait d'imaginer l'existence en commun auprès de Volodia. Ce qu'il disait était beau. Ce qu'il faisait était bien. Tout en lui était trop beau et trop bien pour elle. Il n'y avait pas d'équilibre. En se mariant avec elle, Volodia donnait plus qu'il ne recevait, perdait au change. « Avec lui, on a toujours l'impression d'être l'obligée! » Elle eût souhaité le plaindre. Mais il n'était pas à plaindre. Il ne serait jamais à plaindre. On ne pouvait que l'admirer. Et elle se refusait à aimer dans l'admiration. Elle ne voulait pas se perdre dans le rayonnement d'un mari avantageux, mais apporter un peu de lumière à un être triste et disgracié qui ne vivrait que pour sa présence. Elle avait peur de prendre la succession d'Olga Lvovna dans la lignée des épouses ternes et malheureuses des Bourine. Sûrement, c'était la pensée d'Olga Lvovna qui l'avait effarouchée à ce point. Mais pourquoi n'y avait-elle pas songé plus tôt? Pourquoi avait-elle attendu la demande officielle de Volodia pour repousser ses avances? Et pourquoi était-elle si triste, puisqu'elle ne l'aimait pas?

Les idées viraient dans sa tête, et le salon participait à ce tournoiement moléculaire, avec ses petites tables d'acajou, le portrait du grand-oncle, ami de Joukovsky, et les silhouettes noires dans leurs cadres ovales. Elle tentait en vain d'arrêter cette sarabande et de se justifier. Il lui semblait brusquement que Volodia n'était pas venu, et que tout cela était un cauchemar, et que la vie allait reprendre, douce et simple, comme par le passé. Elle fut soulagée, le temps d'une seconde. Puis un souvenir exact accéléra le désordre de son esprit :

– Je lui ai dit : « Non, Volodia, je vous aime bien, mais je ne serai pas votre femme. »

Elle répétait cette phrase, avec l'intonation même qu'elle lui avait donnée, quelques instants plus tôt. Volodia était devenu très pâle. Ses lèvres avaient tremblé. Et elle l'avait entendu répondre d'une voix rauque :

– Ah! dans ce cas... Mais avouez que j'aurais pu supposer...

Comme elle l'avait fait souffrir! Comme elle souffrait de l'avoir fait souffrir!

Elle se tordit les mains.

– Volodia! Je t'aime, je t'aime. Reviens, dit-elle sans conviction.

Le tissu rugueux d'un coussin lui grattait la joue. Son nez était humide. Elle n'était plus une jeune fille de dix-huit ans qui repoussait une demande en mariage, mais une enfant fautive et malchanceuse, la petite Tania, blottie dans la bergère bouton-d'or du salon. Que de fois elle s'était réfugiée à cette même place, dans cette même pose, pour savourer un chagrin futile et attendre les réprimandes de maman! Elle n'avait pas changé. Et l'odeur un peu moisie de l'étoffe n'avait pas changé, ni les clous de cuivre de la bergère dont elle savait exactement le nombre. Elle se sentait si faible, si minuscule, si fanée. Son nom même, Tania, lui paraissait mièvre et ridicule à souhait. Est-ce qu'on pouvait vivre avec ce nom gracile au-dessus de la tête? Pourquoi fallait-il toujours réfléchir, prévoir, choisir, refuser? Elle n'était pas faite pour ces luttes mesquines. Elle était trop petite, trop douce... D'un doigt paresseux, elle suivit les broderies épaisses du coussin. Sur un fond de velours jaune, sa mère avait brodé trois oiseaux verts, perchés sur trois sapins rouges. Ce coussin était un ami de Tania. Au même titre que les silhouettes de papier noir et la marche branlante du perron. Elle poussa un soupir profond et éprouva l'envie de retrouver ses poupées, reléguées au grenier depuis l'année dernière. L'une d'elles, surtout, était séduisante : une Parisienne aux cheveux blonds et au nez rongé de crasse. Son nom était Léocadie. Pourquoi n'avait-elle plus le droit de jouer avec Léocadie? Depuis qu'elle avait répudié Léocadie, elle était malheureuse.

– Si Volodia savait que, l'année dernière, je m'endormais encore avec ma poupée! murmura-t-elle.

Et, aussitôt, elle se dit que Volodia ne le saurait jamais, parce que Volodia ne viendrait plus chez eux et qu'elle ne le verrait plus, peut-être jusqu'à la mort. À cette idée, un frisson la parcourut et elle crut défaillir car son cœur s'arrêtait de battre. La vie sans Volodia? Mais c'était impossible! Comment accepter que, du jour au lendemain, cet être charmant devînt un ennemi? Que lui resterait-il, si elle n'avait plus son regard, son rire, le son de son pas vigoureux dans l'allée? Un vide immense l'entourait. Elle était seule et elle avait peur. Elle dit avec désespoir :

– Et c'est moi! C'est moi qui l'ai chassé! Mais je suis folle!

Elle se frappait la tête à deux poings pour se punir. Des sanglots crevaient dans sa gorge. Une porte claqua au premier étage. Zénaïde Vassilievna sortait de la lingerie.

– Maman! hurla Tania.

Déjà elle était debout, courait vers la porte, gravissait l'escalier en reniflant ses larmes.

Zénaïde Vassilievna venait à peine de regagner sa chambre, lorsque surgit devant ses yeux une Tania inconnue, aux cheveux défaits, au visage marbré de taches roses. D'un seul élan, Tania se rua sur sa mère et s'effondra contre son épaule en criant :

– Maman, maman, il est parti...

– Qui « il », ma chérie?

– Volodia... Il était venu me demander ma main, et il est parti...

– Il aurait pu s'adresser à moi...

– Il le voulait... Mais il ne l'a pas fait, et il est parti... Tout ça parce que, parce que...

– Parce que quoi?

– Parce que j'ai refusé! bafouilla Tania entre deux hoquets.

Zénaïde Vassilievna s'assit au bord du lit, attira sa fille et lui tamponna les paupières avec son mouchoir qui sentait la violette.

– Là, là, disait-elle. Il ne faut pas pleurer. Ce n'est pas un drame.

Puis elle prit une carafe d'eau sur sa table de nuit, en versa deux doigts dans un verre très haut à filet d'or et tendit le verre à Tania.

– Bois, mon enfant. Nous parlerons lorsque tu seras calmée, dit-elle en lui caressant les cheveux.

Le verre tremblait entre les mains de Tania, cognait ses dents à petites secousses. Elle perdait le souffle. Sa mère l'obligea facilement à s'allonger sur le lit, le buste soutenu par des oreillers, les pieds recouverts d'un plaid.

– Tu es si gentille, ma-a-man, bégayait Tania. Jamais je n'oublierai comme tu es gentille. Et moi, je suis si méchante! Je ne sais que faire de la pei-eine! Oh! Oh!

Zénaïde Vassilievna attendit patiemment la fin de la crise et posa une paume fraîche sur le front brûlant de Tania.

– À présent, dit-elle, raconte-moi ce qui s'est passé entre vous. Volodia te faisait la cour depuis des années. Tu paraissais l'aimer et, sans doute t'aimait-il aussi. Ton père et moi, nous devinions bien que votre petite intrigue se terminerait par une demande en mariage. Mais j'avoue que je ne prévoyais pas un refus de ta part. Pourquoi as-tu refusé?

– Je ne sais pas, soupira Tania.

– Tu ne l'aimes plus, peut-être? Tu ne le trouves plus à ton goût?

– Oh! si, maman!

– Eh bien?

– C'est plutôt parce que je le trouve trop à mon goût. Quand il est venu et qu'il m'a demandé d'être sa femme, j'ai senti tout à coup que ce n'était pas possible, que je n'avais pas le droit d'accepter, que je ne serais pas heureuse d'être si heureuse...

– Qu'est-ce que tu me chantes là?

– Maman, maman chérie, il faut me comprendre. Si on te proposait de devenir une impératrice, la femme la plus riche du monde, tu commencerais par être ravie, et puis tu aurais peur; tu te dirais : « C'est trop beau pour moi. Je ne suis pas faite pour ce rôle. » Eh bien! moi, c'est la même chose : « C'est trop beau pour moi... Je ne suis pas faite pour ce rôle... »

Zénaïde Vassilievna éleva ses deux mains à hauteur de ses tempes et déclara :

– Ma fille est folle! De mon temps, quand un jeune homme, dont on était éprise, vous demandait votre main, c'était une joie. À présent, il paraît que c'est une catastrophe!

Tania trépignait sous le plaid et tirait sa mère par la manche :

– Tu es bête, maman, tu ne comprends rien. C'est pourtant simple. J'admire trop Volodia pour l'épouser.

Zénaïde Vassilievna prit ses lunettes dans un étui, les ajusta méticuleusement et observa sa fille avec inquiétude :

– Tania, Tania, tu es une enfant nerveuse. Il faudra consulter ton père. Il te prescrira des gouttes. Moi, je ne suis pas un docteur, mais je ne vois pas pourquoi tu te désoles, puisqu'en refusant d'épouser Volodia tu n'as fait qu'agir suivant ta propre volonté.

– Mais c'est que je l'aime! s'écria Tania.

– Allons bon! Ma pauvre tête! Enfin, c'est fait, c'est

fait. Ne te chagrine plus. Volodia est assez joli garçon pour se consoler rapidement de son échec. Et toi, tu finiras bien par trouver un homme que tu aimeras assez peu pour l'épouser, suivant ta théorie...

Tania regarda le visage blanc et bouffi de sa mère. Les cheveux de Zénaïde Vassilievna étaient tirés en bandeaux sur ses tempes. Ses yeux myopes étaient déformés par les verres bombés des lunettes. Sur sa blouse marron, à plis fins, pendait un médaillon d'or, incrusté de pierres sibériennes. Zénaïde Vassilievna paraissait triste et fâchée.

– Tu es mécontente de moi, maman? demanda Tania. Papa et toi, vous aviez beaucoup d'affection pour Volodia, n'est-ce pas?

Elle reprit sa respiration et fronça les sourcils d'un air décidé :

– En somme, Volodia était le meilleur parti de la ville. Et moi, j'ai refusé de l'épouser.

– Il n'est pas question de cela, dit Zénaïde Vassilievna, agacée.

– Si, si, geignit Tania. J'ai refusé, et je reste à votre charge. Et papa gagne si difficilement notre vie...

Ses larmes coulaient sur ses joues. Elle hoqueta.

– Maman, pardonne-moi... Sinon, je m'enfuirai pour que vous ne dépensiez pas d'argent pour moi...

Zénaïde Vassilievna se signa rapidement et enlaça les épaules de sa fille d'un bras robuste :

– Vas-tu te taire, petite sotte! Le bon Dieu te punirait pour des sornettes pareilles! Tu te marieras quand tu voudras, et avec qui tu voudras...

– Oui, oui, reniflait Tania.

– Après tout, tu as peut-être bien fait d'évincer Volodia. L'avenir te donnera raison.

– Est-ce que tu crois que ça fera un scandale dans la ville, quand les gens sauront?

– Les gens se moquent bien de vos petites histoires!

– Et papa? Il sera très furieux?

– Non. Je me charge de lui expliquer la chose...

Zénaïde Vassilievna tapota la joue de sa fille, et Tania ferma les paupières avec délices. Les larmes l'avaient épuisée, et elle se sentait ivre et vacante, comme à l'issue d'une longue maladie. Elle goûtait gravement le plaisir de rester là, pelotonnée contre sa mère, respirant son parfum d'eau de Cologne et de violette, écoutant le tintement discret de la montre. Elle rouvrit les yeux, étonnée de cette béatitude qui dénouait ses membres, allégeait son esprit. Une veilleuse brûlait au bord de la vieille icône noir et doré, qui était fixée dans un coin reculé de la pièce. C'était avec cette icône que les parents de Constantin Kirillovitch avaient béni Zénaïde Vassilievna, le jour lointain des fiançailles de leur fils avec la petite institutrice, fraîche émoulue de l'Institut Smolny. Tania songea que sa mère avait été aussi une jeune fille tourmentée par l'amour, une jeune fille qu'on avait demandée en mariage, qui avait passé des nuits blanches avant de se décider, et qui avait tremblé à l'idée d'affronter sa belle-famille.

Cela paraissait tellement comique et attendrissant, que Tania jeta les bras au cou de sa mère et la couvrit de baisers affamés.

– Laisse-moi, laisse-moi, tu m'étouffes, criait Zénaïde Vassilievna en riant.

– Non, non, tant pis pour toi, tu es trop gentille, répétait Tania. Pourquoi es-tu si gentille?

– Parce que j'ai beaucoup vécu, Tania.

– Et, avant d'avoir beaucoup vécu, est-ce que tu étais comme moi? Raconte-moi l'histoire de ta jeunesse... de ton mariage avec papa...

Cette histoire, Tania la connaissait par cœur, mais ne se lassait pas de l'entendre, et elle gourmandait sa mère lorsque Zénaïde Vassilievna oubliait un détail ou abrégeait une description.

– J'étais toute petite encore, commença Zénaïde Vassilievna, lorsque mes parents, les von Smitten, qui étaient originaires de Hambourg, vinrent se fixer à Saint-Pétersbourg. Dès notre arrivée, ils me conduisirent à l'Institut Smolny. La règle de l'Institut, protégé par l'empereur, était aussi sévère que celle d'un couvent. Nous ne pouvions voir nos parents qu'aux jours de réception, et à travers un grillage épais. Nous ne pouvions sortir sous aucun prétexte...

Zénaïde Vassilievna parlait avec une voix enrouée. Ce qu'elle racontait était à peine croyable. Et, pourtant, elle n'inventait rien. Elle avait connu tout cela, elle avait aimé, souffert, espéré dans ces décors et ces musiques d'un autre âge. Et il ne restait aujourd'hui de ce passé exaltant qu'un souvenir un peu ridicule, un peu fané, dont elle disait elle-même avec un bon sourire : « Cela t'intéresse donc tant que cela, ma petite fille? » Tania avait envie de pleurer d'affection, de pitié, de gratitude. Était-il possible qu'un jour viendrait où, assise elle-même au chevet de quelque gamine effrontée, elle lui relaterait ses propres aventures et murmurerait de temps en temps : « Cela t'intéresse donc tant que cela, ma petite fille? »

– Parle, parle encore, maman, dit Tania.

Et elle ajouta sauvagement :

– Plus jamais je ne te ferai de la peine!

Le jour baissait et les objets reculaient dans le temps, se prêtaient aux mains des fantômes.

– Tu vois cette icône, dit Zénaïde Vassilievna. Les parents de ton père m'ont bénie avec elle. Et, un jour, c'est avec elle que nous te bénirons...

Elle se tut. Un lampadaire à pétrole s'alluma en face de la maison. On entendit claquer la porte d'entrée. La voix forte d'Arapoff criait dans le corridor :

– Zina! Zina! Où es-tu? J'ai des nouvelles de Nicolas!

– Ne lui réponds pas, maman, dit Tania. Reste encore un peu avec moi. Reste jusqu'à ce qu'il fasse tout à fait sombre, jusqu'à ce que je ne voie plus ton visage...

3

VOLODIA tournait dans la chambre à grands pas furieux. Michel, assis devant la table, le menton sur les poings et les sourcils noués, suivait du regard la démarche de son camarade. Il se retenait de parler pour ne pas l'indisposer davantage. Enfin, il murmura :

– Ton histoire me dépasse. Refuser de t'épouser, toi? Cette fille est folle au sens médical du mot. Et puis, elle t'aime, c'est indéniable! Non, je renonce à comprendre!

Volodia eut un rire mauvais qui lui retroussa les coins de la bouche :

– Il n'y a rien à comprendre, mon cher! La petite idiote cherche à se rendre intéressante. Elle veut jouer les grandes indécises. Elle oublie qu'elle n'en a pas les moyens. La fille d'un médicaillon de province devrait pourtant savoir ce que c'est que la modestie. Non. Elle est bête, mal élevée et hystérique par-dessus le marché. Je suis heureux de son refus.

Il se tut et commença de bourrer sa pipe. Michel était surpris par cette riposte outrancière. Au lieu de la colère noble qu'il attendait, il découvrait chez Volodia une méchanceté mesquine, une hargne de provincial fortuné. C'était dommage.

– Le père est un fêtard sans envergure, reprit Volodia. La mère est une douce imbécile. Le fils aîné est un nihiliste. La fille aînée est une putain. Et Tania est un gibier de clinique! Charmante famille!

Ces attaques étaient dépourvues d'élégance et de précision. Pour Michel, si l'on était offensé, il ne fallait pas salir l'adversaire en paroles, mais se venger ouvertement, à la circassienne. Une vieille règle tcherkess interdisait de tirer son poignard pour une simple menace. « Un poignard tiré de son fourreau ne doit y rentrer que trempé de sang. » Volodia tirait son poignard du fourreau avec une ostentation comique et redoutait de s'en servir. Toute sa rancœur se traduisait en éclats de voix. « Comme il est différent de moi! Il a de l'amour-propre et manque totalement de dignité. »

– Quand je pense, hurlait Volodia, à toutes les momeries de cette péronnelle! « Mon petit Volodia, par-ci! Mon petit Volodia, par-là! » Et : « Quand revenez-vous? » Et : « Je m'ennuie tant sans vous! » Ah! Vipère.

– Calme-toi, Volodia.

– Facile à dire. Si tu étais à ma place...

Michel tenta d'imaginer les réactions qu'il aurait eues s'il s'était trouvé dans la situation de Volodia. Sans doute aurait-il exigé une réparation par les armes. Le père ou le frère de Tania aurait répondu devant lui de l'offense faite en son nom à toute la tribu des Danoff. Un champ clos. Deux silhouettes noires. Le coup de feu. Michel secoua la tête. Cette conclusion portait le signe des âges héroïques. Elle était enfantine et parfaitement démodée. « C'est Volodia qui a raison, comme toujours. Et moi, je suis en retard sur mon siècle. »

– Volodia, il faut une solution, dit-il.

– Et pourquoi? s'écria Volodia. Elle a refusé. Tant pis pour elle, tant mieux pour moi.

– Mais l'offense? L'offense rejaillit sur ton nom, sur ta famille...

– Eh bien, qu'elle rejaillisse, dit Volodia. Je ne vais tout de même pas assassiner Tania au coin d'un bois parce qu'elle a refusé d'être ma femme. Mais elle regrettera sa décision, et avant peu, je te l'affirme!

– Que vas-tu faire?

– Personnellement, rien. Mais j'ai parlé de mon projet à droite, à gauche. Quand mes amis sauront le sort que cette gamine a réservé à ma demande, ils prendront fait et cause pour moi...

– Et alors?

Volodia se frotta les mains :

– Toutes ces gens sont des obligés de ma mère... Ils tiendront à manifester leur gratitude par mille moyens... Ils empoisonneront l'existence de cette petite tourte au point qu'elle en pleurera des larmes de sang...

– Mais comment?

– Tu es bien naïf, mon cher. La médisance provinciale est terrible. Il y a les lettres anonymes, la mise en quarantaine de la famille, les invitations décommandées, les ragots, les menaces, les inscriptions sur les murs, que sais-je?

– Ce n'est pas très joli, soupira Michel.

– Et ce qu'elle m'a fait, c'est joli peut-être? dit Volodia.

Michel considérait Volodia avec tristesse. Comme la haine défigurait ce beau visage!

– Tu n'es pas fait pour les coups durs, Volodia.

– Qu'est-ce qu'il te faut!

– Lorsque tu perds une partie, tu trépignes de rage.

– Et toi?

– Je considère l'offense qu'on t'a faite comme une offense personnelle. Je serais capable de tuer quelqu'un pour te venger, mais je répugne à la calomnie.

– Le chevalier Michel! ricana Volodia. Tu m'amuses, mon pauvre ami. On te croirait sorti d'une chanson de geste. Calme tes ardeurs guerrières et tâche de m'écouter plutôt. J'ai besoin de toi.

– Je crains bien que non.

– Si, si. Après ce qui s'est passé, je veux retrouver les lettres que j'ai sottement adressées à cette pécore. Je te charge donc de lui fixer un rendez-vous et de me rapporter ma précieuse correspondance en échange des poulets aimables que voici.

Il prit sur sa table une liasse de lettres nouées d'une faveur bleue et la fit sauter dans ses mains.

– Je veux bien, dit Michel. Mais...

– Écris-lui un mot : *Volodia tenant essentiellement à rentrer en possession des billets qu'il a eu l'imprudence de vous envoyer, je vous prie de vouloir bien venir tel jour, à telle heure, au parc municipal d'Ekaterinodar où je vous attendrai, pour un échange de vos lettres contre les siennes.* Signé : *Michel Danoff.* Elle viendra.

Michel se grattait la nuque du bout des doigts :

– Je n'aime pas beaucoup ce genre de mission, Volodia. Je ne suis pas un diplomate.

– Il n'y a pas à être diplomate. Donnant, donnant, c'est simple. En cinq minutes, le tour est joué. Et je n'aurai plus à craindre quelque manœuvre de chantage...

– Du chantage? Tu l'en crois donc capable?

– Je la crois capable de tout, à présent. Un dernier détail. Compte bien les lettres. Il doit y en avoir soixante-sept.

– D'où le sais-tu?

– J'ai gardé les brouillons, dit Volodia avec mauvaise humeur.

La nouvelle de l'affront infligé à la famille Bourine se répandit rapidement dans les salons d'Ekaterinodar. Olga Lvovna, qui s'était opposée au mariage de son fils, considérait le refus de Tania comme une victoire personnelle :

– Je t'avais toujours dit que cette fille sans dot n'était pas une femme pour toi. Un homme n'est heureux qu'avec une épouse de son milieu. Or, Tania n'est pas de ton milieu. Elle n'est d'aucun milieu! Elle est sans dot et sans milieu!

Bien qu'elle éprouvât une secrète gratitude envers cette Tania dont la décision insensée lui rendait son « chenapan de fils », Olga Lvovna mesurait l'offense que venait d'essuyer Volodia et affectait d'en être révoltée. Devant les vieilles dames en deuil qu'elle recevait tous les dimanches matin après la messe, devant ses débiteurs obséquieux, devant ses proches, qui estimaient qu'une visite à la « mère Bourine » était un placement d'avenir, Olga Lvovna reprenait sans se lasser la comédie de la stupeur et de l'indignation : « Lorsqu'il me l'a dit, je n'ai pas voulu le croire! Mais pour qui se prend-elle donc, cette petite oie? Son père doit être joliment furieux!... »

Les invités se récriaient en chœur et affirmaient que Tania leur avait toujours paru détraquée et vicieuse, que les Arapoff étaient dans une situation matérielle inextricable, et qu'il valait mieux pour Volodia qu'il eût échappé à l'emprise de cette redoutable tribu.

Olga Lvovna hochait la tête d'un air attristé et murmurait seulement :

– Pauvre Volodia! Lui si noble, si naïf! Quelle leçon!...

Cinq jours après l'événement, les « partisans » de la famille Bourine, parents pauvres, débiteurs insolvables et protégés en puissance, étaient sur le pied de guerre. Tania et sa mère reçurent quelques lettres anonymes où on les accusait de « semer le scandale » dans la ville d'Ekaterinodar. Deux ou trois dames écrivirent pour décommander les invitations de la semaine. Des voisines honorables ne saluèrent plus Zénaïde Vassilievna dans la rue. La petite Nina découvrit dans son cartable une feuille de papier où étaient tracés les mots suivants : *Si tu es comme ta sœur, tu peux rester chez toi!* Enfin, Constantin Kirillovitch trouva dans son courrier une enveloppe expédiée par Mme Bourine et qui contenait soixante roubles, montant approximatif de ses honoraires pour l'année.

– Vieille fouine! grogna-t-il. Elle m'a encore roulé comme un novice. Ce n'est pas soixante, mais soixante-quinze roubles qu'elle me doit. Et elle sait bien qu'à présent je n'irai pas lui réclamer la différence.

Tania était abasourdie par les répercussions innombrables de sa rupture. Elle n'aurait jamais supposé qu'une aventure aussi intime pût être portée à la connaissance des étrangers. Ce qui aurait dû demeurer un secret triste et précieux entre elle et Volodia devenait la fable de toute la ville. Avait-elle mérité cet opprobre? Et, si elle l'avait mérité, pourquoi s'attaquait-on aussi à ses parents, à ses sœurs, à ses frères? Quel que fût le ressentiment de Volodia, il n'avait pas voulu cela. C'était Olga Lvovna, cette femme orgueilleuse et avare, qui menait la danse. Et lui, par lâcheté, la laissait faire.

– Il ne m'a jamais aimée, et je ne l'aime pas... Et toutes ces calomnies viennent de lui... Oh! c'est atroce!...

Tania passait des nuits sans sommeil, déchirée de compassions et de haines subites. Tantôt elle maudissait Volodia pour sa méchanceté, et tantôt elle s'attendrissait sur la piété filiale de ce garçon, qui lui interdisait de tenir tête à une mère hargneuse, tantôt elle le méprisait pour sa faiblesse, et tantôt elle l'aimait pour le supplice qu'il lui infligeait, tantôt elle méditait de mourir, et tantôt de se lancer dans une vie de plaisirs farouches. Mais au matin, il ne restait rien de ces débats fiévreux qu'une grande fatigue. Elle s'habillait en hâte et courait chez Zénaïde Vassilievna pour se blottir dans ses bras.

Un jour, comme elle pénétrait en coup de vent dans la chambre de sa mère, elle vit Zénaïde Vassilievna agenouillée devant l'icône. Tania referma la porte avec soin, gagna un fauteuil sur la pointe des pieds et attendit que sa mère se tournât vers elle. Mais Zénaïde Vassilievna continuait posément ses prières. Sa tête était penchée sur sa poitrine. Ses paupières fanées tremblaient un peu. Une mèche de cheveux, échappée de son bonnet de dentelle, lui pendait en travers du front. Il y avait sur son visage une expression de gravité paisible qui étonna la jeune fille. Cette femme âgée avait l'air d'un enfant, d'un vieux petit enfant, lorsqu'elle était en prière. On eût dit qu'elle était heureuse malgré le chagrin que lui causaient les autres, ou à cause de ce chagrin.

Zénaïde Vassilievna fit un dernier salut, se drapa dans un large signe de croix et se releva péniblement, en s'appuyant au bord de la table.

– Maman, je n'en peux plus, s'écria Tania, en tombant dans les bras de Zénaïde Vassilievna. Vous souffrez tous par ma faute. Tu reçois des lettres ignobles. Et quatre clients ont déjà remercié papa. Je veux bien être malheureuse, mais je ne veux pas que vous le soyez, vous. Alors, j'ai pensé... Écoute bien, maman... Je reverrai Volodia... et... si tu l'exiges... je reviendrai sur mon refus...

Zénaïde Vassilievna secoua mollement la tête et tapota la nuque de sa fille en murmurant :

– Tania, tu es une bonne petite et je te remercie de ton attention. Je n'exigerai jamais que ma fille épouse un garçon dans le seul espoir de m'éviter quelques ennuis passagers. Et ton père est de mon avis. Au reste, ces attaques de la famille Bourine n'ont réussi qu'à me prouver une chose : tu as raison de renoncer à Volodia. Il ne te méritait pas.

– Comment peux-tu dire ça, maman!

Sans répondre, Zénaïde Vassilievna déposa un baiser sur le front de Tania et fit le signe de croix devant son visage. Et Tania se sentit tout à coup soulagée. Sa tête était devenue creuse et légère. Ses pieds ne pesaient plus sur le sol. Un bourdonnement délicat emplissait ses oreilles. Les cloches de l'église voisine sonnèrent de leurs longues voix matinales. Tania leva les yeux sur sa mère et vit que Zénaïde Vassilievna souriait en regardant la fenêtre.

– Écoute les cloches, Tania.

Elles demeurèrent immobiles, un instant, serrées l'une contre l'autre, et une joie incompréhensible était dans leur cœur.

Un nuage passa, qui éteignit le soleil sur le parquet de la chambre. Puis, le soleil revint. On entendit le bruit clairet d'une faucille que le jardinier aiguisait dans la cour.

– Descendons vite. Tu vas m'aider à cuire les confitures, dit Zénaïde Vassilievna.

Le lendemain, Tania recevait un billet de Michel, la priant de se rendre au jardin municipal d'Ekaterinodar « pour un échange de lettres et de documents intimes ». Elle pleura un peu, consulta sa mère et résolut d'accepter le rendez-vous.

4

La rencontre avait été fixée pour quatre heures de l'après-midi, dans le parc municipal, entre le kiosque à musique vide et le Cercle de la noblesse. La veille au soir, Michel, qui était très méticuleux, avait pris la peine de reconnaître les lieux et de choisir lui-même le banc du rendez-vous. Ce banc était planté au bord d'une allée secondaire, et ombragé par des acacias aux feuillages abondants. Les promeneurs étaient rares dans ce chemin de sable jaune, qui ne menait à aucune fontaine ni à aucune gloriette remarquables. Or, Michel tenait essentiellement à passer inaperçu.

Au jour dit, il était sur place, dès quatre heures moins le quart, le visage grave, la cravate sombre et le veston boutonné jusqu'au cou. Il avait adopté une attitude austère de témoin pour explications d'honneur, et entendait ne s'en départir sous aucun prétexte. Il se récitait mentalement quelques phrases préparées avec la collaboration de Volodia et dont il appréciait la facture solide et la dignité :

« Mademoiselle, mon ami Bourine, profondément affecté par votre conduite à son égard, m'a chargé d'une mission de confiance, dont j'espère que vous tiendrez à me faciliter l'exécution. »

Michel regarda sa montre. Il était quatre heures moins

cinq. Tania ne pouvait plus tarder. Il la reconnaîtrait aisément, sans doute. Mais que faire si elle envoyait quelqu'un à sa place : sa sœur, sa mère, une femme de chambre? Tous les discours établis à l'avance deviendraient nuls, il faudrait en improviser d'autres, et Michel avait la parole difficile. Non, non, c'était absurde. Tania viendrait elle-même, comme il l'en avait priée dans sa lettre. Peut-être devrait-il lui demander de restituer cette lettre avec les autres? Mais ne serait-ce pas pousser un peu loin les soupçons? Michel était mal à l'aise dans ces intrigues passionnées. Il se sentait lourd et gauche à l'idée de revoir Tania. Les femmes l'intimidaient en général, et il ne comprenait pas qu'on fût amoureux d'elles. Lui-même n'avait eu que des aventures rapides et saines, dont le souvenir ne le tourmentait pas : une petite paysanne des environs d'Armavir, et, lors d'un voyage à Moscou, une jeune Hongroise qui chantait dans le chœur du restaurant *Yar*.

À quatre heures cinq, une nourrice énorme, à la tête enrubannée, s'engagea dans le chemin de sable. Elle poussait une voiture d'enfant à tendelet d'étoffe rouge. Michel redoutait qu'elle ne s'installât sur le banc, mais elle le dépassa en fredonnant une chanson d'amour. Il exhala un soupir de soulagement, et, de nouveau, consulta sa montre : quatre heures un quart. Vraiment, cette Tania n'avait aucun respect de la parole donnée.

Dans la caserne du 1er régiment de Cosaques d'Ekaterinodar, dont les bâtiments bordaient le parc, on entendit sonner les trompettes. Un train glissa derrière le ravin et sa fumée monta au-dessus des arbres. Des élèves du gymnase municipal passèrent en groupe; ils parlaient très fort d'une certaine Mimi.

À quatre heures vingt, Tania parut enfin au bout de l'allée, Michel éprouva une crispation nerveuse au creux de l'estomac.

La jeune fille avançait d'un pas léger, sous le cercle lumineux de son ombrelle. Sur sa robe rose, une gorgerette de tulle blanc tremblait comme de la crème fouettée. Un chapeau de paille, envahi de fleurs champêtres, coiffait ses boucles blondes et rabattait une ombre fraîche sur ses yeux. Elle s'arrêta devant Michel qui la saluait avec une raideur funèbre, et murmura simplement :

– Vous êtes bien Michel Alexandrovitch Danoff?

– C'est moi-même, dit Michel, et il remarqua avec satisfaction que Tania paraissait aussi gênée que lui par cette entrevue.

Ils s'assirent côte à côte sur le banc de pierre et demeurèrent silencieux un long moment. Michel admirait le calme de la jeune fille, et aussi les papillons de lumière et d'ombre qui tremblaient sur le bas de sa robe. Nul doute que sa tâche fût facilitée par l'humeur raisonnable de Tania. Qu'eût-il fait si elle s'était mise à pleurer, ou à le supplier de la comprendre? Michel toussota et dit, d'une voix assurée :

– Mademoiselle, mon ami Bourine, profondément affecté...

Tania haussa les épaules et eut un sourire mélancolique :

– Je sais... je sais... Voici les lettres.

Elle tendit à Michel un paquet ficelé dans du papier bleu. Allons, Michel avait deviné juste : cette petite était froide et docile. Engagée sur ce ton, leur discussion ne pouvait se prolonger au-delà des cinq minutes réglementaires.

– Merci, mademoiselle, dit Michel. Voici, en échange, les lettres que vous avez adressées à Vladimir Philippovitch Bourine.

(Son ami lui avait sévèrement interdit de l'appeler Volodia devant la jeune fille.)

Tania prit la liasse de lettres, la soupesa dans sa main et soupira en baissant les paupières :

– Ça ne pèse pas lourd, n'est-ce pas? deux ans d'affection et de promesses.

Michel se troubla et détourna la tête. Cette phrase à sonorités sentimentales ne lui disait rien qui vaille. Pour ramener la conversation sur le plan des réalités, il demanda :

– Je ne vérifie pas le contenu de votre paquet. Il renferme bien soixante-sept lettres, sans doute?

– Soixante-six, dit Tania avec un léger sourire.

– Comment soixante-six?

– Oui, soixante-six; elles y sont toutes. Vous pouvez les compter.

– Mais mon ami Bourine m'avait dit...

– Eh bien, il s'est trompé.

– C'est impossible, puisqu'il a conservé les brouillons...

– Ah! il faisait des brouillons? dit Tania, et elle éclata d'un rire insolent. Des brouillons! Non, c'est trop drôle!

Michel était furieux contre sa maladresse et contre l'impudence de cette gamine trop bien habillée.

– Je vous en prie, mademoiselle, dit-il avec sévérité.

– Pardonnez-moi, dit Tania en s'éventant avec un mouchoir vaporeux. S'il a gardé les brouillons, je m'incline. C'est donc moi qui ai dû égarer une lettre. Mais laquelle?

« Se moquerait-elle de moi? » pensa Michel avec angoisse. Et, à tout hasard, il prit une expression vexée et ne répondit rien.

– Serait-ce la lettre où il me jurait de m'aimer toute sa vie? poursuivit Tania.

– Peut-être, dit Michel.

– À moins que ce ne soit celle où il me promettait de pourfendre quiconque oserait médire de moi!

– Quelle que soit cette lettre, dit Michel, il nous la faut.

– Il vous la faut? dit Tania avec une moue de surprise coquette. Et pourquoi vous la faut-il? Volodia n'aurait-il plus confiance en moi?

– Non, il n'a plus confiance en vous, dit Michel, et il se sentit rougir.

– Je ne comprends pas. Est-ce parce que je lui ai refusé ma main que je mérite d'être traitée en voleuse?

– Il n'est pas question de vous traiter en voleuse...

– Si, s'écria Tania.

Et ses yeux s'emplirent de larmes, tout à coup. Elle respirait avec difficulté. Elle ouvrit son réticule et tendit à Michel une feuille de papier chiffonnée et sale.

« Allons, bon, songea Michel. Tout marchait si bien. À présent, je n'éviterai pas la grande scène! » Il jeta un coup d'œil inquiet sur la page qui tremblait dans la main de Tania : *Le docteur débauché et ignare Constantin Kirillovitch Arapoff ne pouvait avoir qu'une fille...* Michel n'en lut pas davantage et grommela :

– Une lettre anonyme. C'est ignoble!

– N'est-ce pas? dit la jeune fille, et un afflux de sang colora ses joues. Oh! vous êtes bon, vous! Vous me comprenez! Quel crime ai-je commis pour qu'on m'insulte et qu'on insulte mes parents de la sorte? J'aime Volodia, mais je sens que je n'aurais pas été la femme qu'il lui faut. Et, parce que j'ai eu la franchise de le lui dire, tous ses amis et tous ses obligés se dressent contre moi!

– Volodia réprouve certainement la conduite de ces gens, dit Michel.

– S'il la réprouvait tant que ça, il saurait leur imposer le silence. Non, la vérité est simple. Volodia se considère comme offensé, et il cherche à tirer de moi une vengeance éclatante. Il ne reculera devant rien, devant rien...

Les larmes coulaient sur le visage de Tania et tombaient sur sa gorgerette en tulle blanc. Michel, bouleversé, ne savait qu'entreprendre pour la calmer. Il n'avait jamais vu pleurer une jeune fille. C'était un spectacle monotone et débilitant. Ces hoquets minuscules, ces yeux pleins de rayons, ces petites mains crispées, cette impudeur fébrile! Fallait-il consoler Tania! Mais la consoler, c'était trahir la confiance de Volodia. Fallait-il lui commander de se taire? Mais ces ordres ne feraient qu'exaspérer le désespoir de la malheureuse.

– Allons! Allons! balbutiait Michel.

– Ah! laissez-moi, gémit Tania.

Elle était honteuse de ses larmes. Mais n'était-il pas délicieux de pleurer contre l'épaule de ce garçon qui se disait l'ami de Volodia, et qui, cependant, n'éprouvait aucune haine envers elle? Grâce à Michel, elle aurait un allié dans la place. Conseillé par lui, Volodia renoncerait à sa colère et ordonnerait à ses proches de ne plus tourmenter la famille Arapoff.

– Michel Alexandrovitch, je me souviens du jour où nous jouions ensemble...

– Oui... oui, dit Michel. Il ne s'agit pas de ça...

– Tout était si simple, si facile, alors...

– Séchez vos larmes... Des gens peuvent nous voir et...

Il n'en dit pas davantage, car, au tournant de l'allée, venait d'apparaître une dame crochue et noire qu'il avait aperçue la veille chez les Bourine. En passant devant les jeunes gens, la vieille redressa légèrement la taille et tordit ses lèvres dans une grimace de mépris.

– On nous a repérés, dit Michel. C'est terrible!

Tania se tamponnait les paupières avec son mouchoir roulé en boule :

– Vous aussi, vous redoutez les mauvaises langues? Ça me fait plaisir!

– Je n'aime pas les ragots de province, dit Michel.

– Alors, nous allons nous entendre! J'ai tellement besoin d'un ami sûr à qui je puisse raconter ma peine et demander un conseil. Maman est ma seule confidente. Mais elle est d'une autre époque. Elle me comprend mal. Tandis que vous...

Michel devinait avec effroi que la conversation s'engageait sur un terrain dangereux. Il était venu pour confondre cette fille, et voici qu'elle le traitait en ami d'enfance. Cependant, la naïveté de Tania était si évidente que Michel ne se reconnaissait pas le courage de la détromper. Il observait avec compassion le joli visage qui reposait dans l'ombre du chapeau de paille. Tout était si menu et si gracieux dans cette figure d'enfant, depuis les narines minces jusqu'au lobe de l'oreille, jusqu'à la fleur lisse des lèvres! Était-ce bien cette gamine sans défense que Michel avait mission de dépouiller de ses lettres et de blesser par des propos hautains? Ce rôle n'était pas digne de lui. Il avait honte pour Volodia et pour lui-même. Il murmura :

– Il m'est impossible de devenir votre ami, Tatiana Constantinovna, mais vous pouvez compter sur toute mon estime.

Elle leva sur lui un regard humide et tendre qui le blessa au cœur.

– Ne parlez pas ainsi. Ne me refusez pas de me revoir. J'ai besoin de me justifier devant vous...

– Vous n'avez pas à vous justifier.

– Si, si. Plus tard, vous répéterez mes paroles à Volodia, et il vous saura gré de m'avoir écoutée. Accordez-moi encore un rendez-vous...

Michel rougit et ses oreilles devinrent cuisantes. Il ramassa un gant qui était tombé dans le sable, toussota et chuchota du bout des lèvres :

– N'insistez pas, Tania...

– Vous avez dit Tania! s'écria-t-elle. Comme c'est gentil!

Michel vit luire de petites dents blanches dans l'ombre ensoleillée du chapeau. Ce brusque sourire le réjouit inexplicablement. Le parfum des acacias lui donnait le vertige. Un cercle de lumière brillait sur la bottine pointue de Tania. Le vent léger agita une branche, et quelques fleurs d'acacia tombèrent en neige sur les cheveux de Michel :

– Oh! vous avez vieilli! dit Tania en riant. Vous êtes un vieux monsieur respectable. Et moi, une toute petite fille qui vous demande la permission de vous revoir.

– Non, non, dit Michel.

Son cœur battait dans sa poitrine à grands coups espacés et rudes.

– Et pourtant, il le faudra bien, Michel Alexandrovitch, dit Tania en inclinant gentiment la tête.

– Pourquoi?

– J'ai encore une lettre à vous rendre. La soixante-septième lettre. La fameuse soixante-septième lettre! Comme je me félicite de ne l'avoir pas jointe au paquet! À présent, je peux bien vous dire la vérité : je voulais la garder en souvenir de Volodia. Mais, si vous m'accordez une entrevue je m'en séparerai avec joie! D'accord?

– Soit, dit Michel. Mais il m'est impossible de vous rencontrer ici. On peut nous voir...

– Ne craignez rien, dit Tania d'un air sérieux. J'ai déjà tout arrangé en prévision...

Elle paraissait très affairée, soudain. Elle saisit son ombrelle et dessina un cercle dans le sable.

– Voici Ekaterinodar. Si vous suivez la rue Rouge, vous sortez dans les champs du côté des fabriques, par la route de Rostoff. À cinq verstes de là, après le camp de Krouglik, mon père possède un verger plein de roses, de vignes et de fruits. Il n'y va que le lundi, le mercredi et le samedi. Donnons-nous rendez-vous au jardin le mardi, à quatre heures. Nous serons seuls. Et je vous rendrai cette lettre qui vous préoccupe.

– Quelle histoire! grommela Michel.

Tania se dressa d'un souple mouvement de hanches. Michel se leva à son tour. Il était beaucoup plus grand qu'elle. Elle devait renverser la tête pour le regarder. Elle lui tendit la main :

– À mardi, Michel Alexandrovitch.

– À mardi.

Tania lui sourit encore et s'éloigna d'un pas rapide,

tandis que Michel demeurait debout au milieu de l'allée, les bras ballants et le visage morne.

« Eh bien, eh bien, en voilà une affaire, songea-t-il enfin. Je dirai à Volodia qu'elle m'enverra la soixante-septième lettre par la poste. Cela vaut mieux. »

Fort de cette décision, il coiffa son canotier, cambra la taille et se dirigea vers la sortie du parc en sifflotant avec désinvolture. Comme il arrivait au kiosque à musique, il s'aperçut qu'il avait oublié le paquet de lettres sur le banc. Il dut revenir sur ses pas. Et cet incident lui parut de mauvais augure.

5

ARAPOFF sauta de la calèche qu'entourait déjà un groupe de paysannes bavardes, traversa le jardin envahi de hautes herbes, et gravit lestement l'escalier de planches qui menait à la véranda. Cette véranda, bâtie sur l'aile gauche de la maison, était abritée du soleil par des rideaux en perles de verre qui tintaient au moindre souffle de vent. Au centre de la galerie, Ivan Ivanovitch Kisiakoff dormait dans un fauteuil de rotin à coussins de toile bleue. Il avait poussé ses jambes bottées sous la table, déboutonné le haut de sa culotte pour libérer la masse forte de son ventre, et un journal déplié protégeait sa figure contre les moustiques. Seule sa barbe noire, épaisse, mouillée, dépassait le bord du papier. Des mouches se promenaient sur ses mains velues. Devant lui, sur une table nappée d'un drap médiocre, traînaient des restes de charcuterie, des pots de concombres salés, de cèpes marinés et de raifort. La bouteille de vodka était à demi vide. Un flacon de *doppelkummel* avait roulé par terre. Et un cigare déchiqueté fumait encore dans une soucoupe. L'air sentait la cochonnaille, le vinaigre. Kisiakoff ronflait avec une régularité et une vigueur étonnantes.

– Ivan Ivanovitch! cria Arapoff. Réveillez-vous, que diable!

Des grognements étouffés lui répondirent. Le journal glissa sur une face congestionnée et ruisselante de sueur. Un sourire paresseux troua la barbe noire de Kisiakoff.

– Constantin Kirillovitch, quelle bonne surprise, mon cher! dit-il d'une voix pâteuse.

Puis il se dressa péniblement et embrassa son beau-père sur les deux joues.

– J'ai été appelé en consultation hors de la ville, dit Arapoff, et j'ai décidé de vous faire une visite en passant. Vous vous reposiez, à ce que je vois.

– Oui, oui... Cette chaleur me fatigue... On mange, on dort... on mange, on dort... C'est atroce!

– Et Lioubov?

– Elle est dans sa chambre, ma petite reine. Elle doit se faire des mines devant la glace, ou se polir les ongles. Chacun son passe-temps. Prenez un verre de *doppel-kummel,* Constantin Kirillovitch. Il est un peu tiède, mais d'une bonne tenue. À moins que vous ne préfériez de la vodka? Je vais faire apporter une bouteille fraîche...

Il frappa dans ses mains et cria :

– Paracha! Paracha! Une bouteille de vodka! Vite!

Arapoff s'assit dans le fauteuil que lui désignait son gendre et baissa les paupières, étourdi par l'ombre chaude de la véranda. Ses rares visites à la propriété de Kisiakoff laissaient au docteur une impression de tristesse et d'inquiétude. Il ne pouvait s'habituer à l'idée que ce gaillard rougeaud, barbu et malpropre, fût le maître de Lioubov et lui imposât toutes ses volontés. Des rumeurs alarmantes circulaient en ville sur le compte d'Ivan Ivanovitch. Les mauvaises langues d'Ekaterinodar affirmaient qu'il était fainéant, malhonnête et d'une grande brutalité. On prétendait qu'il entretenait des relations crapuleuses avec trois paysannes, pour lesquelles il organisait des orgies dans un rendez-vous de chasse désaffecté. On dénombrait la tribu de ses enfants naturels.

Mais Lioubov ne se plaignait jamais de la conduite

de son mari. Bien souvent, Arapoff avait tenté de confesser la jeune femme. Toujours, elle lui avait répondu qu'elle était heureuse et qu'il lui déplaisait qu'on se mêlât de sa vie intime. Ignorait-elle les frasques de Kisiakoff? Ou ces frasques n'existaient-elles que dans l'imagination de quelques commères radoteuses?

Kisiakoff tira le rideau de perles, et la campagne surgit, engourdie de soleil et de vapeurs blondes. Par-delà le jardin, commençaient les vastes plantations de tabac qui s'étalaient en nappes vertes jusqu'à la route. Çà et là, dans l'épaisseur des feuilles, se balançaient les fichus rouges et blancs des ouvrières.

– La récolte sera bonne, dit Kisiakoff. Regardez comme elles travaillent, mes petites femelles. Il m'en est arrivé trois *majara* pleines, cet après-midi. Le soir, quand elles rentrent en ville, elles sentent le tabac frais. Et leurs maris ne détestent pas cette odeur. Un jour, pour m'amuser, j'ai distribué des flacons de parfum aux femmes. Le lendemain, les paysans sont venus se plaindre. Ils disaient qu'elles « puaient » tellement qu'on ne pouvait pas dormir à côté d'elles. De la délicatesse à rebours. N'est-ce pas charmant?

La porte s'ouvrit et une jeune paysanne apporta un plateau chargé d'une bouteille de vodka et de deux bols d'olives. C'était une fille charnue, aux tresses blondes serrées comme des cordes. Elle baissait les paupières.

– Bravo, Paracha, tu as trouvé la bonne bouteille, dit Kisiakoff.

Il attira la fille par la taille et cligna de l'œil dans la direction de Constantin Kirillovitch.

– Un beau morceau, une belle bête. Et ça travaille comme quatre, et c'est docile, et ça ne pense pas à mal...

La fille rougit et roucoula en secouant les épaules.

Arapoff était gêné et ne quittait pas la fille du regard. Il lui paraissait évident, soudain, que Paracha était la maîtresse de Kisiakoff. Il murmura :

– Oui, c'est une belle créature!

Et, malgré lui, il contemplait la grosse patte velue de Kisiakoff, plaquée sur la hanche de Paracha, comme sur le flanc d'une pouliche.

– Ne plaisantez pas, barine, s'écria Paracha, et elle disparut dans la maison.

Kisiakoff avala un verre de vodka et claqua de la langue.

– Fameux, dit-il.

Puis, il se renversa dans son fauteuil, glissa la main dans sa chemise et se gratta l'aisselle gauche du bout des doigts :

– Sacrés moustiques! Que pensez-vous de notre solitude, Constantin Kirillovitch? Les distractions sont rares, bien sûr, et c'est pour ça qu'on aime à s'entourer de jolies femmes, de bons vins et de fines marinades. Que dit-on en ville, quels sont les derniers ragots? On m'a rapporté que Tania a refusé d'épouser le fils Bourine. Est-ce exact?

– Parfaitement.

– J'en suis navré.

– Pas moi.

Kisiakoff remua de droite à gauche sa lourde tête cramoisie :

– Vous n'ignorez pas que j'ai acheté une partie de cette propriété à Olga Lvovna Bourine. Bien entendu, je n'ai pas encore payé intégralement les terrains cédés. Je me libère par des mensualités, à vrai dire assez élastiques. Et je me demande si cette brouille entre vos deux familles ne poussera pas ma créancière à exiger une régularité cruelle dans les versements.

– C'est possible...

– Je ne vous le fais pas dire, murmura Kisiakoff en crachant un noyau d'olive. N'est-il pas étonnant que les lubies d'une gamine puissent avoir des répercussions lointaines et néfastes sur son entourage? Lioubov et moi ne désespérons pas que Tania revienne sur sa décision.

– Elle est libre d'agir à sa guise, dit Arapoff, et il se leva pour signifier que cette conversation n'était pas de son goût.

– Certainement! Certainement! dit Kisiakoff. Mais les jeunes filles ont une cervelle de moineau. Notre petite Tania, notre petite institutrice, comme je l'appelle, n'a sûrement pas réfléchi aux conséquences de son coup de tête. Si elle avait pu prévoir le tort qu'elle causerait à ses parents, à ses sœurs, à son beau-frère...

– Eh bien? dit Arapoff exaspéré.

– Elle est si douce, si aimante, si dévouée, notre petite Tania, dit Kisiakoff en plissant les paupières. Si elle avait compris, si on lui avait fait comprendre la portée exacte de son refus, elle aurait accepté!

– Où voulez-vous en venir? demanda Constantin Kirillovitch. Le mariage est une affaire de sentiments...

– Comme vous avez bien dit ça! s'exclama Kisiakoff en joignant les mains. Ah! vous êtes un romantique, Constantin Kirillovitch! Notre dernier romantique! Et c'est pour ça que je vous aime. Hum... Au fait, Lioubov pourrait-elle vous accompagner à Ekaterinodar, pour dire bonjour à sa maman et embrasser notre petite Tania? Moi, je resterai ici, retenu par mes travaux...

Il soupira. Le fichu rouge de Paracha glissa derrière la vitre de la porte.

– Venez avec Lioubov, dit Arapoff.

– Non... non... Je ne peux pas m'absenter ces jours-ci... Un propriétaire foncier a des obligations impérieuses vis-à-vis de la terre qui le nourrit... Vous m'excuserez auprès de Zénaïde Vassilievna...

Arapoff était agacé par l'attitude obséquieuse de Kisiakoff. Il évitait de le regarder.

– Voulez-vous prévenir Lioubov de ma visite? dit-il.

– Mais comment donc! s'écria Kisiakoff. Paracha! Paracha!

La fille apparut dans l'encadrement de la porte. Elle riait à belles dents. Sa chemise était largement échancrée sur sa poitrine blanche. De nouveau, un désenchantement, une angoisse louche étreignirent le cœur d'Arapoff.

– Paracha, va prévenir la barynia... Tu lui diras de descendre, dès qu'elle sera prête...

Paracha inclina la tête et fondit dans les ténèbres de la maison. Sûrement, elle était l'esprit de cette demeure vétuste et mystérieuse, aux innombrables pièces condamnées, aux buffets bourrés de victuailles, aux caves pleines de vins. Elle entrait, sortait, glissait, souriait, obéissait, commandait, et Kisiakoff la suivait de ses yeux malins et féroces.

– Y a-t-il longtemps que cette fille est à votre service? demanda Constantin Kirillovitch.

– Cinq ou six ans, dit Kisiakoff, je ne m'en souviens plus. J'ai l'air d'être un homme exact, renseigné et froid, mais, au fond, je n'ai aucune disposition pour l'organisation domestique. Je sais à peine le nombre des filles que j'emploie aux plantations de tabac, encore moins leur nom ou leur âge. Je les fais venir par charretées de la ville. Elles campent en plein champ pendant la récolte. Et, la récolte achevée, bonsoir! Je suis un rêveur, moi!

– Un rêveur?

– Eh oui! Que de fois je m'installe sur cette véranda et je regarde la plaine où travaillent des femmes. Le ciel bleu. La chaleur immense. Le son des voix lointaines. Un grincement de télègue. Un petit verre de vodka. Une tranche de pain noir salé. Et me voici lancé dans les réflexions philosophiques les plus inattendues. Qui suis-je? Quel est le sens de la vie? En ville, on n'a pas le temps de se le demander. Et, pourtant, c'est essentiel!

– Vous croyez? dit Arapoff en souriant.

– J'en suis sûr. Pour moi, j'ai déjà compris qu'il fallait vivre à plein cœur, à pleine gueule, passez-moi le mot. Tout prendre, jouir de tout, se saouler de tout. Dieu nous a donné le monde pour que nous l'accommodions selon notre bon plaisir!

– En somme, tout est permis et la notion du mal est une légende.

– Non, non... La notion du mal existe. Mais elle est très développée chez certains, et, chez d'autres, elle est à peine perceptible, à peine formée. Nous ne faisons le mal qu'au moment où nous sentons que nous faisons le mal. Si le déclic de la conscience ne joue pas, si le mécanisme est faussé ou usé, nous ne sommes plus responsables. Au regard de Dieu, l'innocence du cœur excuse la vilenie du geste. Le prêtre qui rompt inopinément le jeûne se juge coupable, et, par là même, il est coupable. Mais l'ivrogne qui tue sa femme par désœuvrement n'éprouve aucun remords de son acte, s'étonne de la rigueur excessive des tribunaux, et il est innocent parce qu'il se croit innocent. Le fin mot de l'histoire, c'est que, pour être heureux, il importe de garder en soi une candeur de bête. Dieu n'est sévère qu'à l'égard des initiés. Les ignorants, les pourceaux, peuvent compter sur son indulgence. Il faut devenir des ignorants et des pourceaux!

– Quel programme!

– C'est une nécessité, cher Constantin Kirillovitch, à laquelle je me plie depuis bientôt vingt ans. Je suis un pourceau. Nous sommes tous des pourceaux. Nous faisons le mal sans y penser. Et, ainsi, cela ne tire pas à conséquence. Les hommes peuvent nous juger. Mais la clémence de Dieu nous est acquise. Au jour du jugement dernier, il appellera tous les pourceaux du monde, et nous viendrons vers lui, avec des groins salis et des genoux écorchés. Et il nous dira : « Sentiez-vous ma présence dans votre cœur? » Et nous répondrons : « Non. » Et il sourira en murmurant : « Je ne peux donc pas vous reprocher votre ignominie. Venez à ma droite, voleurs, assassins, impudiques, parjures, incendiaires et médisants. Venez à ma droite. Car je suis responsable de votre pourriture morale. Et, si je ne me suis pas occupé de vous sur la terre, je vais m'occuper de vous dans les cieux! »

Arapoff crut d'abord à une plaisanterie, mais Kisiakoff semblait ému par ses propres paroles. Son nez était strié de fibrilles rouges. Sa barbe tremblait. Des larmes se gonflaient dans ses gros yeux fixes. Il leva ses deux mains à hauteur de son visage et déclama :

– Et les pourceaux se changeront en anges célestes. Et ils s'embrasseront tous dans les fumées de l'encens et la musique des harpes!

Un hoquet l'interrompit. Il se versa un verre de vodka, l'avala en basculant la tête.

– Voilà ce que je porte dans mon âme, Constantin Kirillovitch, dit-il encore. Voilà mon évangile. Et je m'en trouve bien.

– Vous avez le vin sinistre, mon cher, dit Arapoff.

Et il essaya de rire. Mais il n'en avait plus envie. Cet homme, tour à tour voluptueux et attendri, méchant et faible, sournois et candide, arrogant et humble, lui faisait peur. Le personnage se dérobait aux classifications élémentaires. Il était mouvant et traître, comme une force de la nature. Cependant, Lioubov vivait auprès de cet ivrogne dangereux et se déclarait heureuse de son sort.

Au moment précis où le docteur formait cette réflexion, un pas rapide se fit entendre. Lioubov parut sur le seuil de la porte, cria « papa » et se jeta dans les bras d'Arapoff.

– Charmante! Oh! combien charmante! soupirait Kisiakoff en massant ses pattes l'une contre l'autre. Se peut-il, Constantin Kirillovitch, que je vous aie permis de me ravir pour quelques jours cette adorable petite fée des bois?

– Est-ce vrai? Tu vas m'emmener, papa? demanda Lioubov.

– Puisque ton mari m'autorise à le faire, dit Arapoff.

Lioubov battit des mains et dédia un sourire langoureux à Kisiakoff.

– Gentil! Gentil! susurra-t-elle. On vous revaudra ça!

Elle avait embelli depuis son mariage. Son visage était d'une pâleur compacte. Ses longs yeux noirs, effilés vers les tempes, brillaient d'un éclat triomphal. Et ses hanches s'étaient évasées.

Arapoff refoula son appréhension et se traita mentalement de « vieil imbécile ».

– J'aurais voulu descendre plus tôt, dit Lioubov, mais j'essayais une nouvelle robe. Tu sais, je suis restée très coquette!

– Un bon point pour le mari, dit Arapoff.

– Oui, figure-toi... Je me suis mis en tête de lui plaire d'un bout à l'autre de l'année. C'est passionnant! Mais je bavarde, je bavarde, et le temps passe, et j'ai ma valise à faire. Pauvre Vania, comme tu vas t'ennuyer sans moi! Nous allons fixer une heure pour penser l'un à l'autre. À onze heures cinq du matin, je t'embrasserai en imagination. D'ailleurs, je ne resterai que quelques jours chez mes parents. Et puis, je reviendrai à notre petit nid, tout impatiente!

À cinq heures, la calèche du docteur quittait la propriété de Mikhaïlo. Lioubov, assise à côté de son père, secoua longtemps son mouchoir au-dessus de sa tête en criant :

– À bientôt!

Puis, elle ouvrit son ombrelle et demanda :

– Comment trouves-tu ma robe?

– Fort belle, dit Arapoff. Trop belle même, pour notre petite ville...

Il y eut un silence. La calèche délaissa le sentier et s'engagea sur la grand-route, bordée par les champs de tabac. Des rigoles séparaient les terres cultivées. Derrière le vallonnement des feuilles, on devinait les cabanes en planches des séchoirs et les hangars de pressage où ronflaient des moteurs invisibles. Des paysannes à fichus de couleur circulaient dans cette masse végétale, se baissaient et se relevaient en chantant :

Je pleure et je pleurerai,
Mais jamais je ne l'oublierai...

Les grelots des chevaux tintaient gaiement dans la chaleur immobile. Arapoff posa une main sur le bras de Lioubov et lui demanda doucement :

– Es-tu heureuse, ma petite fille?

– Mais bien sûr, dit Lioubov. Pourquoi ne le serais-je pas?

– Les parents sont des êtres inquiets par nature. Et sans doute ont-ils presque toujours tort. Mais, j'ai bavardé avec ton mari. Et ses propos m'ont paru étranges...

– Qu'a-t-il dit?

– Rien de spécial. Toutefois, je crains qu'il ne soit un peu violent, un peu déréglé...

– Est-ce un mal? Tu me fais rire, papa! Ivan Ivanovitch m'aime beaucoup et me laisse toute ma liberté.

– Mais lui-même, ne garde-t-il pas toute sa liberté? répliqua Constantin Kirillovitch. On m'a raconté...

– Quoi? Quoi? dit Lioubov avec nervosité. Les gens sont d'une méchanceté! Pour si peu de chose! Bien sûr, Ivan Ivanovitch s'amuse un peu, à droite, à gauche, lutine celle-ci, celle-là. C'est un tempérament!

– Et tu acceptes ce partage?

– Je serais bien bête de ne pas l'accepter! Il a fait de moi une dame. J'ai une maison, une propriété, des robes magnifiques. S'il éprouve le besoin de se distraire ailleurs, je n'ai pas le droit de le lui reprocher. D'autant plus que moi-même...

– Eh bien?

– Tu sais qu'il y a une *sotnia* de Cosaques cantonnée à trois verstes de chez nous. Les officiers viennent souvent à la maison. Et ils sont fous de moi. Un *khoroundji* m'envoie chaque matin des vers français par son ordonnance. Hier, il m'a écrit :

> *Conseil d'un Cosaque intrépide :*
> *Ami, si tu veux rester sauf,*
> *Évite le regard limpide*
> *De madame Kisiakoff.*

– C'est charmant, n'est-ce pas? L'*essaoul* lui-même me fait une cour assidue; il m'appelle « son petit oiseau »! Il est si comique!

– Et ton mari ne prend pas ombrage de ces visites militaires et de ces billets doux?

– Pourquoi? Il en est fier. Et puis, comme tu l'as si justement observé, il n'est pas un petit saint non plus, mon bien-aimé. Les hommes sont rarement de petits saints. À propos, il paraît que tu es sorti avant-hier avec une actrice du théâtre municipal. On t'a vu au restaurant avec elle...

– C'est vrai, dit Arapoff, mais ce n'est pas la même chose.

– Ah? Et pourquoi donc?

Arapoff haussa les épaules. Il regrettait d'avoir engagé cette conversation avec une gamine incapable de le comprendre. Il savait bien, lui, qu'il ne trahissait pas l'affection de Zénaïde Vassilievna lorsqu'il soupait en compagnie de quelque petite danseuse en tournée. Dans son esprit, il n'existait pas de commune mesure entre son épouse, charmante, vénérée et un peu trop grasse, et cette fille peinte qui éteignait des cigarettes dans un fond de champagne. Elles appartenaient à deux mondes différents. Et lui changeait de personnalité en passant d'un monde à l'autre. Ainsi, Zénaïde Vassilievna ne devait pas être jalouse d'un homme qui n'était pas son mari, et la petite danseuse d'un homme qui n'était pas son amant. Tout cela était parfaitement clair dans la pensée d'Arapoff, mais il éprouvait de la difficulté à exprimer son sentiment. Une phrase de Kisiakoff lui revint en mémoire : « Nous ne faisons le mal qu'au moment où nous sentons que nous faisons le mal. Si le déclic de la conscience ne joue pas... » Oui, c'était bien cela : le déclic de la conscience ne jouait pas. Se pouvait-il donc qu'il fût, lui aussi, de la race des Kisiakoff? Se pouvait-il que l'infâme Kisiakoff fût sa propre effigie, poussée au noir, déformée et hideuse? Entre Kisiakoff et lui-même, il n'y avait pas d'abîme, mais une pente douce qu'il était facile de dévaler à petits pas. Arapoff tressaillit à l'idée de cette déchéance offerte. Non, non, il ne deviendrait jamais semblable à cet imbécile voluptueux. Il saurait maintenir une distance honnête entre les deux images.

La vodka qu'il avait bue lui montait au cerveau. Le soleil brûlait sa nuque. Lioubov paraissait dormir dans le demi-jour de son ombrelle. Comment avait-elle pu accommoder les rêves gracieux de son adolescence avec l'atroce réalité que le mariage lui imposait chaque nuit? Comment avait-elle pu troquer ses espérances puériles contre Kisiakoff barbu, congestionné et hilare? Comment avait-elle pu, comment pouvait-elle être heureuse? Arapoff réfléchissait au mystère que lui dérobait cette tête gracieuse inclinée vers la route. Il avait élevé Lioubov, et il ne savait rien d'elle. Cet être, qu'il revoyait encore en jupe courte et en bottines lacées, était déjà un petit animal, une petite femelle, voluptueuse, coquette, rusée et consentante. « J'ai une maison, une propriété, des robes magnifiques... » Comme ces paroles éloignaient Lioubov de son père! Arapoff se représentait la vie sous l'aspect d'une fondrière qu'il fallait traverser de plein front, se déchirant aux ronces, abandonnant aux ronces des lambeaux de chair et de vêtements. On marche, hébété et grave, mais vers quel but, vers quelle délivrance? « Et les pourceaux se changeront en anges célestes... » De nouveau, lui revenaient les paroles de Kisiakoff. Il était honteux comme d'une offense personnelle. D'une main rageuse, il chassa les mouches qui tournaient autour de son visage en feu.

– J'ai entendu dire que Tania refusait d'épouser Volodia Bourine, murmura Lioubov d'une petite voix nulle.

– Ne t'occupe pas de ça, dit Arapoff. Ce sont nos affaires.

Et il se rencogna dans l'angle de la banquette, les mâchoires serrées et le regard dur.

Le soir de son arrivée chez les Arapoff, Lioubov eut avec Tania une conversation décisive. Les deux sœurs s'étaient retrouvées à onze heures dans la chambre rose, qui était redevenue, pour un temps, « la chambre des jeunes filles ». Appuyées à la fenêtre, comme jadis, elles regardaient la nuit claire sur les feuillages des tilleuls. Il semblait à Tania qu'elle était reportée à l'époque lointaine où elle se lamentait sur les chagrins secrets de Philippe Savitch Bourine, et où Lioubov l'écoutait en bâillant de langueur. Son cœur était aussi serré que lors de cette nuit mémorable, et le profil de Lioubov était à la même place sur le reflet noir de la vitre, et la maison s'endormait autour d'eux avec les mêmes bruits.

– Non, dit Tania, je ne te comprends pas. Exiges-tu vraiment que je me sacrifie pour les commodités financières de ton mari?

– Il ne s'agit pas seulement de mon mari, mais de nos parents, mais de toi-même...

Les insinuations de Lioubov blessaient la jeune fille, au point qu'elle avait peine à retenir ses larmes. Elle estimait injuste qu'on vînt mêler des questions d'intérêt à son noble tourment. Vraiment depuis son mariage, Lioubov était devenue insupportable. Elle était « femme » à en donner la nausée. Femme par son amour du confort, par ses réticences souriantes, par la qualité de ses chemises de nuit, par le geste arrondi dont elle dénouait son chignon, et par la façon dont elle mâchait le prénom de son époux : « Ivan Ivanovitch » en fermant à demi les yeux. Elle évoquait le lit et l'homme qui se déshabille. Elle « savait ». Mais Tania ne voulait pas savoir ce que savait Lioubov. Elle demandait seulement qu'on la laissât tranquille, qu'on ne s'occupât plus d'elle et de Volodia, qu'on lui permît de vivre sa vie close et jalouse de jeune fille comme elle l'entendait.

Elle murmura :

– J'ai trop réfléchi, Lioubov, pour revenir sur ma décision. Tu es la seule à ne pas me comprendre...

– À qui donc en as-tu parlé?

– Eh bien, à mes parents, à des amies... et même à des amis de Volodia...

– Tu as vu des amis de Volodia? Raconte-moi...

Tania songea au rendez-vous de Michel et un flot de sang lui monta aux tempes.

– J'en ai vu un, dit-elle, pour rendre les lettres.

– Qui?

– Je ne veux pas le dire.

Lioubov appuya son front tiède contre le cou de Tania :

– Dis-le, dis-le, petite sotte. Ça m'intéresse tant! Personne n'en saura rien.

Tania éprouvait un tel besoin de prononcer le nom de Michel qu'elle chuchota :

– Michel... Michel Danoff...

Qu'il était donc agréable de former ces syllabes, du bout des lèvres, comme si elle eût appelé le jeune homme dans une forêt. Elle répéta :

– Michel Danoff.

– Il est à Ekaterinodar?

– Oui.

– Et il est bien?

– Cela n'a aucune importance, dit Tania sur un ton sévère.

– Aucune importance? Comme tu y vas!

– Je ne le vois pas pour m'amuser, mais pour me justifier devant lui des attaques insensées de Volodia.

– Oui! Oui! Fine mouche! dit Lioubov. Je te connais!

Mais Tania s'écria soudain d'une voix altérée :

– Je te défends de dire ça! Je te jure que Michel et moi n'avons que de l'estime et de l'amitié l'un pour l'autre!

– Ne te fâche pas.

– Je ne me fâche pas, dit la jeune fille.

Puis elle poussa un long soupir :

– Lioubov, Lioubotchka! Je n'en peux plus! Je suis si fatiguée, si malheureuse! Je voudrais mourir...

– Il vaut mieux te marier!

– Oh! tu ne me comprends pas. Tu ne me comprends plus. Tu n'es plus tout à fait ma sœur.

– Quelle absurdité! dit Lioubov. Tiens, il me vient une idée. Si j'invitais Michel Danoff à venir à Mikhaïlo.

– Il refuserait de venir.

– Même si je l'en priais beaucoup.

– Surtout si tu l'en priais beaucoup.

– Eh bien, dit Lioubov, c'est un imbécile. Mais il faudra quand même que j'essaie de le rencontrer.

– Ne fais pas ça, Lioubov! dit Tania avec brusquerie.

– Tu es jalouse?

– Puisque je te dis que je ne l'aime pas.

– Alors?

– Alors rien, rien, fais ce que tu veux. Moi, je me couche.

Tania était déjà sous les couvertures, mais Lioubov demeurait à la fenêtre, les épaules remontées, les cheveux dénoués jusqu'aux reins. Un accordéon jouait dans une rue voisine. Tania pensait à Michel. Une grande douceur l'inondait au seul souvenir de ce visage brun et dur. Demain, elle reverrait Michel dans le jardin de Constantin Kirillovitch. Il était si différent de Volodia! Se pouvait-il que cette rencontre fût la dernière?

Dans une lumière fade, elle vit Lioubov qui s'écartait de la fenêtre et s'avançait vers le lit, en soulevant à deux doigts les pans de sa longue chemise blanche.

– Est-ce que tu regrettes de n'être pas auprès d'Ivan Ivanovitch pour la nuit? demanda Tania d'une voix sourde.

– Ta question est idiote. Épouse Volodia, et tu seras renseignée.

– Non! Non! dit Tania.

Et elle serra son oreiller contre son visage.

6

LA CALÈCHE de Michel quitta la route et s'engagea dans la plaine bourdonnante de sauterelles. Une palissade disloquée entourait le petit lotissement que Constantin Kirillovitch avait pompeusement baptisé : *Les Roses.* Tania se tenait debout devant la porte.

– Merci d'être venu, dit-elle.

Ils pénétrèrent dans l'enclos, où de grosses roses sucrées penchaient le front, abasourdies par le vol gourmand des abeilles. Au centre, se dressait une cabane en rondins, largement ouverte sur la façade et toiturée de joncs tressés et roussis. Le sol de terre battue était recouvert de nattes de paille. Sur la table, fumait un gros samovar en cuivre, avec la théière perchée au sommet.

Michel regarda le samovar, la théière, et se sentit malheureux. Il n'avait rien dit à Volodia de cette nouvelle entrevue, et les raisons qu'il se donnait pour calmer ses derniers scrupules ne faisaient qu'accroître son désarroi. Certes, il n'était venu à ce rendez-vous que pour défendre les intérêts de Volodia et retrouver la soixante-septième lettre. Mais le soin qu'il avait pris à se coiffer et à rectifier le nœud de sa cravate, son impatience dans la calèche, lui paraissaient des signes de duplicité. Il serra les dents, résolu à une explication rapide.

– Asseyez-vous, dit Tania. Je vais vous verser du thé, et puis nous bavarderons à notre aise. Le jardinier est occupé dans les vignes.

– Avez-vous la lettre? demanda Michel.

– Oui! Mon Dieu, que vous êtes pressé! N'êtes-vous donc venu que pour cette lettre?

– Effectivement...

– Ne dites pas cela. Cela me ferait tant de peine! Laissez-moi croire que vous êtes venu aussi par sympathie pour moi.

Michel, au supplice, eut un sourire froid et murmura :

– Voyons! Voyons!

Tania s'assit en face de lui et le regarda dans les yeux avec loyauté.

– Vous savez, dit-elle, j'ai eu des remords après vous avoir prié de venir. Vous avez dû penser que j'étais une jeune fille fausse et coquette.

– Non, dit Michel.

– Tant mieux. Pourtant, vous n'auriez pas dû accepter ce nouveau rendez-vous. Si des amis de Volodia apprenaient votre présence ici, quel scandale!

– Je ne reculerai pas devant un scandale pour accomplir mon devoir.

– Votre devoir?

– Il me faut cette lettre.

– Ah! oui, soupira Tania, cette lettre... Prenez-la et n'en parlons plus...

Elle lui tendit une enveloppe de gros papier blanc, frappée d'initiales violettes. Michel empocha l'enveloppe et souleva son verre de thé. Pouvait-il partir maintenant qu'il avait achevé sa mission? N'était-il pas plus convenable de demeurer quelques instants encore auprès de la jeune fille? Comme il hésitait entre ces deux solutions, une main chaude se posa sur son poignet et il tressaillit.

– Soyez mon ami, Michel, dit Tania. J'aimerais tellement avoir un camarade, un frère. Akim est tout petit,

Nicolas habite Moscou, et Lioubov est mariée. Elle est venue à la maison, hier. Eh bien, c'est comme si une inconnue me rendait visite. Je suis si seule, si seule...

Aucune jeune fille n'avait parlé à Michel de cette voix douce et humble. Jamais personne n'avait quêté sa protection comme cette étrangère. Le soleil glissait entre les joncs disloqués de la toiture et fixait au sol des rubans de lumière poudreuse. Dehors, un sécateur taillait l'air en petits tronçons. Tania chassa une abeille avec sa serviette. Michel ferma les yeux, envahi de force et de gratitude. Tout à coup, il s'aperçut qu'il songeait à son enfance, à Tchass pourchassant la jument noire, au spectacle de cirque dans la cour des Arapoff. Il lui semblait que tous ces souvenirs prenaient une valeur nouvelle depuis qu'il était entré dans le jardin.

– Vous rappelez-vous notre spectacle? dit-il enfin. « Michel, l'homme de la steppe. » Je devais vous attraper au lasso. Mais j'étais maladroit! Vous avez porté un bandeau sur l'œil pour le jour de votre anniversaire. À présent encore, je suis si maladroit...

– Et lorsque nous sommes restés tous deux sur le perron, pendant ce gros orage d'été. Volodia courait sous la pluie. Et nous demeurions l'un près de l'autre. Et papa chantait, chantait... C'était bon!

Elle se tut, soupira et dit encore :

– J'ai souvent regretté votre départ.

On entendit grincer la poulie du puits. Le seau cogna la margelle.

– Venez, dit Tania. J'ai faim. Nous allons cueillir des pêches!

Elle courut hors de la cabane dans la grande lumière du jour. Michel la rejoignit, tandis qu'elle s'arrêtait entre deux haies de rosiers et levait les bras vers le ciel. Puis elle arracha son chapeau de paille et ses cheveux bondirent, dorés, brûlés, crépitants de soleil.

– Vous êtes folle, dit Michel. Vous allez attraper une insolation.

– Quand j'ai trop chaud, je m'applique sur le front des feuilles de tabac mouillées, et cela passe. Regardez ma main. On voit le sang qui circule.

Elle dressa à contre-jour une main étroite, transpercée de rayons et cernée d'un filet rouge comme le sang vif.

– Je suis écorchée par le soleil, dit-elle encore.

Derrière les rosiers, se haussaient de jeunes arbres fruitiers aux branches grêles. Tania cueillit une pêche, en caressa le duvet du bout de l'index et croqua le fruit avec une grimace gourmande :

– Elles sont tièdes. Servez-vous...

Michel hésitait à manger une pêche. Il lui semblait que ce geste banal suffirait à ruiner son prestige. Et, en effet, cueillir un fruit, n'était-ce pas reconnaître implicitement qu'il était l'invité de Tania et non plus l'homme de confiance de Volodia Bourine?

Étonnée de son indécision, Tania détacha une pêche et la tendit à Michel dans le creux de sa main.

– Puisque vous ne voulez pas vous servir vous-même, c'est moi qui vous servirai.

– Merci, dit Michel avec humeur.

Et il planta ses dents dans la pulpe ferme et chaude. Comme un filet de jus coulait de ses lèvres à son menton, il se sentit ridicule et détourna la tête.

– Regardez, dit Tania.

Elle s'était baissée et creusait le sol au bord du sentier, avec une branche morte. Dans un trou, elle enfouit le noyau de sa pêche et le recouvrit de terre.

– Dans quelques années, il y aura un petit arbre à cet endroit. Ce sera un souvenir de notre rencontre. Elle est très importante pour moi, cette rencontre.

– Et pourquoi donc?

– Parce que je devine qu'elle sera suivie de beaucoup d'autres. Nous deviendrons de vrais amis. Et nous verrons grandir le pêcher que nous avons planté...

Le souvenir de Volodia torturait Michel.

– Je n'ai pas le droit... Je n'ai pas le droit, murmurait-il. Je suis l'ami de Volodia.

– Vous serez aussi le mien.

– Il m'a chargé d'une mission...

– Vous l'avez accomplie. Vous êtes quitte.

Michel se tut et considéra longuement le sable du sentier où filaient des fourmis rouges, affolées. Puis il regarda le visage de Tania. Ce visage était si calme qu'il en fut étourdi.

– Quand nous reverrons-nous? demanda Tania en remuant à peine les lèvres.

– Quand vous voudrez, dit Michel.

Il crut qu'il allait tomber sur le sol, foudroyé de honte et de joie.

– Eh bien, après-demain, ici même, dit-elle.

Et, tout à coup, elle s'écria :

– Oh! Michel, je suis heureuse, heureuse!...

Le jardinier avait quitté les vignes et se rapprochait d'eux en clopinant. C'était un vieillard cassé, recuit, au menton hérissé de poils blancs et jaunes. Ses yeux étaient clairs comme des paillettes de mica. Il s'arrêta devant les jeunes gens et hocha la tête.

– Les fleurs attirent les tourtereaux, dit-il.

– Qu'est-ce que tu veux dire, Igor Karpovitch? demanda Tania.

– Si tu le demandes, c'est que ça t'intéresse. Et si ça t'intéresse, c'est que tu as compris, dit le vieux en riant à petits hoquets.

– Il est depuis vingt ans à notre service, dit Tania. Mais, de temps en temps, il nous quitte. Il part sur les routes pour visiter des monastères et se prosterner devant des icônes miraculeuses. Parle-nous de la Sainte Vierge qui a une blessure au cou.

– Il n'y a rien à dire, répondit Igor Karpovitch avec gravité. L'image de la Vierge, au monastère de Kharoubin, porte une blessure au cou. Et, le jour de l'Ascension, la blessure coule, coule à petites gouttes.

Une année, c'est du sang. Et l'autre année, c'est du lait. Et, quand on a touché ce sang ou ce lait du bout du doigt, il vous en reste une tache sur la peau. Et cette tache ne s'en va qu'avec de l'eau bénite. Voilà la vérité.

– Et tu as vu couler ce sang ou ce lait? demanda Michel.

– Comment donc, barine, si je l'ai vu? Je l'ai vu comme tout le monde l'a vu.

– N'est-ce pas une supercherie?

– Voilà comme vous êtes, les jeunes! dit le jardinier. Le bon Dieu vous donne le soleil, le ciel, les fleurs et une jolie fillette à aimer. Et vous ne voulez pas qu'il donne un peu de sang et de lait à la Sainte Vierge. Ce n'est pas bien!

– Raconte à Michel Alexandrovitch ce que tu as rapporté du monastère, dit Tania.

– De petites pierres du jardin, dit le vieillard avec fierté. Elles sont chez moi, dans une soucoupe. Et, la nuit, elles se mettent à sonner comme des clochettes. C'est l'ange gardien qui les remue pour passer le temps.

– Peut-on les voir? demanda Michel.

– Mais oui. Pourquoi ne pas les voir? Ce sont des reliques. Tout le monde peut les voir. Il y a même des mendiants, ou des hommes de Dieu qui me demandent de les voir, et je ne leur refuse jamais. Alors, pourquoi vous refuserais-je de les voir, à vous? Venez avec moi, et vous pourrez les voir...

Tania poussa Michel du coude et ils sourirent tous deux.

– N'est-ce pas qu'il est charmant, notre Igor Karpovitch? dit-elle.

– Oui, dit Michel. Tout est charmant ici, la cabane, les roses, le jardinier.

– Et moi?

– Suivons le jardinier, dit Michel, et il baissa les yeux.

La cabane du jardinier était bâtie à l'angle du jardin derrière un rempart de rosiers sauvages. La pièce où pénétrèrent les jeunes gens était basse, enfumée comme une caverne. Des oignons de fleurs s'alignaient au pied des murs, sur plusieurs rangs. Du plafond pendaient des toiles de sac, des cordes de chanvre échevelées et des tortillons de paille. La lumière d'une petite fenêtre carrée, à vitre grise, se reflétait dans les faïences d'un poêle russe. Au fond de la chambre, se dressait une sorte d'autel, surmonté d'icônes, d'amulettes et de rameaux bénits. Des veilleuses de verre rouge, où brûlaient des mèches trempées d'huile, éclairaient ces dorures et ces branchages. Igor Karpovitch s'arrêta devant les saintes images, s'inclina et se signa par trois fois. Puis, il prit sur une étagère une soucoupe pleine de cailloux blancs et s'avança vers la fenêtre.

– Les voici, mes petites pierres, dit-il. Je les ai choisies bien rondes, dans les jardins du monastère. Ce sont des pierres saintes. Pendant des siècles, elles ont entendu les prières qui venaient de la chapelle. Elles étaient là, toutes menues, dans la boue, et les cloches sonnaient, et les prêtres officiaient, et les chrétiens se signaient, et les chœurs chantaient, chantaient... Il leur en est resté quelque chose, aux petites pierres, de toutes ces cloches et de tous ces chants. Il leur en est resté quelque chose...

Michel et Tania s'étaient rapprochés du bonhomme. Le jardinier saisissait les pierres l'une après l'autre, précautionneusement, dans ses grosses pattes noueuses :

– Est-ce qu'elles ne sont pas belles?

Michel observait ces doigts souillés de terre avec une attention respectueuse. Et il lui semblait qu'il était à cent lieues d'Ekaterinodar et de Volodia dans un pays de bonté.

– Touchez ces pierres, barine, lui dit le jardinier. Et toi aussi touche ces pierres, Tatiana Constantinovna. Et puis, vous ferez, tous deux, le signe de la croix. Et cela vous portera bonheur.

Michel se signa, engourdi par un bien-être étrange. Et Tania se signa également.

– Vous étudiez beaucoup et vous ne savez rien, dit Igor Karpovitch. Et moi, je remue la terre, et je pars pour un pèlerinage, et je rapporte des cailloux, et je suis plus aimable à Dieu avec mes cailloux que vous avec tous vos livres.

Tania passa une main sur son front, comme si elle s'éveillait d'un long sommeil.

– Oui, oui. Mais il est tard, il faut songer au retour. Ma calèche m'attend derrière le jardin. Vous partirez un quart d'heure après moi, Michel. Il ne faut pas qu'on se doute de cette rencontre...

Michel haussa les épaules. Tout était si simple dans la cabane du jardinier, sous la garde des icônes et des soucoupes de cailloux sacrés. Mais, dès qu'il s'agissait de fuir ce refuge, voici que surgissaient les tracasseries quotidiennes.

– Dommage, murmura-t-il.

Igor Karpovitch avait rangé ses cailloux et regardait les jeunes gens en caressant sa barbe du bout des doigts.

– Partez, partez, mais vous reviendrez, dit-il. Les cailloux blancs veillent sur vous.

Il cligna de l'œil et ajouta :

– Je ne dirai rien à Constantin Kirillovitch!

Michel accompagna Tania jusqu'à la palissade. Il la vit contourner le lotissement et monter dans une calèche arrêtée à quelque distance de la propriété.

– Au revoir, cria-t-elle.

– À jeudi, cria Michel.

7

CE DIMANCHE, comme les dimanches précédents, Nicolas Arapoff quitta, sur le coup de quatre heures, la chambre qu'il occupait dans une haute maison de la rue Smolenskaïa et descendit dans la rue pour se mêler aux passants. Moscou était endolori de chaleur et de lumière blanche. Les commerçants, debout sur le pas de leur porte, chassaient les mouches à grands coups de torchon. Des charrettes revenaient du marché au fourrage de Smolensky. Au-dessus des toits, flambaient les cinq coupoles du couvent des Vierges. Nicolas marchait d'un pas régulier vers le pont Dorogomiloff. Il savait que Zagouliaïeff l'attendait là, debout, regardant l'eau, une cigarette collée à la lèvre. De très loin, il le reconnut. Nicolas n'aimait pas Zagouliaïeff. Mais la brusquerie hargneuse de son camarade lui semblait indispensable à son propre équilibre, à son propre bonheur. Alors que Nicolas était un fils de famille attiré par les idées libérales, Zagouliaïeff, typographe de son métier, se prétendait un technicien de la révolution. Nicolas, ayant subi les derniers examens de la faculté de droit, travaillait chez un avocat pour un salaire minime, mais recevait de son père des mensualités suffisantes pour lui permettre de fréquenter les théâtres et les concerts de l'Ermitage. Zagouliaïeff, en revanche, gagnait mal sa vie, crevait de faim et détestait ceux-là mêmes qui lui témoignaient le plus de sympathie. Nicolas rêvait. Zagouliaïeff agissait. Et ils ne pouvaient se passer l'un de l'autre. En apercevant Nicolas, Zagouliaïeff cracha son mégot et s'avança vers lui en traînant les pieds. Il portait une casquette et des lunettes bleues. Son dos était voûté, ses bras pendaient le long de son corps comme des bras de singe. Il grogna :

– En retard, comme toujours.

Nicolas regarda sa montre :

– Mais non.

– Les montres des bourgeois sont toujours en retard, dit Zagouliaïeff.

Nicolas avait l'habitude de ses plaisanteries et ne marqua aucune surprise.

– En route, dit Zagouliaïeff. La séance doit avoir déjà commencé.

Ils se mirent en marche, sous le soleil violent qui leur brûlait la nuque et les épaules. À plusieurs reprises, Nicolas se retourna pour voir s'il n'était pas suivi.

– Tu te figures qu'on nous espionne? dit Zagouliaïeff. Quel gamin! Mais les autorités nous ignorent, mon cher. Nous sommes des zéros, des zéros. Seulement, attention, quand on a aligné suffisamment de zéros et qu'on place une unité par-devant, cela devient une armée!

– Qui sera l'unité?

– Pas toi, en tout cas, dit Zagouliaïeff. Tu vis trop dans tes livres. Est-ce que tu es encore vierge?

– Quel rapport? demanda Nicolas en rougissant.

– Aucun. Un cérébral, voilà ce que tu es, un croqueur de systèmes, une théorie à deux pattes. Il est vierge! À son âge! Tiens, tu me dégoûtes! Donne-moi une cigarette.

Nicolas tendit son paquet à Zagouliaïeff. Ils s'arrêtèrent un instant pour allumer une cigarette.

– Désignera-t-on aujourd'hui les camarades chargés

de distribuer les tracts? dit Nicolas pour changer de conversation.

– Probablement. Il faut bien faire quelque chose.

– Que penses-tu de Grünbaum?

– Qu'il pourrait être un parent à toi, dit Zagouliaïeff avec un sourire.

– Pourtant, tu te rends à ses réunions.

– Il y a bien des gens qui vont à l'église sans croire à l'Immaculée Conception.

– Donc, d'après toi, nos assemblées sont inutiles?

– Tout ce qui n'est pas action est inutile.

– Mais, avant d'agir, il faut parler.

– Le moins possible.

– Tu trouves que je parle trop?

– Ne me fais pas tomber dans le défaut que je te reproche, dit Zagouliaïeff avec colère. Marche et tais-toi.

Il était près de cinq heures, lorsqu'ils arrivèrent au domicile de Grünbaum. La maison, bâtie en planches grises, disparaissait à mi-ventre dans un jardin d'herbes folles, de fougères et de chardons. Les volets étaient clos. Un chien grognait dans une niche en tôle. Zagouliaïeff frappa quatre coups espacés à la porte. La porte s'entrebâilla instantanément sur un visage de femme à cheveux courts et à cravate noire.

– Mars et juillet, dit Zagouliaïeff.

– Entrez, dit la femme.

La salle de réunion était bourrée de monde. Une quinzaine d'hommes et de femmes étaient assis autour d'une longue table chargée de verres à thé et de grosses pâtisseries. Des lampes à pétrole éclairaient mal ce bouquet de visages et de mains nues. La fumée des cigarettes piquait les yeux.

Grünbaum, qui présidait la tablée, était un garçon potelé, aux cheveux roux et crépus, et au nez courbe. Il salua les visiteurs d'un geste de la main et leur désigna deux chaises demeurées libres près de lui.

– En retard, camarades, dit-il. Nous avons dû commencer sans vous la discussion de notre ordre du jour. Le camarade Visiroff a la parole.

Visiroff se dressa péniblement, ajusta des lorgnons sur son nez épais et mou, traversé d'une cicatrice pâle. Il avait un front bas et une courte barbe à double pointe où brillaient des miettes de gâteau.

– Ce que j'ai à déclarer, vous le savez tous, dit-il. Jusqu'ici, le temps a travaillé pour nous. À présent, c'est à nous de travailler pour le temps.

– La formule est belle, mais je demande une explication, dit Zagouliaïeff en lapant une gorgée de thé.

– Quoi de plus simple? Nous sommes au début d'un règne. Sous Alexandre III, il valait mieux se taire et laisser fermenter les idées. « Le temps travaillait pour nous. » Sous Nicolas II, il vaut mieux agir, car le temps presse. « Il faut travailler pour le temps. »

– Les despotes passent et le despotisme reste, dit une lycéenne au visage pâle et aux yeux sombres de visionnaire.

– Non, s'écria Visiroff. Dans l'interrègne, il se produit un flottement de l'autorité. On révise les valeurs des renommées anciennes. Les ministres chancellent sur leurs sièges. Les intrigants se pressent aux portes du palais. On pense plus à gagner une place qu'à sonder les réactions des masses populaires. Avant que la stabilité soit revenue et que les titulaires des postes officiels se sentent assez solidement établis dans leurs fonctions pour se tourner vers nous, il faut agir...

– Très bien, dit Grünbaum.

– Alexandre III est mort depuis neuf mois. Cette année 1895 peut être cruciale, dit Visiroff. Mais, encore un an, et le pouvoir sera définitivement installé. C'est en pesant mes mots que je vous dis : à l'œuvre!

– Je souhaiterais connaître les moyens d'action que vous préconisez en face de la situation créée par « l'interrègne », dit Nicolas.

– La coalition de tous les groupes révolutionnaires autour d'un homme élu par les représentants de chaque groupe, dit Visiroff. Ensuite, le déclenchement d'une vaste campagne de grèves par le noyautage du personnel des usines. Ensuite...

– Oui, ensuite? dit Nicolas.

– Ensuite, la résistance armée aux représailles que déterminera ce mouvement de grève générale.

– C'est-à-dire la guerre civile? demanda Nicolas.

– Oui, dit Visiroff.

– Je m'y oppose, dit Nicolas.

Il y eut un remous dans l'assemblée. Grünbaum frappa quelques coups de crayon contre son verre :

– La phrase du camarade Arapoff a justement ému les membres de notre réunion. Je demande en leur nom une explication immédiate.

Nicolas se leva et jeta un coup d'œil rapide à ce cercle de visages tournés vers lui. Zagouliaïeff buvait son thé et suçait un morceau de sucre entre chaque gorgée. Grünbaum prenait des notes sur un calepin. Visiroff, renversé sur sa chaise, les mains dans les poches, le nez au plafond, paraissait suivre les évolutions d'une mouche. Nicolas commença d'une voix basse :

– Camarades, je suis comme vous pour la révolution et l'institution d'un ordre nouveau. Mais révolution ne signifie pas guerre civile. Vous vous dites les amis du peuple, et vous voulez envoyer ce peuple au carnage. Vous vous dites partisans d'une grande idée, et vous doutez de la force intrinsèque de cette idée...

– Tâche de te défendre à coups d'idées contre un voleur armé, et tu verras qui de vous deux aura le dessus dans la lutte! cria quelqu'un.

Il y eut des rires. Nicolas serra les poings et poursuivit :

– Je ne m'arrête pas à des plaisanteries de ce calibre. J'affirme que notre devoir n'est pas d'organiser des grèves et des attentats, mais de divulguer nos idées à travers la masse du peuple. Lorsque nous nous serons fait entendre de tous les ouvriers, de tous les paysans et de tous les soldats de Russie, lorsque nous aurons inculqué à ces hommes la notion de leur dignité, de leur utilité et de leur force, les maîtres de ce monde, effrayés par notre unité et par notre discipline, consentiront à traiter avec nous dans l'honneur et la fraternité.

Nicolas parlait avec chaleur. Mais, lorsqu'il s'arrêta pour reprendre haleine, il s'aperçut que les camarades ne l'avaient pas écouté. Grünbaum bâillait en se curant les ongles. Visiroff bavardait avec son voisin. Zagouliaïeff avait tiré un journal de sa poche et feignait d'en lire le feuilleton.

– Camarades, reprit Nicolas.

– Des mots, des mots! cria la jeune fille pâle. On ne parle pas une révolution, on la fait!

– Certes, et nous la ferons, dit Nicolas avec fougue. Mais nous la ferons sans verser le sang et sans commettre d'injustice.

– Il n'y a pas de résultat tangible qui ne soit d'abord payé par le sang! Vous êtes un *narodnick,* un socialiste des années quarante, un rêveur! Lisez Pétrachevsky, Douroff et Dostoïevsky! Ils ne parlaient pas autrement que vous! dit un petit être jaune, aux paupières déchiquetées et à la barbe sale.

Zagouliaïeff étendit la main entre les deux adversaires et appela l'attention de l'auditoire en toussotant par trois fois.

– Camarades, dit-il, une controverse pénible vient de surgir dans cette assemblée. Je demande l'autorisation d'effectuer la mise au point qui s'impose. Le camarade Arapoff, ici présent, et dont nul ne conteste le dévouement et l'éloquence, a confondu arbitrairement la lutte sociale et la lutte économique. Or, il ne s'agit pas pour nous de susciter la guerre des ouvriers contre leurs patrons pour réaliser une amélioration de la situation pécuniaire et morale des ouvriers. Il ne s'agit pas de fomenter des grèves pour arracher aux propriétaires fonciers les avantages dus au prolétariat de la terre. Il ne s'agit pas de soulever les régiments pour obtenir l'abolition du salut militaire ou l'institution de la haute paye en temps de paix. Notre révolution n'est pas une révolution professionnelle, mais politique. Elle ne doit pas être faite par des ouvriers contre des industriels, par des paysans contre des propriétaires fonciers, par des soldats contre des officiers, mais par le peuple entier, sans distinction de classes, contre les classes possédantes, sans distinction de personnes.

– Bravo! s'exclama Grünbaum.

– Je dirai mieux, poursuivit Zagouliaïeff en regardant Nicolas avec un mauvais sourire. Plus les ouvriers, les paysans et les soldats sont maltraités, plus les chances de la révolution s'affirment. C'est en appliquant la méthode généreuse d'Arapoff qu'on coulerait la révolution. C'est en appliquant la méthode brutale du gouvernement qu'on la sauve. Arapoff, le libéral, travaille contre nous... Je suis sûr, du reste, qu'il reconnaîtra son erreur et se rangera définitivement de notre côté. N'est-ce pas, camarade Arapoff?

– Oui, oui, ne vous occupez pas de moi, dit Nicolas.

Il était las et triste. Son enthousiasme éteint, il ne lui restait plus au cœur qu'une impression de vacance honteuse. Il se leva, s'approcha d'une petite table chargée de bouteilles, se versa un verre de bière tiède et l'avala d'un coup, en fermant à demi les yeux. Autour de lui, la discussion se développait, âpre et sonore. Mais ce débat lui paraissait inutile depuis qu'il n'y participait plus. Peut-être avait-il eu tort de prôner la révolution pacifique? Peut-être Zagouliaïeff avait-il raison de conseiller l'action immédiate et totale? Peut-être même avaient-ils tort tous deux sans le savoir? La fin justifie les moyens. Mais était-il possible que ce bavardage inoffensif, dans le pavillon de Grünbaum, fût le prélude authentique d'une révolution? La voix de Zagouliaïeff bourdonnait à ses oreilles :

– L'ouvrier n'a vécu jusqu'à présent qu'avec une conscience professionnelle. Il faut lui donner une conscience politique. Il a limité son champ visuel au patron de l'entreprise. Il faut élargir ce champ visuel jusqu'au patron de l'empire. Il a été d'abord un ouvrier, ensuite un homme. Il faut qu'il soit d'abord un homme, ensuite un ouvrier...

– Nous ne voulons plus de pauvres! cria l'homme aux paupières déchiquetées. Nous voulons des prolétaires!

– Qu'est-ce que le prolétaire? demanda la lycéenne.

– C'est le pauvre qui a conscience de sa pauvreté!

La porte s'entrebâilla. On entendit dans l'antichambre :

– Mars et juillet!

Des inconnus entrèrent, essoufflés et graves. L'air devenait irrespirable. Les questions et les réponses se croisaient dans la tête de Nicolas.

– ... Ne jamais choisir les meneurs parmi les ouvriers!

– Pourquoi? Un ouvrier peut être un chef de file. Versez-moi du thé!

– Non. Un ouvrier qui parle aux ouvriers leur tient malgré lui le langage des ouvriers. Il rétrécit la propagande au cadre du métier. Il transforme la révolution en revendication partielle. Il nous faut des révolutionnaires dont la seule activité soit la révolution.

– Lisez Marx!

– Marx est dépassé!

– ... Le révolutionnaire... les *narodniki*... renverse le vieux monde...

« Renverser le vieux monde? songeait Nicolas. Mais c'est renverser le tsar, l'Église, la famille, ma famille, mon père, ma mère, mes sœurs, tout ce qui m'est cher, tout ce pour quoi je mourrais avec joie. »

– Je sais, poursuivait Grünbaum, que la formation du révolutionnaire peut paraître dure à certains d'entre nous (il semblait à Nicolas que Grünbaum le regardait sévèrement en disant ces paroles). À ceux-là, je rappellerai que le bonheur de tous prime le bonheur de quelques-uns, que l'homme n'est pas fait pour aider et défendre ses parents, mais pour aider et défendre l'humanité entière, que nous ne devons pas vivre pour nos proches, mais pour notre prochain. La révolution, c'est d'abord la substitution du prochain aux proches.

Nicolas pressa ses deux mains chaudes contre son front. Grünbaum avait raison. Le régime actuel était à base d'égoïsme et d'inégalité. Les buts de la révolution étaient nobles et sincères. Il fallait tout sacrifier à la révolution. Des voix criaient :

– Il est urgent de poser la question cruciale et d'expulser du groupe ceux qui préfèrent la rêverie à l'action...

– La typographie Wilhelm est surveillée...

– Zakharine a été obligé de changer d'adresse...

Un chaos d'idées s'éboulait dans l'esprit de Nicolas. Après avoir combattu les théories de ses camarades, il se trouvait à nouveau dominé par leurs discours violents. Le danger même de leur entreprise le séduisait. Oui, c'était cela qui le retenait parmi eux. Il était le compagnon de ces hommes parce qu'il partageait leurs opinions, mais aussi parce qu'il devait renoncer à toute une part immense de lui-même pour demeurer auprès d'eux. La douleur de ce renoncement était grisante, irremplaçable. Tout à coup, il dit :

– Camarades, je reprends les paroles que j'ai prononcées. Je suis avec vous de tout cœur.

Aussitôt, il se jugea puéril. On allait se moquer de lui. Mais non. Grünbaum le regardait d'une manière affable.

– Je n'en attendais pas moins de vous, camarade Arapoff, dit-il. Au nom de nos amis, je vous remercie.

Des mains se tendaient vers lui. Zagouliaïeff lui siffla à l'oreille :

– Girouette!

Un sous-officier entra dans la salle en secouant des

journaux au-dessus de sa tête. Tout le monde se mit à parler à la fois. Nicolas, étourdi, comprenait vaguement qu'il s'agissait de rédiger des tracts pour la distribution aux portes des usines.

– Il faut des paroles simples, disait la jeune lycéenne.

– Je propose comme titre : *Suprême appel aux oppressés du régime.*

– Écrivez. *Le 13 juillet 1895, un ouvrier métallurgiste de Saint-Pétersbourg, Ivanoff, a été arrêté et fustigé par la police pour avoir quitté son travail dix minutes avant l'heure réglementaire. Le malheureux venait d'apprendre la mort de son père, malade depuis des semaines et abandonné sans soins sur un grabat.*

– Est-ce exact?

– Non, dit Grünbaum. Mais ils n'iront pas vérifier.

– Je demande la parole, s'écria Nicolas Arapoff.

– Accordé.

– Camarades, dit Nicolas d'une voix tremblante, je sollicite l'honneur de distribuer ces tracts aux portes de l'usine Prokhoroff.

Puis il se tut. Il se sentait heureux et faible.

– Inscrivez le camarade Arapoff sur la liste des volontaires, dit Grünbaum.

Nicolas quitta la réunion dans un état d'exaltation qui l'inquiétait lui-même. Sa gorge brûlait. Un tremblement convulsif secouait ses mâchoires. Zagouliaïeff le raccompagna chez lui en fiacre et lui conseilla de se reposer.

– Non! Non! dit Nicolas. J'ai à travailler encore.

– Pourquoi?

– Un projet d'article, tu verras... Mieux que jamais, je crois en notre victoire. Les camarades ont été contents de moi, je pense?

Zagouliaïeff pinça les lèvres :

– Bien sûr! Ils sont si bêtes!

– Et toi?

– Moi, je t'attends aux actes, dit Zagouliaïeff.

Nicolas s'agrippa des deux mains à la manche de son compagnon et lui souffla en plein visage une haleine de fièvre :

– Écoute... Il ne faut pas que tu t'en ailles ainsi... Je voudrais que tu emportes quelque chose qui m'est cher, quelque chose qui me manquera... Prends, prends ce volume de Pouchkine, sur ma table. Regarde comme la reliure en est belle et l'impression soignée. C'est un cadeau de ma mère pour mes vingt et un ans. J'avais juré de ne m'en séparer pour rien au monde. Mets-le sous ton bras et file... file comme un cochon!

– Tu es fou?

– Non, non, je t'en supplie. Emporte ce livre.

Zagouliaïeff prit le volume, le feuilleta d'un doigt rapide :

– Ça vaut cher ce bibelot, dit-il.

– Oui, tu peux... tu peux le vendre si tu veux... le vendre... ou le jeter... n'importe quoi...

Lorsque Zagouliaïeff fut parti, Nicolas s'assit à sa table et commença la rédaction de l'article dont il avait parlé. Mais, très vite, il interrompit son travail pour regarder par la fenêtre le ciel qui changeait de couleur au-dessus des toits luisants.

8

MICHEL et Tania se voyaient trois fois par semaine à la roseraie. Mais ils devaient, pour se rejoindre, inventer des prétextes qui ajoutaient encore aux charmes de leurs rencontres. C'est ainsi que, dès la quatrième sortie de Tania, Zénaïde Vassilievna s'était étonnée du brusque engouement de sa fille pour les promenades solitaires en calèche.

– Une enfant de ton âge et de ta condition ne peut pas se permettre des randonnées en voiture hors de la ville. Plus que jamais, tu dois surveiller ton comportement. Moins que jamais, tu dois donner prise à la médisance. Ta sœur restera chez nous une quinzaine de jours. Pourquoi ne sors-tu pas avec elle?

Alertée par la semonce de sa mère, Tania dut révéler à Lioubov le secret de ses rendez-vous. Ce fut la mort dans l'âme qu'elle pria sa sœur de l'accompagner au jardin et de venir la rechercher vers sept heures du soir. Lioubov était enchantée par cette complicité sentimentale.

– Jure-moi que tu ne raconteras à personne le véritable but de mes promenades, dit Tania après avoir expliqué à Lioubov ce qu'elle attendait d'elle.

– Je te le jure, s'écria Lioubov. Mon Dieu, que c'est amusant! J'ai hâte de t'aider dans ce projet romanesque.

Quand le vois-tu? Demain! Oh! ma chérie! Je suis si émue! Je mettrai ma robe rose. Et toi?

– Je n'y ai pas réfléchi.

– Que tu es drôle! C'est très important! Tu es amoureuse, n'est-ce pas?

– Je t'ai déjà dit que Michel était un ami.

– Oui! Oui! Il n'y a pas d'amitié entre un homme et une femme. Il n'y a que l'amour. Et cela vaut mieux ainsi. Quel dommage que tu aies le teint un peu brouillé, ces jours-ci! Tu devrais manger moins de salaisons. Mais Michel ne remarquera même pas que tu as le teint brouillé. Tu vois, je suis une femme mariée, et je pourrais considérer de haut tes petites intrigues d'enfant. Eh bien, pas du tout! T'a-t-il embrassée au moins?

– Puisque je te répète qu'il n'y a rien entre nous qu'une grande estime, une grande confiance...

– Je sais, je sais. Tu ne veux rien dire. Mais c'est à votre visage que je devinerai vos sentiments. D'ailleurs, tu es toute rouge. Embrasse-moi! Embrasse-moi donc!

Le lendemain, Lioubov revêtit une robe rose d'un luxe abondant, avec des manches de dentelle et des boutonnières bordées de galon noir. Son chapeau était soulevé par une explosion de plumes vaporeuses.

Tania considérait avec mauvaise humeur la toilette sensationnelle de la jeune femme. La présence de sa sœur dans la calèche qui les emportait vers le rendez-vous lui était intolérable. Lioubov babillait sans répit, poussait de petits cris perçants à chaque cahot et répondait au salut des passants avec de langoureux sourires. De temps en temps, elle soupirait et prenait la main de Tania dans les siennes.

– Tout de même, je ne suis pas tranquille, disait-elle avec gravité. Te laisser seule avec ce garçon!... Ma responsabilité est terrible! Si encore je pouvais assister à votre entrevue!

– Non, dit Tania.

– Mais pourquoi? Vous vous rencontrez en amis, n'est-ce pas? Vous ne devriez donc pas vous gêner de moi! Je me ferai toute petite...

– Tu ne sais pas te faire toute petite! dit Tania avec une rage contenue. Tu n'as jamais su te faire toute petite. Quand tu es là, il n'y en a que pour toi!

– Tu as peur que je te vole ton soupirant? dit Lioubov.

– J'ai peur que tu gâches notre rendez-vous. Je le vois si rarement! Il est mon seul ami. Sois raisonnable, Lioubov...

– Je n'ai pas d'ordres à recevoir de toi, ma chérie.

– Eh bien, fais ce que tu veux. Tu as toujours été odieuse. Je te déteste, dit Tania, et elle porta un mouchoir à ses yeux mouillés de larmes.

Lioubov, satisfaite, caressa la joue de Tania du revers de sa main gantée.

– Allons, enfant, enfant! dit-elle. Sèche-moi ces larmes. Tu l'auras pour toi seule, ton Michel. C'est promis.

Comme la calèche approchait de la roseraie, Tania et Lioubov aperçurent la voiture de Michel arrêtée devant le lotissement.

– Il est là! dit Tania d'une voix étouffée par l'émotion. Je te quitte, Lioubov. N'oublie pas de venir me reprendre à sept heures.

Les prunelles de Tania brillaient d'impatience. Ses joues étaient roses. Elle tortillait les rubans de sa ceinture en répétant :

– À sept heures, n'est-ce pas?

Lioubov fit siffler d'une pichenette le satin de sa jupe.

– Que tu es donc pressée! dit-elle. Laisse-moi faire sa connaissance, au moins.

– À quoi bon? Tu le verras une autre fois.

– Je ne veux pas te confier à un inconnu.

– Soit, mais, dès que je te l'aurai présenté, tu partiras.

– Bien sûr.

– Alors, viens. D'ailleurs, le voici qui se promène dans l'allée.

Tania poussa le portillon, se précipita vers Michel et lui souffla à l'oreille :

– Il a fallu qu'elle m'accompagne, mais elle s'en ira, elle s'en ira, je vous le promets.

– Pourquoi l'avez-vous amenée? dit-il.

– Il le fallait... Maman l'a exigé...

Tania se tut, car Lioubov s'avançait vers eux d'une démarche onduleuse et légère. Sa robe flambait au soleil. Elle portait haut la tête et plissait les yeux sur un regard mince et dédaigneux de grande dame. Cette affectation chagrinait la jeune fille : « Pour qui se prend-elle? Que veut-elle prouver? »

– J'ai beaucoup entendu parler de vous par ma sœur, Michel Alexandrovitch, dit Lioubov en tendant sa main au jeune homme.

Michel se troubla et répondit stupidement :

– Je vous remercie.

Lioubov lui sourit de toutes ses dents et dit encore d'une voix chantante :

– Ma sœur m'a priée de l'accompagner jusqu'ici. J'espère que je ne vous dérange pas.

– Mais... mais nullement... C'est un plaisir, balbutia Michel.

– Tu vois, il est plus aimable que toi, ma chérie, poursuivit Lioubov avec un soupir qui lui souleva la poitrine. D'ailleurs, je me suis toujours mieux entendue avec les hommes qu'avec les femmes. Les femmes sont des êtres flottants et perfides. Les hommes sont francs, durs et dévoués, n'est-ce pas votre avis?

– Si, dit Michel.

– Ah! j'en étais sûre! dit Lioubov.

Et elle posa un doigt sur le bras de Michel en signe de victoire. Tania, furieuse, se mordait les lèvres. Les coquetteries de Lioubov étaient abominables. Lioubov n'admettait pas qu'un homme s'intéressât à quelqu'un d'autre en sa présence. Il lui fallait tous les suffrages, sans distinction et sans retard. Sinon, elle se jugeait lésée et disait des méchancetés.

– Un monstre, un monstre, chuchota la jeune fille.

Et elle ajouta d'un ton ferme :

– Il est quatre heures, Lioubov. N'as-tu pas quelques courses à faire en ville?

– Elles attendront, dit Lioubov avec douceur.

Et, se tournant vers Michel, elle susurra, les yeux mi-clos, les épaules moelleusement remontées :

– Il faudra que vous veniez me rendre visite à Mikhaïlo. J'aurai quelques amis intimes. Ce sera charmant.

Tania ramassa une pierre et la lança rageusement contre le tronc d'un pommier.

– Alors, c'est promis? demanda Lioubov.

Michel se tenait devant elle, les talons joints, les bras ballants. Il fronçait les sourcils. Tout à coup, il leva la tête et dit d'une voix sourde :

– Je regrette, madame. Il me sera impossible de me rendre à votre invitation.

Une brusque allégresse traversa le cœur de Tania.

– Et pourquoi donc? dit Lioubov.

– Pour des raisons qu'il m'est difficile de vous exposer, mais qui sont réelles et graves.

Lioubov cligna des paupières. Un tremblement léger agitait ses lèvres.

– Je m'excuse, dit encore Michel.

– Mais je vous en prie, dit Lioubov.

– Bien fait! Bien fait! marmonnait Tania.

Lioubov s'approcha de sa sœur et lui donna une tape affectueuse sur la joue :

– Je reviendrai te prendre à six heures, comme convenu.

– À sept heures...

– Non, non, dit Lioubov. À six heures. Je ne veux pas rentrer trop tard à la maison. Au revoir.

Le soir même, Lioubov déclarait à Tania que Michel était un personnage « insignifiant et sournois », que la jeune fille avait tort de le rencontrer en cachette, et que, pour sa part, elle ne se prêterait plus à une comédie dont les conséquences risquaient d'être graves. Le surlendemain, Lioubov repartait pour Mikhaïlo. Tania, en désespoir de cause, dut s'adresser à une ancienne amie de classe pour remplacer sa sœur dans le rôle de chaperon. Au reste, si son amie lui avait refusé ce service, Tania se serait enfuie de la maison, malgré les réprimandes et les menaces maternelles. Elle ne pouvait plus se passer de ses entrevues avec Michel. Lorsqu'elle rentrait chez elle, après une visite à la roseraie, elle ruminait longtemps le souvenir de leurs paroles et de leurs gestes. Pourtant, elle n'aimait pas ce garçon. Lorsqu'elle songeait à sa passion furieuse pour Volodia, elle était bien forcée d'admettre qu'un sentiment d'une autre nature l'unissait à Michel. Auprès de Volodia, elle était éblouie, étourdie et molle. Elle ne savait que le regarder et l'écouter dans une sorte d'extase. Elle tremblait quand il lui touchait la main. Et, lorsqu'il l'avait embrassée pour la première fois, elle avait cru s'évanouir de honte.

Auprès de Michel, en revanche, Tania se découvrait calme, heureuse et protégée. Il ne se lançait pas dans des discours brillants et incompréhensibles. Il ne disait rien de très drôle, ni rien de très intelligent. Et il ne se mettait pas en colère pour le plaisir de s'entendre crier. Tania s'amusait parfois de son esprit méticuleux et ponctuel. Elle disait :

– Vous avez une montre à la place du cœur.

Mais, en vérité, elle n'était pas fâchée qu'il eût une montre à la place du cœur. Ce qu'elle éprouvait pour lui était plus précieux que l'amour ; c'était de la confiance et même de l'estime. À la place de Michel, Volodia eût tenté de l'embrasser dès la deuxième entrevue. Mais Michel respectait Tania et n'essayait même pas de lui prendre la main. Ils s'asseyaient l'un près de l'autre, dans la cabane. Michel racontait à Tania la conquête du Caucase, la résistance de Shamyl, la fondation d'Armavir par le général Zass, sa vie, ses travaux aux Comptoirs Danoff, ses voyages à Lodz avec son père. Et tous ces souvenirs, dont Volodia eût tiré des effets d'éloquence, Michel les disait avec simplicité, d'une voix un peu monotone. Cependant, rien de ce qu'il relatait n'était indifférent. Tania ne s'ennuyait jamais avec Michel, n'avait peur de rien auprès de Michel. Dernièrement, il avait tué une vipère avec sa canne. Il avait frappé le reptile d'un coup sec. Et Tania n'avait pas frémi. Même, elle s'était mise à rire lorsqu'il avait lancé le cadavre souple dans les herbes. Souvent, elle pensait à cette vipère tuée d'un coup de canne.

« Qui tuera les serpents quand il ne sera pas là? » se disait-elle.

Le jardinier les aimait tous les deux et les invitait parfois dans sa maison pour bavarder avec eux et lire dans les lignes de leur main.

– Une ligne de chance interminable. Tu auras trop de chance, ma petite Tania.

Tania riait. Mais Michel écoutait les paroles du vieux avec un air sérieux et triste. À ces instants-là, Tania se demandait si Michel ne l'aimait pas en secret et ne regrettait pas que leur liaison ne se bornât à une stricte camaraderie. Mais, très vite, elle chassait cette pensée absurde.

Michel, de son côté, était heureux de ses visites au jardin des roses. Pourtant, sa joie se tempérait d'une honte secrète. L'obligation où il se trouvait de cacher à Volodia ses rencontres avec la jeune fille lui devenait de jour en jour plus pénible. Il s'accusait de tromper la confiance de son ami et formait le serment de lui avouer tout et de quitter la ville. Mais, au moment de parler, il perdait courage. Ballotté entre le plaisir et le devoir, il prolongeait l'équivoque. Vraiment, il avait peine à se reconnaître dans cet individu conciliant et veule, qui préférait le mensonge au risque d'une explication. Comment Volodia ne devinait-il pas les tortures morales que traversait Michel? Comment ne le pressait-il pas de lui confier la cause de son chagrin? Mais Volodia était trop infatué de lui-même pour s'intéresser aux sentiments des autres. Il aimait mieux admettre, pour sa tranquillité personnelle, que tout le monde était content autour de lui.

Il arrivait souvent que Volodia, repris par de vieilles rancunes, attaquât la famille Arapoff devant Michel. Alors, il critiquait Tania, raillait ses toilettes, ou rapportait d'ignobles ragots sur le compte de Constantin Kirillovitch. Michel, au supplice, raisonnait le jeune homme, tout en s'efforçant de ne pas éveiller ses soupçons.

– Tu as tort de t'emporter ainsi, Volodia, disait-il. C'est ton orgueil qui te dicte ces paroles. Mais, en fait, tu sais très bien que Tania n'est pas une fille perdue et que son père est un médecin honnête et brave.

– Tu la défends à présent? s'écriait Volodia. C'est admirable! Mon meilleur ami soutient celle qui s'est moquée de moi!

– J'essaie d'être impartial...

– Quand on est mon ami, on ne peut pas être impartial, disait Volodia avec emphase.

À présent, Michel, qui était venu à Ekaterinodar dans l'unique espoir de revoir Volodia, souffrait de sa présence et évitait de le rencontrer seul à seul dans sa chambre. Lorsqu'il n'avait pas de rendez-vous avec Tania, il se réfugiait chez l'architecte chargé d'établir les plans de la succursale. Pour tuer le temps, il épluchait les devis avec rage, exigeait que l'entrepreneur l'accompagnât sur le terrain, convoquait des ingénieurs géologues et les lassait tous par ses exigences.

Le soir, il n'acceptait de sortir avec Volodia que s'il était assuré de retrouver quelques camarades au restaurant ou au théâtre municipal.

– Et toi qui prétendais détester le monde! disait Volodia. Tu es plus mondain que moi, à présent!

Une nuit, Volodia et ses amis ayant résolu d'aller « chez les femmes », Michel refusa de les suivre. Il devait rencontrer Tania le lendemain, à la roseraie. Cette seule perspective lui interdisait, semblait-il, tout rapport avec des créatures vénales.

– Pourquoi ne viens-tu pas avec nous? demanda Volodia. Ou bien tu es vierge, ou bien tu es amoureux? Dans l'un ou l'autre cas, il faut faire passer la maladie...

– J'ai du travail, dit Michel.

– Laisse-le tomber.

– Non, non. J'ai reçu ce matin une lettre de mon père qui me réclame des précisions sur le devis de l'architecte. Et je n'ai rien de prêt...

– Il préfère un architecte à une petite femme! Quel homme!

Michel accompagna les jeunes gens jusqu'à une bâtisse trapue aux volets clos, où ils s'engouffrèrent avec de grands rires. Puis, il remonta dans la calèche et ordonna au cocher de le ramener chez lui, en passant par la rue où habitaient les Arapoff. La maison des Arapoff se signalait de loin par ses fenêtres allumées. Un lampion jaune brûlait dans le jardin. Des voix de jeunes filles se répondaient derrière la grille envahie de lierre. Michel reconnut le rire de Tania. « Elle est avec ses parents, avec ses sœurs, avec son jeune frère. Elle dit des mots, elle fait des gestes dont j'ignorerai tout. Pense-t-elle à moi, seulement? Souffre-t-elle comme moi de ne pouvoir parler à personne de nos rencontres? »

Michel ferma les yeux. Le parfum des acacias lui faisait mal à la tête. Sa joie était si douce et si triste qu'il ne savait pas lui donner de nom.

9

NICOLAS s'arrêta au bord du trottoir et considéra d'un œil inquiet le mur d'enceinte de l'usine, en briques rouges. Devant le portail de fer, sommé de l'inscription : *Manufacture des Trois Montagnes Prokhoroff*, un agent de police bavardait avec le concierge. Le bourdonnement continu des machines empêchait leur conversation. Il semblait à Nicolas que le sol tremblait de fièvre sous ses pieds.

Une sirène mugit.

– Ce sont les ouvriers du chantier de bois qui sortent. Les nôtres ne tarderont pas, dit Zagouliaïeff.

Et il se mit à rire, sans raison, en plissant les paupières. Il lui manquait une dent.

Nicolas glissa la main dans sa poche et tâta le paquet de proclamations. Il avait passé toute la journée de la veille à rédiger et à tirer ces libelles à l'hectographe, dans la chambre de Zagouliaïeff. L'encre violette tachait les doigts, embourbait les plumes, coulait en pâte sur le placard blanc. Nicolas avait recommencé à sept reprises la rédaction de la première page. Il fallait que chaque lettre fût semblable à un caractère d'imprimerie, car la majorité des ouvriers ne savait lire que les affiches. Une fois la page calligraphiée et séchée, Nicolas et Zagouliaïeff avaient appliqué le papier sur la nappe gélatineuse de l'hectographe. Les documents humides jonchaient la chambre, envahissaient la table, les sièges, le lit et le rebord de la fenêtre. Pour imprimer la deuxième page du manifeste, Zagouliaïeff avait dû fondre la matière de l'hectogramme, la remuer et l'étaler sur une plaque de fer. L'air sentait la glycérine et l'encre brûlée. Le plafond, très bas, rabattait sur les visages une chaleur intolérable. Dans le poêle ouvert, il y avait du pétrole et des allumettes pour brûler les proclamations en cas d'alerte. Un camarade surveillait l'entrée de la maison. À onze heures du soir, le tirage et le brochage des tracts étaient terminés.

Maintenant encore, aux portes de l'usine, Nicolas doutait de son souvenir. Était-ce bien lui, Nicolas Arapoff, le fils chéri de Zénaïde Vassilievna, l'enfant rêveur d'Ekaterinodar, qui se trouvait à l'affût dans cette rue déserte? Qu'avait-il de commun avec Zagouliaïeff? Qu'avait-il de commun avec tous ces ouvriers aux pieds lourds?

Zagouliaïeff croquait des graines de tournesol et crachait les écales, du coin de la bouche, avec désinvolture.

– Tu flanches? dit-il.

– Non, dit Nicolas. Mais je suis fatigué.

– C'est la même chose.

Nicolas s'étonnait toujours de la haine que Zagouliaïeff paraissait nourrir à son égard. On eût dit que cet homme lui reprochait sa fortune relative, son visage régulier, ses vêtements corrects.

– Donne-moi des graines, dit Nicolas.

Zagouliaïeff plongea la main dans sa poche et versa une poignée de graines minces et noires dans les paumes de Nicolas.

– Grignote-les. Ça te calmera, dit-il.

Tout à coup, la sirène de l'usine lâcha un meuglement sinistre. La bâtisse vibrait au son de cette grande voix de fer et de vapeur. Puis, le signal se tut et les machines s'arrêtèrent. Il n'y eut plus qu'un silence malade où la tête tournait un peu. Des voix humaines surgirent du néant. Le concierge repoussait les battants de la porte centrale et les calait avec des briques. Un second agent de police vint se joindre au premier et ils échangèrent quelques mots à voix basse.

– Qu'est-ce que cela signifie? dit Nicolas.

– Ils sont là tous les soirs, dit Zagouliaïeff. Rien à craindre de leur côté.

Déjà, du fond de la cour, déferlait le courant compact et sombre des ouvriers. Ils avançaient avec lenteur vers l'espace libre de la rue : des hommes en blouse et en casquette, des femmes en fichu, des gamins aux têtes rasées, une marée de visages hâves, d'épaules basses, de bras pendants. De temps en temps, le concierge arrêtait un ouvrier et lui palpait les poches, pour vérifier s'il n'emportait pas une pièce d'étoffe ou des déchets de feutre. Nicolas considérait avec attention cette foule obéissante, qui venait à lui comme pour le bénir ou pour le piétiner. Mais ils le dépassaient, un à un, après l'avoir bousculé sans le moindre dommage. Ils ne le voyaient même pas.

– Voici les nôtres, dit Zagouliaïeff. C'est le vieux Joseph qui les conduit. De futures recrues...

Quelques ouvriers s'assemblaient loin des portes, à l'angle de l'usine. Un gaillard, aux moustaches blanches, les dominait de la tête. Zagouliaïeff et Nicolas se rapprochèrent de lui. Arrivé à hauteur du groupe, Zagouliaïeff fourra la main dans sa poche et offrit des tracts aux ouvriers qui le dévisageaient sans mot dire. Il murmurait :

– Prenez, prenez... Voici pour vous éclairer, camarade... Nous savons par le camarade Joseph vos souffrances, les injustices que vous endurez... Mais soyez sans crainte, nons veillons...

Nicolas imitait Zagouliaïeff, clignait de l'œil et glissait des proclamations dans les mains noires qui se tendaient vers lui. Son cœur battait durement dans sa poitrine.

Ses jambes étaient molles. Les hommes, ahuris et tranquilles, prenaient les manifestes, les retournaient en hochant la tête et les enfonçaient dans leurs bottes :

– Merci... On lira ça...

Il y avait là, surtout, un très jeune homme, au visage clair, aux yeux bleus, qui souriait bêtement et répétait d'une voix douce :

– C'est pour quoi faire, au fond, ces papiers-là?

– Notre organisation vous protège, dit Zagouliaïeff. Un jour arrivera où vous serez les maîtres...

– Comment veux-tu que nous soyons les maîtres, puisque nous n'avons pas d'argent? dit un vieillard à la barbe pisseuse.

– C'est parce que vous n'avez pas d'argent que vous serez les maîtres! s'écria Zagouliaïeff. Le pouvoir doit être à ceux qui travaillent, et non à ceux qui se prélassent dans des fauteuils de cuir. Vous êtes nombreux. Vous êtes forts. Nous vous encadrons. Lorsque la troupe des prolétaires sera assez disciplinée pour submerger le vieux monde, alors nous commanderons : « En avant! »

– Oui, dit Nicolas d'une voix forte. Et, s'il le faut, nous mourrons pour vous!

Zagouliaïeff haussa les épaules.

– Mais les papiers, c'est pour quoi faire? disait le jeune homme avec une insistance puérile.

– Pour lire, camarade, dit Nicolas, pour avoir des nouvelles de vos compagnons de souffrance qui gémissent comme vous dans les antres du capitalisme. Pour apprendre nos mots d'ordre. Pour comprendre vos droits. Pour...

– En somme, c'est un journal, dit le jeune homme.

– Si tu veux, dit Zagouliaïeff, excédé.

Le gaillard à moustaches blanches étendit le bras.

– Je réponds de ces hommes, dit-il. Ils liront les tracts et les répandront autour d'eux.

– Parfait, Joseph, dit Zagouliaïeff.

L'odeur de briques pilées et de cuir de bottes semblait

grisante à Nicolas. Il aimait chacun de ces hommes dont il ignorait tout. Il souhaitait leur prospérité, leur liberté, leur triomphe. Mais Zagouliaïeff le tira de sa méditation.

– Les agents! Il faut filer!

Les deux agents se rapprochaient de l'attroupement à lentes enjambées. Nicolas et Zagouliaïeff se mêlèrent à la file des ouvriers qui descendaient vers la station du tramway. Ayant fait quelques pas, ils se retournèrent. Le rassemblement avait disparu. Les deux agents encadraient le jeune homme au visage imberbe et lisaient la proclamation qu'ils lui avaient arrachée des mains.

Un coup de sifflet parvint aux oreilles de Nicolas. Quelqu'un courait derrière lui. Une femme bousculée se mit à hurler :

– Au secours!

– Prends à gauche! Moi, je prends à droite! cria Zagouliaïeff. Rendez-vous chez moi, demain soir...

Ils se séparèrent. Nicolas courut longtemps, traversa au petit trot le pont Presnensky et se perdit dans des rues qu'il ne connaissait pas. Il marchait d'un pas souple à présent et il n'avait pas peur d'être rejoint. Son aventure l'avait déçu. La rédaction et le tirage du manifeste, le guet aux portes de l'usine, la distribution des tracts, les coups de sifflets, la poursuite... Tout cela paraissait bien inoffensif, à distance. En vérité, Nicolas avait l'impression d'être un collégien attardé qui tire les sonnettes et s'enfuit pour échapper à la correction d'un concierge. « Et c'est pour ça que j'ai tremblé? Et c'est pour ça que les camarades me féliciteront? Et c'est ça le début d'une révolution? Non, sûrement, nous nous sommes trompés. Il faut d'autres moyens pour soulever le peuple. Mais quels moyens? »

En fourrant la main dans sa poche, il retrouva un manifeste chiffonné : *Camarades ouvriers, l'heure de la libération approche...* Nicolas appliqua un mouchoir sur son visage ruisselant de sueur. Des passants se retournèrent sur cet homme exténué. Bien qu'il fût tard déjà, quelques femmes sortaient en se signant d'une église à coupoles vertes. Deux mendiants somnolaient sur les marches du parvis. Une nonne tendait à la quête sa petite boîte recouverte de toile cirée noire. Nicolas pénétra dans l'église. C'était une minuscule église obscure et fraîche, décorée de fresques et d'inscriptions slavonnes. Des bougies brûlaient en cercle au bord des images saintes. Les trois portes de l'iconostase étaient fermées. À côté de la porte du sanctuaire, en argent massif, de gros cierges éclairaient l'effigie du Sauveur, drapé de blanc, les bras ouverts. Des blessures rouges marquaient les pieds et les mains du Christ. Son regard n'exprimait rien qu'une espèce de certitude historique.

Nicolas dépassa deux vieilles femmes agenouillées qui se frappaient le front contre les dalles. Plus loin, un tout jeune homme, en uniforme de lieutenant, se signait devant l'icône de la Vierge. Plus loin encore, un frère convers multipliait de grands saluts aplatis.

Nicolas mit un genou à terre et se cacha la tête dans les mains. Les bruits de la rue mouraient aux portes de l'église. Il n'y avait plus au monde que le Christ et Nicolas. Nicolas se réjouit à l'idée de cette solitude sacrée. De nouveau, lui revenait en mémoire le souvenir de ce flot d'ouvriers aux visages interchangeables. « Le Christ a connu la misère des hommes, songeait-il, il a souffert parmi eux, et, comme nous, comme moi, il a voulu soulager leur détresse. Cependant, que leur a-t-il donné en échange de leur adoration? Un espoir vague dont ils ne peuvent se contenter. Une promesse différée qui n'allège pas les maux terrestres. Des gens pleurent, volent, tuent, et le Christ secoue la tête et leur dit : "Je ne peux rien pour vous ici-bas... Attendez, attendez..." Était-il nécessaire qu'il vînt parmi nous pour nous enseigner cette formule dilatoire? Se doutait-il, en descendant du ciel, qu'il regagnerait son trône de nuées sans avoir nettoyé nos écuries et nos étables? Savait-il qu'il "raterait" sa vie, comme tant d'autres? Non. Mais très vite, il a compris son erreur, et il s'est livré aux mains des bourreaux. Car il n'y avait pas d'autre issue pour lui que la mort après cette défaite. Et nous, nous les socialistes, les révolutionnaires, nous osons reprendre son expérience. Nous allons vers le peuple, alors que rien ne nous appelle à cette tâche. Nous lui affirmons la possibilité d'un bonheur tangible, alors que le Christ même n'a pas eu l'audace de le lui proposer. Nous prétendons triompher là où le Christ a échoué, malgré tout son amour et toute sa puissance. Ah! nous devrions, comme lui, parler de la vie éternelle, et bercer les masses d'un espoir qu'elles ne vérifieront pas en ce monde. Oui, oui, la seule mission digne d'un révolutionnaire, c'est d'insuffler au peuple une foi solide et de mourir ensuite, écartelé et sanglant, pour qu'on sache son amour, sa fierté, sa douleur. »

Nicolas releva la tête et son regard rencontra le regard du Christ. « Il a passé par mes doutes, par mes colères. À présent, il me contemple, avec commisération. Il sait que je l'aime malgré son échec, à cause de son échec. Il sait que cet échec le rapproche de moi. S'il avait triomphé, il aurait eu l'adoration froide et administrative qu'on dédie à Dieu. Mais, comme il a flanché, il nous appartient, il nous est cher, familier, précieux, et nous lui gardons dans notre âme une place intime. Nous ne nous gênons pas avec lui. Nous lui disons : "Hein? Quelle histoire! Tout ça pour rien!"

Nicolas frissonna et se signa d'une main tremblante.

– Je suis fou! dit-il à mi-voix. Cette course m'a complètement détraqué le cœur.

Une vieille femme s'approcha de lui et s'agenouilla dans l'ombre du pilier. Nicolas la regarda à la dérobée. Elle avait un châle noir sur la tête. Sa face était plissée comme une pomme cuite. Elle se signait avec de petits gestes précipités de guenon. « Celle-là n'a pas mes doutes. Celle-là est heureuse. Et, pourtant, elle est pauvre, vieille, malade. Oui, mais voilà, c'est une idiote. Christ! Christ! rends-nous stupides pour que nous puissions croire! »

En sortant de l'église, Nicolas glissa un rouble dans la main crasseuse d'un mendiant. Le mendiant, émerveillé, poussa un gémissement de gratitude. Comme Nicolas descendait les marches, il entendit l'homme qui murmurait dans son dos :

– Je prierai pour vous, barine...

10

MICHEL et Tania se tenaient au seuil de la cabane et regardaient le ciel d'orage, bourré de vapeurs de soufre et de touffes de rayons blancs. Le jardin, hypnotisé par l'attente des pluies, était immobile, sombre, assoiffé.

– Oui, dit Tania, la lettre de Nicolas m'a causé une joie profonde. Je lui avais écrit pour lui annoncer ma rupture avec Volodia. Et voilà, il me félicite d'être restée libre. Il m'annonce son arrivée pour le mois prochain. Sans doute, il aurait voulu venir plus tôt, mais il a peur qu'on ne remarque son départ précipité de Moscou...

– Qui « on »?

– Je ne sais pas. Mais l'essentiel, c'est qu'il m'aime et qu'il me comprenne. Vous ferez sa connaissance. Je suis sûre qu'il vous plaira.

– Pour que je fasse sa connaissance, il faudrait que je reste à Ekaterinodar jusqu'au mois prochain, dit Michel.

– Et vous ne voulez pas rester?

– Je dois retourner à Armavir pour mettre mon père au courant des travaux. Je ne suis pas ici pour m'amuser, moi!

– Mais vous vous amusez quand même, n'est-ce pas? dit Tania d'une voix rapide.

Et elle eut un regard d'interrogation effrontée qui bouleversa Michel.

– Restez, restez, reprit-elle en frappant ses petites mains l'une contre l'autre. Que deviendrai-je lorsque vous ne serez plus là?

Michel fronça les sourcils.

– Vous vous êtes bien passée de moi avant de me connaître, dit-il.

– Mais depuis que je vous connais, je ne peux plus me passer de vous.

Une joie aiguë traversa Michel et le laissa pantelant. Il lui semblait brusquement qu'il participait à l'attente énervée et sourde du jardin.

– Je n'oublierai jamais, murmura-t-il.

Quelques gouttes molles et chaudes vinrent s'écraser sur le sol. Dans l'air monta le parfum de la poussière et de la verdure violentées. Un éclair mauve creva le ciel.

– La pluie, dit Tania.

Au loin, on entendit le roulement assourdi du tonnerre. Un coup de vent souleva des chevelures d'herbe dans la steppe. Des grelots tintèrent.

– Une calèche! dit Michel.

– C'est vrai. On dirait que le bruit des roues se rapproche. Serait-ce mon amie qui vient me chercher déjà? Il n'est que six heures.

Inquiets, ils coururent à la palissade, sans se soucier de la pluie rare qui leur mouillait les épaules. Par-dessus les piquets, on découvrait un bout de chemin défoncé qui rejoignait la grand-route. Une calèche à capote baissée filait droit sur le jardin.

– Ce ne sont pas nos chevaux, dit Tania.

Lorsque la calèche fut à cinquante pas de la propriété, Michel poussa un cri.

– Volodia!

Tania était devenue très pâle et claquait des dents.

– Quelqu'un l'a prévenu de nos rendez-vous, dit-elle enfin. Et il vient nous surprendre... Peut-être même cherchera-t-il à vous attaquer, à vous tuer?... Ah! C'est affreux! Michel! Michel! Sauvez-vous! Il y a une autre porte au fond du jardin.

Michel prit les mains de Tania dans les siennes et lui sourit doucement :

– Tranquillisez-vous, petite fille. Je connais Volodia, il n'agit pas, il crie!

Il s'étonnait lui-même de son calme. On eût dit qu'il était heureux de cette catastrophe. Oui, c'était bien cela : il était soulagé de n'avoir plus à feindre, à mentir. Il remerciait le ciel de lui imposer une explication qu'il n'avait pas su provoquer lui-même.

– Rentrez dans la cabane, Tania, dit-il. J'attendrai Volodia. Je lui raconterai tout. Et il repartira furieux, mais renseigné.

– Promettez-moi d'être prudent, dit Tania.

– Je n'aurai même pas à être prudent.

Il suivit des yeux la jeune fille qui s'éloignait vers la cabane, entre deux haies de roses fouettées par l'averse. La calèche s'était arrêtée et Volodia courait à longues enjambées maladroites dans la direction du jardin. Michel ouvrit le portillon et barra la route à son camarade.

– C'est bien ce que je pensais! hurla Volodia.

Il était blême, les yeux méchants, la lèvre tordue par un sourire malheureux.

– Et c'est toi, reprit-il, mon ami, mon meilleur ami que je rencontre auprès d'elle! Je t'ai chargé d'une mission, parce que j'avais confiance en toi. Mais tu as trahi ma confiance. Tu me le paieras!

– Je n'ai pas trahi ta confiance, dit Michel avec fermeté. Je t'ai rendu les lettres que tu as adressées à Tania. Tu n'aimes plus Tania. Est-ce une raison pour que je refuse de la voir? Je peux être ton ami et le sien. Je ne suis pas forcé de haïr ceux que tu hais et d'admirer ceux que tu admires.

Volodia se planta les poings sur les hanches. La pluie

ruisselait sur son visage. Ses pantalons étaient trempés aux genoux.

– Que tu arranges donc bien ta petite affaire! dit-il. À t'entendre, on croirait qu'il est tout naturel pour toi de cajoler et de secourir une créature qui m'a couvert de ridicule! Bonne âme, va! Mais puisque tu étais si sûr de ton innocence, pourquoi ne m'as-tu jamais parlé de vos rendez-vous?

– Je ne voulais pas te faire de peine.

– Quelle délicatesse! dit Volodia. Avoue plutôt que tu redoutais mon intervention. Tu étais tellement ravi d'avoir trouvé une fille qui acceptât de t'écouter, que tu en as oublié tes serments. Tu as sacrifié notre amitié au sale petit plaisir de caresser cette gamine!

– Je te défends!...

– Tu n'as rien à me défendre! Tu t'es contenté de mes restes! Ça ne t'a pas dégoûté, non? Je l'ai tripotée avant toi, tu sais? Je ne suis pas un petit saint, moi!

Michel serra les poings et siffla entre ses dents :

– Laisse Tania tranquille. Si tu veux t'attaquer à quelqu'un, attaque-toi à moi!

– M'attaquer à toi? Mais vous ne faites plus qu'un à présent, mes tourtereaux! Elle a déteint sur toi et tu as déteint sur elle! Et vous êtes ignobles, mes petits, ignobles! Vous avez raison de vous cacher!

Tania, effrayée par les cris de Volodia, avait quitté la cabane et se rapprochait des jeunes gens. Volodia l'aperçut et la désigna du doigt. Sa figure luisante se contracta dans une grimace :

– La voilà! La voilà! Ta bien-aimée vient voir si je ne t'ai pas abîmé la gueule! Ah! Tu peux être fier. Michel! Tu as perdu un ami, mais tu as gagné un gibier de luxe!

Il cracha par terre :

– Une échauffée, une hystérique! Elle n'aura pas assez de toute la population mâle d'Ekaterinodar pour calmer ses petites fièvres!

Michel avait saisi Volodia au collet et grondait :

– Tais-toi!

– Non, je ne me tairai pas, glapissait Volodia, la face démente, les yeux écarquillés, je ne me tairai pas! Tout le monde saura que cette fille se donne au premier venu, se prostitue, se prostitue... Un de ces jours, elle te demandera de l'argent...

Michel, ébloui de colère, recula d'un pas, et son poing, lancé à toute volée, frappa Volodia sur la bouche. Volodia battit l'air des deux mains et s'écroula en travers de l'allée.

Tania poussa un sanglot et s'enfuit au fond du jardin. Michel demeurait le front bas, contemplant d'un air morne ce corps effondré à ses pieds. Enfin, Volodia se releva péniblement et dressa la tête. Ses lèvres saignaient. Ses vêtements étaient souillés de boue. Et ses prunelles étincelaient d'une haine terrible sous les beaux sourcils descendus.

Le silence n'était troublé que par le bruit pressé de la pluie sur les feuillages et sur le sol.

Tout à coup, Volodia se mit à trembler comme un fiévreux.

– Va-t'en, grommela Michel.

– Je m'en irai... Mais tu regretteras ton geste... Un jour ou l'autre, j'aurai ta peau...

Et, portant les deux mains à ses oreilles, il s'enfuit du jardin en hurlant :

– Canaille! Canaille!

La voix du cocher retentit derrière la palissade :

– On part, barine?

Le fouet claqua, les essieux grincèrent. Les grelots tintèrent longtemps. Michel se tenait, étourdi et faible, au milieu du chemin. Il refusait de croire au désastre qui venait de s'accomplir par sa faute. Mais son regard rencontra le mouchoir de Volodia qui gisait dans la boue.

C'était donc vrai? Volodia, son ami d'enfance, son frère, l'avait surpris, l'avait insulté, et il l'avait frappé au visage. Tania valait-elle qu'on lui sacrifiât tant d'années d'affection virile et de confiance? Comprendrait-elle seulement tout ce qu'il avait gâché pour elle? Lui saurait-elle gré au moins de s'être dépouillé?

– Aucune femme ne méritait une brouille pareille! soupira Michel.

La pluie mouillait son visage et coulait dans son dos sans qu'il y prît garde. Il revint vers la cabane à pas lents.

Tania l'attendait, les yeux rouges, les joues baignées de larmes. Elle chuchota :

– Michel, je vous demande pardon.

– Que voulez-vous dire?

– Vous avez brisé votre amitié. Pour moi, pour moi, qui n'en suis pas digne! C'est affreux!

– Il vous a insultée. Et je ne peux pas laisser insulter une femme sans intervenir...

– Une femme? N'importe quelle femme?

– N'importe quelle femme, dit Michel.

Tania baissa la tête :

– Accepterez-vous que je le remplace un peu à vos côtés?

Michel regarda Tania. Elle levait vers lui une pauvre face nue et tremblante.

– Dites, dites? murmura-t-elle encore.

Mais Michel ne répondait rien. Il considérait avec étonnement cette étrangère qui implorait sa clémence. Enfin, il s'entendit prononcer des paroles qu'il n'avait pas voulues :

– Tout est mieux ainsi, Tania. À présent, la situation est nette. Nous n'avons plus rien à cacher.

Sa gorge serrée lui faisait mal. Il était triste d'avoir brutalisé Volodia et heureux d'avoir défendu cette jeune fille qui était belle. La fierté et la honte se composaient dans son cœur.

– Votre voix est si grave, dit Tania.

La pluie avait cessé. Un rayon de soleil traversa les

nuages, enflamma le gazon mouillé et les grosses roses fatiguées, d'où tombaient des perles de lumière. Le jardinier courait en boitillant dans l'allée et criait :

– L'eau du bon Dieu!

Un chien noir le suivait et s'arrêtait de temps en temps pour lécher une flaque.

– Regardez l'arc-en-ciel, dit Tania.

Une émotion puissante engourdissait Michel. Ce visage d'enfant était devenu soudain le centre et l'explication de l'univers entier. Le soleil, la pluie, l'arc-en-ciel, les cloches qui sonnent, les longues routes, les feuillages frais, tout était là, devant lui, dans ce regard, dans ces cheveux, dans ces lèvres. Michel sentit que ses mains se levaient hors de sa volonté et se posaient sur les épaules de la jeune fille. Il gémit : « Tania! Tania! » Et sa bouche rencontra une bouche entrouverte, chaude, parfumée comme un fruit.

Ils restèrent longtemps, enlacés, au bord du jardin où bourdonnait déjà le vol infini des abeilles.

– Mon Dieu, comme je vous aime, Michel! dit Tania.

Le jardinier reparut dans l'allée devant eux sans qu'ils songeassent à se séparer. Il portait un sac de toile sur le dos.

– J'ai ramassé les fruits tombés pendant l'averse. La pluie tape et les fruits tombent, dit-il en balançant sa vieille tête fanée.

– Et que vas-tu faire de ces fruits? dit Tania.

– Des confitures que vous viendrez manger tous les deux.

– Pourquoi tous les deux?

– Parce que vous ne pourrez plus vivre l'un sans l'autre.

Il cligna de l'œil et s'éloigna, le corps ployé sous la charge.

11

COMME il n'était plus question pour Michel de retourner chez les Bourine, il se fit conduire directement de la roseraie à l'*Hôtel de Saint-Pétersbourg*, proche de la gare. Ayant loué la plus belle chambre de l'établissement, il écrivit une lettre vague et cérémonieuse à la mère de Volodia pour lui expliquer son changement d'adresse et la prier de confier ses valises au porteur de l'hôtel. Le soir même, le porteur amenait les bagages de Michel et lui remettait un billet de Mme Bourine, conçu en ces termes :

Je souhaite que vous n'ayez pas à vous repentir de votre décision. Volodia n'est pas encore rentré.

Aussitôt, Michel redouta le pire. Volodia était un garçon emporté, orgueilleux. Après la correction que Michel lui avait infligée, il était capable de se suicider ou d'aller insulter la famille Arapoff à domicile. Michel dîna de mauvais appétit au restaurant de l'hôtel et, aussitôt après, expédia un commissionnaire chez les Bourine, avec ordre d'interroger le concierge de la maison en lui promettant un pourboire substantiel. Les nouvelles que rapporta le commissionnaire étaient rassurantes. Volodia venait de rentrer ivre mort, la lèvre ouverte et l'œil poché. Il s'était enfermé dans sa chambre. Mme Bourine lui avait fait monter une bouteille d'eau gazeuse et un sachet de bicarbonate de soude. Michel était à la fois rasséréné et déçu par cette fin sans gloire. Il se coucha tôt et résolut de laisser passer quelques jours avant de revoir Tania. Quelle que fût la qualité de son affection pour la jeune fille, il ne pouvait oublier qu'elle était responsable de sa brouille avec Volodia, et cette pensée lui était pénible. Il se disait aussi que, le secret de ses rendez-vous ayant été découvert, il valait mieux, pour préserver la réputation de Tania, s'imposer momentanément une prudence exemplaire. Peut-être même eût-il été sage de quitter la ville pour une semaine ou deux? Enfermé dans ce dilemme, Michel se surprit à regretter que Volodia ne fût pas là pour lui donner un conseil amical. Il dormit mal et rêva toute la nuit de visages haineux et de roses piétinées. Le lendemain, il écrivit à Tania pour la prier de retarder leur prochaine entrevue. Il ne fixait pas de date précise. Il affirmait qu'il lui écrirait encore.

Chaque matin, Tania inspectait fiévreusement le courrier. La seule lettre qu'elle reçut en l'espace d'une semaine fut une longue missive de Lioubov. Par l'entremise de l'amie qui chaperonnait Tania, Lioubov avait appris le scandale de la roseraie. Elle se demandait si elle n'en était pas indirectement responsable. En effet, le jour même de la querelle, Kisiakoff, de passage à Ekaterinodar, avait rencontré Volodia et avait tenté de le raisonner. Pour calmer la rancune du jeune homme contre la famille Arapoff, il lui avait dit que Tania ne méritait pas d'être aimée, qu'elle n'avait pas tardé à s'enticher de Michel Danoff et qu'il savait le lieu de leurs rendez-vous. *J'avais tout raconté à mon mari,* écrivait Lioubov, *mais sans penser à mal. Pouvais-je imaginer qu'il renseignerait Volodia sur vos manigances? Ah! que je suis malheureuse de t'avoir causé du tort. N'importe, il vaut mieux que les choses se soient passées ainsi. Ce Michel n'était pas un homme pour toi. Je l'ai jugé dès le premier coup d'œil. Compte sur moi, ma chérie, je te trouverai un époux digne de tes mérites. Un garçon fort, respectueux, intelligent et fortuné. Qui sait? Peut-être Volodia, piqué par la jalousie, reviendra-t-il à d'autres sentiments? Je souhaite de tout cœur que tu te réconcilies avec Volodia. Tu sais que mon mari doit beaucoup à sa mère. Je t'expliquerai. Tout près de chez nous, il y a un cantonnement de Cosaques. Parmi les officiers, je peux te citer...*

Tania n'en lut pas davantage et fondit en larmes :

– Elle l'a fait exprès! cria-t-elle. Exprès! Et Kisiakoff aussi l'a fait exprès! Tout le monde me déteste! Michel lui-même ne veut plus de moi!

Elle pleura longtemps, étendue sur son lit, à plat ventre. Puis, elle se lava le visage et changea de robe. Elle se sentait vide et molle. Des pensées absurdes la traversaient, sans qu'elle y prît garde. Un moment, elle se demanda si elle s'appelait bien Tania Arapoff et si cette maison était encore la sienne. Elle sortit dans le corridor, poussa la porte de la chambre voisine, où Akim et Nina préparaient leurs devoirs. Akim leva vers elle un visage rond, marqué de taches de rousseur. Il avait quatorze ans et sa paresse était proverbiale.

– Si c'est pas malheureux de travailler par un temps pareil! dit-il.

– Finis ton devoir, dit Nina, et puis nous jouerons aux dominos.

– Non, dit Akim, j'ai rendez-vous avec des copains au jardin municipal.

Tania connaissait bien ces « copains », fiers de leurs uniformes gris et de leurs casquettes à visières miroitantes. Ils traînaient par groupes dans les allées du parc, discutaient avec des voix enrouées par la mue, et bombardaient de petits cailloux les lycéennes assises sur les bancs de la promenade.

– Tu vas encore embêter les filles? dit Nina.

– Oui! dit Akim. C'est tordant! Hier soir, il y en a

une qui s'est mise à pleurer parce qu'on lui avait taché sa robe.

Nina, douce et pensive, secouait son visage éteint.

– Vous êtes odieux, dit-elle. Au gymnase, toutes les filles de ma classe se moquent de vous.

– N'empêche qu'elles sont ravies de voir qu'on s'occupe d'elles!

Tania écoutait son frère, sa sœur, et leurs propos ressuscitaient en elle l'époque heureuse où ses propres chagrins se limitaient à une réprimande de l'institutrice ou un regard sournois d'un élève du gymnase municipal. Des voix de jeunes filles anciennes remontaient du passé, avec un décor de salle de danse et de guirlandes : « Voilà les cavaliers! » « Celui qui me choisira pour le troisième quadrille, je lui donne mon cœur! »

Qu'elle avait donc rapidement vécu, distancé tout cela, et qu'il était étrange de constater que d'autres s'intéressaient encore à ces joies et à ces peines minuscules! Elle se jugeait vieille, triste, en face de ces enfants exaltés. Les mêmes mots et les mêmes gestes servaient à tout le monde, et, au bout de tous les désordres de l'âme, il n'y avait que l'ennui et la mort. Elle bâilla, ramassa un morceau de buvard dans la corbeille à papier et se mit à le déchirer en lanières. « Et quand j'aurai fini de déchirer le buvard, qu'est-ce que je vais faire? » se dit-elle. Elle eut peur, tout à coup, du néant de son existence. Akim s'était levé et jonglait avec deux règles.

– Regarde, disait-il, je les fais tourner trois fois en changeant de main. Essaie d'en faire autant.

Tania prit les règles, les jeta au plafond, et elles retombèrent sur le parquet à travers ses doigts insensibles.

– Quelle gourde! criait Akim. Les filles, c'est formidable comme elles sont gourdes pour ces choses-là! Sais-tu dire très vite : « L'eau de Cologne des Catalans de Catalogne?... »

Il se promenait en rond dans la chambre et répétait en claquant des doigts :

– L'eau de Cologne des Catalans de Catalogne... L'eau de Cologne des Catalans de Catalogne...

– Tais-toi, Akim, dit Nina. Je ne peux pas terminer mon problème si tu cries. Va dans le couloir.

– Je vais où il me plaît. L'eau de Cologne des Catalans de Catalogne. Tu sais qu'avant-hier je suis descendu du premier étage par la gouttière? C'est pas toi qui en aurais fait autant! L'eau de Cologne des Catalans de Catalogne.

Tania se boucha les oreilles et sortit dans le corridor. Mais Akim la suivait en glapissant dans son dos :

– L'eau de Cologne des Catalans de Catalogne! L'eau de Catalogne des Colognes de Catala...

Il pouffa de rire :

– Tu as entendu? Je me suis trompé! J'ai dit l'eau de Catalogne! Il faudra que je le raconte aux copains!

Comme Tania s'engageait dans l'escalier, il lui barra la route :

– Tu veux que je descende l'escalier sur la rampe?

– Je veux que tu retournes à tes devoirs.

– Eh bien, non! Je reste. L'eau de Cologne des Catalans de Catalogne! Tu es furieuse, parce que tu aimes quelqu'un. Je le sais! Je le sais!

– Tant mieux pour toi.

– Moi, je n'aimerai jamais une fille, dit Akim. Elles me dégoûtent. Je veux être un Spartiate. Regarde.

Il se mordit le poignet jusqu'au sang.

– Tu vois, je n'ai pas crié. L'eau de Cologne des Catalans de Catalogne! L'eau de Cologne...

Tania, excédée, bouscula son frère et descendit l'escalier, poursuivie par ses hurlements :

– L'eau de Cologne des Catalans de Catalogne! L'eau de Cologne...

Elle se réfugia au salon et se laissa tomber dans la bergère bouton-d'or. Zénaïde Vassilievna, le nez chaussé de lunettes bleues, tricotait des bas pour les « enfants malheureux ».

– Qu'as-tu, Tania, dit-elle, tu ne tiens pas en place?

– Mais rien, maman, je t'assure...

Par la fenêtre ouverte, on entendait le pépiement aigu des oiseaux qui se pourchassaient de branche en branche. L'herbe et les fleurs sentaient fort.

– Veux-tu une tranche de pastèque? reprit Zénaïde Vassilievna.

Tania secoua la tête. Que lui parlait-on de manger? Elle n'avait pas besoin de nourriture, mais d'une présence, mais d'une voix dont elle était sevrée depuis plus de huit jours. Était-il possible qu'elle ne le revît plus? Peut-être fallait-il lui écrire? Non, elle ne s'abaisserait pas à une pareille manœuvre. Elle souffrirait en silence. Elle mourrait en silence. La porte de la grille s'ouvrit en grinçant. Tania bondit sur ses pieds, suffoquée par un espoir soudain. C'était lui. Il venait la reprendre, la consoler, l'emmener...

Mais, déjà, la voix de Constantin Kirillovitch résonnait dans l'antichambre :

– Quelle chaleur, mes enfants!

Tania poussa un sanglot écorché, se rua hors du salon, grimpa l'escalier quatre à quatre, tandis que Zénaïde Vassilievna criait derrière elle :

– Tania! Tania! Qu'as-tu?

Au bout d'un quart d'heure, Tania redescendit les marches, blanche, l'œil vague, et un chapeau de paille sur la tête.

– Je vais à la pâtisserie Heise acheter des gâteaux, dit-elle d'une voix calme.

– Tu as faim?

– Oui.

– Mais tu seras de retour pour sept heures?

– Oui.

Dans la rue, elle marcha rapidement, le regard baissé, le pied leste. Elle avait décidé de surmonter sa honte et de se rendre à l'*Hôtel de Saint-Pétersbourg* pour interroger le concierge et rencontrer Michel.

Ce fut la face enflammée, le cœur battant, qu'elle s'avança vers le portier galonné de l'hôtel.

– Michel Alexandrovitch Danoff habite bien chez vous? dit-elle doucement.

Le portier mouilla son doigt de salive et feuilleta un épais registre en murmurant :

– Chambre 67, chambre 67...

– Eh bien? dit Tania.

Mais, déjà, l'homme relevait la tête et prononçait avec un affreux sourire :

– Je regrette, mademoiselle. Vous arrivez trop tard. Michel Alexandrovitch est reparti hier soir pour Armavir.

– Mais... mais ce n'est pas possible, balbutia la jeune fille.

– Si...

Tania, hébétée, chancelante, regardait ce visage aux petits yeux rieurs, qui flottait devant elle comme un ballon. Elle eut la force de proférer : « Je vous remercie », et se précipita dans la rue. Parti? Michel était parti, sans explications, sans excuses. Comme un voleur. Mais pourquoi était-il parti? Qu'avait-elle dit, qu'avait-elle fait, qui justifiât cette fuite? Tania bredouillait en marchant des phrases sans suite, s'arrêtait, hochait la tête, repartait, courbée en deux, telle une fille malade. Elle se retrouva dans l'antichambre de la maison sans savoir comment elle avait parcouru tout le long chemin du retour. Dès le seuil, une odeur de fruits sucrés la prit à la gorge. Une balle de caoutchouc traînait au pied de l'escalier. Au premier étage, on entendait la voix enrouée d'Akim qui glapissait :

– L'eau de Cologne des Catalans de Catalogne!

Un frisson horrible secoua tout le corps de la jeune fille. Ses dents s'entrechoquaient. Elle gémit :

– Tout est fini maintenant!

Et, d'un œil stupide, elle regardait la balle de caoutchouc au coin de la première marche. Cette balle de caoutchouc occupait toute sa pensée.

– L'eau de Cologne...

– Assez! hurla Tania.

Puis, elle se sentit basculer dans un univers de cloches emballées et de sifflements.

Des voix renaissaient à travers l'abîme brumeux du silence. Des gestes affleuraient à la surface de son sommeil : la barbe blonde de Constantin Kirillovitch, sa bague brillante, les lunettes de Zénaïde Vassilievna, un parfum d'eau de Cologne et de linges mouillés.

– Elle revient à elle, dit Zénaïde Vassilievna. Laisse-nous seules, Constantin.

– Bon, bon.

Un pas lourd craqua sur le parquet. Une porte se referma, au bout du monde.

– Mon enfant, ma petite Tania! Tu nous en as fait une peur!

Tania voyait au-dessus d'elle le visage pâle et tendre de sa mère. Une mèche de cheveux gris pendait sur son oreille. Ses lunettes bleues, rafistolées avec un ruban, lui descendaient jusqu'aux narires. « Pourquoi n'achète-t-elle pas une autre paire de lunettes? » pensa Tania. Et cette idée lui parut très intéressante et très neuve.

– Pourquoi n'achètes-tu pas une autre paire de lunettes, maman? dit-elle d'une voix faible.

Zénaïde Vassilievna sourit et glissa un doigt sous la nuque de la jeune fille.

– Je vois que ça va mieux, dit-elle.

– Oh! oui, dit Tania. Où est la balle en caoutchouc? J'ai marché dessus et je suis tombée, n'est-ce pas? Et vous m'avez transportée sur mon lit...

Tout à coup, lui revint le souvenir de sa visite à l'hôtel,

du portier obèse et de la fuite éperdue dans la rue Rouge. Des larmes chaudes et pressées lui brouillaient les yeux. Elle porta ses deux mains à sa bouche pour retenir un cri.

– Qu'as-tu, ma chérie? demanda Zénaïde Vassilievna.

– Il est parti, soupira Tania, le regard hésitant, les lèvres tremblantes.

– Volodia?

– Il ne s'agit pas de Volodia.

– Et de qui donc?

– De Michel, de Michel Danoff!

– Tu le connais?

– Oui!

– Et tu l'aimes?

– Oui!

– Allons bon! grogna Zénaïde Vassilievna. Hier, c'est Volodia. Aujourd'hui, c'est Michel. Je n'y comprends rien! Tu as un cœur d'artichaut, ma petite fille. Tes emballements te joueront un mauvais tour...

– Mais ce n'est pas un emballement! C'est un amour, un grand amour, maman, l'amour de ma vie...

– Tu commences à m'inquiéter avec tous ces amours de ta vie, dit Zénaïde Vassilievna. Je t'avais priée de te tenir tranquille après ton aventure avec Volodia. Non, il a fallu que tu te lances dans les bras d'un autre soupirant. Un Danoff remplace un Bourine. Tu as la folie des grandeurs. Ces deux garçons sont trop riches pour toi et ne sont pas de notre monde. Ils s'amusent de toi. Ils ne t'aiment pas.

– Si! Si! rugit Tania.

– Crois-en mon expérience, Tania. Celui qui t'épousera ne sera pas un millionnaire, mais un homme travailleur, probe et simple. Ton père et moi savons ce qu'il te faut. Nous avons pensé à ce jeune collègue de papa...

– Je vois de qui tu veux parler! C'est cet affreux Maximovitch, qui est myope et qui a une épaule plus basse que l'autre...

– Il n'a pas une épaule plus basse que l'autre, dit Zénaïde Vassilievna avec sévérité. Ses deux épaules ne sont... ne sont pas à la même hauteur, et c'est tout... D'ailleurs, on n'épouse pas un homme pour ses épaules...

– Eh bien, si! s'écria Tania en s'asseyant dans son lit. Moi, j'épouserai un homme pour ses épaules!

– Tu ne sais plus ce que tu dis!

– J'épouserai un homme pour ses épaules! Et j'aime les épaules de Michel! Et je ne veux pas d'autres épaules que les épaules de Michel!...

Zénaïde Vassilievna, affolée, tournait autour du lit en répétant :

– Tania! Tania! C'est une nouvelle crise!

– Je ne veux pas d'autres épaules que les épaules de Michel! glapissait Tania. Au secours! Au secours, Michel! Michel!

Elle trépignait dans son lit, secouait la tête, mordait les draps.

La porte s'ouvrit d'une volée et Constantin Kirillovitch parut sur le seuil, les sourcils froncés, l'œil terrible.

– C'est fini, cette comédie! cria-t-il.

Tania se tourna vers le mur et se mit à pleurnicher dans son coude.

– Il faudrait peut-être des gouttes, Constantin? dit Zénaïde Vassilievna d'une voix humble.

– Des gouttes! Des gouttes! dit Arapoff. On les réserve aux malades, les gouttes.

– Mais elle est malade.

– Non. Donne-lui un verre d'eau et qu'elle se repose un peu. Demain, je la conduirai à la roseraie pour la distraire.

– La ro-se-raie-aie! Oh! Oh! gémit Tania.

Et ses sanglots reprirent de plus belle.

– Voilà tout ce que tu obtiens avec tes réprimandes,

Constantin, dit Zénaïde Vassilievna. Cette petite est nerveuse. Elle a besoin de ménagements.

– Mais je n'ai rien dit! grogna Arapoff, visiblement gêné. Si on ne peut plus parler de la roseraie!...

– Tu es dur avec elle.

– Bon, bon. J'ai compris, je m'en vais. Mais je commence à en avoir assez de l'atmosphère qui règne dans cette maison. Des crises d'hystérie, des regards langoureux, des mystères! Ah! les femmes! les femmes!...

Il sortit en claquant la porte, mais revint cinq minutes après et déposa un petit flacon sur la table de nuit.

– Voilà de la valériane, dit-il sur un ton rogue.

12

TANIA était allongée sur son lit, la nuque soutenue par une pile d'oreillers, les épaules recouvertes d'un châle. Depuis son évanouissement, elle avait obtenu le droit de se lever tard. Chaque matin, avant de s'habiller, elle lisait quelques pages d'*Eugène Onéguine*. Nina, assise en tailleur sur le tapis, curait les oreilles d'un petit chat avec une brindille de bois entourée d'étoffe. L'animal miaulait, soufflait, se débattait contre la poitrine de la jeune fille.

– Laisse-le, dit Tania.

– Pas avant qu'il soit propre. Il a de petites saletés marron dans les oreilles. Et c'est pour ça qu'il se gratte.

– Quelle manie de recueillir les bêtes et de nettoyer leurs saletés marron! Tu es une jeune fille et tu te complais dans des ordures. Tu n'as aucune poésie dans l'âme.

– Mais ça aussi, c'est de la poésie, dit Nina en souriant.

– Non, non, écoute plutôt, dit Tania.

Et elle récita d'une voix tremblante :

Je vous écris, en faut-il plus?
Que pourrais-je encore vous dire?
Je sais qu'il vous serait facile
De me punir par le mépris.

Mais, si vous éprouvez un peu
De pitié pour mon triste sort,
Vous ne m'abandonnerez pas...

– C'est beau, dit Nina en jetant un tampon souillé dans la corbeille.

– Ce n'est pas seulement beau, c'est vrai. Oh! comme c'est vrai! Et l'héroïne s'appelle Tania. Comme moi-même. Cela ne te paraît pas étrange?

– Non.

– Elle s'appelle Tania. Et elle aime un homme insensible. Une vieille histoire!...

Tania glissa le livre sous son oreiller et renversa la tête pour ne plus voir que le plafond de plâtre rose clair. Cinq jours avaient passé depuis la révélation du portier, et Tania en était encore toute désemparée. Elle ne quittait plus sa chambre que pour les repas, mangeait à peine sous l'œil inquiet de ses parents, et remontait vite chez elle pour lire des poètes romantiques et noter des pensées tristes dans son journal. Elle avait maigri, pâli. Elle ne soignait plus sa mise. Elle affectait de ne plus se coiffer. « À quoi bon? » disait-elle avec amertume, lorsque sa mère la suppliait de nouer un ruban dans ses cheveux. Nina, devinant que sa sœur était amoureuse, essayait parfois de provoquer ses confidences.

– Que c'est donc affreux d'avoir des peines de cœur! dit-elle en berçant le petit chat.

– Oui, dit Tania, d'un air pénétré. C'est une épreuve que tu ne connais pas encore et que je te souhaite de ne jamais connaître.

– Tu l'aimes depuis longtemps, ce jeune homme?

– Quand on aime vraiment, on ne sait plus depuis combien de temps on aime!

– Et comment s'appelle-t-il?

– Cela ne te regarde pas, dit Tania.

Mais, au fond d'elle-même, le nom de Michel sonnait

comme une cloche. Il lui semblait, par moments, qu'à force de penser à Michel elle finirait par obtenir sa présence. Elle regarderait longtemps ce coin de la chambre, et, tout à coup, il serait là. Et il viendrait vers elle, souriant et gêné, comme dans le jardin. Alors, elle se pendrait à son cou, radieuse, folle, secouée de rires et de baisers joyeux.

Le petit chat échappa aux caresses de Nina et sauta d'un bond élastique sur le traversin. Tania lui gratta le menton d'un doigt distrait. Ses yeux ne quittaient plus le fond de la pièce. Mais aucune silhouette ne s'imposait entre la cheminée et le bois du lit. Michel était loin. La vie était privée de signification.

Une porte claqua au rez-de-chaussée. Les pas de la bonne se hâtèrent dans le couloir. Tania entendit la voix de la servante qui disait : « Une visite pour vous, Zénaïde Vassilievna. » Et Zénaïde Vassilievna sortit de sa chambre. De nouveau, des portes s'ouvrirent et se refermèrent. L'escalier grinça. Puis ce fut le silence.

Tania s'étonnait de constater que l'existence de la maison n'avait pas été bouleversée par sa grande détresse. Elle pouvait se tordre de désespoir, et, cependant, le dîner froid serait servi à sept heures précises. Fallait-il donc qu'elle mourût pour déranger cette ordonnance? Elle songea un instant au scandale d'une mort violente. On la découvrirait sur son lit, pâle, belle et entourée de fleurs. Michel, secrètement averti de son suicide, entrerait en coup de vent dans la pièce et s'écroulerait à ses pieds en gémissant : « Qu'ai-je fait? »

Oui, oui, à quoi bon vivre, puisque la mort seule devait le ramener à elle? Vaincue dans sa forme charnelle, elle triompherait de lui dans sa forme éthérée. Comment se pouvait-il qu'elle n'eût pas réfléchi plus tôt aux avantages indiscutables de cette solution? Pourquoi existait-elle encore?

Tania se leva d'un bond, ouvrit un tiroir de son bonheur-du-jour et en extirpa difficilement un cahier relié de toile : son journal intime. Sur la page blanche, elle écrivit : *Aujourd'hui, 5 août 1895, une grande résolution vient de m'éclairer.*

Elle s'interrompit, parce que la femme de chambre frappait à la porte.

– Qu'est-ce que c'est?

– Zénaïde Vassilievna a une visite et vous demande de descendre.

– Je ne peux pas. Je suis occupée, dit la jeune fille avec humeur.

– Elle insiste beaucoup pour que vous veniez.

– Vas-y, Tania, dit Nina, sans cela maman sera fâchée...

Tania haussa les épaules, rangea son cahier et se regarda dans la glace. Son visage blanc et maigre lui fit peur : « J'ai déjà l'air d'une morte. » Cette visite la retardait dans ses préparatifs. Mais elle ne ferait qu'une apparition rapide au salon et remonterait dans sa chambre pour brûler des lettres.

Forte de cette décision, elle descendit l'escalier à pas lents et pénétra dans le salon en tenant haut la tête.

Mais, dès le seuil, elle chancela et lâcha un cri sourd :

– Michel!

Michel et Zénaïde Vassilievna étaient assis côte à côte sur le canapé. Michel se leva. C'était lui. C'était bien lui, avec ses cheveux noirs et lisses, sa moustache fine, son regard sérieux. Il était vêtu d'une jaquette. Il tenait des gants blancs à la main. Tania sentit que ses genoux se dérobaient sous elle et que l'air fuyait ses poumons. Elle murmura :

– Vous?... D'où venez-vous?...

Zénaïde Vassilievna s'essuyait les yeux avec un petit mouchoir de dentelle.

– Ma chérie, dit-elle d'une voix chevrotante, Michel Alexandrovitch nous... nous fait l'honneur de... pour ainsi dire... nous demander ta main...

– Quoi? dit Tania.

– Tu es sourde? Michel te demande si tu veux bien

être sa femme, dit Zénaïde Vassilievna avec une expression fâchée.

Et elle se mit à rire, en secouant la tête, Michel avait baissé le nez d'un air embarrassé et morose.

– Mon Dieu! Mon Dieu! geignait Tania en ravalant des larmes de joie. Mais pourquoi êtes-vous parti?...

– Je ne voulais plus vous revoir avant d'avoir pris cette décision, dit Michel en rougissant jusqu'à la nuque. Et, une fois ma décision prise, j'ai dû regagner Armavir pour obtenir l'assentiment de mes parents.

– Et... et ils sont d'accord? demanda Tania.

– Mais bien sûr, dit Michel.

Tania jeta un hurlement et battit des mains. Le monde entier tournait dans son crâne, avec le canapé, la bergère, le coussin brodé, les lunettes de Zénaïde Vassilievna, et les gants blancs de Michel.

Ce qui suivit fut à la fois confus et magnifique. Zénaïde Vassilievna pleurait, se signait et poussait les deux jeunes gens l'un vers l'autre. Michel baisait le front de Tania, et lui passait au doigt une bague ornée d'une pierre précieuse qui brillait comme un éclat de verre. Des portes claquaient. Des bouteilles se cassaient à la cuisine. Akim et Nina dévalaient les marches de l'escalier, se pendaient au cou de Tania et riaient jusqu'à l'enrouement. Quelqu'un criait :

– Il faut chercher Constantin Kirillovitch! Vite! Vite!...

Et, tout à coup, Constantin Kirillovitch apparaissait, la barbe blonde et lisse, l'œil tendre, les bras ouverts, avec un doux parfum d'iris au revers du veston.

– Eh bien, eh bien, qu'est-ce que j'apprends? disait-il.

Nina apportait la vieille icône de Zénaïde Vassilievna. Les parents bénissaient les jeunes gens avec l'image sainte, en les appelant « leurs enfants », d'une voix émue. Puis, arrivaient de fastueuses corbeilles de roses, des pâtisseries monumentales, et toutes sortes de paquets décorés de rubans. Et les portes de la salle à manger s'ouvraient. La table n'était qu'un vaste champ de hors-d'œuvre juteux, de verres étincelants, de bouteilles poudreuses et de fleurs. Tania était assise à côté de Michel. Leurs mains se touchaient sous la nappe. Tout le monde parlait, riait autour d'eux. Zénaïde Vassilievna implorait Michel de lui décrire sa mère. Nina dévorait Tania du regard et répétait : « Comme tu es belle! » Akim mangeait comme quatre et clignait de l'œil entre deux bouchées. Tania bredouillait : « Je suis folle, folle », et buvait plus que de raison. Les serviteurs laissaient tomber les couverts en passant les plats. Et personne ne songeait à les gourmander.

En fin de repas, Constantin Kirillovitch porta un toast très drôle à la santé des fiancés. Zénaïde Vassilievna soupira :

– Tais-toi, Constantin. Songe aux enfants!

– Il n'y a plus d'enfants, dit Constantin Kirillovitch.

Et Tania fut très fière de ce compliment.

Lorsqu'il fallut se lever de table, elle s'aperçut que ses jambes étaient engourdies. Elle avait de la peine à marcher. Dans la cour, on attelait la calèche pour porter la nouvelle aux Kisiakoff. Le cocher réglait la lumière du fanal. De temps en temps, il passait sa main devant les vitres de la lampe, et de grands rayons d'ombre s'étalaient sur le perron.

– Il faudra prévenir Nicolas aussi, dit Zénaïde Vassilievna.

– J'ai reçu une lettre de lui, dit Arapoff. Il arrive après-demain.

– Et mes parents à la fin de la semaine, dit Michel.

Tania jugea ces répliques extrêmement cocasses, et se mit à rire, pour elle seule, avec volupté. Les roues de la calèche grincèrent sur les cailloux du jardin. Michel et Tania se retrouvèrent dans l'embrasure de la fenêtre, pleine de fraîcheur et de nuit.

– C'est si bon de vous avoir dans la maison, chez nous, parmi nous, dit Tania.

Zénaïde Vassilievna s'était installée au piano.

– Chante! Chante, papa! dit Tania.

– Et pourquoi donc?

– Tu ne peux pas savoir.

Puis, elle murmura à l'oreille de Michel :

– Vous vous souvenez de ce soir où nous étions sortis sur le perron pour regarder l'orage?

– Oui, nous étions des enfants. Tout était simple. Vous aviez un bandeau sur l'œil.

– Mon père chantait, comme il chante à présent, écoutez :

Par habitude, les chevaux connaissent
Le logis de ma bien-aimée.
Ils font sauter la neige épaisse.
Le cocher chante des chansons...

– Comme c'est bon d'être heureux! soupira Tania. Et tout le monde est heureux autour de nous. Tout le monde! Tout le monde!

– Oui, tout le monde, dit Michel.

Et il sourit tristement en pensant à Volodia.

13

– REGARDE tout ce que j'ai déjà reçu, Nicolas. Ces corbeilles de roses viennent de Michel. Celle-ci de mes parents. Celle-ci de M. Minsk-à-Pinsk, celle-ci du président du tribunal...

La chambre de Tania était pleine de fleurs. La jeune fille passait d'une corbeille à l'autre, humait les bouquets, s'extasiait, riait, la tête renversée, les joues ardentes.

– La nuit, je suis obligée de les sortir. Leur parfum me donnerait la nausée. Et que dis-tu de ma bague? Tu es là comme un étranger! Parle, mais parle donc!

– Je suis heureux de ton bonheur, dit Nicolas. Mais le voyage m'a fatigué. Et puis, cette surprise! Moi, pauvre imbécile, qui venais pour te consoler de tes déboires avec Volodia!... Tu n'as pas perdu de temps. Ne trouves-tu pas que tu as changé d'avis un peu hâtivement? Je croyais découvrir une jeune fille hostile aux mariages bourgeois, libre, décidée et sérieuse...

– Et tu découvres une fiancée qui est ivre de joie!

– Oui, dit Nicolas. Cela me déroute un peu.

– Nicolas, dit Tania avec gravité. Tu ne comprendras jamais rien à l'amour. Mais, au fait, pourquoi tenais-tu absolument à me voir? Quel était ce projet dont tu me parlais dans ta lettre?

– Cela n'a plus d'importance, maintenant.

– Si, si, raconte-moi, dit Tania.

– Eh bien, dit Nicolas, je voulais t'emmener à Moscou.

– Ça tombe bien : papa a décidé de faire le voyage pour me commander mon trousseau.

– Ce n'était pas pour commander un trousseau que je souhaitais te recevoir chez moi.

– Et pour quoi faire?

– Pour te distraire de ton chagrin, pour te présenter mes amis, pour t'initier à une vie nouvelle. J'avais cru reconnaître en toi une alliée inconsciente du grand mouvement qui se prépare...

– Nicolas, pas de politique, je t'en supplie, dit Tania. Ma politique : c'est Michel. Je n'en connais pas d'autre, je n'en veux pas d'autre.

Nicolas eut un sourire découragé et emprisonna les mains de Tania dans les siennes. Penché sur ce petit visage échauffé, aux yeux bleus et vifs, aux lèvres mouillées, il se sentait envahi de sollicitude et de mélancolie. Il participait à la joie de Tania, mais condamnait la cause banale de cette joie. Pour elle, du moins, il eût rêvé un destin moins conforme à la tradition. Mais les femmes se ressemblaient toutes. Elles n'avaient pas d'autre rôle à jouer que d'endormir chez l'homme la notion de la grandeur.

– Ne prends pas cet air renfrogné, Nicolas, ou je me fâche, dit Tania en s'écartant de son frère. Je finirai par croire que tu ne m'aimes plus, ou que mon fiancé n'est pas à ton goût?

– Je n'ai vu Michel qu'hier soir, à la descente du train. Et je l'ai trouvé très sympathique, dit Nicolas.

– N'est-ce pas? dit Tania. C'est l'impression qu'il fait à tout le monde. Et comme il est bien habillé! Moi, c'est dans sa jaquette que je le préfère. Il a l'air tellement digne qu'il me fait peur. Tu sais que ses parents ont avancé leur voyage? Ils arrivent ce matin. Nous les aurons à déjeuner. Je suis si émue! Pourvu que je ne leur déplaise pas trop! Quelle robe me conseilles-tu de mettre?

– Je ne suis pas grand connaisseur, dit Nicolas. Tu devrais demander à Lioubov.

– Tu as raison. Lioubov! Lioubov! cria Tania.

Et elle sortit en courant de la chambre.

Michel et ses parents arrivèrent à deux heures de l'après-midi. Toute la famille Arapoff s'était réunie pour les recevoir : Constantin Kirillovitch et sa femme, le ménage Kisiakoff; Nicolas, Akim, la petite Nina. Tania avait refusé de descendre au salon avant que les présentations eussent été faites et les premiers propos engagés.

– Tu veux soigner ton entrée! avait dit Lioubov.

– Non, mais j'ai peur.

– Quelle sotte! Ils sont d'accord. Même en te voyant, ils ne reviendront pas sur leur décision.

À deux heures dix, Tania, pâle et l'œil vide, descendit l'escalier en se tenant à la rampe. La bonne et la cuisinière l'épiaient par la porte entrebâillée de l'office :

– La voilà! La voilà, notre colombe!

Tania leur sourit tragiquement et murmura :

– Je n'oserai jamais entrer dans le salon.

– Il faut. On vous attend, mademoiselle.

– Comment sont-ils? demanda Tania.

– Lui est beau, grand, imposant comme un général. Elle est petite, avec une figure jaune...

– Ah! soupira Tania. C'est affreux!

Et elle s'accota au mur pour reprendre haleine. Elle avait mis cette robe lilas tendre que Michel lui avait dit aimer, et des fleurs fraîches garnissaient son corsage. Elle toucha d'un doigt rapide les boucles de sa chevelure.

– Est-ce bien, ainsi? demanda-t-elle.

– Un ange! Un ange du paradis! s'écria la cuisinière.

Rassurée par ce compliment, Tania poussa la porte du salon et s'immobilisa, étourdie, dans la lumière des grandes fenêtres ouvertes.

– Et voilà la petite fiancée, dit Arapoff.

Tania ne voyait pas ses parents, ses sœurs, ses frères. Son regard était exclusivement occupé par un homme de haute taille, à la barbe grise et aux yeux bleus, et par une petite femme, jaune et triste, qui clignait des paupières en la dévisageant : Alexandre Lvovitch et Marie Ossipovna, le père et la mère de Michel. Tania s'avança vers eux, fascinée et molle, baissa la tête et fit la révérence, en soulevant à deux doigts le bord de sa large jupe plissée. Marie Ossipovna s'approcha de Tania et lui baisa la joue de ses lèvres froides.

– Elle est jolie! hein? hein? Et timide! hein? Il faut qu'une jeune fille soit timide, dit-elle avec un accent circassien prononcé.

Alexandre Lvovitch sourit dans sa barbe claire, embrassa Tania à son tour, et lui souffla à l'oreille :

– Nous serons des amis, n'est-ce pas?

Et Tania sentit, tout à coup, que cet homme était bon. Elle eut envie de pleurer et regarda Michel. Il était debout derrière ses parents et observait la scène avec une expression inquiète qui le vieillissait un peu. Elle lui tendit la main. Il serra cette main, très fort, très longuement, comme pour un adieu.

– Maintenant tout est décidé, tout est réglé, Tania, dit-il gravement. À la vie et à la mort!

– À la vie et à la mort! répondit Tania.

– Mes enfants! Mes enfants! criait Arapoff. Songez à nos estomacs qui crient famine. Vous aurez souvent l'occasion de vous avouer votre amour. Mais vous aurez rarement l'occasion de goûter à des cèpes au raifort comme ceux que j'ai l'honneur de vous présenter!

– Constantin, ne fais pas de plaisanteries pareilles! dit Zénaïde Vassilievna.

– Et pourquoi pas? Alexandre Lvovitch te dira qu'il

n'y a pas de honte à être fier de sa marchandise! C'est moi qui ai fait les marinades, vous savez?

Zénaïde Vassilievna, qui avait revêtu une robe violette très digne, était gênée par l'entrain jovial de son mari.

– Un peu de tenue, Constantin! dit-elle.

– Je suis contre la tenue, dit Arapoff. La tenue engendre l'ennui. Et nous voulons être gais comme des pinsons. À table! À table!

Il frappa dans ses mains et désigna la salle à manger d'un geste large :

– Messieurs, à vos postes de combat.

Nicolas examinait avec curiosité ces deux familles, resserrées autour du couple futur. Qu'y avait-il de commun entre ces hommes et ces femmes, endimanchés et joyeux? Pourquoi s'efforçaient-ils de paraître heureux à tout prix? Ne s'en trouvait-il pas un parmi eux qui redoutât que cette union fût inutile et néfaste?

Le service était copieux. Les hors-d'œuvre se composaient d'esturgeon, de saumon fumé, de béluga, de cèpes marinés, de mousserons au vinaigre, de caviar frais, de *balyk,* de sandre en gelée et de marmelade d'aubergines. On se passait les plats. On se recommandait les spécialités de la maison. Et les flacons de *nastoïki* circulaient de main en main, sous l'œil affairé de l'hôtesse :

– Un peu de lavaret, Alexandre Lvovitch?

– Merci. Mais je goûterais volontiers de vos œufs farcis.

Arapoff tentait d'intéresser la mère de Michel à la culture des roses. Mais Marie Ossipovna ne répondait que du bout des lèvres, et mangeait, mangeait, l'œil furtif et le geste brusque. Avec son front bas et ses prunelles noires d'oiseau, elle semblait une étrangère, mal apprivoisée, un peu hostile et ignare. Elle mêlait des mots circassiens aux mots russes, secouait la tête, marmonnait : « Allah! Allah! » entre deux bouchées, et refusait de boire une goutte de vin. Son mari, Alexandre Lvovitch, avait un visage calme et noble de chef, et un sourire loyal. Sa barbe grise faisait l'admiration des enfants. Et aussi sa façon de parler, très lente et très douce. Il discutait avec Zénaïde Vassilievna les modalités et la date du mariage.

– Nous organiserons une cérémonie remarquable à Armavir. La date en sera facile à fixer. Voyons, nous sommes en août. Eh bien, mettons novembre!...

– Pourquoi si tard? demanda Tania.

Toute la tablée partit d'un franc éclat de rire. Michel se troubla et but une gorgée d'eau avec précipitation.

– Il est pressé de s'envoler, le petit oiseau! hein? hein? dit Marie Ossipovna.

– Il faut le temps de tout préparer, de commander le trousseau, de lancer les invitations, dit Zénaïde Vassilievna.

– Moi, je suis pour les mariages discrets, dit Lioubov.

Personne ne prit garde à cette remarque saugrenue. Lioubov était très vexée de n'être pas le point de mire de l'assistance, malgré sa robe de satin bleu à gorgerette d'Alençon et ses boucles d'oreilles en or travaillé. Depuis quelques minutes, elle éprouvait le besoin torturant de lancer une plaisanterie ou d'annoncer une nouvelle stupéfiante qui attirât sur elle l'attention dispersée des convives.

Après les hors-d'œuvre froids, on servit des champignons sautés à l'huile, des rognons au madère et des boulettes de poulet, arrosées de sauce à la tomate. Les voix des dîneurs sonnaient plus franchement, et le laquais versait des vins du Rhin dans les verres.

– Où diable avez-vous trouvé ce vin-là, estimable Constantin Kirillovitch? s'écria Kisiakoff, congestionné et la barbe luisante. Mon imbécile d'intendant ne me sert que du vin du Caucase!

Il s'arrêta, effrayé par la gaffe, et ajouta, tourné vers Alexandre Lvovitch Danoff :

– Le vin du Caucase est délicieux, d'ailleurs!

– Je n'en bois jamais, dit Alexandre Lvovitch.

– Est-ce que nous ne pourrions vraiment pas nous

marier en septembre, en nous pressant un peu? demanda Tania.

Lioubov sentit que le moment était venu de déclencher son offensive. Elle éclaira son visage d'un gracieux sourire et dit :

– Savez-vous que le séduisant Volodia est parti d'Ekaterinodar, hier soir, pour une destination inconnue?

Un silence étonné accueillit ces paroles. Tania devint toute rouge et piqua du nez dans son assiette. Michel reposa son verre et feignit de s'essuyer les lèvres avec acharnement.

– Il est parti? Eh bien, bon voyage, dit Constantin Kirillovitch.

– Il paraît qu'il compte se rendre à Moscou pour se distraire, pour oublier, ou pour se marier, peut-être, reprit Lioubov. Je ne serais pas surprise qu'il cherchât à se marier. Et même...

– Excusez-moi, dit Alexandre Lvovitch d'une voix calme, mais je ne comprends pas très bien l'intérêt de cette nouvelle.

– Elle n'a pas d'intérêt, balbutia Lioubov, troublée. J'ai dit ça... pour... pour dire quelque chose...

– Quand on a envie de parler pour ne rien dire, hein? il vaut mieux se tourner du côté du vent, grommela Marie Ossipovna.

Tania se rapprocha de Michel et lui chuchota à l'oreille :

– Que pensez-vous du départ de Volodia?

Michel haussa les épaules. Il paraissait triste et anxieux.

– Volodia est malheureux, dit-il. Il a préféré quitter cette ville pour ne pas assister à notre bonheur. Je le comprends un peu. Je le plains...

Le laquais présentait un cochon de lait à la peau craquelée et blonde. Arapoff, inquiet de la tournure que prenait la conversation, s'efforçait d'éveiller la bonne humeur de ses invités en versant des rasades de vodka et en racontant des anecdotes :

– Un jour, Isaac rencontre Moïse et il lui dit...

– Ne craignez-vous pas que Volodia tente quelque mauvais coup contre nos enfants? soupira Zénaïde Vassilievna en se penchant vers Alexandre Lvovitch. Toutes ces difficultés...

– Il n'y a pas de bons mariages sans difficultés, dit Arapoff. Lorsque j'ai épousé mon incomparable Zénaïde Vassilievna, il y avait tellement de boue à Ekaterinodar que la calèche nuptiale s'est enlisée et qu'il nous a fallu poursuivre la route sur un char à bœufs! Ma mère pleurait et disait que c'était un mauvais présage!

Cette boutade fit rire Alexandre Lvovitch et ramena les convives à une discussion générale sur les détails de la cérémonie. Kisiakoff était le seul qui se tînt à l'écart du débat. Il avait accaparé sa voisine, la petite Nina, et se dépensait pour elle en compliments et en plaisanteries. Le regard allumé, la lèvre rouge, il marmonnait :

– Vous êtes un petit bouton de rose, une petite herbe fraîche qu'on aime à respirer. Et vous ne savez rien de votre grâce. Il faut que ce soit un vieux monsieur, comme moi, qui vous révèle à vous-même. Vous allez encore en classe, n'est-ce pas?

– Oui, murmurait Nina, vaguement effrayée par cette barbe noire qui s'avançait jusqu'à lui frôler la joue. Je suis en sixième.

– Charmant! Charmant! Et vous rentrez avec un peu d'encre au bout des doigts. Et quels sont vos jeux préférés, ma petite chérie?

– Je ne joue guère, dit Nina avec componction. Je m'occupe de mes bêtes, de mes petits chats.

– De vos petits chats! Coquine! Un jour, vous me montrerez vos pensionnaires. Et je vous regarderai les caresser. Vous les caressez sous le menton?

– Oui, et derrière les oreilles.

– Derrière les oreilles! C'est admirable!

Kisiakoff avala un verre de vodka et saisit le poignet de Nina dans sa grosse main chaude :

– Soyons des amis, voulez-vous ? J'aime les petites filles. Et vous êtes une toute petite fille. Vous êtes triste, sans doute, de vous séparer de Tania ?

– Un peu. Je l'aimais bien. Mais elle sera heureuse avec Michel, et c'est ce qui compte avant tout.

– Oui, oui, grognait Kisiakoff en pétrissant les doigts de Nina sous la table. Ça vous fait tout drôle de vous dire qu'un monsieur emmène votre sœur et va... hum... et va la rendre heureuse... Je gage que vous attendez votre tour avec impatience ! Sans doute y a-t-il déjà quelque garçon du gymnase dont la pensée vous empêche de dormir ? Chut ! Je ne dévoilerai rien à vos parents...

– Mais non... Mais je ne sais pas ce que vous voulez dire... Mais...

– « Mais, mais, mais », je vous adore ! « Mais, mais, mais », vous êtes exquise ! « Mais, mais, mais », je demanderai à votre papa de vous laisser venir chez nous, à Mikhaïlo !

Il souffla et passa un doigt dans son faux col :

– Il fait une chaleur !

On apporta de la glace à la vanille, arrosée de chocolat fumant. Deux laquais, spécialement engagés pour la circonstance, versaient du champagne dans des flûtes de cristal. Un carré de ciel bleu vibrait dans la fenêtre ouverte. L'air sentait les salaisons, les roses, l'herbe sèche et les parfums des dames. Arapoff se leva et se mit à chanter :

Qui boira la coupe ?
Qui sera prospère ?
Celui qui boira la coupe,
Celui qui sera prospère,
C'est notre cher Michel !...

Nicolas regardait son père, sa mère, les invités, et s'étonnait de la distance qui le séparait de ce monde. Trois jours plus tôt, il était à une réunion, chez Grünbaum avec Zagouliaïeff. Là, il avait lu un rapport sur la situation de la classe laborieuse en Angleterre. Il avait reconnu l'impossibilité d'une révolution pacifique et la nécessité de multiplier les proclamations et les réunions ouvrières clandestines. Et on l'avait applaudi. Il avait senti, alors, combien il aimait ce groupe de jeunes socialistes bavards, et, derrière eux, toute cette humanité d'artisans, de moujiks, de soldats et de lycéens, dont il exprimait et assumait l'angoisse. En vérité, il avait cru, sur le moment, qu'il n'y avait pas d'autre Russie que celle des petites gens et des grandes souffrances. Mais, tout à coup, après quelques heures de train, voici qu'il tombait en pleine réunion familiale, dans une pièce claire où sonnait le rire des jeunes filles, et où son père, élégant et blagueur, levait son verre à la santé du futur ménage. Ces êtres-là étaient riches, heureux, insouciants. Ils n'étaient pas plus méchants que les autres. Nicolas les estimait autant que les autres. Cependant, ils devaient, selon sa propre volonté, disparaître.

– Tu ne bois pas, Nicolas? demandait Arapoff.

– Si, si! dit Nicolas, et il avala une gorgée de champagne sec qui lui brisa la langue.

Les convives se levèrent en repoussant leurs chaises. Tania prit le bras de Michel et s'avança vers Nicolas qui allumait une cigarette.

– Je veux que vous deveniez de grands amis, dit-elle.

– Ce sera facile! dit Nicolas.

– Si nous faisions une partie de whist? proposa Arapoff.

– Constantin! Un jour pareil! Tu n'as pas honte? dit Zénaïde Vassilievna.

Et, de nouveau, tout le monde se mit à rire. Nicolas rit comme les autres. Un plaisir coupable menaçait de l'envahir et de le priver de sa force : « Non, je n'ai pas le droit, je n'ai pas le droit d'être heureux à cause de cela », songea-t-il.

Il tira quelques bouffées de sa cigarette, nerveusement, et s'approcha de la fenêtre. Kisiakoff posa une main sur son épaule.

– Alors, le philosophe, toujours plongé dans vos méditations? dit-il. Toujours prêt à régénérer le monde?

– Toujours, dit Nicolas. Mais ce n'est pas simple. Les hommes se complaisent dans le mal et la facilité.

– Et pourquoi ne serait-ce pas Dieu qui aurait voulu ce mal? dit Kisiakoff. Et pourquoi le mal parfait ne serait-il pas aussi aimable à Dieu que le bien parfait? Et pourquoi le pécheur que Dieu ne retient pas sur la pente du péché serait-il condamné, alors que Dieu ne lui a pas donné les moyens d'échapper à cette condamnation? Non, si le mal subsiste, c'est qu'il est, comme le bien, d'essence divine.

– Admettre l'essence divine du mal, c'est nier Dieu.

– Pas du tout. C'est vous qui diminuez Dieu en niant sa responsabilité dans la destinée des méchants. L'homme adore Dieu dans toute sa plénitude, lorsqu'il sait être méchant avec volupté. Voyez-vous, il y a un critérium qui ne me trompe jamais : c'est à la volupté qu'on reconnaît l'accord entre le créateur et sa créature. Et, cette volupté, vous pouvez l'obtenir aussi bien en faisant l'aumône qu'en violant une fille.

– Vous avez une théorie bien commode, dit Nicolas.

– Pourquoi me faudrait-il rechercher la difficulté? Le christianisme a été la religion de la difficulté. Le Christ a méconnu la terre pour glorifier le ciel. *L'homme ne vivra pas de pain seulement, mais de toute parole qui sort de la bouche de Dieu.* Vous, les socialistes, vous vous rapprochez de moi sans le savoir, puisque vous redécouvrez les plaisirs de la terre au détriment des plaisirs célestes.

– Vous ignorez tout de nos conceptions, dit Nicolas.

– Non, non, je n'ignore rien, dit Kisiakoff en plissant les yeux. Pour vous, le bien-être du peuple est une fin en soi. Vous voulez éduquer ce peuple, lui donner un bon toit, un bon feu, une bonne marmite et des joies dominicales. Vous êtes, comme moi, des voluptueux. Et je vous en félicite. Mais, ce que je vous reproche, c'est de prétendre contrôler cette volupté administrative, avec tarifs, horaires et comité d'organisation, c'est pire que le bagne. La volupté doit être spéciale à chacun de nous. Chacun de nous doit prendre son plaisir où bon lui semble, faire le bien et le mal comme bon lui semble. Vous avez une opinion timide de la félicité animale.

– Mais nous ne voulons pas de la félicité animale! s'écria Nicolas. Nous voulons simplement l'institution d'un régime populaire, qui seul permettra d'améliorer le sort des ouvriers et des paysans.

– C'est ce que j'appelle préparer la félicité animale du peuple.

– Nous nous occuperons aussi de leurs âmes.

– Alors, vous leur donnerez une religion?

– Oui.

– Laquelle?

– Mais, la religion chrétienne, dit Nicolas.

– C'est impossible, puisque la religion chrétienne est une religion « désincarnée », ascétique, ennemie des satisfactions matérielles. Souvenez-vous des paroles du Christ dans le Sermon sur la montagne : *Ne vous inquiétez pas pour votre vie de ce que vous mangerez, ni pour votre corps de quoi vous serez vêtus!* Le Christ n'est pas venu apporter au monde une paix immédiate par l'augmentation des salaires, la distribution des terres et la réglementation du travail, mais une foi stérile dans l'au-delà.

– Nous compléterons l'œuvre du Christ.

– La compléter, c'est la défigurer. Vouloir le bien-être tangible, c'est renier la doctrine du Christ, c'est être l'Antéchrist. Vous êtes un Antéchrist, mon cher Nicolas, dit Kisiakoff.

Et il se mit à rire en caressant sa barbe du bout des doigts.

– D'ailleurs, on ne peut pas croire à la fois en Dieu et en Jésus, reprit-il, et cela pour la simple raison que la doctrine de Jésus n'est pas faite pour le monde de Dieu. Le Christ a trahi Dieu. Et, si Dieu a admis que Jésus fût arrêté, bafoué, crucifié, et qu'il mourût entre deux larrons, c'est qu'il était furieux contre le Christ. Il a rappelé le Christ, il a tué le Christ, parce que le Christ avait trompé sa confiance. Il a voulu même que le souvenir du Christ s'effaçât dans les cervelles humaines. Et c'est pour ça qu'il a refusé d'accorder l'éclat de sa présence à cette agonie. Il a souhaité que cette mort fût aussi lamentable et laide que la mort de n'importe quel malfaiteur. Il a montré aux foules stupéfaites ce corps faible et blanc, ce corps vulgaire. Et le Christ avait beau implorer la clémence de son père, Dieu se taisait obstinément. Bien mieux, il poussait le bras des bourreaux, il enfonçait avec eux la couronne d'épines sur le crâne du supplicié, il plantait avec eux les clous noirs dans les paumes et dans les pieds offerts. Et il eut un soupir de soulagement lorsque la forme du Christ fut rivée au bois de la potence, et qu'elle apparut, écartelée entre ciel et terre, entre Dieu et homme, entre créateur et créature, comme la défroque d'un intermédiaire malhonnête. Les fidèles regardaient cette croix de sang qui biffait l'œuvre impie du Christ. Ils comprenaient qu'il n'y avait plus personne entre eux-mêmes et Dieu. Ils étaient heureux. Ils songeaient que leurs enfants le seraient aussi, jusqu'à la nuit des âges. Mais le venin du Christ était dans la conscience de ses apôtres. Ceux-là propagèrent la mauvaise parole. Et, par amour du Christ, ils nous éloignèrent de Dieu. Nous attendons encore la venue de l'Antéchrist qui nous ramènera dans la lumière de Dieu, après les ténèbres du christianisme. Peut-être êtes-vous cet Antéchrist tant espéré? À moins que ce ne soit quelqu'un de vos amis, ou moi-même?

Nicolas observait Kisiakoff avec inquiétude. Les yeux de cet homme brillaient d'une lueur froide et noire. Ses lèvres étaient mouillées de salive. Il haletait, comme au terme d'un long effort. Était-il ivre?

– Eh bien, moi, dit Nicolas, si l'on me demandait de choisir entre Dieu et le Christ, je choisirais le Christ!

– Vous êtes un sentimental, dit Kisiakoff. Réfléchissez à mes paroles. Et vous reconnaîtrez que je n'ai pas tort.

Il tira de sa poche un grand mouchoir, s'essuya les mains et le visage, et dit encore en regardant par la fenêtre :

– Ce qu'il y a d'admirable, c'est qu'on peut dire n'importe quelle ordure, et le ciel est toujours bleu!

Nicolas frémit, comme s'il eût posé le pied sur une pierre glissante. Il s'apprêtait à répondre, lorsque Lioubov le rejoignit.

– Vania, susurra-t-elle en se pendant au bras de son mari, tu sais, il me faudra une robe pour le mariage.

Kisiakoff eut un sourire servile et inclina légèrement la tête :

– Tout ce que tu voudras, ma colombe.

– Je la vois en faille bleue, avec des incrustations de velours noir autour du corsage. Comme j'ai la peau très blanche...

– Oui, oui, c'est vrai, tu as la peau très blanche! dit Kisiakoff.

– Cela flattera mon teint, n'est-ce pas?

– Ah! ma jolie! Quand je pense que ton frère a voulu me prouver que je ne devais plus t'aimer comme je t'aime!

– Quelle audace! dit Lioubov, et elle éclata de rire.

– Oui, dit Kisiakoff. Ces jeunes gens n'ont aucun savoir-vivre.

– Où sont les fiancés? demanda Marie Ossipovna. J'ai un petit souvenir que je voudrais remettre à Tania.

Michel et Tania s'étaient enfuis du salon. Par la fenêtre ouverte, Nicolas les regarda traverser le jardin. Ils se dirigeaient vers un vieux banc qui était près de la grille. Bientôt, ils disparurent. Nicolas se sentit désemparé et triste, comme s'il ne devait plus les revoir.

QUATRIÈME PARTIE

1895-1896

1

LES FIANÇAILLES de Tania avec le riche héritier des Danoff bouleversèrent le système des alliances offensives et défensives dans la population d'Ekaterinodar. Ceux-là mêmes qui s'étaient détournés d'elle avec le plus d'ostentation après sa brouille avec Volodia jugèrent opportun d'oublier leur rancune. Du jour au lendemain, Tania se trouva entourée d'une dizaine d'amies d'enfance et d'une cour de cousins éloignés qui multipliaient leurs visites, envoyaient des fleurs et sollicitaient, à qui mieux mieux, l'autorisation d'assister aux réjouissances nuptiales.

Après un bref séjour à Ekaterinodar, Michel et ses parents étaient repartis pour le Caucase. Tania recevait de son fiancé des lettres sérieuses et détaillées sur l'ordonnance des fêtes qui se préparaient à son intention. À travers ces lettres, elle tentait d'imaginer le visage du pays où il lui faudrait vivre. D'Armavir, elle savait seulement que cette bourgade avait été bâtie par les Arméniens montagnards lors de la conquête du Caucase par les armées russes. Michel lui avait souvent raconté les péripéties de cette lutte interminable et sanglante : les incursions des Tcherkesses de Shamyl contre les postes de Cosaques installés sur les rives du Kouban ; les caravanes de ravitaillement cheminant par les routes poudreuses, avec leur escorte armée, leurs chariots grinçants et leur petit canon de campagne à la mèche fumante ; et aussi les débuts d'Armavir, où les ancêtres de Michel avaient établi leurs comptoirs de vente. Le jour, les Arméniens surveillaient leurs troupeaux, qui paissaient aux abords de la ville. La nuit, ils fermaient les portes d'Armavir et montaient la garde aux remparts de pieux et de joncs. Lorsque les guetteurs apercevaient quelques cavaliers tcherkesses qui s'avançaient dans la direction d'Armavir, l'alerte était donnée, et les vieillards, les femmes, les enfants, le bétail, étaient conduits sous escorte dans une forêt voisine, près du Kouban, tandis que les hommes valides organisaient la résistance de l'enclos. Les Tcherkesses ne s'aventuraient jamais jusqu'aux berges du fleuve où se terraient les familles des guerriers arméniens, car, de l'autre côté de l'eau, se dressait le redoutable fortin russe de Protchnokop, avec sa garnison de Cosaques et ses dépôts d'armes et de munitions. L'assaut des Circassiens se limitait à la cité même, dont ils tentaient de démolir les portes ou d'escalader les murs. Des combats acharnés se livraient jusqu'à la nuit tombante entre les défenseurs arméniens et les cavaliers tcherkesses. Ces derniers employaient aussi bien le fusil que l'arc ou la fronde. Ils se retiraient, l'ombre venue, emportant leurs blessés et leurs morts. Et les portes s'ouvraient à nouveau pour recevoir la horde éplorée des femmes et des enfants, et les grands troupeaux meuglant dans la poussière.

Aujourd'hui, Tania savait bien que le pays entier avait été soumis et pacifié par les armées russes, et que les Arméniens et les Tcherkesses vivaient en bonne intelligence. Pourtant, elle ne pouvait s'empêcher de rêver au Caucase comme à une contrée exceptionnelle et un peu légendaire. Pour elle, le Caucase était le pays de Jason, de la Toison d'or et de Prométhée. Les hommes y étaient clairs et droits comme des lames. Ils portaient des vêtements cintrés, garnis de cartouches. Ils fabriquaient de la poudre avec du fumier de mouton, élevaient des abeilles dans des ruches d'écorce de tilleul, chassaient au faucon, ravissaient leurs fiancées, chevauchaient à perdre haleine par des sentiers friables, au bord des précipices grondants, tuaient un ami d'une balle en plein cœur pour venger l'offense faite à une arrière-grand-mère, volaient des enfants pour les revendre aux pachas de Stamboul et de Téhéran, mangeaient du *chachlik,* des concombres crus et des bouillies de froment, et faisaient la sieste sur des tapis précieux décorés d'arabesques.

À mesure que la date du mariage approchait, Tania devenait plus nerveuse et plus passionnée. Sa chambre était tapissée de cartes postales représentant l'Elbrouz, bien qu'Armavir se trouvât dans la plaine. Elle prétendit acheter un dictionnaire russe-tcherkess, mais aucun libraire d'Ekaterinodar ne détenait cet article. Elle voulut aussi, Dieu sait pourquoi, apprendre à tirer à l'arc. Mais Constantin Kirillovitch l'en dissuada en lui expliquant que les Tcherkesses eux-mêmes avaient abandonné ce genre d'exercice.

Le jour du départ arriva enfin. Une quarantaine de personnes accompagnaient Tania dans son voyage. Deux wagons entiers avaient été loués par les Danoff pour loger les invités et la famille. L'un de ces wagons, décoré de fleurs blanches, était réservé à Tania et à ses parents. Dans l'autre, s'entassaient une horde d'oncles, de tantes, de cousins, de cousines et d'amis. Tandis que le train roulait à travers des paysages plats, Tania s'efforçait de se dire qu'elle était bien la fiancée de Michel, que, la semaine prochaine, elle s'appellerait Mme Danoff, et que des hommes respectables lui baiseraient la main. Mais tout cela paraissait encore incroyable. Par jeu, elle essayait d'imaginer des obstacles imprévus, un brusque refus de Michel, une opposition farouche des Danoff, une catastrophe de chemin de fer en gare d'Armavir, ou quelque autre malchance qui détruirait son rêve.

Elle se signa furtivement en baissant la tête. Arapoff et sa femme somnolaient côte à côte, sur la banquette. Lioubov feuilletait un journal et soupirait fréquemment, pour montrer qu'elle était de mauvaise humeur. Kisiakoff discutait avec Nicolas dans le couloir. Et on entendait les rires d'Akim et de Nina derrière la cloison légère.

Tania colla son visage à la glace fraîche du wagon. La plaine filait à perte de vue, aussi vide et grise que le ciel qui la dominait. On ne discernait pas les montagnes. On ne sentait pas l'approche de leurs masses de neige et de rocs brisés. Sur la carte que Tania avait consultée, des centaines de verstes séparaient le petit rond modeste d'Armavir des hauteurs de l'Elbrouz et du Kasbek, cernées de hachures brunes. Et, cependant, Armavir était une cité du Caucase. Et cette cité ne pouvait manquer de participer à la vie noble des cimes.

Arapoff ouvrit les yeux et dit d'une drôle de voix émue et douce :

– Nous approchons, Tania.

Tania ne répondit rien. Elle était trop émue pour parler. Chaque tour de roue donnait raison à son espérance. Dans le soir, une poignée de lumières minuscules palpitaient comme des étoiles : Armavir. Voici les premiers signaux de la gare. Voici les longs convois de marchandises, endormis sur des voies mortes. Voici des toits, des murs, des silhouettes humaines. Voici le quai mal éclairé.

Des gens criaient autour de Tania, dans le compartiment :

– Tania! Tania! Attends-nous! C'est plus convenable! Je ne retrouve plus ma mallette bleue! Où est passé Akim? Combien de temps le train reste-t-il en gare? Porteur, porteur, occupez-vous un peu de mademoiselle!...

Mais Tania n'entend rien, ne voit rien. Deux bras l'ont saisie aux épaules. Une voix joyeuse murmure :

– Enfin! Le train n'a eu que sept minutes de retard!

Dix calèches, spécialement commandées à Stavropol, attendaient les invités sur la place de la Gare. Michel, très affairé, tira un papier de sa poche et répartit les voyageurs dans les voitures, suivant le plan qu'il avait établi. Il courait d'un groupe à l'autre, appelait les cochers par leur nom et marquait des traits de crayon dans les marges de son feuillet.

– Laissez-les, Michel, ils se caseront bien eux-mêmes! dit Tania.

– Non, non... J'ai tout préparé, j'ai tout réglé... Comme ça, il n'y aura pas de désordre...

Lorsque toutes les voitures furent occupées, Michel s'installa avec Tania et les parents Arapoff dans sa propre calèche qui tenait la tête de la file.

– À l'*Hôtel du Caucase,* dit-il.

Et le convoi s'ébranla lentement par les rues obscures de la ville. Il avait plu, et les sabots des chevaux enfonçaient dans une boue épaisse. Les trottoirs étaient vides. Des lampadaires à pétrole brûlaient d'une flamme malade dans l'air noir, humide et froid. L'*Hôtel du Caucase* se trouvait dans la rue principale d'Armavir. Toutes les chambres en avaient été louées par les Danoff pour leurs invités. Le linge de toilette et de literie avait été fourni par la maison Danoff. Et des gerbes de fleurs, commandées par les Danoff, ornaient les pièces, les escaliers et jusqu'aux lavabos.

Dans le vestibule dallé de l'hôtel, le portier et les garçons d'étage triaient les valises et remettaient aux clients les clefs de leurs appartements. Les invités s'interpellaient gaiement, riaient, confrontaient les numéros de leurs chambres. Lioubov insistait pour avoir une pièce avec balcon et vue sur les montagnes.

– Mais d'Armavir on ne voit pas encore les montagnes, madame, disait le portier avec une dignité confuse. Seulement, l'été, par temps très clair...

Kisiakoff faisait la cour à une cousine éloignée des Arapoff, petite bonne femme blonde au nez retroussé et aux joues frappées de fossettes :

– Nous serons voisins... Méditez cette constatation, ma chère...

– Voulez-vous vous taire, Ivan Ivanovitch! Comment un homme marié peut-il tenir des propos pareils!

– En voyage, tous les hommes sont célibataires.

Nicolas, morne et pâle, regardait le baromètre. Les parents Arapoff accablaient Michel de questions oiseuses sur la santé de sa famille et sur les mérites du prêtre chargé de la bénédiction. Tania, qui tombait de sommeil, écarquillait les yeux, souriait d'un air stupide, disait : « Oui, non, merci », au hasard de la conversation.

Les chevaux piaffaient dans la rue. Le portier chassa un mendiant qui s'aventurait à petits pas dans le hall. Un laquais ouvrit les portes de la salle à manger, et Michel convia les invités à un souper froid, avec du champagne et des vins cuits qui tournaient la tête. À table, il se pencha vers Tania et lui dit à l'oreille :

– Je passerai vous voir demain après-midi à l'hôtel.

Tania se regarda dans une grande glace murale et vit qu'elle avait de la suie sur le bout du nez. Depuis dix minutes déjà, Lioubov s'évertuait à lui signaler par des grimaces qu'un accident déparait son visage. Mais Tania n'avait même plus le courage d'être coquette. Elle était trop fatiguée et un peu ivre aussi.

Après la collation, Michel prit congé de l'assistance et les invités gagnèrent leurs chambres par petits groupes bavards.

Étendue à plat ventre dans son lit, le nez enfoui dans les oreillers, Tania s'efforçait en vain de dormir. Elle entendit longtemps des claquements de portes, des rires, des pas rapides dans le couloir. Quelqu'un ne retrouvait plus sa brosse à dents et sonnait le garçon d'étage. Une tante de Tania réclamait de l'eau chaude. M. Minsk-à-Pinsk allait de porte en porte en grommelant :

– Vous n'avez pas vu mon nécessaire de toilette?

Lioubov et son mari occupaient une chambre contiguë à celle de la jeune fille. Tania distinguait la voix forte de Kisiakoff qui parlait, parlait, comme un bourdon heurté contre une vitre. Des chaussures tombèrent sur le parquet. Le bois du lit grinça plaintivement. Un faible cri traversa la cloison :

– Non, Vania...

Et Tania, écœurée et lourde, se sentit couler à pic dans le sommeil.

Selon la vieille coutume arménienne, une fiancée n'avait pas le droit de pénétrer, avant le mariage, dans la maison de ses futurs beaux-parents. Cette interdiction de rencontrer Marie Ossipovna et Alexandre Lvovitch paraissait à Tania extrêmement romantique. Bien qu'elle eût été élevée dans la religion orthodoxe, elle était prête à admirer toutes les subtilités des rites arméniens et caucasiens d'Armavir. Elle se sentait déjà séduite et dominée par les habitudes d'un pays qu'elle aimait à travers Michel. Ce fut donc sans la moindre amertume qu'elle laissa ses parents se rendre seuls et en grande tenue au domicile des Danoff. Après leur départ, elle tourna longtemps dans sa chambre, désœuvrée et triste, et finit par prier Lioubov de se joindre à elle pour visiter la ville.

En vérité, Tania, qui s'attendait à découvrir un *aoul* étouffé de verdures sauvages et traversé par le galop des cavaliers tcherkesses, fut déçue par l'aspect morne et commercial d'Armavir. Cette cité, prise dans une boucle du Kouban, et dominée par le fortin en briques rouges de Protchnokop, était un ramassis de maisonnettes européennes sages et solides, avec des façades de plâtre, des toits de zinc ou de tuiles et des trottoirs en bois. La rue principale, la seule qui fût pavée, embrochait, de bout en bout, toute l'agglomération. À une extrémité, il y avait l'église qui conservait encore son vieux mur d'enceinte percé de meurtrières. À l'autre, une chapelle. En face de l'église, la maison communale. En face de la chapelle, le cimetière. Les autres monuments de marque étaient l'école primaire, la gare et le Cercle. Pas un jardin privé, pas un potager, pas une cour d'herbes folles. Des comptoirs immenses ouvraient leurs portes sur des architectures de caisses et de ballots éventrés. Les charrettes roulaient à grand fracas, et leurs charges déformaient les bâches jaunes aux initiales orgueilleuses. De temps en temps, un Tcherkess à la *bourka* crottée passait, à cheval, pouilleux et superbe, et, derrière lui, venaient des ânes rachitiques écrasés de baluchons et de cageots. Çà et là, des calèches élégantes voisinaient avec des fourragères attelées de bœufs et des chars primitifs à roues pleines. Des Arméniennes, recouvertes d'un châle noir, bavardaient à leur fenêtre et dévisageaient les promeneurs d'une façon méchante et rapide. Partout, des vitrines, des planches, des enseignes commerciales : *Rekouj et fils, mercerie en gros*; *Comptoirs du Kouban, vente de tous lainages*; *Golochtanine, tissus à la mode*; *Grand Bazar du Caucase*; *Soukhine, articles en bois*; *Kliachka, armurier.* Devant la vitrine de l'armurier, quatre Tcherkesses, en longues capotes et en bonnet de fourrure, commentaient les qualités respectives des revolvers et des poignards exposés. Plus loin, un autre Tcherkess prenait à partie un coiffeur blond et frisé qui lui défendait l'entrée de sa boutique. Plus loin encore, deux Persans barbus, chaussés de petites pantoufles, se chamaillaient en comptant leur bénéfice sur les doigts.

Tania avait l'impression que la ville entière ne vivait que pour et par le négoce : acheter – vendre – acheter – vendre.

Au bout de la rue principale, les deux sœurs s'arrêtèrent pour contempler, par-delà les rails du chemin de fer, la plaine indifférente qui rejoignait le ciel gris. Aucun doute n'était possible : il n'y avait pas de montagnes à l'horizon.

– Je trouve ça sinistre, murmurait Lioubov en grelottant.

Bien que Tania partageât l'opinion de sa sœur, elle haussa les épaules et dit d'une voix négligente :

– Toutes les villes étrangères paraissent sinistres aux touristes. Mais il suffit d'y habiter quelques jours pour découvrir leur charme.

– Quand tu découvriras le charme d'Armavir, tu me feras signe, dit Lioubov.

Tania estima bon de prendre un air vexé, et les deux sœurs regagnèrent l'*Hôtel du Caucase* sans plus échanger une parole.

À l'*Hôtel du Caucase,* Tania trouva Michel qui l'attendait dans le salon de correspondance.

– Vous avez vu Armavir, dit-il. Qu'en pensez-vous, à présent ?

Tania se troubla et répondit qu'elle ne voulait pas juger la ville sur une première visite.

– Je devine votre gêne, dit Michel. Vous avez trouvé qu'Armavir manquait de verdure, de promenades élégantes et de magasins de modes? C'est vrai : nous ignorons tous ces raffinements que j'ai pu apprécier à Ekaterinodar. Mais la campagne qui nous entoure est belle, et les gens que vous connaîtrez ici sont des gens simples et courageux. Vous les aimerez... Oui, oui... Tout ira bien...

Il paraissait nerveux et préoccupé. Il tortillait la chaîne de sa montre. À plusieurs reprises, il sortit un carnet, le feuilleta et le glissa de nouveau dans sa poche. Puis, tout à coup, il s'approcha de Tania et la regarda dans le fond des yeux.

– Tania, dit-il, j'ai un aveu à vous faire. Mes parents m'avaient conseillé de vous taire la chose. Mais je ne sais pas dissimuler mes sentiments.

– Que de mystère! dit Tania en souriant.

Michel baissa la tête :

– Volodia est ici.

– Quoi?

– Oui, je le croyais à Moscou, ou à Saint-Pétersbourg, et il est ici...

– Seul?

– Je le suppose.

– Mais pourquoi est-il venu? dit Tania qui était devenue très pâle.

– Je ne sais pas. Il est arrivé depuis deux jours. Il est descendu à l'*Hôtel de la Poste,* en face de notre maison. Et il répète, à qui veut l'entendre, qu'il désire assister à notre mariage.

– Vous l'avez vu?

– Non.

– Vous comptez le voir?

– Non.

– Et s'il prépare quelque mauvais coup pour le jour de la cérémonie?...

– Nous saurons l'empêcher de nuire.

– Il tentera de nous tuer! s'écria Tania. Il est capable de tout! Il... il est méchant!

– Volodia ne tentera pas de nous tuer, dit Michel avec douceur, parce qu'il est un pleutre. Tout au plus demandera-t-il à quelques énergumènes de hurler des injures au passage de la calèche, ou d'interrompre le service par un scandale. Mais nos dispositions sont prises. Des cavaliers tcherkesses feront la police autour de la voiture. Et les invités seront sévèrement contrôlés à leur entrée dans l'église.

– C'est affreux, gémit Tania, et elle cacha son front dans ses mains.

Ils demeurèrent un long moment, debout l'un devant l'autre sans échanger une parole. Par la fenêtre, on voyait la façade d'une mercerie. Des hommes entraient, sortaient, chargeaient des charrettes, marquaient les ballots de marchandises avec des bouts de craie. Tania s'assit dans un fauteuil et se mit à frotter ses mains l'une contre l'autre d'un geste machinal. Son angoisse dépassée, il ne lui restait plus au cœur qu'un sentiment de fierté et de colère. N'était-il pas admirable qu'il lui fallût braver une menace pour épouser l'homme qu'elle aimait? N'avait-elle pas souhaité de tout temps que son mariage se distinguât des mariages bourgeois par son caractère exceptionnel et romantique? Elle avait eu tort de juger cette ville sur les apparences. L'air qu'on y respirait était bien l'air généreux du Caucase. À peine y était-elle installée que, déjà, les passions se déchaînaient autour d'elle.

– Michel, dit-elle d'une voix un peu théâtrale, vous avez bien fait de m'apprendre la présence de Volodia dans la ville. Je n'ai peur de rien avec vous.

– Merci, dit Michel.

À ce moment, Lioubov pénétra en coup de vent dans la pièce.

– Papa et maman viennent de rentrer, dit-elle en haletant. Et ils m'ont annoncé une nouvelle, une nouvelle... Tenez-vous bien...

Ses yeux brillaient d'un éclat joyeux. L'émotion lui enflammait les joues.

– Tenez-vous bien, reprit-elle. Volodia est ici!

– Je le sais, dit Tania d'un ton sec.

2

DEUX JOURS avant le mariage, les habitants d'Armavir commencèrent à s'agiter. La cérémonie était considérée comme un événement municipal d'importance. On se répétait, de magasin en magasin, que le jeune couple jetterait des pièces d'or sur son passage, qu'un repas de trois cents couverts serait servi chez les Danoff après l'office religieux, qu'un orchestre de quinze musiciens s'entraînait dans le grand salon de l'immeuble, que les harnais d'argent des équipages avaient été expédiés de Moscou, et que des cuisiniers spécialistes, mandés d'urgence, confectionnaient déjà des pâtisseries monstrueuses, représentant l'Elbrouz et le Kasbek. On disait aussi que Volodia avait acheté un revolver chez l'armurier Kliachka, mais que les Danoff avaient mobilisé tous les gardiens tcherkesses de leur propriété pour accompagner la voiture nuptiale. Quelques mendiants fredonnaient au coin des rues des airs de leur composition, célébrant les fastes des épousailles futures. L'un d'eux, venu de Nakhitchevan, imitait le son lourd de la grosse cloche et psalmodiait :

Danoff! Boum! Danoff! Boum!

Puis, il prenait une voix de tête et chantait, très vite, sur le rythme des clochettes emballées :

Khourdi-Mourdi!
Viens par ici!
Khourdi-Mourdi!
Viens par ici!

Ce qui signifiait que le *Khourdi-Mourdi*, ou petit peuple, serait lui aussi convié aux réjouissances.

L'émerveillement des citadins ne connut plus de bornes lorsque, la veille du grand jour, des ouvriers de Moscou vinrent fixer un projecteur à la façade de la maison des Danoff. Ce projecteur, qui était branché directement sur la petite centrale électrique des Comptoirs Danoff, devait éclairer la rue principale jusqu'au porche de l'église. L'installation terminée, les ouvriers voulurent essayer l'appareil, et, sur un ordre du contremaître, une aube blanche illumina la chaussée. Les Tcherkesses et les Arméniens, groupés sur le trottoir, poussaient des hurlements de joie. Partout, des commis se massaient à la porte des magasins. Des chevaux hennissaient, épouvantés par cet éclairage brutal. Les cochers beuglaient : « *Khabarda! Khabarda!* » en maîtrisant leurs bêtes. Et les mendiants feignaient de ramasser la lumière dans le creux de leurs mains, en disant : « C'est de l'or qui coule! » Lorsque le courant fut coupé, un cri de consternation ébranla l'assistance.

« Encore! Encore! » glapissaient des montagnards enthousiastes.

Danoff! Boum! Danoff! Boum!
Khourdi-Mourdi
Viens par ici!

ululait le vieillard de Nakhitchevan.

Le nez collé à sa fenêtre, Tania s'amusait de ces manifestations bruyantes. Des passants l'ayant aperçue, un attroupement se forma devant l'hôtel. Quelques inconnus la montraient du doigt, riaient, criaient des plaisanteries et multipliaient en son honneur de grands saluts comiques. Tania agita son mouchoir et tira les rideaux pour se dérober aux regards des curieux.

Le jour de la cérémonie, une cohue bariolée, venue des lointains *aouls* de la plaine, bondait les rues d'Armavir et assiégeait l'église. La plupart de ces gens avaient entendu parler d'une distribution d'or par les jeunes mariés. Dès les premières heures de l'après-midi, la police municipale était débordée. Les badauds stationnaient sur les trottoirs et sur la chaussée, mangeaient debout des concombres et des lanières de viande séchée, bavardaient entre eux, s'interpellaient d'un groupe à l'autre et réclamaient des bouteilles de kwas chez les restaurateurs.

À l'*Hôtel du Caucase,* régnait un désordre fiévreux. Tania marchait en rond dans sa chambre, avec un visage de somnambule. Elle était absente d'elle-même. Elle appelait doucement :

– Maman, *mamotchka,* quand livrera-t-on la robe?

Zénaïde Vassilievna passait la tête par l'entrebâillement de la porte.

Elle avait une figure toute blanche et des yeux gonflés de larmes :

– Ne t'impatiente pas, ma chérie. Chaque chose en son temps! Chaque chose en son temps!

À trois heures, deux laquais des Danoff apportèrent une immense corbeille de roses et de lis. Entre les fleurs, reposaient des écrins de cuir blanc. Tania ouvrait les écrins l'un après l'autre et en retirait des rivières de diamants, des bracelets de diamants, des boucles d'oreilles de diamants. Lioubov, derrière elle, respirait difficilement et touchait les bijoux au passage avec des doigts tremblants de convoitise.

– Ça c'est une corbeille de mariage! disait-elle. Mon

Dieu, quel beau collier! Tu permets que je l'essaie. Il me va bien, tu sais? Regarde, regarde. Oh! quelle chance, quelle chance tu as!...

Et, tout à coup, elle éclata en sanglots. Kisiakoff l'entraîna hors de la chambre. Zénaïde Vassilievna appela son mari pour administrer des gouttes à Lioubov. Nina entra dans la pièce, ses chaussures à la main, et demanda si vraiment elle n'aurait pas le droit de se poudrer les joues « avec du rose ». Akim vint chercher de la pommade à la fougère pour ses cheveux qui « ne voulaient pas tenir ». Puis, Lioubov fit une nouvelle apparition, tragique et chancelante. Elle s'approcha de Tania, la baisa sur les tempes, déclara : « Ma pauvre chérie, comme tu vas être heureuse! », et emporta un grand peigne d'écaille blonde, dont elle avait absolument besoin.

Enfin, le coiffeur de Stavropol surgit dans l'encadrement de la porte, avec sa mallette d'instruments et sa blouse blanche. Et Tania, excédée, abandonna sa chevelure aux mains de l'artiste. Pendant qu'il travaillait, Tania se regardait dans la glace et s'étonnait d'y découvrir ce visage pâle et soumis de petite fille. Il lui semblait qu'elle se dédoublait, et que la véritable Tania vivait encore à Ekaterinodar, tandis qu'une autre Tania, inconnue et à peine sympathique, se laissait apprêter ici pour de terrifiantes solennités. Elle essaya de parler, avec la certitude qu'aucun son ne sortirait de ses lèvres mortes. Elle dit :

– Relevez un peu cette mèche.

Et, par miracle, le coiffeur l'entendit et fit claquer son fer à friser avant de répondre :

– À vos ordres, mademoiselle. Mais alors, je ne me reconnais plus responsable de l'équilibre des valeurs.

Cependant, dans le salon de l'hôtel, une femme de chambre des Danoff venait d'apporter la robe de la mariée, qui, selon la coutume du pays, avait été commandée par le fiancé et était restée chez lui jusqu'à l'heure des préparatifs. C'était une magnifique livrée de satin blanc, au corsage orné d'une berthe de dentelle ancienne. Sur le devant de la jupe, deux soufflets de mousseline de soie blanche, avec des touffes de fleurs d'oranger à la naissance des soufflets, formaient le tablier. La ceinture, nouée en nœud court, était garnie de perles. En présence des parents Arapoff, émus et guindés, un prêtre bénit successivement toutes les pièces de la toilette, à commencer par la robe et à finir par les mules de satin et les gants de chevreau glacé. Ensuite, la toilette fut portée en grande pompe dans la chambre de Tania et étalée sur son lit avec précaution. Le coiffeur ayant achevé son travail, les sœurs de Tania habillèrent la fiancée. Lioubov glissa une pièce d'or dans l'un des souliers de Tania. Et Nina lui remit une médaille de la Sainte Vierge, que le jardinier s'était procurée lors d'un pèlerinage à la laure de Kiev.

Quand Tania eut revêtu la robe blanche et ceint le diadème qui retenait le voile, ses parents la bénirent avec la vieille icône apportée d'Ekaterinodar. Puis, on confia l'icône à un petit garçon de dix ans qui devait accompagner le couple à l'église.

À quatre heures et demie, tout le monde était prêt.

Réunis dans le grand salon, les parents et les invités se complimentaient sur leur élégance respective. Lioubov recueillait tous les suffrages, avec une robe en cuir de soie rose, ornée de grosse guipure et de paillettes mordorées. Zénaïde Vassilievna portait une toilette de cachemire violet, au corsage plissé et décoré de soutaches, de galons et de rondelles d'astrakan. Les hommes, rasés de frais, parfumés, pommadés et gauches, déambulaient, les mains glissées sous les basques de leur frac. Une impatience fébrile bouleversait les visages. On attendait Michel, qui, conformément au rite arménien, devait venir chercher sa fiancée pour la conduire lui-même à l'église. Un crépuscule morose étouffait la ville. Des lampadaires s'allumaient, de place en place, à la façade des maisons.

À cinq heures moins le quart, enfin, la calèche de Michel se rangea devant l'*Hôtel du Caucase*. Elle était attelée d'une paire de trotteurs Orloff, gris, minces et nerveux, qui piaffaient d'effroi devant la foule. Le cocher, matelassé et barbu, écrasait la voiture de sa silhouette épaisse de poussah. Autour de son épaule, il avait noué les écharpes de soie bleues et roses qu'il avait reçues pour la fête. Tania descendit les marches du perron, tendues d'un tapis rouge, et s'avança vers Michel à pas lents. Un murmure d'admiration parcourut le groupe des badauds.

– Voici la petite reine!

– Oh! son diadème, comme il brille!

Tania, engourdie et faible, regardait Michel. Et Michel – un peu raidi dans son frac funèbre, le col haut, les sourcils froncés, le menton dur – lui parut un étranger, tout à coup. Elle ne connaissait pas cet homme. Elle avait peur de cet homme. Mais, soudain, les yeux de Michel brillèrent d'une lueur tendre, et Tania se sentit rassurée. Elle prit le bras qu'il lui offrait, en souriant. Et tous deux montèrent dans la calèche. Le petit garçon porteur de l'icône s'assit en face d'eux sur la banquette. Deux gardiens tcherkesses, le poignard à la ceinture et la main à l'étui-revolver, se hissèrent sur les marchepieds. Des cavaliers, aux tuniques grises et aux cartouchières astiquées, vinrent se ranger en caracolant de part et d'autre de l'équipage. Les parents, les sœurs, les garçons d'honneur et les invités s'installaient dans les voitures qui les attendaient en retrait de la porte. Et, sur un signe de Michel, le convoi s'ébranla, fendant la foule, dans la direction de l'église.

À ce moment précis, le projecteur s'alluma, embrasant toute la rue d'une clarté jaune d'incendie. Un cri de joie salua le miracle.

– La fête! La fête! hurlaient des voix gutturales.

Les trotteurs gris, effrayés, s'arrêtèrent, piaffant et balançant la tête. Le cocher se mit à jurer. Les gardiens tcherkesses écartaient du poing et de la botte les curieux qui se pressaient autour de la calèche. Tania contemplait avec stupeur ces figures anonymes, sculptées à grandes balafres par la lumière vive du phare. Et, soudain, elle porta la main à sa bouche. Debout sur une borne, dominant la marée des bonnets de fourrure et des fichus d'étoffe, Volodia la regardait. Il avait un visage maigre et méchant. Tania poussa un faible cri et toucha le bras de Michel.

– Il est là, dit-elle dans un souffle.

Michel se pencha vers les gardiens tcherkesses et leur dit quelques mots en dialecte. Instantanément, les cavaliers se massèrent en ligne sur le flanc de la calèche, dérobant Volodia aux yeux de la jeune fille.

Le cocher réussit enfin à maîtriser ses bêtes, et le cortège repartit à lente allure, dans le tintement des grelots et le crissement des cuirs cirés. Tania, mal remise de sa terreur, croyait vivre un rêve de folle. Ce crépuscule humain, bondé de bras, de bouches et de chapeaux, ces gardiens accrochés de part et d'autre de la voiture tels des anges maléfiques, ce bruit de sabots, de sonnailles, de selles grinçantes et de coups de fouet, tout cela composait une fantasmagorie facile qui lui fatiguait les oreilles et les yeux. Elle entra dans l'église comme dans une forêt. Les chœurs chantaient à pleine voix. Les fracs, les uniformes, les châles et les chapeaux à plumes ondulaient dans la lumière saccadée et pâle des cierges : Zénaïde Vassilievna en corsage violet, Lioubov, rose et mordoré, comme une fleur vénéneuse, Nina, toute bleue et frêle, écrasée entre deux commères au chef empanaché. Tant de gens se sont dérangés pour voir Tania en robe blanche au bras de son fiancé! Elle supporte à elle seule le poids de leur tendresse ou de leur inimitié. Mais qu'importe la tendresse ou l'inimitié des autres. Michel est auprès d'elle, sage et grave. L'amour de Tania refuse tout ce qui n'est pas lui. Les portes de l'iconostase s'ouvrent à deux battants. Le prêtre s'avance à la lisière du sol, gigantesque, étincelant d'or et de pierreries, et des paroles énigmatiques tombent de sa bouche sur les têtes basses des assistants. Il parle en arménien. Et Tania regrette un instant de n'être pas unie à Michel selon le rite orthodoxe. Mais, après tout, les deux religions sont voisines. Et le Dieu, à la barbe blanche et au regard sévère, qui siège dans les nuages mauves du plafond est bien le frère de celui qui orne les églises d'Ekaterinodar.

– Tania, le cierge, murmure Michel.

Et Tania prend docilement le cierge allumé, décoré de rubans, de tulle et de fleurs fraîches. Les garçons d'honneur élèvent les couronnes de perles qu'ils tiendront au-dessus de la tête des fiancés pendant toute la cérémonie. Le parrain dresse une croix d'argent derrière le couple. Tout à coup, un chant monte, ample et sourd, comme une lame de fond. Les genoux de Tania se mettent à trembler. Il n'y a plus de sang dans son corps. Elle est pure et légère, comme une plume blanche. Elle aperçoit son père, tout près d'elle, avec un visage mélancolique et tendre, et sa mère qui se mouche, et la petite Nina qui s'essuie les yeux. La pitié qu'ils lui inspirent complète bizarrement sa joie.

Le prêtre offre déjà les alliances dans sa longue main jaune et fripée. L'instant solennel approche. Le mystère du sacrement est dans le cœur de Tania comme un vertige. « Encore quelques secondes, et nous serons unis pour toujours. » Le chant meurt sur un grondement de vague qui se retire. Michel se tourne vers Tania. Il lui sourit. Et son regard exprime une affection et une fierté inquiètes.

Les parents de Michel étaient restés à la maison, suivant la coutume arménienne, et attendaient les jeunes mariés sur le perron tendu de velours rouge. Lorsque

Tania et Michel descendirent de la calèche qui les ramenait de l'église, Alexandre Lvovitch et sa femme s'avancèrent vers eux et, puisant à pleins doigts dans une corbeille enrubannée, leur versèrent sur les épaules des poignées de pièces d'argent et de riz. Des mendiants se jetèrent à quatre pattes pour ramasser les monnaies éparses, tandis que Tania et Michel secouaient le front et riaient en se tenant par la main. Puis un domestique apporta un couple de pigeons, que le père de Michel éleva un instant au-dessus des jeunes gens, et qui s'envolèrent soudain dans un vif battement d'ailes blanches. La foule poussa un cri de joie. Un Tcherkess, incapable de se contenir plus longtemps, tira un coup de revolver en signe d'allégresse. Une vieille femme hurlait :

– Longue vie et prospérité! Longue vie et prospérité aux tourtereaux!

Enfin, la mère de Michel tendit aux lèvres de Tania une cuiller d'argent pleine d'un mélange de beurre et de miel, pour que la vie lui fût douce. Et le couple, suivi des invités, pénétra dans la maison des Danoff.

Aussitôt, un orchestre invisible ébranla la bâtisse d'un formidable éclatement de cuivres et de tambours. Les portes de la salle des fêtes s'ouvrirent à deux battants devant les jeunes mariés. Ils entrèrent, d'un pas timide, dans une pièce vaste, blanche et déserte. Des chaises et des fauteuils étaient rangés le long des murs, comme pour un bal de province. Le parquet de marqueterie blond et brun reflétait durement les lumières. Les musiciens étaient juchés sur une estrade tendue de velours vert. À l'autre bout de la salle, une vieille femme noire était assise dans un voltaire monumental, entouré de fougères en pot : la grand-mère de Michel, l'aïeule redoutable, qui traitait ses fils grisonnants comme des galopins échappés de l'école. Depuis la mort de son mari, elle était l'arbitre de toutes les discordes intimes, la gardienne jalouse de toutes les traditions, la dispensatrice de tous les conseils, de toutes les réprimandes, et l'objet de tous les hommages de la tribu Danoff. Bouffie et cireuse, sous son casque de cheveux blancs, elle regardait venir, du fond de la salle, celle que son petit-fils avait choisie pour perpétuer la race. Tania, fascinée par cet œil sévère, mettait un pied devant l'autre comme un automate. La distance qui la séparait de l'aïeule lui paraissait interminable. À mesure qu'elle s'approchait du fauteuil, elle distinguait mieux les traits de la vieille femme, les sourcils broussailleux, les paillettes de jais dont la robe de deuil était semée, la main veineuse, crispée sur le pommeau en or massif d'une canne d'ébène. L'ancêtre demeurait immobile, hiératique et mécontente, et on eût dit qu'elle observait, au-delà des jeunes gens, le fantôme de ceux qui naîtraient de leur union. Tout à coup, elle éleva sa main droite, et Tania baisa respectueusement le bout de ses doigts morts. Alors, l'aïeule eut un sourire de fierté tranquille et dit d'une voix ferme :

– Je te salue, ma fille. Et je souhaite que tu nous donnes des enfants.

Puis, elle bénit Michel et lui dit :

– Que les douceurs du mariage ne te détournent pas du travail.

L'orchestre, qui s'était tu pendant la présentation de la mariée, attaqua l'ouverture de *L'Enlèvement au sérail.*

Les parents et les invités, restés aux portes du salon, envahirent la pièce et se pressèrent autour du couple pour le féliciter et lui souhaiter une vie légère. Comme les laquais apportaient des flûtes de champagne, les assistants s'écrièrent en chœur : « *Gorko! Gorko!* Il est amer! » ce qui voulait dire que le vin paraîtrait amer tant que Michel et Tania ne se seraient pas embrassés en public.

Michel se pencha vers Tania et lui toucha le front d'un baiser prudent.

– Hourra! hurlèrent les invités.

L'orchestre enchaîna sur une valse langoureuse. Tania retira son voile que ses amies se partagèrent en riant.

Et les jeunes mariés ouvrirent le bal dans un cercle de regards attendris.

Après le bal, il y eut un dîner de trois cents couverts, avec du caviar serti dans des blocs de glace, des cochons rôtis à la broche, des vins de Hongrie et du Caucase, des pâtisseries géantes, des discours et de la musique. L'aïeule présidait le repas. À côté d'elle, une place demeurait vide : celle de son mari, mort depuis sept ans. Au bas bout de la table, se pressaient les pauvres Arméniennes, qui étaient les confidentes serviles et les pitres attitrés de la vieille. Elles poussaient des cris aigus à l'apparition de chaque plat nouveau, multipliaient des plaisanteries et des vœux en dialecte et se taisaient au moindre froncement de sourcils de la maîtresse. Michel et Tania, assis côte à côte, se parlaient à peine, étourdis par le bruit, les lumières et les vins. Kisiakoff courtisait ouvertement la petite Nina et buvait plus que de raison. Les parents Arapoff racontaient aux parents Danoff les détails de leur propre mariage. Lioubov essayait de séduire un riche négociant d'Armavir, aux favoris vaporeux et aux bagues massives. M. Minsk-à-Pinsk réclamait à grands cris l'attention générale pour chanter, on ne sait trop pourquoi, les premières mesures de *Dieu protège le tsar*.

– Que tout le monde se lève, hurlait-il. J'exige le garde-à-vous pour l'hymne impérial.

À ce moment, Tania remarqua que les Arméniennes du bas bout de la table chipaient des fruits et des chocolats, et les fourraient prestement dans les poches amples de leurs robes.

– Regardez-les, Michel, dit la jeune fille.

– Elles font toujours ainsi, dit Michel en riant. Si elles demandaient des chocolats à ma grand-mère, elle ne refuserait pas de leur en donner. Mais elles sont fières, elles préfèrent se servir elles-mêmes!

De temps en temps, les dames quittaient la table pour délacer leur corset. Les hommes passaient à la toilette, et revenaient, rouges, les épaules droites, les cheveux trempés d'eau. Dans la cour des magasins on entendait chanter les gardiens tcherkesses, réunis autour d'un bûcher où rôtissait un agneau monté sur broche. Il y eut quelques coups de feu et des rires. À travers les accords de la musique européenne, perçaient les accents monotones de la harpe et des flûtes tcherkesses. Une voix grave modulait la complainte du guerrier Ouarida, dont les paroles ne sont que la répétition inlassable d'un même nom sur des rythmes divers :

Ouarida – da – Ouarida
Ouarida – da – Ouarida,
Ouarida, da, da!
Ouarida, Ouarida, da,
Ouarida – da, da!

Tania s'étonnait de ce mélange intime de barbarie et de civilisation. D'un côté, cette maison moderne aux parquets cirés, et, de l'autre, ce troupeau d'Arméniennes sauvages, ces chants primitifs, ces coups de feu. Il lui semblait qu'elle comprenait mieux Michel depuis qu'elle avait pris connaissance de son pays. Elle le regardait, fier et rieur, avec ses cheveux collés, son frac impeccable, son faux col, sa cravate blanche, et, derrière cette silhouette conventionnelle, elle imaginait un autre Michel, en *bourka* de feutre et en toque d'astrakan, dressé sur des étriers d'argent, et criant à perte de voix dans le vent de la plaine. Elle se pencha vers lui :

– Avez-vous un uniforme tcherkess, Michel?

– Oui, dit-il. Mais je ne le mets que pour monter à cheval. Soyez tranquille, vous ne me verrez jamais me pavaner devant vous dans ce costume.

– C'est dommage, dit Tania.

– Pourquoi?

– Parce que je crois que j'aime votre pays.

Michel prit la main de Tania et la porta vivement à ses lèvres.

À minuit, l'orchestre symphonique, épuisé, céda la place à un orchestre tzigane, et la fête continua jusqu'à l'aube.

Vers sept heures du matin, les laquais apportèrent des jus de fruits, du thé de Ceylan, et, pour les Arméniennes du bas bout de la table, du thé kalmouk, mêlé de lait, de sel, de poivre et de beurre frais. Un gardien tcherkess entra, hautain et gêné, dans le grand salon des maîtres, et s'approcha de Michel sur la pointe des pieds.

– Eh bien! Taou? demanda Michel.

– Il a rôdé toute la nuit autour de la maison, dit Taou. Il avait un revolver à la ceinture et deux hommes l'accompagnaient. Plusieurs fois, je lui ai crié de partir. Enfin, au petit jour, il a disparu.

– Merci, dit Michel. Tu organiseras un service à la porte jusqu'à la fin des fêtes.

Le Tcherkess se mit à rire doucement.

– Pour le punir, dit-il, j'ai déjà volé une pièce de drap au *Grand Bazar du Caucase.* Le magasin appartient à quelqu'un de sa famille. Ça lui apprendra!

Tania n'entendait rien. L'émotion et la fatigue lui coupaient les jambes. Elle avait hâte de se retrouver seule avec Michel, mais n'osait lui demander de lever la séance par crainte de paraître impatiente. La famille Danoff avait réservé toute une aile du deuxième étage au jeune couple. Michel ne tarissait pas d'éloges sur l'ameublement des pièces qui leur étaient destinées. Mais une seule de ces pièces intéressait Tania. Elle imaginait avec effroi le moment où son mari fermerait la porte de la chambre, tournerait la clef dans la serrure et s'avancerait vers elle. Oh! ce bruit de clef dans la serrure! Que de fois elle y avait songé, pendant ses dernières nuits de jeune fille! Ce petit claquement sec était le signe matériel de la dépendance, de l'esclavage, de la possession. Il exprimait à lui seul que Tania était désormais à la merci d'un homme. Elle ne voulait plus quitter la table, tout à coup. Elle souhaitait demeurer le plus longtemps possible dans cette salle bondée, surchauffée et bruyante. Ces gens dont les bavardages l'ennuyaient jadis lui paraissaient brusquement autant d'alliés, dont la présence la défendait contre tous les risques de son état. « Pas encore! Pas encore! Pourvu qu'il ne me demande pas encore de partir avec lui! Pourvu qu'il ne se presse pas! Pourvu qu'il m'oublie un peu!... »

Michel tourna vers elle un regard honteux et tendre.

– Tania, dit-il à voix basse, il est tard. Il faudrait peut-être...

Et il rougit jusqu'aux oreilles.

Tania se sentit défaillir d'appréhension.

– Vous voulez bien? reprit Michel.

Ils profitèrent d'un mouvement général de la table pour repousser leurs chaises et gagner la sortie d'un pas rapide. Tania tenait à peine sur ses pieds. Son cœur emballé cognait à coups vifs dans sa poitrine. Avant de franchir le seuil, elle se retourna. Elle vit son père et sa mère qui la suivaient des yeux. Et ils avaient l'air si tristes, si graves, si seuls, si terriblement seuls, si terriblement dépouillés, trahis, vieillis, inutiles, au bout de la longue table étincelante de cristaux et de lumière, que Tania eut envie de courir vers eux pour les embrasser et les consoler de leur peine.

– Vous venez, Tania? dit Michel.

– Oui, oui, balbutia-t-elle. Partons vite. Je ne peux plus les voir...

À sept heures, les invités quittèrent la maison par petits groupes cérémonieux et las. Ils revinrent à cinq heures de l'après-midi pour la suite des réjouissances. Les banquets et les soupers se succédèrent ainsi pendant cinq jours. Au cinquième jour, un cousin germain des Danoff mourut de congestion. Et la fête fut suspendue en signe de deuil.

Les habitants d'Armavir furent unanimes à reconnaître que les Danoff avaient bien fait les choses.

3

LE VOYAGE de noces en Crimée et dans les montagnes du Caucase avait mal préparé Tania aux devoirs monotones de sa nouvelle vie. Longtemps encore, après son retour à Armavir, elle regretta l'existence libre et variée dont elle avait profité aux côtés de Michel pendant les premières semaines de leur union. Malgré un effort constant et sincère, elle n'arrivait pas à se réveiller tout à fait de l'enchantement qu'elle avait subi. Comblée de souvenirs, elle profitait du moindre instant de solitude pour les évoquer avec délectation. Elle se revoyait à Yalta, dans le hall de l'*Hôtel de Russie*, où des serviteurs souples la saluaient au passage et où des femmes élégantes la dévisageaient méchamment. Dans la rue, se dandinait une foule cosmopolite, faite de promeneurs vêtus à l'européenne, de fonctionnaires aux uniformes neufs, d'Albanais en fustanelle et de Tartares, loueurs de chevaux, qui passaient, raides et nobles, calamistrés et parfumés, sur leurs montures dansantes. De Tiflis, en revanche – qui avait été la seconde étape du voyage – Tania conservait l'image confuse d'une ville asiatique aux ruelles tortueuses et mal pavées. Ce n'était qu'un fouillis de boutiques de bric-à-brac, de cuisines en plein vent, d'ateliers minuscules, où des artisans, assis sur les talons, martelaient des bagues d'argent ou brodaient des bottes de cuir fin. Des armuriers essayaient la trempe de leurs poignards en abattant le tranchant de la lame sur une grosse pierre de grès. Des boulangers plongeaient, à mi-corps, dans de grands fours en terre alimentés de braise. Des barbiers rasaient leurs clients au cœur même de la cohue. Des marchands de tapis attendaient le chaland en fumant le narghileh, ou en égrenant les cent noms d'Allah sur un chapelet d'ambre jaune. Tania ne savait plus où donner de la tête, devant ce déballage de soieries, de cuirs et de bibelots. Les yeux brillants, le sang aux joues, elle palpait nerveusement les brocarts de Noukha et de Shémakha, de Bagdad et du Turkestan. Et Michel était obligé de l'arracher de force à ses palabres avec les marchands orientaux.

Après une semaine de promenades sentimentales et d'achats inutiles, ils avaient quitté Tiflis pour se rendre à Vladicaucase par la route militaire de Géorgie. Michel avait loué, à la poste de Tiflis, une voiture particulière à ressorts, qui lui fut réservée pour un délai de six jours. Cette randonnée de deux cents verstes à travers les monts du Caucase avait laissé à Tania une impression chaotique, lumineuse, sauvage. Elle se rappelait, pêle-mêle, la petite route étroite qui, à la sortie de Mtsket, coupait un ancien cimetière israélite, dont les ossements passaient à travers les tranchées; et la diligence qui les avait croisés, toute brinquebalante, avec son postillon joufflu qui sonnait de la trompe aux tournants; et la descente vers Kobi, protégée des avalanches par des galeries de bois aux toits inclinés; et le village de Kobi, où les femmes ossètes, vêtues de tuniques rouges, offraient aux voyageurs des carafons d'eau pétillante et glacée; et le grondement du Térek, étranglé entre des murs de roches verticales; et les nuages accrochés aux pinacles de sucre et de rouille, et le bond des chamois, et le vol des aigles, et le Kasbek enfin.

Dans le ciel vert vif, la coupole blanche, isolée et

solide, du mont Kasbek, s'élevait d'un seul jet, avec son cratère latéral béant et les griffures éblouissantes de ses glaciers. Toute la lumière du monde semblait concentrée sur cette pyramide d'albâtre. Michel pestait parce que les deux cartes qu'il avait emportées ne donnaient pas la même altitude pour le mont Kasbek :

– Est-ce que c'est cinq mille quarante ou cinq mille quarante-cinq mètres? Il faudrait s'entendre.

Tania entendait encore avec précision la voix de Michel, cette voix de plein air, pure, étirée, et aussi la voix du cocher qui criait tout à coup dans son oreille :

– Les gorges du Darial!

Le défilé était si étroit, maintenant, que la route et le torrent filaient côte à côte. Il faisait sombre. En levant la tête, Tania apercevait à peine un mince ruban de ciel mordu par les plus hautes pierres. À l'entrée du défilé, s'érigeait un fortin russe, aux murs percés de meurtrières et hérissés de tourelles. Les parois du Darial, déchiquetées à vif, offraient au vent leurs entrailles de porphyre et de basalte. Des nuées livides coupaient les cimes et séparaient du monde des bouchons rocheux. Le soir descendait rapidement. En bas, le fracas du Térek devenait insoutenable. Des blocs éboulés obstruaient son cours. Le torrent se cassait contre leurs masses grises, avec des jaillissements d'étincelles, des crépitements de champagne glacé, une effusion de mousse blanche et légère.

De Vladicaucase, Michel et Tania avaient pris le train pour rentrer à Armavir. Comme il fallait s'y attendre, le retour avait été pénible. Il pleuvait. Des paysages d'herbe molle et de boue glissaient le long de la voie. Michel, soucieux, pensait à ses affaires qu'il avait trop longtemps négligées et regardait fréquemment sa montre.

– Tu as bien le temps, lui avait dit Tania. On croirait que tu regrettes notre voyage, que tu es pressé de rentrer.

– J'aime le voyage que nous avons fait, avait-il répondu, mais j'aime aussi notre maison d'Armavir et la vie que nous y mènerons.

Malgré cette affirmation, Tania ne pouvait s'habituer ni à la maison ni aux coutumes de sa belle-famille. Elle se retenait de pleurer à l'idée que ces longues routes vertigineuses, et ces neiges de diamant, et ces ciels de gouffre marin, aboutissaient à une chambre close, avec du tulle aux fenêtres et des pantoufles brodées sous la table de nuit. Elle déplorait que ses parents eussent déjà quitté la ville. Elle leur écrivait de longues lettres tristes. Un moment, elle se crut enceinte. Mais cette joie même lui fut refusée.

La demeure des Danoff était une vaste bâtisse européenne, construite sur quatre rues, et enfermant une cour carrée où étaient les écuries et les entrepôts. Trois façades sur quatre étaient réservées aux vitrines des Comptoirs. Le quatrième corps de l'immeuble, qui donnait sur la rue Voronianskaïa, était destiné à l'habitation. La grand-mère de Michel dirigeait avec autorité sa famille. Ni Alexandre Lvovitch ni Michel n'osaient désavouer les ordres de l'aïeule. La maison abritait aussi un nombre variable de vieilles Arméniennes, des collaborateurs chenus d'Alexandre Lvovitch, de petits-cousins, de petites-cousines, et toute une valetaille paresseuse, obséquieuse et inutile. Les pièces étaient immenses, avec de hauts plafonds, de grandes fenêtres limpides et des parquets de fine marqueterie. Les meubles, de style Louis XVI, tout neufs, cloutés d'or et saucés d'un vernis luisant, s'alignaient sagement le long des parois comme pour une vente aux enchères. Il n'y avait pas un tableau aux murs, pas un dessin, pas une photographie. Les vases étaient privés de fleurs. Les portes ne grinçaient pas. L'air ne sentait que l'encaustique et la naphtaline. D'ailleurs, la plupart des pièces étaient inhabitées et ne servaient que pour les repas de mariage, de baptême et de funérailles. Michel et Tania avaient reçu en partage un petit appartement de quatre chambres, au deuxième étage de la maison. L'une de ces chambres était dédiée aux futurs enfants du jeune couple. L'aïeule avait demandé qu'on la cirât et qu'on l'époussetât régulièrement, comme si elle eût été occupée déjà par un héritier exigeant.

Le premier soin de Tania, lorsqu'elle revint à Armavir, fut de modifier l'ameublement de son boudoir. Le canapé, la table, la psyché, les fauteuils étaient poussés contre le mur, selon la tradition familiale. Tania installa sa table devant la fenêtre, la psyché prit place, en biais, dans un coin de la pièce, les fauteuils émigrèrent au milieu du champ libre, et le canapé s'avança en jetée jusqu'à trois pas de la porte. Plus tard, des vases surgirent, pleins de fleurs et de branches. Les rideaux se laissèrent saisir par des embrasses de cordons dorés. De petites lampes discrètes s'épanouirent sur des guéridons arabes. Et quelques tableaux, envoyés d'Ekaterinodar, plaquèrent sur des cloisons monotones des frondaisons vertes traversées de soleil, des fichus rouges de paysannes et des ciels bleus pommelés de nuages blonds. La mère de Michel s'épouvantait de cette insolence. Parfois, tandis que Tania rangeait sa chambre avec la servante qui était affectée à son service, Marie Ossipovna passait le nez par l'entrebâillement de la porte et lâchait un faible cri scandalisé :

– Hein? Hein? Tu as encore tout mis à l'envers, ma fille. Hein? Ce n'était pas bien avant toi, sans doute?

– Tous les meubles étaient contre le mur, disait Tania.

– Et maintenant, ils nagent. Comme chez une folle! Hein? Ça me rendrait malade d'habiter une chambre pareille!

Et elle s'en allait en hochant la tête.

Ayant arrangé les chambres à son goût, Tania ne sut

plus que faire. La mère de Michel dirigeait le ménage sous les ordres de l'aïeule et n'admettait pas que sa bru vînt l'aider ou la conseiller dans sa tâche. Les promenades en ville étaient interdites à la femme d'un Danoff, car n'importe quel va-nu-pieds aurait pu la dévisager dans la rue. La famille Danoff n'avait pas de relations parmi la jeunesse d'Armavir, et les convenances s'opposaient à ce que des étrangers rendissent visite à une mariée de fraîche date. Michel, enfin, qui restait au bureau de huit heures du matin à une heure de l'après-midi, et de trois heures à sept heures du soir, ne voyait Tania qu'aux heures des repas et se couchait tôt parce que son travail le fatiguait à l'excès.

À plusieurs reprises, Tania s'était rendue aux Comptoirs pour bavarder avec Michel. Elle n'ignorait pas que ce caprice de jeune femme était jugé sévèrement par la famille et les employés. Mais l'envie de se distraire un peu lui faisait braver les réprobations. Elle aimait bien ces magasins animés et clairs, où défilaient tant de visages différents. Les murs étaient bardés de rayons, où s'entassaient des rouleaux de draps multicolores. Des tables de chêne foncé longeaient les cloisons. Et, au centre de chaque pièce, s'érigeait un comptoir de forme carrée, sorte de bastion en bois plein, où le vendeur principal se démenait comme un diable dans sa boîte. Les commis, vêtus de vestons et coiffés de calottes d'étoffe noire, avaient tous un crayon derrière l'oreille, un mètre en tissu dans la poche et un revolver au côté. Ils mesuraient les draps avec de grands gestes d'oiseaux prêts à prendre l'essor. Ils criaient d'une voix forte des métrages sensationnels et des prix de vente détaillés au kopeck. Docile comme l'écho, le comptable, assis devant son boulier, répétait les chiffres et faisait claquer les billes de bois d'un doigt preste d'escamoteur.

– Soixante *archines* de madapolam Sourire de Paris, quinze *archines* de drap givré, disait le commis.

– Vu... Vu..., disait le comptable.

La porte battait au vent. Les acheteurs entraient, sortaient, piétinaient en file devant les vendeurs débordés :

– Alors? C'est pour aujourd'hui ou pour demain, fiston?

On trouvait là des clients venus pour le compte des maisons de détail de Stavropol et de Rostoff. Ils avaient de petites moustaches frisées comme des crottes, des cheveux lisses, des joues roses. Une rangée d'épingles était plantée dans le revers de leur veston. À côté d'eux, stationnaient des Tcherkesses, raides et fiers, harnachés de revolvers et de poignards d'argent, des Tchetchen aux souliers de cuir léger, des Khevsour en redingote de drap bleu tombant jusqu'à mi-jambe, et des Tartares en bonnet conique. Tout ce monde se bousculait, se chamaillait, mêlant les idiomes, palpant à pleins doigts les marchandises dépliées, soupesant les velours, élevant les satins vers la lumière des vitres. Les vendeurs, excédés, couraient d'un client à l'autre, répondaient en russe, en tcherkess, en arménien, en géorgien. Des chevaux hennissaient devant les magasins. L'affaire conclue, l'étoffe coupée, les acheteurs s'avançaient vers la caisse, tiraient quelques roubles en papier, glissés dans la tige de leur botte, les comptaient avec de gros doigts malhabiles, grognaient :

– Fais-le-moi cinquante kopecks moins cher.

– On ne peut pas. Le prix est le même pour tout le monde.

– Au *Grand Bazar du Caucase* ils vendent à meilleur compte...

– Alors, va te servir chez eux.

– Allah! Allah! Comme tu parles à un vieil ami de la maison! Moi qui voulais t'apporter un fromage de chèvre...

Puis, les acheteurs chargeaient les colis d'étoffe sur leurs épaules et s'éloignaient d'un pas lourd en criant :

– Place... Place...

Aux heures de la prière musulmane, tous les Circassiens mahométans qui se trouvaient dans le magasin se rendaient par petits groupes vers le fond de la salle, où des tapis individuels avaient été disposés à leur usage. Là, ils se prosternaient, serrés l'un contre l'autre, les bras écartés, et le visage tourné dans la direction de La Mecque.

Un jour, certain vendeur arménien, un tout jeune homme, engagé la veille, pouffa de rire en regardant un vieux Tcherkess aplati sur le sol à quelques pas de lui. Le vieux Tcherkess ne broncha pas d'une ligne. Mais, la prière achevée, il s'avança nonchalamment vers le gamin. Son visage exprimait une résolution tranquille. Arrivé en face du commis, il cracha par terre, poussa un cri de gorge et, tirant son poignard, se précipita sur le malheureux. Un hurlement secoua la bâtisse. Le commis fuyait comme un rat le long des comptoirs encombrés d'étoffes. Le Tcherkess, la figure tordue, les yeux déments, le poursuivait à longues enjambées. Il allait le rejoindre, lorsque d'autres vendeurs s'interposèrent et saisirent le vieillard aux épaules. Des acheteurs tcherkesses accouraient déjà vers le groupe, le pistolet à la main. Il y eut une bousculade, un éclatement de jurons incompréhensibles. Un coup de revolver claqua sec, et la balle se logea dans le plafond. Deux employés barricadaient la porte pour interdire l'accès du magasin à la foule de badauds qui emplissait la rue. Le gamin qui avait déclenché la bagarre était effondré sur une chaise. Blême, la mâchoire tremblante, il gémissait :

– Ils sont fous, fous!

Tania, épouvantée, courut chercher Michel qui se trouvait dans son bureau. Michel arma son revolver et se rendit aussitôt sur les lieux, où la dispute risquait de dégénérer en bataille rangée entre les Tcherkesses et les employés.

– Chiens de chrétiens! grondait le vieux Tcherkess.

Je vous étriperai! Je vous saignerai! Je brûlerai votre baraque impure! Où est le patron?

Michel s'avança, pâle et calme, vers le vieillard, le salua et fourra ostensiblement son revolver dans sa poche. Tania se blottissait derrière l'épaule de son mari et lui soufflait à l'oreille :

– Sois prudent, Michel!

– Ce fils de mulet a osé rire pendant la prière! dit le Tcherkess d'une voix essoufflée.

– Je sais, dit Michel. On t'a insulté dans tes croyances, et nul n'a le droit de mépriser la religion d'autrui. L'homme qui t'a injurié sera chassé de la maison. Es-tu satisfait?

– Non, dit l'autre, je veux qu'il demande pardon à Allah de l'offense qu'il lui a faite.

Un murmure d'approbation parcourut le groupe des Circassiens :

– Oui, oui, l'amende honorable...

– Allah n'est pas offensé par les injures d'un chrétien, dit Michel.

– Alors, qu'il demande pardon à son Dieu!

– Il le fera, dit Michel. Je te le promets.

Le vieux s'apaisa et rentra son poignard dans sa gaine.

– Qu'es-tu venu acheter chez moi? demanda Michel.

– Du drap noir pour trois tuniques.

– Je te le donne. Oublie le malentendu qui nous a séparés.

Le Tcherkess se mit à sourire en balançant la tête :

– Allah! Allah! Tu sais les paroles qui font plaisir. Ouvre ta main.

Michel tendit la main, et le vieillard appliqua trois tapes sur la paume.

– Tu es mon ami, dit-il. Je t'enverrai du miel.

Les employés ouvrirent à nouveau les portes. Michel accompagna le vieillard et ses camarades jusqu'au perron, où les attendaient des chevaux et des charrettes attelées de bœufs.

À la suite de cet incident, Michel interdit l'accès des magasins à sa femme.

– Ta place n'est pas ici, dit-il. Je n'aime pas que les employés te dévisagent pendant que tu te promènes entre les comptoirs. C'est une question de... d'honneur! L'honneur des Danoff est en jeu!

Tania renonça donc à cette dernière distraction. Elle se levait tard, s'ingéniait à traîner devant sa table de toilette, feuilletait quelques journaux, écrivait quelques lettres. Parfois, une femme de chambre accourait pour la convoquer d'urgence chez l'aïeule. La grand-mère était installée dans un fauteuil, au centre de son salon particulier. Sa tête était recouverte d'un châle noir. Et elle tenait la canne d'ébène à pommeau d'or en travers de ses genoux. Autour d'elle, siégeaient la mère de Michel, quelques parentes anonymes et une dizaine de ces Arméniennes, crochues et sordides, qui formaient sa cour ordinaire. À peine Tania avait-elle franchi le seuil, que la conversation s'arrêtait net, tous les regards convergeaient sur elle.

– Dis bonjour, ordonnait l'aïeule.

Et Tania disait bonjour à toutes ces femmes qu'elle ne connaissait pas. Les invitées tâtaient au passage l'étoffe de sa robe, se levaient pour l'inspecter de plus près, ricanaient, bavardaient entre elles :

– Elle est un peu maigre!

– Pourquoi se coiffe-t-elle ainsi? Il faut tirer les cheveux.

L'aïeule tapait le parquet du bout de sa canne :

– Si mon petit-fils est assez bête pour l'aimer comme ça, il faut la laisser. L'homme est le maître.

– Hi! hi! ricanait quelque parente moustachue. L'homme se dit le maître...

– Chez les Danoff, il l'est, grondait l'aïeule en fronçant les sourcils.

Ce qui ne l'empêchait pas de déclarer, quelques instants plus tard :

– Mon fils ne sait pas conduire l'affaire... Quant à Michel, il parle le russe mieux que notre langue... Ça le perdra... Regardez-moi où il est allé chercher femme... À Ekaterinodar... Les femmes d'Ekaterinodar ne font pas d'enfants... C'est connu...

Et elle ajoutait, tournée vers Tania :

– Ah! tu es là?... Ça va comme ça, tu peux te retirer, ma fille.

Tania quittait la pièce, tandis que, derrière elle, résonnaient déjà de petits rires serviles et des plaisanteries en patois.

Elle s'enfermai dans sa chambre pour attendre le déjeuner. Pendant le déjeuner patriarcal, servi pour douze personnes et présidé par l'aïeule, il lui était impossible de parler à Michel sans que tout le monde fît silence pour entendre ce qu'elle disait. Après le repas, Michel retournait au bureau, et Tania, écœurée et morne, se couchait et tentait de dormir pour tuer le temps.

À la longue, cette oisiveté devenait intolérable. Tania abordait chaque journée nouvelle avec épouvante, parce qu'elle savait d'avance les gestes qu'elle ferait, les visages qu'elle verrait, les paroles qu'on lui dirait jusqu'à l'heure des lumières éteintes. La morgue austère des Danoff tuait sur place toute chance de gaieté ou d'action personnelle. Il y avait un cercle mort autour de Tania, et elle tournait dans ce cercle comme une prisonnière. Souvent, elle revenait aux souvenirs de sa libre jeunesse. Elle se rappelait la maison fleurie d'Ekaterinodar, pleine de courants d'air, de robes vives, de visites, où les portes claquaient, où les bonnes riaient, où Constantin Kirillovitch fredonnait, en rentrant, des chansons gaillardes qui offusquaient sa femme. Elle s'imaginait petite fille, courant avec ses sœurs et ses frères vers le docteur. « Renversez-moi, les enfants! » disait-il. Et les enfants le bousculaient sur le canapé avec des cris stridents, lui retiraient ses souliers et lui apportaient ses pantoufles fourrées. Elle évoquait aussi les fêtes de Pâques en famille, avec les œufs coloriés, dressés en pyramide, et chaque enfant choisissait un œuf, et l'on choquait les œufs l'un contre l'autre, et le champion avait droit à une double ration de chocolat.

Que tout cela était loin! Que tout cela était beau! Comme elle se retrouvait pauvre, après tant de richesse facile! Michel! Michel! Il l'avait si bien comprise avant leur mariage! Pourquoi ne la comprenait-il plus à présent? Il semblait qu'après l'avoir épousée, qu'après l'avoir amenée dans sa ville, dans sa maison, dans sa famille, il eût renoncé tout à coup à lui plaire et à s'occuper d'elle comme elle le méritait. Avec un égoïsme tranquille, il négligeait sa femme pour se consacrer à ses affaires. Ignorait-il donc à quel point elle souffrait de son absence? Elle ne voulait pas, par fierté, lui parler de sa peine. Et, cependant, elle avait plus que jamais besoin d'attention, d'adulation, de tendresse. Elle rêvait d'un concert de louanges perpétuelles : « Tu es ravissante!... Tiens? Tu as changé de coiffure!... Tu me plais tant que je n'irai pas au bureau aujourd'hui!... » Ah! il était dommage qu'elle aimât tellement Michel! Si elle ne l'avait pas aimé, elle eût désobéi avec délices aux règles de la bienséance. Elle n'eût pas hésité à quitter le foyer des Danoff, à récolter quelque soupirant, ou à mener l'existence dangereuse des femmes seules. Souvent, elle songeait à ce qu'eût été sa vie auprès de Volodia. Celui-là, au moins, se moquait des convenances et ne craignait pas d'afficher ses sentiments au nez des imbéciles. Bravant le risque, il était venu sur place pour assister au mariage. Peut-être même avait-il eu l'intention de tuer Tania et Michel? C'était admirable! Où se trouvait-il à présent? À Ekaterinodar? À Moscou? Hors de Russie? Tania n'osait pas interroger Michel à ce sujet. Une seule fois, elle s'était aventurée à lui demander si Volodia avait bien quitté la ville au lendemain de la cérémonie. Et il lui avait répondu « oui » d'un air bourru et triste. En vérité, elle regrettait que Volodia ne fût plus là, jaloux et vindicatif. Non qu'elle fût éprise de lui, certes, mais la présence du jeune homme à Armavir eût signifié clairement qu'il était amoureux et que rien ne pouvait le consoler d'elle. Cet hommage indirect était appréciable. Et puis, il y avait l'attrait du danger permanent qu'incarnait Volodia. Avoir peur, c'était déjà n'être plus désœuvrée. Or, elle n'avait même pas le droit d'avoir peur. Sa vie était préservée de toute joie et de tout malheur exceptionnels. Elle n'existait que pour manger, dormir, se laver, s'habiller et embrasser son mari entre les heures de bureau. Combien de semaines, combien d'années, durerait cette torture lente et douce?

Un jour qu'elle pleurait, le visage caché dans son oreiller, elle entendit frapper à la porte. Avant qu'elle eût pu dire un mot, le père de Michel s'avançait vers elle à petits pas silencieux.

– Chut! dit-il. Je viens en passant. À déjeuner, je t'ai trouvée très pâle, très nerveuse. Je voulais te consoler un peu.

Son beau visage régulier, à la barbe grise, aux yeux intelligents et clairs, exprimait une réelle tendresse. Tania lui prit la main et murmura :

– Je vous remercie. Mais je n'ai pas besoin d'être consolée.

– Si, si, dit-il en s'asseyant près d'elle. Michel est trop jeune pour se douter de ton chagrin. Mais moi, qui suis un vieux bonhomme et qui ai de l'affection pour toi, je sais tout ce qui se passe dans ta tête. Tu t'ennuies, n'est-ce pas?

Tania haussa les épaules :

– Vous trouvez que c'est drôle ici?

– Non, dit-il. Mais tu n'as pas épousé Michel pour t'amuser.

– C'est charmant!

– Michel a beaucoup de travail. Il doit se mettre au courant de toutes mes affaires pour pouvoir me remplacer bientôt. Et, afin qu'il ait l'esprit libre, il faut que tu te sacrifies, que tu lui donnes l'impression d'une épouse heureuse, que tu lui mentes charitablement, comme seule une femme sait mentir.

– C'est ce que je fais.

– Il ne faut pas le faire avec rage. Il faut le faire avec abnégation. Alors, ta peine sera plus douce.

Tania regardait cet homme souriant, et, comme toujours en face de lui, elle éprouvait un sentiment de quiétude. Elle soupira :

– Je veux bien vous croire. Mais encore me faudrait-il une compensation quelconque! Or, je n'ai rien. Je ne vois personne, je ne sors jamais, je...

– Tu nous juges bien barbares de t'interdire ces petites distractions, mais la coutume du pays exige cette sévérité vis-à-vis des femmes. Et Michel serait très mal vu s'il transgressait la règle. Laisse-moi faire. J'ai une idée.

Il cligna de l'œil :

– Que dirais-tu si j'obtenais pour toi l'autorisation de te promener une fois par jour en calèche, aux environs de la ville?

Tania sourit tristement :

– Ce n'est pas très original.

– Cela t'égaiera tout de même. Et ainsi, au moins, tu auras l'impression que j'ai fait quelque chose pour toi. Je veux que tu me considères comme un ami... un peu comme ton père! Ton père est plus drôle que moi, bien sûr. Mais, sous le rapport de l'affection, tu n'auras pas à te plaindre de moi. Allons!... C'est entendu! Et pas un mot de notre complot, petite fille.

Désormais, chaque jour, à quatre heures de l'après-midi, une calèche, attelée de deux chevaux à pompons rouges et bleus, vint se ranger devant la maison des Danoff. Tania, en grande toilette, montait dans la voiture. Une soubrette arrangeait sa robe autour d'elle et lui recouvrait les jambes avec une fourrure d'ours blanc. Puis, fendant la foule des curieux, l'équipage s'ébranlait à travers les rues clapotantes de neige boueuse. Des cochons grognaient, des poules s'envolaient avec des caquètements affolés devant les roues. L'itinéraire invariable du phaéton avait été fixé en famille. Après avoir labouré la vase noire de la cité, les chevaux dépassaient la caserne et longeaient au petit trot les eaux rapides et jaunes du Kouban. Un grondement irrégulier venait du fleuve. Sur le pont de fer qui enjambait le courant, un train glissait, mince, noir, entortillé de fumées livides. Puis, c'était la plaine. La plaine, plate et grise, qui s'usait, très loin, en vapeur. Le cocher arrêtait ses bêtes. Tania se dressait dans la voiture et demeurait debout, un instant étonnée d'être vivante dans ce désert. Il faisait froid. De gros nuages flottaient dans le ciel. Une odeur pure montait de la neige fondante. Un cheval secouait ses clochettes limpides. Très loin, des charrettes à bœufs suivaient une route de rêve. On entendait une voix sans âme qui criait : « Ho! Ho-ô! »

Un Tcherkess dépassait le convoi au trot de sa monture minuscule.

Le cocher regardait sa montre :

– Il est l'heure de rentrer, barynia.

Et c'était le retour, par les mêmes chemins, vers les mêmes maisons, vers la même tristesse.

Un soir, vers la fin du mois d'avril, la calèche de Tania croisa un cavalier qui galopait le long du Kouban. L'uniforme tcherkess à cartouchières était un peu trop large pour lui. Il se tenait difficilement en selle, le buste renversé, les jambes écartées d'une façon comique. Son visage maigre était bleui par le vent de la course. Tania poussa un cri en le reconnaissant. Volodia se retourna sur sa selle, regarda la jeune femme et cravacha sa bête.

– Ça s'habille en tcherkess et ça monte à cheval comme une soupière, dit le cocher avec un mépris souverain.

Le cœur de Tania sautait violemment dans sa poitrine. Elle éprouvait de la difficulté à reprendre son souffle, à dominer son tourment. Plusieurs fois, elle fut tentée de se retourner, afin de voir si Volodia n'avait pas rebroussé chemin pour la suivre. Pourquoi était-il revenu? Depuis quand était-il revenu? Elle cria dans le dos du cocher :

– Eh! C'est Volodia Bourine qui est revenu, n'est-ce pas?

– Oui, ça fait deux jours qu'il est là, dit l'autre par-dessus son épaule. Il a loué un appartement à l'hôtel, en face des Comptoirs.

– Quoi? Quoi? Un appartement?

– Trois chambres sur la façade. Pour sa femme et pour lui. J'ai demandé au concierge.

– Quelle femme?

– Une de Moscou, je crois. Elle viendra le rejoindre quand tout sera arrangé. Ce sera leur voyage de noces. Puis, ils iront à Ekaterinodar...

Tania baissa la tête, frappée d'une horreur subite. Volodia marié! Cela paraissait inconcevable! Il l'avait fait par dépit, sans doute. Avec la première venue. Et il ne s'installait à Armavir que pour la narguer, elle, Tania, pour lui prouver qu'il l'avait oubliée, qu'elle était remplacée, qu'elle ne comptait plus. Pourquoi Michel ne l'avait-il pas avertie de cet événement? Il était au courant, bien sûr, du mariage de Volodia. Et il n'avait rien dit. Craignait-il d'affecter ou d'effrayer Tania en lui annonçant brusquement la nouvelle? Ou espérait-il encore empêcher Volodia (par quel moyen?) de séjourner à Armavir avec sa jeune femme? Une autre question tourmentait Tania : cette créature que Volodia avait choisie, qui était-elle? comment était-elle? Elle tentait d'imaginer un visage banal, une robe terne, des cheveux sans éclat.

Puis, tout à coup, ses idées se brouillaient, et elle sentait qu'elle ne pouvait plus réfléchir à rien d'autre qu'à ce fait brutal, inexplicable, excellent : « Volodia est ici. Volodia est revenu pour me voir. » Dès son retour à la maison, elle raconterait tout à Michel et lui reprocherait de ne pas l'avoir prévenue. Maintenant, prise d'une hâte nerveuse, elle frappait le dos du cocher et lui ordonnait de presser les bêtes. Comme la calèche traversait les faubourgs, elle crut s'évanouir d'impatience. Enfin, la rue, les vitrines, la porte. Tania sauta hors de la voiture et se précipita dans le vestibule. Le silence glacial de la demeure arrêta son élan. Avant qu'elle ait eu le temps de se ressaisir, Michel était devant elle, avec un visage pâle et fatigué qui annonçait le malheur. Oubliant son trouble récent, Tania murmura :

– Quoi? Qu'y a-t-il?

– Grand-mère a eu une attaque. Le docteur prétend qu'elle ne passera pas la nuit. Surtout ne t'inquiète pas si tu entends hurler dans la maison : ce sont les pleureuses.

Jusqu'à la nuit, les pleureuses sanglotèrent à pleine voix et récitèrent les mérites exceptionnels de la mourante. On avait interdit à Tania l'entrée de la chambre où reposait l'aïeule. La jeune femme se tenait dans un petit salon où les vieilles Arméniennes venaient reprendre haleine entre deux vocalises. Elles arrivaient, trois par trois, essoufflées, toussotantes, buvaient un verre de thé et retournaient à la tâche :

– Oh! notre bienfaitrice! Pourquoi nous quittes-tu si tôt? Tu étais trop parfaite sans doute, et c'est pour ça que Dieu te rappelle à sa droite! Ah! Oh! Que ne pouvons-nous te suivre dans la tombe! Oh!

À minuit, Michel envoya chercher un prêtre. Les pleureuses s'installèrent pour une collation autour de la table servie. Leur office achevé, elles se retrouvaient entre elles, indifférentes et lasses :

– Je me demande ce qu'elle nous laissera! disait l'une.

– On aurait dû lui parler de sa grande armoire. Ma fille a justement besoin d'une armoire.

La tête fatiguée par les cris des vieilles et les chuchotements des valets, Tania ne quittait plus le petit salon qu'une double porte séparait de la chambre de la malade. Elle n'avait aucune sympathie pour cette femme grasse et autoritaire qui râlait doucement dans la pièce voisine. Mais la présence de la mort dans la maison lui était pénible. Accoutumée à une existence simple et pâle, elle supportait mal que deux événements d'une égale importance marquassent une seule journée : le décès de l'aïeule et la rencontre de Volodia. Il semblait que chacun de ces faits sensationnels l'empêchait de penser convenablement à l'autre. Son esprit sautait de la grand-mère à Volodia, de la mort à la vie, de la tristesse à l'espoir, au point qu'elle en était étourdie. Elle monta se coucher à trois heures du matin. Mais Michel ne put la rejoindre, car il avait résolu de passer toute la nuit au chevet de la malade. À l'aube, Tania était de nouveau dans le petit salon. Les pleureuses, aux visages bouffis de fatigue, se restauraient en buvant du thé kalmouk dans de grosses tasses de porcelaine bleue. Michel surgit en coup de vent. Une barbe rare lui hérissait les joues. Ses yeux étaient rouges et faibles. Il dit :

– Ah! te voilà. On jurerait qu'elle se porte un peu mieux. Le médecin a repris confiance...

Puis il rentra dans la chambre de sa grand-mère. Tania, assise à la croisée, détournait la tête pour ne pas voir les vieilles qui lapaient gloutonnement leur infusion beige et odorante. Le bruit de leurs langues mouillées, leurs reniflements, leurs plaisanteries pâteuses, exaspéraient son intransigeance. Machinalement, elle écarta le rideau de voile qui masquait les vitres et regarda la ville pluvieuse. Et, tout à coup, son cœur bascula dans sa poitrine. Le salon de l'aïeule donnait sur la rue Voronianskaïa. De la fenêtre, on voyait bien la façade plate et mouillée de l'hôtel. Quatre croisées au troisième étage retenaient son attention. Des peintres s'affairaient dans les pièces, avec leurs échelles et leurs seaux baveux. Parmi eux, le chapeau sur la tête, les mains dans les poches, se trouvait Volodia. Tania laissa retomber le rideau et jeta un rapide coup d'œil vers les pleureuses. L'une d'elles avait aperçu son geste :

– Tu regardes la maison d'en face? Il a choisi l'hôtel le plus proche. Exprès, le fils de chien. Et il fait repeindre les chambres. Comme si elles n'étaient pas assez belles! Ça t'amuse?

Tania se leva brusquement et quitta le salon où les petites vieilles riaient et claquaient des mains.

La grand-mère mourut dans la nuit. Les funérailles furent suivies par un peuple nombreux de parents, d'amis et de protégés. Les pleureuses se surpassèrent. Après l'enterrement, tous les hommes du cortège se réunirent dans le grand salon pour un repas froid. Et toutes les femmes s'installèrent dans le salon voisin, autour d'une table à thé. Tania, étant la plus jeune des Danoff, était chargée d'assurer le service à l'exclusion des domestiques. Elle détestait cette assemblée de vieilles, aux visages râpés, aux yeux voleurs, aux épaules entortillées de voiles funèbres. On eût dit une rangée de corbeaux, accroupis sur une tombe. Elles jacassaient entre elles, se chipaient les meilleurs morceaux, réclamaient du thé et des confitures, sans vergogne.

– Donne-moi des gâteaux, disait l'une d'elles en se tournant vers Tania.

– Vous en avez sur votre assiette!

– Et alors? Tu es aussi avare que la grand-mère, je pense! Ah! misère! misère!

Tania tendit le plat de gâteaux, et la vieille se servit des deux mains, avec une hâte sauvage, engouffra un morceau dans sa bouche élastique, en glissa un autre dans la poche de sa robe. La pleureuse mâchait, et toute sa figure se plissait selon le jeu de ses fortes mâchoires. Des miettes de pâtisserie pendaient au coin de ses lèvres velues. Entre deux bouchées, elle s'étrangla et but une gorgée de thé. Puis, elle se caressa le ventre du bout des doigts, cligna de l'œil et dit :

– Elle n'en mangera plus, la pauvre défunte.

Tania songeait avec terreur à la portée de cette oraison funèbre. Elle imaginait la vie de cette aïeule, que

Michel lui avait si souvent racontée. Elle avait épousé à quatorze ans un homme de trente ans, qui l'avait enlevée, suivant l'usage, après avoir payé le tribut en bétail et en étoffes. Des compagnons de la jeune fille avaient poursuivi le voleur en tirant des coups de feu pour ameuter le village. Puis, la jeune fille ayant déclaré qu'elle acceptait d'être la femme de son ravisseur, le mariage avait eu lieu dans la petite église d'Armavir. Et ç'avait été la vie recluse, les besognes ménagères, les enfants. La femme n'apparaissait aux yeux des étrangers que sur l'ordre de son maître. Elle ne prononçait pas le nom de son mari devant les personnes de son entourage. Les années passaient, sans qu'elle vît autre chose que les rues d'Armavir et les Comptoirs Danoff, et la steppe, la steppe jusqu'à s'en fatiguer les yeux. Son fils se mariait; des enfants naissaient; l'héritier de la famille prenait femme à son tour. Et l'aïeule, respectée, ignorante et lasse, mourait enfin, entourée de vieilles hargneuses qui poussaient des glapissements. Et, après sa mort, ses amies croquaient des friandises, daubaient sur son compte et disaient : « Elle n'en mangera plus, la pauvre défunte. »

C'était une vie comme tant d'autres, dans ce pays primitif et cruel. Nul ne pensait à plaindre celle qui avait ainsi gâché son existence. Personne ne comprendrait que Tania prétendît à un autre destin. La gorge de Tania était sèche, crispée. Des larmes lui montaient aux yeux. Une vieille la désigna du doigt :

– La voilà qui pleure, maintenant! C'est trop tard! La grand-mère ne peut plus rien te donner, ma fille!

Le soir, quand elle se retrouva seule dans sa chambre, avec Michel, Tania fut prise d'un accès de fièvre. Michel voulut convoquer le docteur, mais la jeune femme s'y opposa :

– Ce n'est rien... Les émotions, la fatigue...

– Oui, dit-il, moi aussi je suis exténué... Cette mort inattendue, absurde, a bouleversé toute la maison.

– Je ne pense pas seulement à la mort, dit Tania.

Michel la regarda d'une manière si directe qu'elle se troubla un peu et baissa la tête.

– Quoi? dit-il. Qu'y a-t-il encore?

– Volodia est ici.

– Je le sais.

– Il habite l'hôtel d'en face.

– Oui, depuis deux ou trois jours.

– Tu trouves cela naturel, peut-être?

Michel plissa les yeux, comme ébloui par une lumière désagréable.

– Volodia est libre de résider où bon lui semble, dit-il.

Le calme de Michel exaspérait Tania. En vérité, elle ne pouvait supporter qu'il parlât avec désinvolture d'un événement qui ne la laissait pas en repos. Elle eût souhaité qu'il participât mieux à son inquiétude, qu'il entrât plus franchement dans son jeu. Mais il demeurait là, fatigué, sceptique, sûr de lui.

– Je suis heureuse, dit-elle, de voir que tu prends les choses avec philosophie. Sais-tu seulement combien de jours il compte passer ici?

Michel dégrafait son col, dénouait sa cravate avec des gestes lents.

– Non, dit-il, deux ou trois semaines. Peut-être plus. Je l'ai croisé dans la rue...

– Il t'a parlé?

– Parlé? Nous ne nous saluons même pas. À ce propos, je voudrais te dire qu'il faudra renoncer à tes promenades en calèche. Volodia serait capable de t'accoster...

– Eh bien? Je suis assez grande pour me défendre!

Michel redressa la taille et son visage devint sec et méchant.

– Je ne tiens pas à savoir tes raisons, dit-il d'une voix brève. Je me suis brouillé avec Volodia. Il est notre ennemi. Tu ne t'exposeras pas à le rencontrer. Ni lui ni sa femme. S'il n'est venu à Armavir que dans l'espoir de susciter un scandale, il en sera pour ses frais. Voilà tout.

Les promenades en calèche n'amusaient guère Tania. Mais, à l'idée d'y renoncer, elle se sentit prête à pleurer de rage :

– Même plus de promenades?... Mais c'est la prison, alors? Mais...

– Ni ma grand-mère ni ma mère ne se sont promenées en calèche hors de la ville, dit Michel. Et elles ne se sont jamais plaintes de leur prétendue réclusion.

– Excuse-moi, s'écria Tania, mais je ne suis pas de la même race que ta mère et que ta grand-mère! J'aime vivre! J'aime rire! J'aime...

– Il ne fallait pas m'épouser, Tania, dit Michel avec une douceur subite.

Et il posa sa main sur les cheveux de la jeune femme. Le poids de cette main était agréable. Tania se laissait faire, gémissante, furieuse et soumise à la fois. Tout à coup, elle saisit le bras de Michel et écrasa ses lèvres contre le poignet large et osseux.

– Jusqu'à quand vais-je t'aimer assez pour supporter tout ce que tu m'imposes? dit-elle.

– Mais jusqu'à ta mort, Tania, dit Michel avec un sourire joyeux.

4

LE COURONNEMENT de l'empereur Nicolas II, au Kremlin, devait avoir lieu le 14 mai 1896. Dès les premiers jours du mois, toute la ville de Moscou s'était transformée en chantier bourdonnant. Une profusion d'arcs de triomphe, de tribunes, d'estrades et de chemins de bois poussait sur le parcours fixé pour le cortège. Des mâts géants se dressaient aux carrefours, avec leurs chevelures de bannières jaunes frangées d'or. Aux fenêtres des maisons, fleurissaient des guirlandes de papier gaufré. Çà et là, des bustes en plâtre de l'empereur et de l'impératrice s'incrustaient dans des niches de feuillages. Les marins de la flotte de guerre, jugés seuls capables d'effectuer des acrobaties à haute altitude, fixaient des ampoules électriques sur les clochers, les tours, les flèches et les coupoles du Kremlin. Une armée de charpentiers taillaient à la hache, dans le bois blanc, les aigles, les couronnes, les chimères, les rosaces et les chiffres impériaux, et les coloriaient sur place à grands coups de brosse.

Et, tandis que les préparatifs se poursuivaient avec fièvre, de tous les districts de l'empire arrivaient des maires de bourgades, des notables de villages, appelés au compte du gouvernement pour offrir à l'empereur le pain, le sel et les cadeaux d'usage. On les logeait tant bien que mal dans le vaste édifice en briques rouges du théâtre Korsh. Sept cents lits de fer et de planches avaient été dressés bord à bord dans le foyer, dans les couloirs, dans les loges et dans les galeries. La scène, l'orchestre et le parterre, privé de ses fauteuils, formaient un vaste réfectoire éclairé par des herses et dominé par les portraits de l'empereur et de l'impératrice; Polonais, Lituaniens, Tartares, Tcherkesses, Géorgiens, Arméniens, Kirghizes, Kalmouks, se coudoyaient dans un effarant mélange d'uniformes et de dialectes. Nonchalants et dignes, ils promenaient à travers la ville leurs sabres courbes, leurs pelisses, leurs toques de fourrures, leurs bonnets pointus ou leurs turbans de soie qui faisaient la joie des badauds. Moins heureux que ces hôtes de marque, d'innombrables moujiks étaient venus à pied pour assister à la cérémonie. Ils avaient quitté leur hameau distant de plusieurs centaines de verstes, et ils s'étaient acheminés, avec leur baluchon et leur bâton, sur les routes détrempées par la fonte des neiges, vers la cité sainte où l'empereur leur avait donné rendez-vous. Arrivés dans la capitale des tsars, ils étaient noyés dans le flot gris du peuple moscovite. Où dormaient-ils? Que mangeaient-ils? La nuit, sous les portes des églises, sur les marches des chapelles extérieures, il y avait des troupeaux d'hommes et de femmes, couchés à même la pierre, recrus de fatigue, et qui ronflaient. Tous rêvaient du sacre de l'empereur et de la grande kermesse qui suivrait, sur le champ de la Khodynka, avec théâtre, cirque, orchestre et répartition de friandises et de gobelets au chiffre de Nicolas II.

Les cercles révolutionnaires suivaient de près les réactions du peuple à l'annonce des fêtes. La propagande parlée et la distribution de tracts aux portes des usines avaient été accélérées pendant les trois semaines précédant l'arrivée des souverains dans leur ville. Pour sa part, le groupe de Grünbaum avait dépêché des émissaires dans les quartiers pauvres de Moscou, afin de décourager, dans la mesure du possible, l'enthousiasme des petites gens. Ces émissaires racontaient qu'une icône s'était détachée du mur pendant qu'on célébrait un office à la gloire des souverains dans l'église Saint-Vladimir, sur la Loubianka, que la couronne de l'empereur était trop grande et que les orfèvres avaient refusé de la rétrécir, que de nouveaux impôts seraient levés pour payer les fastes du couronnement, et même qu'on avait décidé de se saisir de mille trois cents moujiks, de leur tondre la tête et de disposer ces crânes glabres dans la foule pour dessiner le chiffre impérial en rose sur fond gris.

Selon les ordres de Grünbaum, Nicolas et Zagouliaïeff devaient se tenir aux abords du Kremlin, pour assister à l'entrée de l'empereur dans sa forteresse, et préparer un rapport sur les manifestations du public durant le défilé.

La date de l'entrée solennelle de l'empereur au Kremlin était fixée au 9 mai, le couronnement et le sacre étant prévus pour le 14. Le 9 mai, dès les premières heures de la matinée, Nicolas et Zagouliaïeff se rendirent à leur poste, sur la place Rouge, face à la porte du Sauveur, dont la tour gothique, surmontée d'une aigle bicéphale, coupait la ligne des remparts crénelés. Des estrades avaient été dressées sur les deux longs côtés de la place. Une foule compacte de privilégiés encombrait les gradins de bois, et, plus bas, le menu peuple se tassait entre le rebord des tribunes et la double rangée de soldats qui limitaient le champ réservé au cortège. Nicolas et Zagouliaïeff se glissèrent, en jouant des coudes, jusqu'à rejoindre la haie serrée des factionnaires. Entre les baïonnettes parallèles, ils découvraient l'espace libre de la place, dominée par la masse rouge du Kremlin, avec ses oriflammes orange ou tricolores, ses tours piquées de lampes, et ses coupoles resplendissantes d'or et de soleil. À gauche, la place était fermée par la cathédrale Saint-Basile aux onze chapelles couronnées de dômes en forme d'ananas et d'oignons. À droite, l'accès de la place était marqué par la double porte ibérienne, entre lesquelles se trouvait la chapelle de la Mère-de-Dieu, qui serait la première halte du tsar. Des grappes de spectateurs couvraient l'énorme monument en bronze de Minin-et-Pojarsky. Des bordures de têtes hérissaient les créneaux du Kremlin. Des troupeaux de fourmis stagnaient sur les toits des immeubles. Devant les églises, se tenait le clergé, en habits sacerdotaux de drap d'or, entourant les images.

Le ciel, assombri la veille, s'était éclairci au matin du grand jour, et quelques rares nuages traînaient sur un fond d'azur convalescent. Il faisait doux. Un vent léger jouait avec les bannières et les drapeaux des édifices. De quart d'heure en quart d'heure, les carillons scandaient l'attente, et des nuées de pigeons et de moineaux s'envolaient des clochers et tournaient au-dessus des têtes. Déjà, des vendeurs de kwas et de pâtisseries circulaient parmi l'assistance et criaient leur marchandise à pleine voix. De la foule, lentement grossie, montait une rumeur qui s'étouffait, reprenait, s'amplifiait comme au signal d'un chef d'orchestre. Nicolas retrouvait dans sa poitrine cette sensation terrifiante qu'il avait éprouvée lors de la distribution des tracts à l'usine Prokhoroff. Pris dans la masse du peuple, il en subissait les pulsations secrètes, comme si sa chair eût été liée à toutes ces chairs, arrosée du même sang, animée de la même conscience. Il avait beau se répéter que ces fastes byzantins n'étaient que des parades de foire, derrière lesquelles se dérobaient la misère et la faiblesse honteuses d'un régime condamné, il avait beau s'affirmer que l'amour du moujik pour son souverain n'était qu'une tradition puérile dont le socialisme aurait vite raison, une sorte d'angoisse bienheureuse lui chavirait le cœur à chaque coup de cloche. Pour se défendre contre son exaltation naissante, il échangeait quelques mots avec

Zagouliaïeff, qui, costumé en ouvrier, la casquette sur l'oreille, le mégot aux lèvres, contemplait la place avec un sourire de mépris. De temps en temps, Zagouliaïeff lâchait à mi-voix une réplique destinée à édifier ses voisins sur la vraie signification de la fête :

–Ils en ont mis de l'or, et des drapeaux, et des estrades! grognait Zagouliaïeff. Mais qui paiera la note, sinon le peuple?

– Le fait est qu'on s'en serait passé, dit Nicolas, avec une conviction hâtive.

Une paysanne en fichu, dont la figure était frappée de trois taches roses, aux joues et au menton, répondit avec humeur :

– Si tu t'en serais passé, pourquoi es-tu venu voir la cérémonie?

– Il habite à côté, dit Zagouliaïeff. Il aurait eu tort de ne pas se déranger.

– Et moi, j'habite Toula, dit un grand moujik à la barbe rousse et au cafetan déchiré, et j'ai une jambe de moins, et je marche sur des béquilles, et voilà, je suis venu.

– Pourquoi? dit Zagouliaïeff. Tu crois que le tsar te rendra ta jambe? Il aurait suffi de quelques roubles prélevés sur les crédits du sacre pour acheter un appareil sanitaire aux malheureux estropiés, mais le tsar a préféré laisser crever les invalides, et dépenser des millions pour commander des drapeaux, des cierges et des uniformes.

Le paysan cligna de l'œil :

– Le tsar a peut-être plus besoin de drapeaux et d'uniformes que moi d'une jambe articulée.

– Sans doute, s'écria Zagouliaïeff, parce que sans drapeaux et sans uniformes l'empereur n'existe plus, l'empereur n'est plus qu'un homme comme toi et moi!...

– Oui, dit la paysanne, mais il a les drapeaux et les uniformes, et comme ça il est plus fort que toi, et, si ça ne te plaît pas, tu n'as qu'à rentrer chez toi!

Il y eut des rires autour de la femme. Quelqu'un cria :

– Bravo, Akoulina! Tu lui as cloué le bec!

– Les imbéciles! dit Zagouliaïeff. Il suffit qu'on sorte les icônes et qu'on pende des torchons tricolores aux mâts de la ville pour qu'ils ravalent leur rancune et deviennent doux comme des moutons!

Un vendeur de boissons traversa le groupe, et le moujik estropié se paya une rasade de kwas :

– À la santé de notre petit père, dit-il. Ah! comme je vais hurler quand il passera devant nous!

– Il ne te verra même pas, dit Nicolas.

– C'est vrai, il ne me verra pas, dit le moujik. Mais il m'entendra. Et, comme ça, il saura qu'il y a dans la foule un Ivan Kousmitch, qui est venu avec ses béquilles, et qui gueule pour lui jusqu'à s'en déchirer la gorge. Ça lui fera plaisir.

– Et tu iras aussi à la Khodynka? demanda Nicolas en souriant.

– Bien sûr que j'irai, mon petit. J'attendrai toute la nuit qu'on me laisse entrer dans le champ. Et je recevrai des cadeaux de l'empereur, et un petit gobelet de métal à son chiffre. Quand les fêtes seront finies, j'emporterai le petit gobelet dans mon village, près de Toula, et je le poserai devant les icônes, et je n'y boirai que les dimanches!

– Laisse-le, Nicolas, dit Zagouliaïeff. Tu perds ton temps. Ceux-là aussi, nous saurons les convaincre. Mais plus tard, plus tard...

Un nuage voila le soleil, et une rumeur consternée monta des tribunes. Puis, le soleil revint et des voix crièrent :

– Le soleil du tsar!

Le vent jouait avec la poussière blonde, sur la place. Un frisson agita le front régulier des troupes. La tenue des baïonnettes se rectifia selon un ordre bref. Et, sur l'océan houleux de la foule, il y eut un mouvement de visages roses, de mains, de chapeaux, un tremblement de couleurs minuscules, un tassement de confettis pressés.

Soudain, le canon tonna. Le bourdon de la cathédrale de l'Assomption donna le signal, et toutes les cloches de toutes les églises de la cité carillonnèrent à la volée. Un grondement uniforme secouait la ville. Le sol tremblait. Les oreilles devenaient énormes. Nicolas, les jambes molles, la tête vide, regardait, dans les clochers, les sonneurs, juchés sur des escabeaux, et qui disparaissaient à mi-corps sous le manteau des cloches. Des nuées d'oiseaux tournaient dans le ciel. Les oriflammes claquaient au vent. Les parures dorées du clergé et les baïonnettes des troupes resplendissaient au soleil. Le cortège avait quitté le palais Petrovsky et traversait Moscou. Déjà, des voix hurlaient, dans la foule, pour annoncer l'approche de la procession. Ils étaient à la hauteur de la porte triomphale d'Alexandre Ier. Ils atteignaient le pavillon de réception de la municipalité. Non, ils n'étaient encore qu'à la maison du gouverneur général.

– Vite! Vite! Notre sauveur! criait le moujik estropié.

Une impatience rageuse gagnait Nicolas et Zagouliaïeff lui-même. Zagouliaïeff grignotait des graines de tournesol.

– Ils sont fous, marmonnait-il, fous à lier!

Et, tout à coup, une immense clameur ébranla l'espace. La procession s'était arrêtée devant la chapelle de la Vierge d'Ibérie, située entre les deux portes de la Résurrection qui donnent accès à la place Rouge. Sans doute le tsar et la tsarine mettaient-ils pied à terre pour que le vicaire de Moscou leur présentât la croix et l'eau bénite. À présent, ils pouvaient s'avancer en paix vers la citadelle sainte du Kremlin.

Nicolas, hissé sur la pointe des pieds, le cœur battant, les yeux brûlés de poussière, regardait, au fond de la place, ce remous de dorures, de vitres et d'uniformes rouges qui annonçait l'arrivée solennelle de l'empereur.

– Les voilà, cria-t-il.

Un mugissement sauvage répondit à ses paroles. La foule bouillonnait, comme prête à faire craquer le cordon des troupes au port d'arme. Les premiers éléments du cortège firent leur apparition sur la place Rouge. Des canons tonnaient. Des cloches sonnaient une bienvenue formidable. Voici le maître de police et douze gendarmes à cheval, rangés par deux de front, les Cosaques particuliers de Sa Majesté, vêtus de robes rouges, le fusil au poing, un escadron de Cosaques de la garde impériale, armés de lances à oriflammes, les députés des peuplades asiatiques soumises à la Russie, l'émir de Boukhara, le khan de Khiva, les représentants de la noblesse. Voici la cohorte bariolée des valets de pied, des coureurs empanachés aux couleurs impériales, des nègres de la chambre, des musiciens, des veneurs et des piqueurs. Viennent ensuite les voitures découvertes et dorées, traînées par six chevaux, du grand maître et de l'archigrand maître des cérémonies, du maréchal et du grand maréchal de la cour, les carrosses des grandes charges et des petites charges.

– L'empereur! L'empereur!

Nicolas, assourdi, suffoqué, écrasé, se sentait envahi par un enthousiasme stupide. Il avait oublié Zagouliaïeff, Grünbaum, les camarades. Une idée folle le traversa : « Et si le cheval de l'empereur faisait un faux pas ou s'emballait, désarçonnant le monarque devant son peuple? Ah! pourvu que tout se passe bien pour lui, pourvu que tout se passe bien pour la Russie! » Une nouvelle clameur l'arracha à ses réflexions :

– Notre ange! Notre sauveur! Notre petit père béni! hurlaient des gosiers innombrables.

À la suite de deux détachements de chevaliers-gardes et de gardes à cheval, c'était l'empereur. Nicolas tira ses jumelles de l'étui et les braqua sur la silhouette mouvante. Le tsar portait l'uniforme de grande tenue de colonel de la garde, avec le cordon bleu de l'ordre de Saint-André passé en travers de la poitrine. Sa jument grise était harnachée de cuir rouge et caracolait un peu en encensant de la tête. Dans le champ arrondi des verres, s'inscrivait à présent le visage de Nicolas II : un visage fin, au nez retroussé et à la barbe courte, châtain clair. Il paraissait excessivement pâle et fatigué.

Nicolas le vit s'avancer vers lui, personnellement. Il lui sembla que les yeux doux et tristes de l'empereur l'apercevaient et l'isolaient dans la foule. Un frisson le parcourut de la nuque aux talons, comme si un contact magique venait de s'établir entre lui, misérable avocaillon socialiste, et l'autocrate de toutes les Russies. Autour de lui, la foule s'étranglait dans un rugissement de bête. Des chapeaux volaient à bout de bras. Des femmes élevaient leurs enfants au-dessus de leur front.

– Idolâtres! siffla Zagouliaïeff.

Comme ce petit Zagouliaïeff, avec sa casquette et ses joues creuses, paraissait donc haineux, disgracieux et ridicule, auprès de l'empereur entouré de cette pompe et de cet amour.

– Vive l'empereur! Longue vie à l'empereur! aboyait le moujik infirme.

En vérité, Nicolas avait l'impression bizarre que le lustre de cette cérémonie rejaillissait sur lui, qu'il était purifié, ennobli par le seul spectacle de l'empereur à cheval, entouré de son escorte chamarrée. Et il ne se défendait plus contre son enthousiasme. Il était heureux de son enthousiasme. Il écoutait avec volupté le beuglement de la populace, comme si ces cris ne s'adressaient pas au tsar, mais à lui-même, comme si ce triomphe était son propre triomphe, comme si c'était lui qu'on allait couronner dans la personne du tsar. Et, vraiment, le tsar n'emmenait-il pas toute la Russie dans son sillage, n'était-il pas toute la Russie, unie dans un seul corps, dans une seule âme? Ah! que la Russie était grande! Que la Russie était belle!

Le tsar, détaché de l'escorte, se rapprochait à pas

lents de la porte du Sauveur. Les clameurs se turent. Le tsar retira sa toque et pénétra, tête nue, dans l'enceinte. Nicolas avait les larmes aux yeux. Un cri s'échappa de sa gorge :

– Hourra!

Le paysan infirme le poussa du coude :

– Tu as compris, maintenant?

Les acclamations, qui avaient cessé après le passage de l'empereur, reprenaient pour saluer le carrosse doré, attelé de huit chevaux, de l'impératrice douairière et de sa fille, la grande-duchesse Olga Alexandrovna. Deux pages étaient juchés aux soupentes de la voiture. À travers les glaces, on apercevait le visage de la veuve d'Alexandre III. Il y avait si peu d'années qu'elle avait fait le même trajet solennel, en compagnie de son mari, et devant cette même foule délirante.

Après le carrosse de l'impératrice douairière, venait le carrosse de l'impératrice régnante, Alexandra Féodorovna, attelé de chevaux blancs, tenus par des palefreniers des écuries de la Cour. Derrière, s'avançaient les voitures des grandes-duchesses, des princesses étrangères et des dames de la Cour. Des détachements de cavalerie de la garde fermaient le cortège. Enfin, la place demeura vide, blanche, morte, entre les remparts mouvants du public.

Nicolas chercha des yeux Zagouliaïeff et le vit à quelques rangs derrière lui, qui discutait avec un cocher en tenue de fête.

– Moi, je n'ai rien vu, disait Zagouliaïeff. Mais ceux des premiers rangs m'ont affirmé qu'il ne s'est découvert qu'après avoir passé la porte du Sauveur.

Le cocher secouait sa grosse tête bouillie :

– Comment serait-ce possible? Tout le monde se découvre en passant la porte du Sauveur, et lui, lui...

– Eh bien, lui s'est jugé trop fier, et il n'a pas voulu obéir à l'ordre de ses ancêtres.

L'homme se gratta la nuque avec application, contempla ses ongles noirs et grommela :

– C'est mauvais! C'est mauvais!

Puis, il claqua des doigts gaiement.

– Ils t'ont menti et voilà tout, dit-il avec simplicité.

– Je ne le crois pas, murmura Zagouliaïeff.

Et, se tournant vers Nicolas, il ajouta rapidement :

– Vous, jeune homme, n'auriez-vous rien vu, n'auriez-vous rien entendu dire au sujet du passage de l'empereur sous l'image sainte?

– Non, dit Nicolas. Je ne sais rien.

Zagouliaïeff lui décocha un regard surpris, haussa les épaules et conclut en riant :

– Eh bien, mettons que je me sois trompé!

Le cocher s'éloigna en bougonnant. Zagouliaïeff saisit Nicolas par le coude :

– Pourquoi ne m'as-tu pas soutenu devant cet imbécile?

– Je... je ne sais pas, dit Nicolas avec lassitude. J'avais remarqué des hommes aux allures louches autour de nous... des policiers...

Il avait honte de son mensonge, de sa lâcheté. Zagouliaïeff cracha par terre.

– Froussard! dit-il. Bourgeois indécrottable! Ils t'ont eu comme les autres, avec leurs drapeaux et leurs cloches. Mais, sois tranquille. Sur la Khodynka, nous prendrons notre revanche. Là-bas, il y aura moins de drapeaux, et moins de cloches, et plus de peuple. On pourra travailler.

– Oui, dit Nicolas.

Il lui fallut un grand effort pour sourire à son camarade.

5

LE TSAR Nicolas II ayant exigé, comme ses prédécesseurs, que les derniers de ses sujets pussent participer aux réjouissances du couronnement, une vaste kermesse populaire avait été organisée pour le 18 mai dans le champ de manœuvres de la Khodynka, situé aux environs immédiats de Moscou. À cet effet, cent cinquante baraques en planches avaient été construites sur le terrain vague, perpendiculairement à la route de la capitale. Des intervalles réguliers étaient ménagés entre les maisonnettes, et l'ensemble formait une sorte de rempart discontinu, qui isolait l'enclos réservé à la fête. Selon le programme établi, le public ne devait être admis dans l'enceinte qu'à dix heures précises, et il était entendu que chaque visiteur, en passant devant les kiosques de bois, recevrait du saucisson, des noisettes, des raisins secs, des figues et un gobelet de métal au chiffre des souverains, le tout enveloppé dans un mouchoir-souvenir. Ce gobelet donnerait droit à son possesseur de se présenter à l'une des innombrables fontaines de vodka, de bière ou d'hydromel dressées dans le champ. La fête se poursuivrait par des attractions théâtrales et musicales et par des départs de montgolfières au-dessus du château Petrovsky.

La promesse de ces distributions gratuites avait profondément impressionné le peuple des faubourgs de Moscou et des localités voisines. Le bruit ayant couru que le tsar entendait faire don d'un cheval ou d'une vache à chacun de ses invités, beaucoup de moujiks s'étaient munis de corde pour emmener le bétail qu'ils recevraient en partage. Par le seul chemin de fer de Moscou à Koursk, vingt-cinq mille personnes étaient arrivées la veille. Pendant la nuit qui précéda la fête, un exode monstre vida les rues de Moscou et déversa une foule silencieuse sur les terrains de la Khodynka. Cette foule, qui campait devant les baraques, comprenait aussi bien des paysans en cafetan et en savates d'écorce, que des étudiants tirés à quatre épingles et des dames de la haute société. À ces éléments honorables, s'étaient joints les loqueteux qui gîtaient entre le Yaoutsky Boulevard et la Solianka, les malfaiteurs que l'oukase impérial de clémence avait, trois jours auparavant, libérés des prisons moscovites, et la fameuse « horde d'or » des vagabonds. Tout ce monde se pressait, s'écrasait sur le vaste champ, crevé de fossés, soulevé de buttes. Les trous, auprès desquels on avait bâti les comptoirs de distribution, n'étaient pas comblés. À vingt-cinq pas des kiosques, s'ouvrait un immense ravin de six à huit pas de profondeur et de quatre-vingt-dix pas de largeur, d'où les ouvriers municipaux tiraient ordinairement le sable nécessaire à l'entretien des rues de Moscou. Il fallait descendre la pente de cette carrière et remonter la berge escarpée pour parvenir aux portes de l'enclos. Derrière le ravin, deux puits creusés en 1891, au moment de l'Exposition française, avaient été recouverts de fortes lattes de bois. Par ces obstacles naturels, les organisateurs de la fête espéraient ralentir l'élan de la multitude vers les boutiques de souvenirs. La précaution n'était pas inutile, puisque le tsar avait exprimé le désir qu'en signe de sympathie et de confiance les forces de police fussent réduites à quelques détachements de sécurité.

Lorsque Nicolas et Zagouliaïeff arrivèrent sur les lieux, un peu avant l'aube, la Khodynka présentait l'aspect d'un océan de têtes. Le ciel bas et sombre, sans une étoile, sans un rayon, écrasait la masse compacte et grouillante des visages. De temps en temps, un fanal levé à bout de bras éclairait un îlot de faces grotesques, à joues triangulaires et à barbes de feu. Puis, la lumière disparaissait, avalée par un ondoiement de corps invisibles. Et il n'y avait plus que cette nuit peuplée, humaine, qui respirait et se mouvait, dans une rumeur de flux et de reflux tranquilles. À grand-peine, les deux amis s'insérèrent entre des épaules et des ventres hostiles et se dirigèrent vers la carrière de sable. Ils s'arrêtèrent au bord du trou. Le fond de la carrière était bourré de monde. Des escaladeurs audacieux étaient cramponnés aux anfractuosités du versant opposé. On devinait la tache noire de leurs habits sur la pâleur malade de la terre. Plus haut, l'espace qui séparait la tranchée des baraques de distribution était plein d'un jus obscur et bouillonnant, d'où montaient parfois des lueurs de torches. Non loin de la chaussée, des moujiks avaient allumé un feu de bûches. On distinguait mal l'alignement régulier des boutiques à toits pointus, et des mâts décorés d'oriflammes qui marquaient l'entrée de l'enclos.

– Ils sont au moins sept cent mille, ou un million, réunis en troupeau devant les cabanes, dit Zagouliaïeff. C'est bien le diable s'il ne se passe rien!

Il frottait ses mains l'une contre l'autre, joyeusement.

– Tu as les tracts?

– Oui, dit Nicolas d'une voix molle.

– Bon. Nous allons nous séparer. Tu vas travailler sur place. Moi, je contournerai le ravin pour atteindre les clients de l'autre rive. Nous nous retrouverons ici même, au moment de l'ouverture des portes.

– Si tu veux, dit Nicolas.

Une angoisse étrange l'engourdissait, lui vidait la tête.

– Courage! cria Zagouliaïeff.

Et il disparut en bousculant ses voisins immobiles. Le vent soufflait au visage une haleine de terre humide, de cuir de bottes et de sueur. Nicolas, dont les yeux s'habituaient à l'ombre, discernait mieux les figures qui l'entouraient.

– Il y a cinq heures que j'attends, grognait un ouvrier. Ça ne leur coûterait pas cher d'ouvrir les portes!

– Tu ne voudrais pas qu'on nous laisse entrer avant qu'il fasse jour! répondait un autre. Quelle marmelade!

Quelqu'un se mit à chanter une chanson obscène. Des rires fusèrent. Non loin de Nicolas, un groupe de voyous, vautrés dans la boue, buvaient de la vodka dans des tasses. Deux dames passèrent, vêtues de toilettes froufroutantes :

– Je me demande, disait l'une d'elles, quel amusement tu éprouves à coudoyer tous ces gens? Dire que nous aurions pu avoir des places dans les tribunes par ton oncle!

Nicolas parvint à se hisser en équilibre sur un bloc de pierre. Dans le crépuscule du matin, le peuple s'étalait à perte de regard, avec des vides lépreux, des grappes humaines exhaussées, des récifs de figures, des sillages de mouvements obscurs. Était-ce là les mêmes hommes, les mêmes femmes que Nicolas avait vus, en plein soleil, sur la place découverte du Kremlin, criant leur joie et leur confiance au passage du cortège impérial? L'ombre où baignait cette cohue lui conférait un aspect maléfique. Il n'y avait plus là d'honnêtes paysans, des commères de la ville, avec leurs enfants juchés sur leurs épaules, des vagabonds illuminés et quelque peu voleurs, mais une assemblée de têtes redoutables. Vraiment, il était incroyable que tous ces gens se fussent dérangés pour le plaisir de recevoir un gobelet d'émail et d'applaudir des danseurs de corde. Non, non, une force noire avait drainé de tous les coins de la Russie ces fleuves de misérables, et les avait poussés vers ce champ clos, et les avait arrêtés devant ces baraques dérisoires, et les gardait en réserve pour on ne savait quelle effroyable solennité. C'était le peuple de la nuit, le peuple du malheur qui murmurait sous le ciel gris, avec des voix de rêves. C'était une Russie de cauchemar, une Russie d'apocalypse, qui cernait Nicolas et menaçait de l'engloutir dans son lac de barbes, de doigts et de regards. Et les lampions, qui montaient parfois au-dessus de la matière sombre des visages, signalaient, d'un bord à l'autre de l'univers, que la fin du monde approchait avec la lumière du jour.

Une lueur sale usa le ciel, au-dessus des cabanes. Un hurlement prolongé jaillit des entrailles de la terre.

– Le matin! Voilà le matin!

Près de Nicolas, une femme torchait son marmot avec un papier journal.

– Il n'y en a plus pour longtemps, dit quelqu'un.

– On pourra dire qu'on l'a bien gagnée, notre fête!

– Qu'est-ce que ça peut te faire? dormir là ou ailleurs!

– Il paraît que l'empereur va donner une vache à chacun de ses sujets.

– Qui t'a dit ça, imbécile?

– On nous donnera un gobelet de deux kopecks, et voilà tout!

– Oui! Oui! C'est Berr qui les a fait fabriquer à l'étranger, ces gobelets. Et il empochera l'argent...

Nicolas se rappela les tracts qu'il avait mission de distribuer. Mais une impuissance maladive endormait son esprit. Les paroles qu'il eût souhaité adresser à cette foule n'étaient plus des paroles de révolte, mais d'apaisement. Il avait peur. « Tant pis... Je jetterai les tracts dans la fosse... Zagouliaïeff n'en saura rien... Et, plus tard... plus tard, je me rattraperai... » Il songea encore au paysan estropié qu'il avait vu sur la place Rouge. « Lui aussi attend depuis des heures le droit d'acclamer le tsar. Et ils sont des milliers, des milliers comme lui! »

Tout à coup, un cri de femme domina la rumeur morne de la populace :

– On se moque de nous! Les distributeurs sont à leurs postes! Et on nous laisse geler sur place!

– Oui! Oui! répliquèrent des voix rudes. On se moque de nous! Qu'on laisse entrer le peuple!...

Des sonnailles retentirent sur la route. Les pompiers venaient prendre leur faction dans l'enceinte. En passant, ils se firent délivrer les paquets auxquels ils avaient droit. Une huée générale accueillit leur défilé devant les baraques. D'un bout à l'autre du champ, ce n'était qu'une seule clameur :

– Pourquoi eux et pas nous! Ils n'ont pas attendu! Ils ont dormi dans leur lit! Et nous, on gèle! Laissez-nous entrer! Laissez-nous entrer!

Le bétail humain tremblait, flottait autour de Nicolas et, là-bas, devant les baraques, on distinguait, dans la lueur pâle du matin, des bourdonnements de mains brandies, des tournoiements furieux de visages, des éboulements de fichus rouges et de bonnets.

– Les portes! Ouvrez les portes! gueulait la foule.

Nicolas avait grand-peine à se maintenir sur le bloc de pierre qui lui servait d'observatoire. Soudain, il vit, près de la ligne des boutiques, des baluchons blancs qui volaient et tombaient dans la foule, au petit bonheur.

– Qu'est-ce qu'ils font? cria la femme qui tenait son bébé dans les bras. Ils vont les rendre fous! Mon Dieu! Mon Dieu! Protégez-moi!

À ce moment, Zagouliaïeff rejoignit Nicolas. Dans sa face maigre, jaune, suante, ses yeux gris brillaient de cruauté. Il glapit d'une voix enrouée :

– Camarades! Les agents du tsar ont perdu la tête! Ils jettent les cadeaux au hasard! Tant mieux pour ceux qui les attrapent. Tant pis pour ceux qui les manquent. Il n'y en a pas assez pour vous servir tous. Quatre cent mille gobelets, et nous sommes plus d'un million. En avant, sur les baraques! En avant, et vous aurez de quoi manger!

Il leva les deux poings et cria encore :

– En avant!

Des jurons lui répondirent :

– Les voleurs! On a attendu pour rien!

– Oui! Oui, pour rien! répétait Zagouliaïeff.

Nicolas lui saisit le bras :

– Tu es fou! Que se passe-t-il?

Zagouliaïeff, tête nue, la cravate déviée, la lèvre barbouillée de salive, murmura vivement :

– Les distributeurs ont fait la gaffe. Berr et Ivanoff ont cru calmer la foule en lançant quelques paquets dans le tas. À présent, c'est la bagarre pour les premiers gobelets, devant les cabanes.

– Mais c'est affreux!

– C'est magnifique! C'est grandiose! Le tsar a trahi son peuple! Au lieu de réjouissances, il lui offre un bain de sang!

Et, de fait, au bout du champ, devant les kiosques pavoisés, un tumulte furieux secouait les premiers rangs de l'assistance. Nicolas, éperdu, dressa les bras en croix et cria d'une voix blanche :

– N'y allez pas! N'y allez pas! Ils se battent...

Un hurlement atroce lui coupa la parole. À l'autre extrémité de la Khodynka, les planches, recouvertes de terre, qui masquaient les puits de l'Exposition, cédaient dans un craquement sourd. La foule s'engloutissait pêle-mêle dans les trous. Des râles, des sanglots, des coups de sifflet venaient de l'horizon.

– La colère de Dieu est sur nous! piailla une paysanne au visage extatique.

Entre-temps, les organisateurs, épouvantés, avaient ordonné l'ouverture de l'enclos, quatre heures avant l'heure fixée au programme des fêtes. Zagouliaïeff grimpé sur la pierre, à côté de Nicolas, vociférait :

– Ils ouvrent les portes! Qu'attendez-vous!

Son conseil ne put être entendu que par un petit groupe, mais toute la meute, mystérieusement avertie, s'anima, s'ébranla. Des milliers d'hommes, de femmes et d'enfants, un cheptel compact, une marée irrésistible, progressait vers le gouffre. Nicolas, pris dans le mouvement, se sentit arraché de sa place et poussé dans la carrière. Ses pieds s'enfonçaient dans le sable, butaient contre des cailloux, contre des racines. Devant lui, il voyait un déferlement de dos ronds qui roulaient vers le fond de la fosse. Derrière lui, en tournant la tête, il apercevait une armée redoutable qui s'avançait vers le bord croulant de la tranchée, hésitait, plongeait à petits pas dans un nuage de poussière, dans un grondement de cataracte délivrée. Des femmes trébuchaient et ne se relevaient pas, submergées par le flot. Nicolas, bousculé, froissé, déchiré, gravissait à présent le versant opposé du ravin. La populace le pressait de toutes parts. Des moujiks hagards s'accrochaient à ses jambes, à ses bras. Des visages suants se collaient à son visage. Des yeux éperdus rencontraient ses yeux.

– Ayez pitié! Ayez pitié de mon enfant! bramait une femme effondrée dans un trou, les jupes troussées, la face barbouillée de sang noir.

Mais la multitude passa lourdement sur la malheureuse, dont les cris s'éteignirent bientôt. Ainsi, contre les bords escarpés, dans les crevasses de sable, des centaines de misérables s'abattaient, à bout de souffle, et la charge furieuse écrasait leurs corps. Nicolas balbutiait :

– Ce n'est pas possible! Ce n'est pas possible!

Il voulut s'arrêter. Mais la horde le commandait, le poussait devant elle. Il acheva son ascension à quatre pattes, et se trouva sur le champ plat qui menait aux baraques. La foule battait avec furie les bicoques de planches disjointes. Des tourbillons soudains exhaussaient une tête. Et cette tête hurlait quelque chose et s'enfonçait tout à coup pour ne plus reparaître. Des enfants, tenus à bout de bras, surnageaient un instant et s'abîmaient dans la mêlée. Des gamins, lestes et crieurs, fuyaient à longues enjambées, de crâne en crâne, d'épaule en épaule, jusqu'à ce qu'une poigne rapide les eût fait chavirer dans le tas. Dans les couloirs ménagés entre les cabanes, la bousculade était atroce. Des hommes, des femmes escaladaient les boutiques en bois et s'effondraient à travers les toitures éventrées. La chaîne des agents et des soldats était débordée de partout. Les officiers hurlaient :

– Ne poussez pas! et s'affalaient, fauchés comme des marionnettes.

Nicolas, haletant, les vêtements en lambeaux, les mains écorchées, voyait tourner autour de lui des grimaces de rêves. Ses forces l'abandonnaient. Il ne pouvait plus lutter contre son horreur et contre sa fatigue.

Soudain, il songea au paysan estropié de la place Rouge. Où était-il maintenant, Ivan Kousmitch, l'humble adorateur du tsar, broyé sous quelles bottes, étouffé dans quel trou de sable?

Stupidement, il cria :

– Ivan Kousmitch! Ivan Kousmitch!

À sa droite, il remarqua une face de vieillard aux yeux vides. Il était mort. Son corps, pressé de toutes parts, demeurait debout. Seule la tête se balançait au gré des cahots. D'autres cadavres l'entouraient, que la foule charriait, dense et puissante, comme un courant.

Brusquement, Nicolas sentit que son propre coude pesait contre le bras d'une femme. Et, d'une manière absolument imprévisible, le bras céda en craquant comme du bois sec. La malheureuse poussa un râle de bête.

– Mon Dieu! Pardonnez-moi, gémit Nicolas.

Mais, déjà, deux mains nerveuses le saisissaient aux hanches. Il baissa les yeux. Devant lui, une gamine au fichu dénoué gisait, martelée par des pieds violents. Elle avait un visage blanc, semé de taches de rousseur, et du sang coulait en minces filets de sa bouche et de ses narines. Elle cria :

– Aidez-moi! Ils vont me tuer! Ils...

Nicolas s'inclina vers elle. Une poussée sauvage aux

épaules lui fit perdre l'équilibre. Il bascula de tout son long entre des corps hostiles. Dans un éclair, il vit une botte énorme qui se levait sur lui. Il hurla :

– Attention!

Puis l'univers s'effondra dans une explosion formidable.

La catastrophe de la Khodynka avait fait près de deux mille morts, dont treize cents à peine purent être identifiés, et un millier de blessés, qui furent admis dans les hôpitaux de la ville. Vers huit heures et demie du matin, des voitures plates de pompiers et des prolonges d'artillerie commencèrent à emmener les cadavres. Des agents jetaient un peu d'eau sur les figures des victimes et rangeaient les corps trois par trois, en les traînant par les pieds. Les pompiers hissaient les dépouilles dans leurs camions. Mais les couvercles des voitures, mal appliqués, laissaient dépasser des bras et des jambes rigides. De l'un des puits de l'Exposition, profond de plus de dix toises, on retira quarante malheureux, écrabouillés et tordus. L'enlèvement dura jusqu'au soir. La populace, lentement refoulée par la police, déambulait autour de ce champ de carnage. Hébétés et mornes, les survivants regardaient cet amas de visages violâtres, de mains déchiquetées, de poitrines crevées. Des hommes, des femmes, des enfants étaient étendus, pêle-mêle, autour des baraques. Les élégantes, en robes lacérées et en bottines de cuir fin, gisaient auprès de moujiks aux pieds enveloppés de bandelettes de toile. On leur avait volé leurs bottes. Pieusement, les badauds jetaient quelques kopecks dans les casquettes des cadavres, pour subvenir aux frais des funérailles. Une mère berçait le corps meurtri de son enfant et regardait le ciel d'un œil fixe. Plus loin, devant les tonneaux débondés, un ouvrier, couché à plat ventre, buvait dans des flaques de bière.

Des journalistes, arrivés après la catastrophe, prenaient des notes, interrogeaient les rescapés :

– Qu'avez-vous vu? Comment le drame a-t-il débuté?

– Le règne a commencé dans le sang! C'est un mauvais présage.

Peu à peu, la foule abandonnait les lieux de l'accident et s'écoulait par la route de Moscou pour demander refuge aux églises. Certains moujiks portaient plusieurs paires de bottes sous le bras et plusieurs baluchons sur leurs épaules. Leurs yeux étaient graves. Aux passants qui les arrêtaient, ils répondaient :

– À la Khodynka! À la Khodynka nous avons été maudits!

Cependant, vers la fin de la matinée, trois cent mille personnes demeuraient encore dans l'enclos. Il fallut commencer la fête. Et, tandis que l'on achevait d'enlever les cadavres par centaines, les danseurs de corde glissaient sur leur fil ténu, les acteurs débitaient des plaisanteries, et les montgolfières s'envolaient au-dessus du château Petrovsky. La foule, sage et recueillie, contemplait le spectacle sans se bousculer.

Successivement, arrivèrent dans le pavillon impérial les grands-ducs, les grandes-duchesses, les princes étrangers, les princesses, les ambassadeurs, les hauts dignitaires et les généraux. À deux heures, le canon tonna, l'orchestre et les chœurs exécutèrent le finale de la *Vie pour le tsar,* et des acclamations jaillirent au champ.

– Le tsar! Le tsar arrive!

Les souverains descendirent de la victoria légère qui les avait amenés. Quelques officiers à cheval qui les accompagnaient mirent pied à terre. Un instant après, l'empereur et l'impératrice apparaissaient à la balustrade du pavillon d'honneur. Alors, de la vaste plaine, s'éleva un hourra formidable, poussé par trois cent mille poitrines et qui couvrait les accents de l'hymne national. Le tsar était livide et contemplait son peuple d'un regard éteint.

– Est-ce qu'il sait, est-ce qu'il sait au moins ce qu'on a fait de nous? disait un paysan au crâne entouré de linges.

– Il est trop haut pour qu'on l'atteigne, celui-là, grognait un autre. Et, pourtant, on ferait bien de l'envoyer à Sakhaline. Vampires! Buveurs de sang!

Le soir même, le tsar, fidèle au protocole, assistait au grand bal donné à l'ambassade de France par le comte de Montebello.

Nicolas, qui souffrait d'une double fracture de la jambe gauche, avait été transporté à l'hôpital des Ouvriers de Moscou. Cet hôpital était composé de baraquements en bois et de tentes en toile. On avait couché Nicolas sous l'une de ces tentes. Les lits étaient alignés sur les longs côtés du pavillon, et des appels d'air avaient été ménagés près du faîte. Aux piquets de support, pendaient des icônes avec leurs lumignons, et de grosses lampes cerclées de fer, dont les vitres étaient peintes en bleu. Les blessés, lavés et vêtus de linge frais, étaient étendus côte à côte. De cette double haie de têtes enturbannées, de pattes bouillies, de jambes monstrueuses dans leurs gouttières de planches, montait un gémissement enfantin et monotone, qui ne se calmait qu'au passage des infirmiers. Nicolas geignait comme les autres, et, par moments, perdait connaissance. Lorsqu'il revenait à lui, les souvenirs de la Khodynka l'assaillaient par bouffées, et il doutait d'avoir vécu cette ruée sauvage, d'avoir vu ces mufles abîmés à coups de talon, ces ventres piétinés sur le sol, ces regards traqués, ces bouches béantes où vibraient des voix animales. Sans doute était-ce un mauvais rêve dont il ne savait pas chasser les dernières fumées? Il n'était jamais allé à la Khodynka. Il n'avait pas quitté Ekaterinodar. Il n'avait pas remarqué cette figure d'enfant semée de taches de rousseur et dont les lèvres bavaient une salive sanglante. Il appela faiblement :

– Tania! Tania! Lioubov! Où êtes-vous?

Un infirmier s'approcha de lui et lui glissa à l'oreille :

– J'ai trouvé une liasse de tracts dans la poche de votre veston, camarade. Je les ai brûlés aussitôt par mesure de précaution. Quelle victoire pour nous, cette journée!

– Tania! Tania!

– Tu vas te taire? grogna son voisin, qui avait un gros pansement sur la joue. On n'entend que toi dans la boîte!

À quatre heures, Zagouliaïeff vint rendre visite à Nicolas, qu'il cherchait depuis midi dans tous les hôpitaux de la ville. Zagouliaïeff portait un bandage sale sur la main droite. Sa lèvre inférieure était violâtre, tuméfiée. Mais ses yeux étincelaient d'orgueil. Il s'assit auprès de Nicolas, s'enquit rapidement de sa blessure et chuchota enfin :

– Réussie la fête, hein?

– Quel désastre! soupira Nicolas.

– Il y a eu près de trois mille morts! dit Zagouliaïeff avec entrain. On enlève encore des cadavres! Ah! le peuple russe peut remercier son souverain des réjouissances qu'il lui a offertes!

– Je ne comprends pas, dit Nicolas d'une voix faible. La foule est devenue folle, tout à coup...

– Oui! La foule est devenue folle! Le peuple russe est devenu fou! Le « peuple porte-Dieu », dont parlait Dostoïevsky! Le peuple porte-diable, plutôt! En vérité, le peuple russe est un peuple de « porteurs ». Il porte tout ce qu'on lui charge sur les épaules : Dieu, le diable, le darwinisme, le hégélianisme, le socialisme... Tout est religion pour lui. Et, pour tout, il faut qu'il se batte et qu'il meure. Le peuple est une force énorme qu'on dirige d'un coup de pouce. C'est admirable!

Nicolas secoua mollement la tête :

– Il ne faut pas t'en réjouir, Zagouliaïeff, mais t'en effrayer.

– Et pourquoi? murmura Zagouliaïeff, avec une exaltation qui le faisait bafouiller un peu. Ils se sont écrasés pour une distribution de saucissons et de gobelets émaillés. Te rends-tu compte de la bagarre qu'ils soulèveront lorsqu'il s'agira d'une distribution de terres? Ils tueront père et mère, les braves porteurs de Dieu! Ah! plus que jamais, j'ai confiance en notre cause!

– Cette catastrophe leur servira de leçon!

– Quelle idée! Ils sont superstitieux. Le règne a commencé dans le sang, disent-ils. Poussés par le respect des présages, ce seront eux qui achèveront notre tâche. Tous, tous, ils savent déjà que l'empereur est condamné!

Nicolas songea un instant au visage pâle de l'empereur, à son regard doux et triste, aux clameurs forcenées de la foule, sur la place Rouge. Au fond, tout en étant révolutionnaire, Nicolas n'éprouvait pas de haine contre la personne du tsar. Il croyait volontiers que la mission des socialistes consistait à améliorer les conditions d'existence du peuple, à modérer les excès de l'Administration, mais aucune de ces mesures n'impliquait le renversement de la monarchie. Pour la plupart de ses camarades, en revanche, la révolution ne pouvait se faire que par la suppression pure et simple du régime impérial. Et c'est pourquoi ils tenaient tous Nicolas pour un modéré, et même pour un suspect.

– Tu sais mon sentiment à l'égard du tsar, dit Nicolas. À mon avis, il n'est pas, et ne sera jamais, un obstacle aux réformes que nous préconisons. Il est mal conseillé, voilà tout. Mais il aime le peuple, et le peuple l'aime...

Zagouliaïeff s'appliqua une claque gaillarde sur la cuisse :

– Il aime le peuple? s'écria-t-il joyeusement. Tu es impayable! Sais-tu que des milliers de morts et de blessés ne l'ont pas empêché d'assister à la fête de la Khodynka? Sais-tu que, pendant qu'on enlevait les victimes, les chœurs entonnaient la *Vie pour le tsar*? Sais-tu que, dans leur hâte de faire disparaître les traces du carnage, les organisateurs ont jeté des cadavres sous les planches des tribunes d'où Nicolas II et ses invités devaient admirer le spectacle? Ainsi, notre potentat est resté à piétiner, pendant près de deux heures, au-dessus d'un charnier. Le tsar, hissé sur les restes de ceux qu'il a fait périr, salue à droite, à gauche, et fait des risettes à ses courtisans! N'est-ce pas un symbole unique? Hein? Hein?

Nicolas claquait des dents en regardant Zagouliaïeff.

– Tais-toi! Tais-toi, Zagouliaïeff, balbutia-t-il.

– Non! Il faut que tu saches! Quand il apprit le terrible accident, voici quelle fut la réponse de l'empereur : « Tout cela est bien triste, mais ne doit avoir aucune influence sur les fêtes du couronnement! » Est-ce assez beau? Et, le même soir, lui et l'impératrice iront honorer de leur présence le bal de l'ambassade de France...

Tandis que Zagouliaïeff parlait d'une voix pressée, Nicolas sentait que quelque chose de pur et de précieux s'abîmait dans son cœur.

– Zagouliaïeff, je suis fatigué, dit-il doucement.

– Écoute encore. Voici le bouquet, mon cher. Après-demain, il y aura une grande revue sur l'emplacement soigneusement nettoyé de la Khodynka...

Nicolas haletait, suait à grosses gouttes, griffait ses couvertures à pleins doigts. La voix sèche de Zagouliaïeff pénétrait dans son oreille comme une vrille. Le regard cruel de Zagouliaïeff le fascinait. Il fallait le chasser pour retrouver la confiance et la paix.

– As-tu distribué les tracts? demanda Zagouliaïeff. Pour moi, j'ai réussi à...

Il ne put achever. Dressé sur ses coudes, la face bouleversée de haine et de peur, Nicolas hurlait :

– Va-t'en!... Va-t'en!... J'ai mal!... Va-t'en!...

– Soit, mais je reviendrai, dit Zagouliaïeff en souriant. Les camarades t'envoient leurs meilleurs vœux.

– Je n'ai plus de camarades, je n'ai plus personne, souffla Nicolas.

Et il s'abattit, en sanglotant, sur son oreiller.

Le lendemain, l'empereur et l'impératrice rendaient visite aux blessés de la Khodynka. Sous la tente de Nicolas, les malheureux, la tête tournée vers la portière, attendaient avec une extase craintive l'apparition de leurs souverains. D'un lit à l'autre, on échangeait des propos rapides.

– Quand même, il est venu nous voir!

– Il nous plaint. Il a accordé mille roubles à chaque famille éprouvée.

– Qu'est-ce que ça lui coûte?

– C'est égal, ça n'a pas dû le laisser froid, cette petite bagarre pour les fêtes du couronnement. Un mauvais présage...

Des pas se rapprochaient dans l'allée qui conduisait à la tente.

– Les voilà! cria quelqu'un.

Nicolas, le cœur serré, le regard fixe, vit la portière qui se soulevait lentement. Et l'empereur parut. Il portait l'uniforme du régiment Préobrajensky et la casquette de petite tenue. Son visage était pâle, et un cerne sombre entourait ses paupières. L'impératrice, le grand-duc Serge et la grande-duchesse l'accompagnaient. Le directeur de l'hôpital guidait les souverains d'un lit à l'autre. Du fond de la tente, Nicolas entendait la voix douce de l'empereur qui posait à chacun les mêmes questions :

– Où étais-tu? Comment cela s'est-il passé? As-tu mal? Et ta famille?

Il était impossible que cet homme simple et fatigué ne fût pas ému au spectacle d'une telle déchéance. Mais alors, comment expliquer qu'il n'eût pas décommandé la fête, malgré tant de cadavres amoncelés aux portes de l'enclos, comment justifier ce bal à l'ambassade, cette revue grandiose qui devait avoir lieu sur la Khodynka? Peut-être le tsar n'était-il pas un homme comme les autres, mais un instrument irresponsable et incompréhensible du destin? Une entité froide, inhumaine, fatale. Un surhomme. Un homme-Dieu. On ne juge pas les actes de Dieu. Il ne faut pas juger les actes du tsar, qui est le représentant de Dieu sur la terre russe.

– Où étais-tu? Cette blessure à la tête te fait souffrir?

Cette voix, cette voix qui se rapproche! Dans quelques secondes, le tsar et Nicolas seront face à face, comme sur la place Rouge, mais il n'y aura plus de foule, plus de baïonnettes, plus de cloches, plus d'or, plus de canons, pour les séparer l'un de l'autre.

Fiévreux, la tête légère, la gorge sèche, Nicolas essaie de dominer son angoisse. La tension de ses nerfs est intolérable. Il n'en peut plus d'attendre. Il va crier.

Mais voici qu'un visage s'interpose entre lui et le fond de la tente. Et, dans ce visage. Nicolas reconnaît les longues moustaches, la barbe un peu défaite, le nez court, les yeux bleus, mélancoliques et profonds de l'empereur. Quelques gouttes de sueur perlent au front du tsar. Une petite tache de boue, toute ronde, marque son uniforme à l'épaule. « Eh bien, mais c'est un homme! songe Nicolas. Un homme comme les autres! Un homme qui n'a pas hésité à poursuivre les fêtes, malgré le deuil immense de Moscou! Cette sueur au front, cette tache de boue. Il s'appelle Nicolas. Comme moi. Que croire? Qui suivre, mon Dieu? »

– Où êtes-vous blessé?

– À la jambe, murmure Nicolas.

– Une double fracture du tibia, Majesté, dit le médecin-chef.

– Où l'accident s'est-il produit?

Mais Nicolas ne répond pas à la question. La haine et la tendresse, le mépris et l'admiration déchirent son cœur. « Tout le monde a raison, et ceux qui le détestent, et ceux qui l'aiment. Tout le monde a raison. Tout le monde a tort. Dieu seul possède la vérité. » Nicolas regarde cette figure que tant d'effigies lui ont appris à connaître, et, à force de regarder cette figure, il lui semble que des lignes lumineuses encadrent les joues et les tempes du souverain. La face pâlit devant lui, chancelle, recule dans une fumée grise. Les yeux bleus deviennent deux trous noirs. On dirait une tête de mort.

Très loin, une voix impatiente le rappelle à l'ordre :

– Répondez. Sa Majesté vous interroge...

D'autres voix sonnent dans un espace immense :

– Qu'est-ce qu'il a?

– Il a fermé les yeux.

– Majesté... Je suis confus... Il s'est évanoui, sans doute...

» Stéphan Andreiévitch, occupez-vous de lui. Si Votre Majesté veut passer au lit suivant. Voici un pauvre bougre qui a eu trois côtes défoncées.

– Où l'accident s'est-il produit?... Votre famille est-elle prévenue?... De quel quartier êtes-vous? reprend la voix douce.

Lorsque Nicolas revint à lui, la tente était plongée dans les pénombres. Le fanal, accroché au piquet de support, dispensait une lueur bleue aux longues rangées de lits, surmontés d'écriteaux et gonflés de corps immobiles. Une voix râpeuse disait tout bas :

– Oui... Il m'a demandé mon nom... Et il m'a serré la main... Le tsar m'a serré la main... Tu entends, Vasska?

Nicolas ferma les yeux et roula dans un sommeil sans rêves.

6

CE FUT dans les derniers jours d'avril que la femme de Volodia vint s'installer à Armavir. Tania n'apprit l'événement que le lendemain matin, par le coiffeur qui la frisait à domicile. Le coiffeur était très bavard, et, à cause de cela, Tania feignait de l'écouter à peine. Mais, dès qu'il fut parti, elle se rendit à l'appartement de l'aïeule, dont les fenêtres donnaient sur la rue Voronianskaïa. Depuis la mort de la grand-mère, les quatre pièces qu'elle occupait jadis étaient restées vides. Nul n'avait le droit d'y entrer, sauf le frotteur qui cirait les parquets et époussetait les meubles, une fois par semaine, et l'horloger qui vérifiait et remontait la pendule du petit salon. Aussi, quand elle fut dans le couloir nu et froid qui menait aux chambres condamnées, Tania éprouva-t-elle d'abord une contraction peureuse dans la région du cœur. Cependant, sa curiosité était si vive, qu'elle n'hésita pas à pousser la porte. La pièce où elle pénétra était sombre et sentait l'encaustique, la naphtaline et le vieux tapis. Les poignées des portes étaient enveloppées dans de petits torchons de tulle. Des papiers journaux, étalés l'un près de l'autre, formaient un itinéraire compliqué sur le parquet luisant. Le lustre avait sécrété un ballon de gaze poussiéreuse autour de ses pendeloques immobiles. Des housses couvraient les fauteuils. Les volets étaient clos. On entendait bourdonner des mouches paresseuses. Tania, saisie d'une petite frayeur agréable, traversa cet espace mort pour arriver devant la croisée qu'elle ouvrit précautionneusement. Puis elle poussa les persiennes qui grincèrent d'une façon redoutable. De la suie tomba sur ses mains. Le soleil brusque lui fit cligner les yeux. En face, les fenêtres du troisième étage étaient fermées. Retenant son souffle, Tania attira une chaise près de l'embrasure et s'installa commodément pour observer la rue. Pendant un temps assez long, il ne se passa rien de remarquable dans la maison d'en face. Le concierge se promenait de long en large sur le trottoir. Le facteur apporta une liasse de lettres. Un ouvrier escalada le toit et se mit à taper avec un marteau sur une plaque de zinc qui résonnait sourdement. Enfin, comme Tania, lasse d'attendre, s'apprêtait à déserter son poste, une fenêtre du troisième étage s'ouvrit à deux battants. La gorge sèche, les oreilles vides, Tania vit une jeune femme qui tirait les rideaux, avançait une table ronde vers la croisée. C'était elle. La femme de Volodia. Tania eût souhaité avoir une vue dix fois plus perçante pour discerner les moindres détails de son visage et de sa toilette. À présent, l'inconnue s'était assise et tricotait avec application. À distance, elle paraissait jolie et un peu maladive. Son cou long et maigre supportait une petite tête pâle, aux traits fins et coupants. Ses yeux et sa bouche étaient trop grands pour le reste de la figure. Sa poitrine était plate. On avait envie de la plaindre et non de l'admirer. Tania éprouvait une satisfaction bizarre à l'idée que l'épouse de Volodia ne fût pas plus belle. Elle se reprocha aussitôt ce sentiment, et décida de regagner sa chambre avant d'avoir été remarquée.

Mais, de tout le déjeuner, elle ne cessa de penser à la femme de Volodia. Elle entendait à peine les paroles de Michel et de ses beaux-parents. Elle mangeait avec distraction, oubliait de boire. Dès la fin du repas, elle retourna dans le salon de la grand-mère. Cependant, il s'était mis à pleuvoir. Les fenêtres de l'hôtel, au troisième étage, étaient fermées. On ne distinguait rien derrière les voilages épais. À quatre heures, Volodia sortit de l'hôtel. Deux Tcherkesses l'accompagnaient. Il disparut au tournant de la rue. Tania se promit de compter jusqu'à cent et de renoncer à son guet, si, passé ce chiffre, les croisées demeuraient closes. À mille deux cents, elle n'avait pas quitté sa place, et, pourtant, aucun spectacle nouveau n'animait la façade de l'immeuble. Vers six heures, Volodia revint. Que faisait-il à Armavir? Était-il exact qu'il avait acheté des parts dans une entreprise concurrente des Comptoirs Danoff? Prétendait-il lutter avec Michel sur le plan commercial? Ou n'était-ce là qu'un prétexte pour justifier sa présence dans une ville où respirait l'objet de son tourment? De toute façon, Tania n'eût pas aimé être à la place de l'actuelle Mme Bourine. Une gamine épousée par dépit, promise à une vie sentimentale médiocre... Au fait, comment s'appelait-elle, cette malheureuse? Quel âge avait-elle? Et qu'espérait-elle de l'avenir? Il eût été intéressant de savoir si Volodia l'avait mise au courant de sa passion récente pour Tania et du refus qu'elle avait opposé à sa demande en mariage.

Le lendemain matin, grâce à sa femme de chambre qui connaissait le concierge de l'hôtel, Tania apprenait que l'inconnue se nommait Suzanne, et qu'elle avait été institutrice à Moscou. Aussitôt, l'impatience de Tania fut portée à son comble. Maintenant qu'elle pouvait mettre un nom sur cette petite face triste et grise, elle avait hâte de la revoir et de l'étudier. Il lui semblait, déjà, être devenue un peu son amie. Dès que Michel fut parti pour le bureau, elle se glissa dans le salon de l'aïeule et entrebâilla les persiennes. Par chance, la fenêtre d'en face était ouverte, et Suzanne tricotait à sa table, comme la veille. Courageusement, Tania repoussa les vantaux contre le mur. Au bruit qu'ils firent en claquant, Suzanne releva la tête. Leurs regards se rencontrèrent. Tania crut défaillir d'angoisse, tandis que l'autre la dévisageait avec étonnement. Visiblement, Suzanne essayait d'identifier cette jeune femme inconnue qui l'espionnait sans vergogne. À moins que Volodia ne l'eût déjà renseignée sur la personnalité de « Mme Danoff », et qu'elle réfléchît simplement à la contenance qu'il lui fallait prendre. Son visage était sévère, perplexe. Puis, tout à coup, elle sourit à Tania et lui fit un léger salut. Une vague d'allégresse inonda Tania de la tête aux pieds. Dans l'uniformité de son existence, cet événement revêtait une valeur capitale. Elle aurait voulu crier :

« Je m'appelle Tania! »

Mais elle se ravisa et demeura sottement, les bras ballants, devant l'autre qui avait repris son ouvrage. La rue était trop large pour qu'il pût être question de parler d'une fenêtre à l'autre. D'ailleurs, ce bavardage intempestif eût attiré l'attention des passants. Sur un guéridon, près de la cheminée, il y avait un album de photographies et un encrier de bronze entouré de plumes d'oie. Sans réfléchir, Tania s'empara de l'album, arracha la première page, trempa une plume dans l'encrier et écrivit en lettres majuscules :

JE SUIS TANIA DANOFF. JE SAIS QUI VOUS ÊTES.

Puis, elle tint cet écriteau sur sa poitrine, pendant que Suzanne s'efforçait de le déchiffrer en plissant les yeux. Ayant lu, Suzanne acquiesça de la tête et disparut promptement au fond de la pièce. Elle revint avec une feuille de papier blanc, sur laquelle elle avait tracé en caractères d'affiche :

MOI AUSSI, JE SAIS QUI VOUS ÊTES.

Tania exultait d'une joie nerveuse. Ayant déchiré une seconde page de l'album, elle lui confia le message suivant :

NOS MARIS SONT BROUILLÉS, MAIS JE NE VOUS EN VEUX PAS.

MOI NON PLUS, répondit Suzanne.

Jusqu'au soir, les deux jeunes femmes correspondirent ainsi, riant comme des folles, décoiffées, les mains pleines d'encre. Lorsqu'elle vit Volodia qui rentrait, flanqué de ses deux Tcherkesses inséparables, Tania se rejeta dans la chambre et ferma vivement les volets.

Les jours suivants, la conversation se développa, par signes et par pancartes. Il semblait à Tania qu'elle avait enfin découvert une distraction exceptionnelle. Toute sa vie s'en trouvait heureusement modifiée. Elle ne s'ennuyait plus. Elle s'habillait avec une recherche nouvelle. Même, elle reprenait des couleurs et mangeait de meilleur appétit.

Cependant la curiosité de Tania était insatiable, et mieux elle apprenait à connaître Suzanne, plus il lui paraissait intolérable d'ignorer encore le parfum dont elle se servait, le son de sa voix et les toilettes que recelait son armoire. Souvent, elle se surprenait devant sa glace, le regard fixe, la bouche ouverte : elle songeait à Suzanne et imaginait l'entrée de Volodia dans la chambre. Il s'approchait de Suzanne, la baisait au front d'un air distrait et lui parlait avec négligence de la journée. Volodia n'aimait pas Suzanne. Tania le devinait, le sentait, comme si la jeune femme lui eût avoué sa disgrâce. Cette certitude n'était pas déplaisante. Trois fois seulement, Tania avait vu Suzanne et Volodia sortir ensemble. Ils ne se donnaient même pas le bras. Ils étaient deux étrangers qui se promènent côte à côte. Pauvre Suzanne! Comme Tania lui savait gré d'être délaissée et malheureuse! Il fallait à tout prix qu'elle obtînt de Michel l'autorisation de reprendre ses randonnées hors de la ville. Ainsi, elle s'arrangerait pour rencontrer Suzanne en cachette. Ces échanges de bons procédés d'une fenêtre à l'autre ne pouvaient plus la satisfaire. Mais Michel était un homme autoritaire et buté, un esprit sec. Bref, il n'aimait pas revenir sur ses décisions. Tania résolut de le préparer lentement à l'idée que les sorties en calèche étaient indispensables. Pour cela, il importait d'abord qu'elle se prétendît fatiguée, anémiée, et que le médecin de la famille conseillât des promenades quotidiennes. De nouveau, Tania regretta de n'être pas enceinte. Si elle avait été enceinte, la famille de Michel eût accepté tous ses caprices. Les vieux Danoff ne vivaient que dans l'espoir de voir naître un rejeton qui prolongerait leur lignée. Tania se promit d'exploiter cette attente. Ayant arrêté la première partie de son programme, elle affecta aisément une indolence qui inquiéta son mari. Pourtant, lorsqu'elle lui conseilla de convoquer le docteur, il se mit à rire. Et, lorsqu'elle parla de reprendre ses excursions solitaires, il se fâcha :

– Je t'ai déjà dit que, tant que Volodia résiderait à Armavir, je ne te permettrai pas de te promener seule hors de la ville.

– Et s'il reste ici des mois, des années encore?

– Il partira bientôt.

– Pourquoi?

– J'ai mes raisons pour le croire.

– À cause de toi, de moi?

– Non.

– À cause de sa femme?

– Peut-être.

– Explique-toi.

– Plus tard.

Cette conversation, brève et bourrue, avait eu lieu peu après le déjeuner. Lorsque Michel fut parti pour le bureau, Tania gravit l'escalier quatre à quatre et se précipita dans le salon de l'aïeule. Que voulait dire Michel? Pourquoi Suzanne aurait-elle poussé son mari à quitter Armavir? Et comment se faisait-il que Volodia acceptât d'obéir à Suzanne, alors qu'il n'aimait que Tania et ne pouvait se passer de sa présence?

Dominant son émoi, Tania résolut de ne pas brusquer son amie et d'obtenir d'elle, peu à peu, insensiblement, les renseignements complémentaires dont elle avait besoin.

Ce jour-là, comme d'habitude, Suzanne était assise à la fenêtre et tricotait pour passer le temps. Tania lui fit un sourire, et, ne sachant comment entamer la conversation, lui demanda par signes la nature de son travail : des chaussettes, une écharpe, un napperon? Les mimiques de Tania amusaient Suzanne, qui pouffait de rire et secouait la tête. Enfin, comme Tania, lasse de ce jeu, s'apprêtait à aborder un sujet plus grave, la jeune femme hésita un moment, haussa les épaules, et, saisissant son tricot entre le pouce et l'index, l'éleva devant son visage : c'était une brassière en laine bleu pâle pour un nouveau-né.

Tania regardait l'objet avec une espèce de stupéfaction panique. Ses mâchoires se mirent à trembler. Ses lèvres étaient sèches et douloureuses. Surmontant son désarroi, elle se posa un doigt sur le ventre et interrogea Suzanne d'un hochement du menton. Suzanne, confuse et gourmée, dressa trois doigts à hauteur de son oreille.

Trois mois! Suzanne était enceinte de trois mois! Suzanne allait avoir un enfant de Volodia! Et Tania l'apprenait bêtement, par des signaux muets, par des grimaces! Elle lâcha le rideau qu'elle tenait dans sa main et recula vers le fond de la pièce. De quel droit Volodia faisait-il un enfant à cette femme qu'il n'aimait pas? De quel droit prenait-il du plaisir ailleurs que dans son rêve? De quel droit trahissait-il son passé? Il y avait donc entre ces deux êtres, que Tania imaginait gelés dans l'indifférence, des instants de désir, de joie, d'abandon. Il existait donc une heure de la nuit, où leurs chaleurs ennemies se cherchaient sous les couvertures, où leurs bouches se rencontraient, où leurs doigts se nouaient, où leurs souffles ne faisaient plus qu'un souffle, où la même sueur baignait leurs corps nus et crispés. Comme Suzanne devait être fière de cette maternité tant espérée! C'était elle, sûrement, qui avait supplié son mari de lui donner un enfant, vite, vite, afin de pouvoir annoncer à la face du monde qu'elle était autre chose pour Volodia qu'une compagne docile et négligeable. Maintenant, elle l'avait dans son ventre, cet enfant, et elle se pavanait avec un orgueil de favorite. Elle tricotait ostensiblement des brassières. Elle attendait avec impatience le moment où elle serait assez déformée par la grossesse pour que n'importe qui connût à son seul aspect la dignité suprême dont elle était revêtue. Ah! que cette femme était donc détestable!

Tania, éperdue, se laissa descendre sur un canapé et prit dans ses mains son front glacé et moite. Son cœur battait vite et des cercles de feu tremblaient devant ses prunelles fixes. Une horreur lourde l'oppressait. C'était comme si l'air était devenu plus épais, irrespirable, empoisonné. Elle murmura pour elle-même :

« Qu'est-ce que j'ai? Pourquoi suis-je désemparée? Tout cela devrait m'être égal, puisque je n'aime pas Volodia, puisque j'aime Michel, puisque je suis mariée... »

Elle porta les mains à sa poitrine, comme pour toucher la plaie dont lui venait le mal. Et le contact de ses doigts sur sa peau, à peine recouverte d'une étoffe légère, la fit frémir d'une triste volupté. À mesure que les secondes passaient, elle comprenait mieux la cause de son chagrin. Elle aimait Volodia, bien qu'elle eût refusé d'être sa femme. Et elle était jalouse de celle qui avait pris sa place auprès de lui. Elle le voulait tout à elle, exclusivement à elle, malheureux ou heureux à cause d'elle. Et Michel? Eh bien, lui aussi, elle l'aimait. Seulement, elle l'aimait d'une autre manière, d'une manière simple, honnête et monotone. Son sentiment raisonnable pour Michel complétait sa passion folle pour Volodia. Il lui fallait ces deux hommages contraires pour qu'elle fût satisfaite. Oui, oui, Volodia et Michel formaient une seule entité qui dominait et commandait son existence. Privée de l'un, elle n'aurait pu aimer l'autre. Elle marmonnait à mi-voix, comme pour convaincre une amie invisible, assise à ses côtés :

« Tu comprends? Je les aime tous les deux. Je les ai toujours aimés tous les deux. Et je suis jalouse de l'un, comme je serais jalouse de l'autre. Oh! je suis un monstre, un monstre... »

Puis elle revint à la croisée. Suzanne avait disparu. Par une sorte de dédoublement, elle se vit, hagarde, mal coiffée, appuyée au montant de la fenêtre. Que faisait-elle ainsi? Qu'attendait-elle? Après tout, cette maternité ne prouvait rien. Volodia pouvait coucher avec Suzanne et l'aimer, elle, Tania. Qui sait, peut-être, au plus fort de son plaisir, s'imaginait-il étreindre Tania, au lieu de cette petite femelle incolore? Le corps de Suzanne n'était qu'un prétexte. C'était Tania que Volodia possédait dans l'ombre. Tania eut un frémissement d'allégresse, et glissa les mains le long de ses hanches. Elle était molle et chaude soudain de toutes ces caresses qu'elle avait suscitées, et dont une autre portait naïvement le fruit.

Allons! cette gamine était pitoyable, sans plus. On pouvait s'occuper d'elle avec condescendance, parler de son marmot, de ses tricots, de ses malaises. Une énergie nouvelle animait Tania. Elle se dressa d'un bond, regagna sa chambre en courant et sonna la servante. Depuis quelques instants, elle était comme un stratège à la veille d'une bataille. Lucide et résolue, elle se promenait dans la pièce, les mains derrière le dos, le visage grave. Son cœur battait à coups secs jusque dans sa gorge. Mais cette sensation n'était pas désagréable. La femme de chambre parut enfin : c'était une Arménienne sans âge, plissée, noiraude, indolente et un peu sale. Elle portait un tablier empesé et un petit bonnet de dentelles à rubans puce.

– Écoute, Oulîta, dit Tania en plantant un regard inquisiteur dans les yeux somnolents de la femme de chambre. Je vais te charger d'une mission secrète.

– Mais je ne sais pas lire, barynia, dit l'autre.

Et cette réponse stupide irrita Tania.

– Qui te parle de lire? Tu vas immédiatement porter une lettre à Mme Bourine, à l'*Hôtel de la Poste.* Tu attendras la réponse. En même temps, tu tâcheras de bien regarder la chambre. Comment est le papier des murs? Comment est le lit? Où sont les armoires à linge? Tu t'efforceras de savoir, par la même occasion, si la dame se porte bien, si elle a des envies, si son mari paraît satisfait d'être père? Bref, tu te débrouilleras pour me ramener le plus grand nombre de renseignements possible. C'est compris?

Oulîta tortillait les brides de son tablier et baissait la tête.

– Si on l'apprend, je me ferai renvoyer, dit-elle enfin d'une voix morne.

– Et si tu ne m'obéis pas, dit Tania avec impatience, c'est moi qui te ferai renvoyer. Choisis.

– Je vous obéirai, barynia, grommela la servante.

– Attends, dit Tania. Je vais te donner aussi un souvenir que tu remettras à Mme Bourine.

Et elle détacha de son cou un petit médaillon en or, gravé à ses initiales.

Lorsque Michel revint du bureau, à sept heures, il trouva Tania allongée sur le canapé du boudoir. Elle feuilletait des journaux. Il l'embrassa tendrement, et elle lui rendit son baiser avec une expression lasse et navrée.

– Je lisais les récits du couronnement, dit-elle. Ce devait être merveilleux. Comme j'envie Nicolas d'avoir pu assister à la cérémonie!

– Qui te dit qu'il a assisté à la cérémonie?

– Tout Moscou était sur le parcours du cortège. Il paraît qu'on a beaucoup exagéré la catastrophe de la Khodynka. J'attends une lettre de Nicolas pour me faire une opinion.

Elle bâilla et dit encore :

– Pourquoi rentres-tu si tard?

– J'ai été retenu au bureau.

– Ah?

Il avait étudié, dans la journée, un système d'assurances mutuelles pour les employés, et il s'attendait à ce qu'elle le questionnât sur l'affaire. Mais elle ne demanda rien et se remit à feuilleter les journaux. Michel souffrait de l'attitude de Tania à son égard. Au début de leur mariage, elle s'était révélée capricieuse, exigeante, égoïste. Elle le boudait un peu pour ses longues absences, et l'accaparait dès qu'il franchissait le seuil de la maison. Mais, peu à peu, cette fringale de caresses et de compliments semblait s'être calmée. À présent, il n'avait plus auprès de lui qu'une créature indifférente. On eût dit qu'au lieu de les rapprocher leurs rapports quotidiens les éloignaient l'un de l'autre. Cependant, Michel aurait eu besoin d'une confidente capable de le comprendre et de l'encourager. Mais pouvait-il parler à Tania des difficultés qu'il éprouvait depuis que les filatures du Nord avaient haussé leurs prix sur les draps d'usage? Pouvait-il l'intéresser à l'ouverture prochaine de la succursale d'Ekaterinodar?

– À propos, dit-il, je crois que la succursale d'Ekaterinodar pourra être inaugurée vers le mois de juillet. Nous irons ensemble.

– Volontiers, dit Tania sans lever le nez de son journal.

– Cela ne t'amuse pas de revoir Ekaterinodar, tes parents, tes amies?...

– Si, bien sûr...

– Tu préfères que j'y aille seul?

– Non.

Michel haussa les épaules.

– Tu me fais la tête parce que je t'interdis de sortir en calèche, dit-il. C'est absurde. Ne compte pas me fléchir ainsi. Ce n'est pas la bonne méthode. D'ailleurs, avec moi, il n'y a pas de méthode.

À peine avait-il fini de parler, qu'il se reprocha le ton

suffisant de son admonestation. Tania souriait d'une façon impertinente. Michel rougit, toussota pour s'éclaircir la voix et dit encore :

– Voilà, tu m'as compris, je pense?

– Non, dit Tania avec douceur. Et cela pour une raison bien simple. Volodia est trop occupé par sa femme, qu'il aime, et qui est enceinte, par-dessus le marché, pour songer à me poursuivre de ses avances.

– Comment sais-tu que sa femme est enceinte? demanda Michel avec humeur.

– Toute la ville est au courant. Les domestiques, le coiffeur...

Michel parut gêné. Il mordillait ses moustaches.

– À quoi bon parler de ces choses? dit-il enfin. Je voudrais pouvoir oublier qu'il existe un Volodia Bourine sur terre. Sa mère s'était opposée à son mariage : un mariage absurde, avec une institutrice à qui il a fait un enfant...

– Est-elle jolie? demanda Tania de son air le plus candide.

– Oui, non, peu importe. Bref, la mère de Volodia a refusé de revoir son fils. Et c'est un peu pour cela qu'il est venu s'établir à Armavir.

– Pour cela, et aussi parce qu'il lui était agréable de nous surveiller, de nous narguer...

– Si tu veux. À présent, la vieille Bourine, ayant appris que sa belle-fille était enceinte, a décidé de réviser son attitude. Volodia doit partir dans quelques jours pour entamer les négociations. S'il arrive à convaincre sa mère, le jeune ménage ira s'installer dans la maison familiale d'Ekaterinodar, et nous serons débarrassés de leur présence. Voilà pourquoi je t'ai dit, hier, que Volodia ne resterait probablement pas longtemps dans nos murs.

Tania baissait la tête, saisie d'une tristesse subite. L'idée de ce départ ruinait toutes ses illusions, et elle se découvrait seule et pauvre soudain, volée, bafouée, au-delà de ses craintes. Elle avait l'impression de s'enfoncer dans un rêve, les yeux grands ouverts et les lèvres muettes. Michel la considérait avec surprise :

– Qu'as-tu? dit-il brusquement. Je croyais que cette nouvelle te ferait plaisir. Dès qu'ils seront partis, tu pourras reprendre tes promenades...

7

IL ÉTAIT quatre heures de l'après-midi, et Michel achevait de dicter son courrier, lorsqu'on lui annonça qu'un gardien de la propriété demandait à lui parler d'urgence. L'homme était maculé de sueur et de poussière. Il respirait violemment par les narines. Dès qu'on l'eut introduit dans le bureau, il s'approcha de Michel et dit :

– Il va périr. Il va passer. C'est sûr.

Michel serra les mâchoires, comme pour dominer une douleur physique. Depuis deux jours, Artem, le vieil intendant du domaine, était malade et se préparait à mourir.

– Il souhaite que tu viennes vite, reprit le Tcherkess.

Michel regarda sa table envahie de papiers.

– Qu'a-t-il au juste? demanda-t-il sur un ton bourru, pour cacher son émotion.

Le Tcherkess se grattait la nuque :

– C'est difficile à dire. La jambe et le bras sont comme du bois. Et le reste du corps remue. Le rebouteux de l'*aoul* prétend que le vieux se transforme en arbre et qu'il faut lui donner un peu de terre à mâcher chaque matin.

– Il ferait mieux de convoquer un docteur, dit Michel.

Puis, il se leva et poussa la porte du bureau voisin, où Alexandre Lvovitch discutait avec des représentants.

– Je vais voir Artem, lui dit Michel.

Alexandre Lvovitch tourna vers lui un visage fatigué. Il avait considérablement vieilli, et s'occupait de moins en moins de l'affaire, qui passait tout entière dans les mains de son fils.

– Artem n'est pas bien, je sais, dit-il. Encore un de mes vrais amis qui s'en va!

Son regard était triste. Mais, tout à coup, il sourit et cligna de l'œil :

– Tu devrais prendre la calèche et emmener Tania. Elle ne connaît pas la propriété. Cela lui fera une sortie.

Michel fut surpris de n'avoir pas eu l'initiative de ce projet. Il s'accusa de négliger Tania par égoïsme, ou par manque d'invention.

– Excellente idée, dit-il. Nous reviendrons demain.

Et il quitta le bureau en courant. Il avait hâte d'avertir Tania, qui serait si heureuse de l'accompagner! Mais il ne dirait pas que l'idée venait de son père. Pour une fois, il mentirait par omission. Ce n'était pas très grave.

Cependant, Tania ne se trouvait ni dans sa chambre, ni dans le boudoir, ni dans le salon. Étonné de cette absence insolite, Michel appela la servante Oulîta, qui accourut en rajustant son bonnet de dentelles. Dès les premières questions, la vieille Arménienne se troubla, fondit en larmes et déclara que « Madame se promenait quelque part dans la maison ».

– Qu'entends-tu par « quelque part »? demanda Michel.

– Eh! Là ou là! Comme Dieu le veut!...

– Je n'ai pas le temps à perdre en devinettes. Est-elle chez ma mère?

– Non.

– Où donc alors? Parle!...

– Chez la grand-mère, dit la vieille en ravalant une grosse gorgée de salive.

Michel haussa les épaules et suivit le couloir qui menait aux chambres de l'aïeule. La maladie d'Artem le chagrinait à un tel point, qu'il ne songeait même pas à s'étonner des visites de Tania dans cette aile de la maison. Toutefois, lorsqu'il poussa la porte du salon condamné et qu'il vit Tania qui rabattait précipitamment les voilages de la fenêtre, un soupçon rapide lui pinça le cœur.

– Que fais-tu là? dit-il.

Tania, le visage amolli par la confusion, fuyait son regard, essayait de sourire.

– On ne peut pas lire et tricoter toute la journée. J'étais venue là pour changer de décor, pour rêver un peu, pour me distraire...

– Mes parents t'ont défendu de pénétrer dans cette chambre avant qu'un an se soit écoulé depuis la mort de grand-mère, dit Michel.

– Excuse-moi, dit Tania. J'avais mal compris. J'ai eu tort...

– Je voulais te proposer une promenade, reprit Michel. Artem est malade... J'ai pensé que...

Tout en parlant, il soulevait le rideau de tulle. Il demeura un instant le front collé contre la vitre, et Tania ne voyait que son dos très large et un peu voûté. Puis, il se tourna vers la jeune femme. Les ailes de son nez étaient devenues pâles. Il respirait lentement. Il dit enfin :

– Je te plaignais de n'avoir pas d'amies! Tu n'es pas allée bien loin pour en trouver une!...

– Où est le mal? balbutia Tania. Je connais à peine cette jeune femme. Je ne lui ai jamais parlé. Je la vois à sa fenêtre. Je lui adresse un sourire...

– Et, comme par hasard, il s'agit de la seule personne que je t'aie interdit de fréquenter!

– Est-ce ma faute si, dans toute la ville, il n'y a qu'elle qui ne soit pas affreuse à regarder?

– Elle porte le nom des Bourine, dit Michel. Cela suffit.

Il se promenait de long en large dans la chambre, les

mains nouées derrière le dos, le regard fixe. Tout à coup, il s'écria en se frappant le front des deux poings :

– Que doivent penser les commerçants, les passants qui ont sûrement remarqué ton manège?

– Je me moque pas mal du qu'en-dira-t-on, dit Tania.

– Mais moi, je ne m'en moque pas, dit Michel. J'ai la fierté de mon nom, de ma situation...

Tania fit la moue. Cette obstination de Michel à juger tous les actes de l'existence selon les traditions desséchées de l'honneur tcherkess était monotone et révoltante. Car Michel n'avait même pas l'excuse d'être un Tcherkess authentique. Il n'avait gardé de ses ancêtres que les coutumes les plus laides et les plus sottes. Et il n'avait pris aux camarades moscovites de son enfance que leur langage et leurs vêtements. Il était un croisement raté de deux civilisations contraires. Furieuse, Tania tourna vers lui un visage défait, aux pommettes rouges :

– Veux-tu que je te dise la vérité, Michel? Ton orgueil du nom, de la situation, de la race est grotesque. Tu vis étouffé par des habitudes stupides. Tu as tellement peur de te laisser aller à la moindre fantaisie, que tu en as perdu toute jeunesse, toute spontanéité, toute séduction. Tu marches à tout petits pas, dans un tout petit sentier, vers un tout petit avenir...

Michel blêmit et serra ses mains l'une contre l'autre. Jamais Tania ne lui avait parlé sur ce ton arrogant et calme.

– J'ai organisé ma vie comme il me plaisait, dit-il.

– Oui, mais tu n'es plus seul à la vivre, cette vie, Michel. Et je ne t'ai pas épousé pour végéter dans une prison!

– Qu'est-ce que tu me chantes là?

– Oui! Oui! s'écria Tania. Je peux tout te dire, à présent que tu me reproches ma conduite. Je peux te dire combien je souffre de l'existence que tu me fais mener. Je suis dans ta maison comme dans une cellule. Seule distraction : la promenade de la condamnée. (Encore m'as-tu interdit de sortir, depuis quelque temps!) Seule compagnie : de vieilles Arméniennes obséquieuses, menteuses, méchantes, qui viennent faire leur cour à ta mère, après avoir entouré ta grand-mère de leurs têtes d'épouvantails à moineaux. Et chaque jour est semblable au jour précédent. Et je m'ennuie, je m'ennuie...

– Tu imaginais sans doute qu'Armavir te réserverait une vie de réceptions, de bals, de spectacles et d'intrigues mondaines!

– Je ne visais pas si haut, dit Tania. Mais, lorsque j'ai accepté de devenir ta femme, j'espérais au moins que je vivrais auprès de toi, que nous aurions une existence secrète, un intérieur à nous, une intimité... Je ne sais pas, moi! Où est-elle, cette intimité? Le matin, tu disparais en hâte pour t'enfermer dans ton bureau. Au déjeuner, je ne te vois qu'entouré de toute la tribu des Danoff. Après le déjeuner, tu retournes à tes Comptoirs. Et tu ne rentres que pour ce dîner patriarcal et interminable, que j'exècre. Et, le soir, après la partie de dominos ou de whist avec ton père, tu es tellement fatigué que tu te couches tôt. Et voilà tout ce que j'ai de toi! Voilà pourquoi je me suis mariée! Voilà à quoi j'ai sacrifié mon indépendance et ma gaieté de jeune fille!

Michel était livide et ses sourcils descendaient en barre sombre au-dessus de son regard outragé. Tania eut peur un instant de ce masque terrible. Puis, subitement, elle éprouva le désir de pousser à bout un homme dont les colères étaient rares et belles. Elle avait besoin, après tant de journées paisibles, d'une crise, d'un éclat, qui la délivrât enfin de l'ennui où elle se consumait.

– Alors, réponds! dit-elle d'une voix violente, aiguë, qui lui fit mal en passant dans sa gorge. Défends-toi!

Mais, déjà, Michel avait recouvré son calme. Un sourire tendait ses lèvres. Il dit :

– J'observe simplement que tu es devenue exigeante, malheureuse et neurasthénique à partir du jour où Volodia s'est installé ici. Je suis sûr qu'après son départ tu seras de nouveau raisonnable.

– Ce n'est pas vrai, dit Tania. Volodia n'est pour rien dans mon reproche.

– Ne crie pas. Retourne dans ta chambre. Je ne te demande pas de m'accompagner à l'*aoul.* Lorsque je reviendrai...

– Lorsque tu reviendras, dit Tania, avec une conviction comique, je me serai peut-être tuée par chagrin, par dépit...

– Mais non, dit Michel placidement. Tu es bien trop curieuse.

– De quoi?

– De la vie.

Il souriait toujours, mais d'une façon hautaine, inquiétante.

– Nous ne parlerons plus de cette histoire absurde, si tu veux bien, dit-il encore.

Et il quitta le salon sans se retourner. Tania l'entendit qui criait des ordres dans l'escalier :

– Qu'on me selle immédiatement Gorbounok, ou plutôt Stréletz. Je pars dans un quart d'heure.

Pendant tout le trajet, Michel ne cessa de réfléchir à la scène pénible que Tania lui avait infligée. Et cela le jour même où, par gentillesse, il se promettait de l'emmener à l'*aoul.* En fait, il avait oublié déjà que l'idée de cette promenade était due à son père. Il s'en attribuait facilement le mérite et ajoutait l'ingratitude aux griefs nombreux qu'il nourrissait contre Tania. Ni le mouvement de la course ni le bruit du vent dans les feuillages secs ne le distrayaient de son réquisitoire. Avec une espèce de joie douloureuse, il repassait en esprit les paroles blessantes qu'elle lui avait adressées. Du haut de son cheval, face à la route mouvante, il lui répondait et la condamnait encore. Certes, elle bénéficiait de circonstances atténuantes : elle était jeune, jolie, coquette, et la vie recluse à Armavir ne pouvait satisfaire une personne de sa qualité. Mais, de tout temps, Michel avait entendu dire qu'une femme qui aime son mari doit trouver son plaisir dans cet amour même et oublier les désagréments accessoires. Or, Tania n'oubliait rien, ne pardonnait rien, ne voulait rien comprendre. Peut-être était-ce parce qu'elle n'aimait plus son mari? À cette idée, un froid subit pénétra le cœur de Michel. Jamais encore il n'avait envisagé l'idée d'une semblable désaffection. Il marmonna pour lui-même : « Non. Ce serait absurde. Quelle raison aurait-elle de ne plus m'aimer? Je n'ai pas changé. Je ne l'ai pas trompée. Je ne travaille et ne vis que pour elle. Alors? »

Une petite frayeur désagréable le faisait frissonner, comme au début d'une maladie. Il ne se sentait plus tout à fait à son aise. Vigoureusement, il réagit contre l'emprise de ce doute lancinant.

« Idiot, je suis idiot! » grogna-t-il en poussant sa monture.

Et il s'efforça de réfléchir à autre chose : à Artem, à l'*aoul*, aux chevaux qu'on allait marquer. À mesure qu'il se rapprochait des limites de l'*aoul*, la pensée de ses promenades d'enfant lui revenait plus fréquemment en mémoire. Lorsqu'il franchit le barrage de buissons qui, à droite de la route, marquait la frontière de la propriété, il eut l'impression d'avoir échappé aux influences d'un univers adulte. Le fait même qu'il fût le mari de Tania devenait en quelque sorte secondaire. La vie profonde n'était pas dans la maison d'Armavir, où une jeune femme nerveuse se lamentait en mordillant son mouchoir de dentelles, mais ici, dans la steppe, au bord de l'Ouroup, où des gardiens tcherkesses s'apprêtaient à marquer les poulains.

– O-oh! cria Michel.

Sa voix se perdit, loin, dans la plaine, comme une flèche folle. Et Michel se sentit heureux à cause de l'espace qui s'ouvrait devant lui. Son cheval, lancé au galop, fendait l'herbe haute semée d'anémones. Le village se rapprochait à chaque foulée. Les toits fumaient. Quelques cavaliers tournaient autour des barrières de bouleau. La maison d'Artem était au centre de l'*aoul*. Michel arrêta sa monture devant la porte, et jeta les rênes à un gamin joufflu, qu'il ne connaissait pas.

– Bouchonne-le, dit-il. Et regarde son sabot gauche...

Puis, il entra dans la masure de son vieil ami. Artem était couché sur des coussins de cuir. Une *bourka* recouvrait son corps jusqu'au ventre. Son visage était envahi d'une barbe grise et courte qui lui déformait le menton. Dès qu'il aperçut Michel, un sourire d'enfant éclaira sa face ridée.

– Oh! dit-il, tu es venu. C'est bien. Mais, tu vois, il ne faut pas appeler le médecin. Le rebouteux m'a soigné. Déjà, je peux remuer la main gauche.

Il claqua de la langue :

– On marque les poulains.

– Oui, dit Michel. Je pensais bien que c'était la date.

– Chaque année, le même jour. Sinon, ils ont une mauvaise carrière. Crois-tu que, dans une semaine, je pourrai remonter à cheval?

Michel eut un serrement de cœur et se contraignit à rire :

– Pourquoi pas?

– Il y a un cheval ici, Tatéma. Un démon. Une beauté. Je te le réserve pour la course d'Armavir.

– Je ne crois pas que je courrai cette année, dit Michel.

– Pourquoi?

– C'était bon autrefois, quand j'étais un gamin. Mais

maintenant... Tu comprends... Ma position... Un homme marié...

– C'est ta femme qui ne veut pas?

Un flot de sang envahit le visage de Michel :

– Ma femme n'a rien à dire. D'ailleurs, elle ignore tout de la course qui se prépare.

– On raconte qu'elle s'ennuie, qu'elle n'aime pas le pays, soupira Artem. C'est dommage. Chaque oiseau choisit son ciel...

– Ne parlons plus de cela, dit Michel avec colère.

– Allah! Allah! Comme te voilà fâché! Va voir les camarades qui marquent les poulains, cela te distraira. Et puis, tu reviendras ici. Tu demanderas qu'on te montre Tatéma. Surtout, n'oublie pas de lui rendre visite. Elle mérite beaucoup d'égards. C'est une jument... une jument...

Tout à coup, les yeux d'Artem s'emplirent de larmes, et il demanda d'une voix enrouée, fautive :

– Tu es sûr, n'est-ce pas?... dans une semaine, je pourrai de nouveau...

– Mais oui, dit Michel.

Et, comme il se sentait trop ému pour prolonger l'entretien, il quitta la maison.

La marque des poulains avait lieu chaque année, à date fixe, et tous les Tcherkesses de l'*aoul* participaient à la cérémonie. Michel dirigea son cheval vers l'immense enclos de pieux et de joncs tressés qui bordait les berges de l'Ouroup. Un groupe d'hommes se pressait autour de la palissade. C'était le personnel des équipes de relève qui se reposait en regardant travailler les camarades. Les cavaliers, raides sur leurs selles, le buste légèrement tourné vers l'arène, discouraient et riaient gaiement. Ils avaient des visages durs et dorés de silex. L'uniforme leur pinçait la taille et leur faisait des épaules nettes comme des coins de table. Leurs bonnets d'astrakan étaient écrasés d'un coup de poing sur l'oreille. En apercevant Michel, ils se turent et firent pivoter leurs bêtes pour l'accueillir de front.

– Où en êtes-vous, les amis? demanda Michel.

– Demain soir, nous aurons terminé, dit un jeune Tcherkess à moustaches de réglisse. Taghelak a eu la mâchoire démise d'un coup de pied.

– Le maladroit!

Les gardiens riaient en montrant leurs grandes dents cruelles.

– Il faudrait un coup de pied dans l'autre sens pour réparer sa figure, dit un gamin de quinze ans à la face brûlée et mince.

– Allah! Allah! Ça n'a pas oublié le goût du lait maternel et ça se mêle de juger les hommes! dit un autre.

Michel poussa son cheval vers la barrière de joncs et s'immobilisa, le cœur battant d'impatience.

Plusieurs centaines de poulains aux robes fraîches étaient parqués dans l'enceinte. C'étaient des bêtes petites, maigres, au poitrail adolescent, aux grandes têtes ahuries. Jeunes, sottes, effrontées, elles se serraient les unes contre les autres, se cabraient hors de propos et croisaient leurs profils au chanfrein busqué. Le soleil lustrait les croupes nerveuses, enflammait les oreilles assaillies de mouches, huilait de lumière les larges naseaux tremblants. De la masse, montait un murmure très doux de masticage et de coups de sabot. Quatre gardiens à cheval surveillaient le haras. Dans l'espace libre, des hommes à pied entouraient un fourneau où chauffaient les longs fers sombres à poignées de bois.

Deux cavaliers parcoururent au pas la ligne du troupeau. Une inquiétude soudaine émut les bêtes. Un poulain se mit à hennir en secouant sa grosse tête puérile tachée de roux et de blanc. Un autre monta des deux pieds sur la croupe de son voisin. Un autre encore, effrayé par le cri d'un oiseau, partit en flèche, la queue dressée, la foulée brève, puis s'arrêta, sans raison apparente, et revint au trot vers ses compagnons.

Les cavaliers, poussant des cris et balançant des lassos à hauteur de leur hanche, expulsèrent du lot un petit cheval sombre et rageur aux lèvres roses. Le petit cheval filait, ventre à terre, l'encolure courbée, les jambes rapides et sèches comme des rayons de roue. L'un des Tcherkesses le rejoignit, et le lasso, déroulant sa boucle horizontale, arrêta l'animal en pleine course dans un nuage de poussière. Serrant sa prise, l'étranglant, le gardien finit par l'amener au centre de l'espace libre. Comme la bête se cabrait, un second lasso vint lui nouer les jambes et elle boula sur le flanc. Les hommes à pied étaient déjà sur elle et la maintenaient couchée. Le poulain dressait, au bout de son encolure tordue, sa tête indignée et cocasse de victime expiatoire. Le chef d'équipe s'approcha, le fer au poing, et appliqua la marque sur la cuisse gauche du cheval. Le cheval hennit douloureusement et secoua ses membres ficelés. Un filet de fumée montait de sa croupe vibrante.

– *Khabarda!* cria le chef d'équipe.

Ayant dénoué les cordes, les tortionnaires firent un bond de côté. Le poulain, brûlé, furibond et comique, ruait à pleins sabots dans l'espace, fonçait sur les piétons, quoaillait, renâclait, piaffait sur place. Il se lança enfin par la porte rapidement ouverte, vers la plaine vaste et odorante où tremblaient des coulées de fleurs blanches jusqu'à l'horizon.

– Au suivant, dit le chef d'équipe.

Michel s'amusait à reconnaître le caractère de chaque bête à sa façon de se comporter devant les cavaliers de poursuite. L'une courait droit devant elle, et, serrée au garrot, donnait des coups de tête contre ses ennemis. Une autre fuyait, les reins creusés, les flancs frémissants de longues veines nerveuses, évitait le lasso, et, tout à coup, épouvantée, ralliait au petit trot le cercle des tourmenteurs qui riaient en se claquant les cuisses. Une troisième se laissait faire avec une docilité fausse et vulgaire, mais se dégageait soudain et marchait, cabrée comme un cheval de cirque, sur le groupe des hommes qui reculaient devant elle.

Au-delà de l'enclos, derrière le cours de l'Ouroup, la plaine s'allongeait, molle et juteuse, jusqu'au petit bois de hêtres qui masquait les maisons d'un village cosaque. Le lac salé, proche de la *stanitsa,* miroitait au soleil. Au-dessus des arbres, usés comme des fumées, le ciel montait d'un seul plan, bleu et net. Michel passa la main sur son visage en sueur : « La vraie vie est ici, avec ces hommes, avec ces chevaux. Le reste... » Il soupira. Le souvenir de Tania glissa sur lui comme un nuage. Et, tout à coup, il la compara à ces pouliches insolentes qui ruaient et se cabraient un peu, avant de se laisser marquer aux insignes des Danoff. Il se mit à rire doucement, sans méchanceté. Ensuite, il oublia la raison de cette gaieté passagère et continua d'observer le manège des gardiens. En vérité, plus il les regardait faire, plus il avait envie de participer à leur jeu. Mais il craignait de les décevoir par sa maladresse : il y avait si longtemps qu'il n'avait plus manié le lasso!

À la relève des équipes, il pria un Tcherkess de lui prêter son lasso et pénétra au petit trot dans l'enceinte. Arrêté devant ces poulains aux têtes faraudes et douces qui l'examinaient de biais, en montrant le blanc de leur œil, il ne douta plus d'avoir découvert un travail à sa convenance. « Vraiment, je suis un sauvage », pensa-t-il avec une certaine fierté. Puis, il passa une main sous la sangle de la selle, vérifia l'enroulement du lasso, et, rendant la main à son cheval, le poussa gentiment vers le centre. Deux cavaliers tcherkesses firent sortir du tas une pouliche rousse, couleur de cuir verni, et Michel la prit en chasse avec de longs cris de gorge. La pouliche détalait, crinière au vent, les oreilles aplaties. Michel donna des éperons, et son cheval, insulté, accéléra son galop dans le sillage de la fugitive. Le front serré, le cœur battant d'une extase amoureuse, Michel retardait de seconde en seconde le geste de balancer et de jeter la boucle. La pouliche n'était plus qu'à quelques foulées. Sa croupe active dansait comme un soleil sous les yeux de Michel. Des mottes de terre lui sautaient au visage.

– À vous! cria quelqu'un.

Michel tendit le bras. La boucle plana un instant, ouverte et ronde, et s'abattit sur le garrot de la bête. Déjà, le chef d'équipe s'approchait avec son fer rouge. Michel inclina les rênes, tourna sa monture et revint à pas lents vers le troupeau.

– Au suivant, dit-il.

Jusqu'au soir, il travailla ainsi avec ses hommes, le visage brûlé de sang et de sueur, les mains crispées, les genoux pesants. Un abrutissement solennel engourdissait son esprit et son corps. Il éprouvait la volupté de ne penser à rien. Plusieurs fois, il changea de cheval et de lasso. Enfin, le ciel vira au jaune, et des nuages de poudre grise s'allongèrent en barre au-dessus de l'horizon. L'herbe flambait dans une lumière d'or caillé. Des myriades de moustiques vibraient au niveau des figures. De la rivière, venait une odeur de vase et de pierre mouillée. Puis, le ciel se laissa mourir avec de grands flamboiements pathétiques. La terre fut aveugle et dure. La lune brillait dans l'ombre élevée, et les étoiles commencèrent à palpiter autour d'elle. À l'ouest, on entendit le mugissement des bêtes à cornes qui traversaient l'Ouroup et qu'on allait marquer le lendemain. Les bouviers hurlaient avec des voix de rêve.

Michel sauta de son cheval, qui vibrait de tous ses membres et dont le poitrail trempé portait une écume blanche, épaisse comme le doigt. Les jambes de Michel étaient raides et douloureuses, après la monte. Ses reins lui faisaient mal. Les rênes avaient déchiré la peau de ses mains. À leur tour, les Tcherkesses mirent pied à terre. Ils arrachaient des touffes d'herbes et bouchonnaient leurs bêtes. Quelqu'un jeta une *bourka* de feutre sur les épaules de Michel.

– On reste ici, dit Tchass, qui commandait les gardiens en l'absence d'Artem.

Et la soirée fut telle que Michel l'avait désiré.

Deux garçons de l'*aoul* allumèrent un bûcher de bois sec. Les hommes dessanglèrent leurs chevaux et s'étendirent sur leurs *bourkas,* la selle sous la tête et les pieds tendus vers le feu. La flamme du brasier leur faisait des visages rouges, crevés de rides. Des poignards d'argent brillaient à leur ceinture. Loin du foyer, des silhouettes obscures sacrifiaient un agneau, dont les bêlements lugubres allaient jusqu'aux étoiles. Puis, l'agneau, proprement traversé par une baguette de fusil, fut hissé sur deux fourches au-dessus des flammes. Un vieillard, mince comme un adolescent, s'assit devant le feu pour surveiller la cuisson. De temps en temps, il tournait la broche et arrosait le rôti avec le jus recueilli dans une cuvette en bois. La peau de la bête grésillait. Une odeur de chair brûlée prenait les narines. Michel, recru de plaisir et de fatigue, ne disait mot, et, les paupières basses, écoutait bavarder ses hommes. L'un vantait la souplesse et la docilité de son cheval, l'autre la justesse de son coup de feu, un autre encore la trempe de son poignard. Et, à l'appui de ses paroles, il cueillait une touffe d'herbe et la tranchait au ras du poing.

– C'est facile de se vanter, dit le vieillard. On verra les braves à la prochaine fête d'Armavir. Qui est-ce qui saura rapporter le chapeau de noisettes à sa bien-aimée?

– On compte sur toi, grand-père!

– Pourquoi pas? Pourquoi pas, moineaux? Je suis encore de taille à vous souffler tous, dit le vieillard avec un grand rire. Vous autres, vous ne savez rien! Vous n'avez pas connu les prouesses de nos ancêtres!

– Raconte l'histoire de Hamzar-Beck, grand-père.

– Ou celle de Taachiné, l'agneau de Dieu!

– Taachiné? Mon père l'a connu. Il était droit comme un peuplier, et son regard était fier comme celui du vautour. Il avait un cheval tout noir, harnaché d'argent, un poignard tranchant, plaqué d'or sur fond noir, et un fusil au canon à huit faces forgé à Bakhtchi-Saraï. Pour la guerre, il portait une cotte de mailles doublée de coton, un casque, une javeline, et, comme il était noble, les flèches de son carquois étaient empennées de plumes d'aigle blanches...

Un oiseau de nuit pousse son cri épouvanté au-delà de l'Ouroup. Une bête invisible fuit à travers l'herbe qui soupire. La lune blanche et ronde éclaire l'enclos de joncs, le miroir du lac salé et la rivière.

Déjà, un Tcherkess détaille l'agneau à coups de poignard, et distribue leurs parts aux camarades. Michel mange un morceau de viande qui sent le feu de bois et l'herbe brûlée, une galette de millet moulu, du fromage blanc. Il boit de la bière à même une calebasse d'argile. Et il s'essuie les lèvres avec sa manche, comme les autres.

Le repas achevé, les gardiens ajoutent du bois au bûcher et se roulent dans leurs grands manteaux de feutre. On n'entend plus que les chevaux qui mâchent l'avoine en somnolant.

Un jeune Tcherkess se lève sur les coudes et demeure longtemps immobile, découpé en rose feu sur le fond de la nuit. Et, tout à coup, il entonne en sourdine une mélopée plaintive et lente, dont Michel connaît les moindres inflexions. Une guitare à deux cordes s'éveille et l'accompagne de son bourdonnement monotone. Quelqu'un claque ses mains en cadence.

Ouarida-da-Ouarida,
Ouarida-da-da!...

Michel ferme les yeux, bercé par la chanson familière. Comme il est heureux, tout à coup! Comme tout est simple parmi ces enfants de la terre! Comme il souhaiterait leur ressembler, oublier ses études, ses travaux, les Comptoirs Danoff, Tania!

Un sentiment étrange d'éternité le recouvre et le lave

comme une vague fraîche. Il est neuf. Il est pur. Il est fort. Son souffle se raccourcit, ses joues se tendent. Le sommeil le prend à la gorge. Et il s'endort, tandis que des guerriers d'ombre et de lumière protègent son repos contre les génies de la nuit.

Le lendemain, quand le travail de marque fut terminé, Michel et ses compagnons rejoignirent le village en chantant. Mais, dès leur arrivée dans l'*aoul,* ils comprirent qu'un malheur venait de frapper la tribu. Les abords des maisons étaient déserts. Des glapissements de pleureuses sortaient de la hutte d'Artem : le vieillard avait subi une nouvelle attaque et le rebouteux affirmait qu'il ne passerait pas la nuit.

Michel se rendit au chevet du moribond. À son entrée, la case, pleine de monde, se vida en silence, et Michel s'approcha de la litière de coussins où reposait le corps. Artem avait un visage sec et mince comme un masque de papier froissé. Sa barbe grise était encore humide des aliments qu'on avait tenté de lui faire prendre. Sur son crâne rasé, se promenaient de grosses mouches bleues. En voyant Michel, il eut un sourire enfantin et triste, et ses yeux se brouillèrent de larmes. Ses mâchoires bougeaient sur une voix grésillante.

– Tu vois, dit-il doucement. Je croyais que tout allait mieux. Et Allah en a décidé autrement. Regarde, je ne peux plus bouger ni mes doigts ni mes jambes. Je ne suis bon à rien. La souche tombe et le troupeau passe...

Tandis que le vieillard parlait avec effort, Michel songeait au fier cavalier d'autrefois. Il se rappelait ses randonnées d'enfant aux côtés d'Artem, la jument noire que Tchass pourchassait devant eux, le départ pour Ekaterinodar, en troïka. Il revoyait Artem, assis près de lui, dans la cour de l'auberge, et qui disait pour le consoler : « Tu seras grand et fort, parce que tu auras osé mettre un pied devant l'autre. » Voici que ce même Artem était là, immobile, maigre comme un paquet d'ossements. Et, demain, il n'y aurait plus d'Artem.

– Non! Non! Tu ne mourras pas! s'écria Michel. J'ai déjà dit à Tchass d'aller chercher notre docteur d'Armavir...

– Que peut faire un docteur contre la volonté d'Allah? dit Artem. J'ai vécu mon temps. J'ai chevauché de belles bêtes, j'ai eu de belles armes, j'ai vu de beaux soleils. Il faut céder la place. Un bourgeon pousse l'autre. D'autres, d'autres viendront...

Il sourit de nouveau et baissa un instant les paupières. Michel crut qu'il s'était assoupi de fatigue. Mais le vieillard poursuivit sur un ton monotone :

– Mon père était un guerrier... J'ai été un éleveur... Que seront les fils?... Ah! ils n'auront pas notre vie, notre belle vie...

– Il y aura toujours des Tcherkesses, Artem, dit Michel. Que ce soit dans les montagnes, dans les plaines, dans la ville, on saura les reconnaître à leur franchise, à leur fierté, à leur courage...

– Oui, dit Artem. C'est... c'est tout ce qui reste...

Sa voix devenait faible, indistincte :

– Michel... Michel... Sois toujours... digne de nous... Tu es de confession arménienne... Mais tu es tcherkess par le cœur... Aime tes parents, ta femme, ton pays... Tue tes ennemis... et comble tes amis...

– Je te le jure, dit Michel.

La sueur coulait sur le visage du mourant :

– Promets-moi aussi de courir pour la fête d'Armavir. Tu monteras Tatéma...

– Oui.

– C'est dommage... J'aurais voulu te voir gagner la course... Peut-être que, tout de même, je te verrai de là-haut...

Michel quitta la hutte sur la pointe des pieds, et les pleureuses revinrent à leur poste.

Le médecin d'Armavir arriva tard dans la nuit, pratiqua quelques piqûres et sortit de la cabane en hochant la tête.

– C'est un gaillard, dit-il à Michel. Un autre en serait mort sur le coup.

Le lendemain, à l'aube, Artem avait cessé de vivre. Michel fit prévenir ses parents et sa femme qu'il demeurait à l'*aoul* pour suivre les obsèques.

Le jour de l'enterrement, les amis d'Artem vinrent exprimer leurs condoléances à la famille du défunt. Chaque Tcherkess s'avançait à tour de rôle vers la veuve, soulevait l'avant-bras, laissait retomber sa main sur le manche du poignard, et rentrait sans un mot dans le rang. Les femmes murmuraient : « Peine pour la perte... peine pour la perte... » Le défilé terminé, le corps d'Artem fut roulé dans un tapis, déposé dans un tronc d'arbre excavé, et transporté jusqu'au bout du village par les laveurs de cadavres. Là, il fut sorti du cercueil, descendu dans une fosse et couché à même la terre. Les pleureuses récitèrent les mérites du disparu. Un prêtre musulman lut quelques prières rapides. Tchass amena le cheval d'Artem, harnaché de ses cuirs de fête. La veuve frappa l'animal de trois coups de fouet et dit : « Je lègue cette bête à ton ami Tchass... Il prendra soin d'elle. » Puis, elle disposa dans la tombe des gâteaux au beurre, des pommes séchées, des noix, un peigne et un petit miroir. Les pleureuses reprirent leurs lamentations, tandis que les premières pelletées de terre tombaient sur la figure du mort. Le mollah psalmodia encore une prière de grâces, et tout le monde revint au village pour le repas des funérailles.

Enfin, le repas achevé, deux cousins d'Artem sortirent de la hutte, jetèrent une corde par-dessus le toit, et la tirèrent d'un côté et de l'autre, selon l'usage, pour voir si le décès du maître n'avait pas définitivement ébranlé la maison.

Michel s'avança dans la cour pour regarder les deux

hommes qui halaient le filin de chanvre. La maison n'était pas déracinée. La maison tenait bon, comme le cœur de la veuve, comme le cœur des parents, des amis. Il fallait vivre, malgré les morts, contre les morts.

La tristesse de Michel était profonde et douce. Il pensa un instant à la brouille qui le séparait de Tania, et ne put s'empêcher de sourire. Que tout cela était médiocre, artificiel et absurde, auprès des hauts exemples de courage et de simplicité qui lui venaient des gardiens tcherkesses! S'il avait été semblable à ces hommes rudes, Tania n'eût pas songé à se révolter.

– La maison n'a pas cédé! cria l'un des Tcherkesses qui tirait sur la corde.

– Non, dit Michel, la maison n'a pas cédé.

Et il ordonna de seller son cheval.

8

A SON RETOUR de l'*aoul,* Michel affecta une valeureuse indifférence. Tania, de son côté, feignit d'ignorer le dissentiment qui les avait séparés. Par une sorte d'accord tacite, ils vécurent quelques jours sans tenter la moindre allusion à Volodia et à Suzanne. Cependant, au bout d'une semaine, Tania, qui souffrait de sa nouvelle solitude, avait repris ses stations à la fenêtre. Mais elle avait chargé sa femme de chambre de surveiller l'escalier pendant tout le temps qu'elle-même resterait en faction. Malgré l'abondance et la violence des arguments dont s'était servi Michel, elle ne parvenait pas à se sentir coupable. Parfois même, elle s'imaginait que Michel regrettait ses paroles et allait lui demander pardon. Elle était prête à lui pardonner, d'ailleurs. À lui comme à Volodia, comme au monde entier, pourvu qu'on la laissât correspondre avec Suzanne. Tout à coup, il lui semblait être devenue l'héroïne d'un livre. Et cette impression la flattait. Michel, cependant, chaque fois qu'il demeurait seul à seule avec elle, la dévisageait d'une façon anxieuse. Visiblement, il s'efforçait de la comprendre et mesurait ses chances de la reconquérir. Cela, non plus, n'était pas désagréable.

Certain soir, comme il inscrivait des notes dans son calepin avant de se coucher, elle crut qu'il composait des vers à son intention. Intriguée, elle passa derrière lui et essaya de lire le texte par-dessus son épaule. Sur la page blanche, s'alignaient des noms de chevaux. Elle fut ulcérée par cette indélicatesse. À tort, d'ailleurs, car, tout en notant des noms de chevaux, Michel ne cessait de penser à sa femme. Après une longue réflexion, il était arrivé à la conclusion suivante : Tania ne s'était détachée de lui que pour retourner à ses rêves de jeune fille. Et cela parce qu'il l'avait déçue. Mais pourquoi l'avait-il déçue? Méticuleux et sévère, à son habitude, Michel dénombrait mentalement les qualités qui eussent dû lui gagner le cœur de Tania, et les défauts qui l'avaient écarté d'elle. De ce bilan sentimental, il résultait nettement que Tania le méprisait parce qu'il avait voulu la soumettre avec les mêmes armes que Volodia. Volodia était intelligent, spirituel, primesautier et vantard. Michel ne pouvait pas lutter avec lui sur le terrain de la séduction pure. Mais il avait pour lui un courage, une droiture, une santé morale dont Volodia était dépourvu. Cette fête équestre, à Armavir, lui donnerait l'occasion d'éblouir Tania. Michel eût souhaité que Volodia participât au concours pour avoir la joie de le battre. Mais Volodia était trop piètre cavalier pour s'intéresser à l'épreuve. Et, d'ailleurs, selon les renseignements que Michel avait recueillis, la vieille Bourine l'appelait d'urgence à Ekaterinodar pour préparer avec lui l'installation de Suzanne dans la maison familiale.

De fait, Volodia quitta la ville quelques jours avant la course. Michel, posté derrière les vitres de son bureau, le vit monter dans une calèche encombrée de bagages. Les deux Tcherkesses dont Volodia ne se séparait jamais enfourchèrent leurs montures. Et le petit convoi s'ébranla, salué par le concierge et les domestiques de l'hôtel. Lorsque la calèche eut tourné le coin de la rue, Michel poussa un soupir de soulagement. Certes, il ne craignait pas Volodia et ses gardes du corps aux faces tailladées de cicatrices. Mais la présence de son rival à

Armavir lui était odieuse. Il lui semblait, à juste titre, que, jusqu'au jour où Volodia n'aurait pas disparu de son horizon, il lui serait impossible d'organiser sa propre existence. Volodia rappelait à Tania un passé joyeux et facile. Ce souvenir vivant masquait pour elle tous les avantages de son nouvel état de femme mariée. Constamment sollicitée par des réminiscences malsaines, elle ne tentait pas de renoncer à son âme de jeune fille. Elle cultivait en elle-même un esprit de révolte et de tristesse. Mais, dès que Volodia serait loin, dès qu'elle n'aurait plus d'allié dans cette lutte chimérique, elle se laisserait séduire par la raison, la douceur et la fermeté de Michel. À présent, Michel était sûr de sa victoire. La pensée même que Tania, rompant sa promesse, s'était peut-être installée à la fenêtre de la grand-mère pour voir s'éloigner la calèche, la pensée qu'elle pleurait cette séparation, la pensée qu'elle maudissait sa réclusion, ne lui paraissaient plus redoutables. Pendant le déjeuner, il observa attentivement le visage de sa femme. Elle avait des pommettes rouges, irritées. Ses yeux étaient d'un bleu-mauve, troublé, fatigué par les larmes. Michel ne put réprimer un sourire. Il ne la gronderait pas. Il ne lui dirait rien. Tout cela n'avait plus d'importance. Comme le repas tirait à sa fin, Michel demanda si les Tcherkesses avaient amené son cheval pour la fête équestre de dimanche prochain.

– Pas encore, dit Alexandre Lvovitch. Ils comptent venir cet après-midi ou demain. D'ailleurs, je voulais te dire...

Il toussota d'un air gêné, regarda Tania à la dérobée et poursuivit :

– Je voulais te dire... Heu... Entre nous, il ne te sied pas de participer à ce concours... Tu es un chef d'entreprise, un monsieur... Tu vas te mêler à des gardiens tcherkesses...

– Eh bien? dit Michel. Tu en as fait autant, dans ta jeunesse.

– Je n'étais pas encore marié, et les gens étaient plus simples.

– Quelles gens?

– Tous... tous...

Il regardait toujours Tania.

– Tu as peur que Tania n'apprécie pas mon idée de me joindre à la fête? demanda Michel en riant.

Tania leva la tête. Toute à ses pensées, elle n'avait rien entendu.

– Elle va te prendre pour un vrai sauvage, dit Alexandre Lvovitch.

– Tant mieux, dit Michel. D'ailleurs, j'ai juré à Artem de monter Tatéma pour la course...

– Alors, puisque tu as juré, dit Alexandre Lvovitch d'un air soulagé et joyeux.

Marie Ossipovna se mêla à la discussion :

– Un homme ne doit jamais s'occuper de ce que sa femme pense ou ne pense pas. D'abord, une femme bien ne pense pas. Moi, je ne pense pas. Simplement, je regarde. C'est déjà assez fatigant.

Et, tout à coup, son visage se mit à trembler :

– Je regarde, oui. Et je vois des choses pas propres. Qui est-ce qui a déchiré l'album, dans la chambre condamnée?

Tania devint pâle comme une morte.

– Moi, dit Michel.

Marie Ossipovna le scruta d'un regard perçant :

– Pourquoi?

– Pour, pour...

Tout en cherchant une excuse, Michel observait Tania et se réjouissait de son trouble.

– Un jour, dit-il, j'ai eu besoin de papier pour nettoyer mes revolvers... Je passais dans le couloir...

– Huit pages sont arrachées... Huit belles pages en papier glacé...

– J'achèterai un autre album, dit Michel, et je recollerai les photographies.

– Il est interdit d'entrer dans cette chambre, dit encore Marie Ossipovna.

– Je m'excuse, dit Michel. Je l'avais oublié.

Tania lui adressa un sourire de reconnaissance.

Après le déjeuner, Michel fit seller son cheval et partit en direction de l'*aoul.* Arrivé dans les faubourgs de la ville, il vit un groupe de cavaliers qui s'avançaient vers lui. Les Tcherkesses encadraient un cheval noir, nerveux, harnaché de cordes : Tatéma. Michel poussa un cri de joie et éperonna sa monture pour les rejoindre.

Le dimanche, dès huit heures du matin, les organisateurs de la fête, qui portaient tous un ruban rouge au bras, s'affairaient dans les rues de la ville. Aidés de la police, ils obligeaient les habitants à parquer leurs voitures dans les cours et à fermer les portes cochères. Ils traçaient des flèches à la peinture blanche sur les murs des maisons qui jalonnaient l'itinéraire. Enfin, ils tendirent des cordes aux deux extrémités de la voie principale, car il était interdit aux concurrents de dépasser les limites de la cité. La compétition équestre d'Armavir, qui avait lieu chaque année à la même date, était célèbre dans toute la région. Une tradition solide présidait à son ordonnance. Les participants étaient scindés en groupes de vingt à vingt-cinq cavaliers. Dans chaque groupe, l'un des champions recevait des mains d'une jeune fille un chapeau fixé au bout d'un bâton, et composé d'une calotte en jonc tressé, ornée de noix et de noisettes. Le détenteur du chapeau partait au galop à travers la ville, et ses compagnons devaient s'efforcer de le rattraper et de lui arracher le trophée. Celui qui ramenait le chapeau à la jeune fille était considéré comme le triomphateur de la course. Cette épreuve se soldait généralement par quelques jambes brisées, de nombreuses foulures et des inimitiés imprescriptibles entre les rivaux. Deux ou trois fois, la municipalité avait tenté d'interdire ces réjouissances brutales, mais les autorités avaient dû s'incliner devant l'exigence de la population. Cette année-ci, même, à l'*Hôtel du Caucase,* s'était installé un banquier grec qui acceptait les paris.

Bien avant l'heure de la course, les curieux s'établirent commodément le long des maisons et aux fenêtres. Le public était surtout composé de vieillards en uniforme tcherkess, armés de pied en cap, de femmes arméniennes endimanchées et de gamins ahuris. Tous les hommes jeunes, valides et possédant un cheval, s'étaient inscrits pour l'épreuve.

Michel avait promis de se joindre à un contingent de vingt-trois cavaliers, arrivés du domaine des Danoff. Les Tcherkesses étaient montés sur des bêtes aux sabots astiqués, aux crinières peignées. Leurs toques d'astrakan étaient repoussées sur la nuque. Massés devant la porte des établissements Danoff, ils attendaient que Michel vînt prendre la tête de la troupe. Et, lorsqu'il parut sur le perron, ils l'acclamèrent. Michel avait revêtu un uniforme gris clair, serré à la taille par une mince courroie de cuir et décoré de douilles d'ivoire sur la poitrine. Une toque de fourrure blanche lui coiffait le crâne. L'émotion et la joie pâlissaient son visage. Un palefrenier lui amena son cheval, Tatéma. C'était une jument noire, de race circassienne, petite, très campée, avec des jambes de muscles et de nerfs, et une forte tête aux prunelles craintives. Michel flatta de la main le chanfrein où saillait une longue veine sinueuse. Et l'animal frémit de tous ses membres.

– Oh! Oh! Tatéma! cria le palefrenier. Elle est peureuse. Il faudra bien l'encadrer.

Michel enfourcha la jument, et, aussitôt, elle fléchit l'arrière-train et se mit à danser sur place. Les employés, qui faisaient la haie devant le magasin, reculèrent instinctivement. Des cris montaient de la foule qui bordait la grande rue :

– Qui sera le plus rapide? Qui sera le plus brave?

Les chevaux des Tcherkesses, gagnés par l'impatience, caracolaient aussi dans un bruit de sabots et de harnais heurtés. Michel leva les yeux vers les fenêtres de la maison, et vit Tania qui le regardait, le nez écrasé contre la vitre. À la croisée voisine, se tenaient ses parents, debout côte à côte, le sourire aux lèvres.

– En route, mes amis, dit Michel.

La cavalcade se mit au trot, et, autour d'elle, des bras se levaient, des chapeaux volaient, des gens criaient :

– Les voilà! Les voilà!

Ils arrivèrent devant l'édifice du Cercle, dont les abords étaient bourrés de monde. À la porte de l'établissement, une jeune fille les attendait, entourée de personnages graves, parmi lesquels Michel reconnut quelques notables barbus, un prêtre arménien et le médecin de la famille. La jeune fille portait des pantalons bouffants de soie jaune. Son visage blanc et fin était surmonté d'un bonnet de velours rouge, garni de galons, de plaquettes et de chaînettes d'or. Elle tenait à la main le chapeau de noix qui était l'enjeu de la course.

Un Tcherkess se détacha du groupe, et, aux acclamations de la foule, la jeune fille lui remit le chapeau de noix. Élevant le trophée au-dessus de sa tête, le cavalier s'éloigna au petit trot. Puis il glapit :

– Hôo! Ho!

Et son cheval partit au galop, suivi de près par la cohorte des ravisseurs. La course était ouverte.

Le peloton de Michel formait une seule masse d'animaux et d'hommes, serrés botte à botte, flanc à flanc, souffle à souffle, un seul bloc de vitesse et de cris, catapulté à travers la rue. Les visages se superposaient, les dos se dédoublaient et se rejoignaient en désordre. Michel, pris en pleine pâte, croyait galoper sur une vingtaine de chevaux qu'enserraient ses jambes innombrables. Très vite, il comprit qu'il valait mieux retarder l'élan de Tatéma pour se dégager du gros de la troupe et prendre ensuite l'initiative du mouvement. Haussant les rênes, freinant à pleins muscles l'allure folle de la jument, il laissa ses compagnons le dépasser en trombe, et se retrouva, bousculé et vide, en dernière position. Alors, rendant la main et talonnant sa monture, il entreprit de rattraper et de doubler les concurrents par la bande. La manœuvre était habile, et il semblait que Tatéma eût deviné le désir de son maître. Michel sentait avec ivresse la détente allongée du cheval qui travaillait sous lui. Il se ramassait et se dépliait avec une vigueur élastique et unie. Sans effort, il gagnait du terrain à chaque foulée. Bientôt, Michel fut au côté du Tcherkess qui menait la marge. Un instant, ils parurent collés l'un à l'autre par la sueur de leurs bêtes, le crissement de leurs selles, le geste saccadé de leurs bras. Puis, doucement, imperceptiblement, Tatéma accentua son avance, et, tout à coup, Michel fut seul derrière le détenteur du chapeau.

– Tatéma, mon amour! cria Michel.

Au bout de la rue, le Tcherkess porteur du trophée courait toujours, et tournait par instants la tache rose de son visage.

Rageusement, Michel éperonna son cheval et se ramassa en boule légère sur le dos étiré. La distance qui le séparait du Tcherkess diminuait de seconde en seconde. Déjà, Michel distinguait nettement les plis de sa tunique noire et les rinceaux d'écume sur la croupe du cheval. À travers les battements de la course, on entendait le halètement du fuyard.

– Tatéma, je t'en supplie! Ma mignonne! Mon petit diable noir! soufflait Michel.

Il n'était plus qu'à deux foulées du Tcherkess. Encore une détente, et il doublerait sur la droite et saisirait le chapeau de noix. Mais le Tcherkess passa vivement le chapeau de noix de sa main gauche dans sa main droite, et, soudain, tirant à pleine poigne sur son cheval, il l'assit à demi sur ses jambes de derrière, quitte à lui rompre les jarrets. Emporté par l'élan, Michel avait débordé le but. Jurant et frappant, il perdit quelque temps à retourner Tatéma et à la ramener en arrière. Le Tcherkess avait filé dans une rue transversale. Michel l'y suivit à bride abattue. De nouveau, il fut à sa hauteur. Et, de nouveau, l'homme glissa le chapeau dans sa main droite. Mais Michel surveillait la vitesse de sa jument, de façon à prévenir toute ruse de l'autre, et, en même temps, il serrait le Tcherkess contre le mur des maisons. Les spectateurs affolés se rencognaient dans les portes et se protégeaient le visage avec leur coude levé.

– Gare! Gare! hurlaient-ils.

Le Tcherkess tourna vers Michel une face luisante de sueur, et cingla de son fouet les naseaux de Tatéma.

– Brute! glapit Michel.

Les coups pleuvaient sur les yeux, sur la bouche de la jument, qui hennissait de douleur. Michel donna des éperons et, allongeant le bras, empoigna le Tcherkess à l'épaule. Il vociférait :

– Je te tiens!

Mais le Tcherkess cherchait à se dégager de l'étreinte. Et les deux montures, livrées à leur seule volonté, galopaient côte à côte, serrées, farouches.

– Si tu ne lâches pas le chapeau, je te tire à bas de la selle! cria Michel.

Le Tcherkess arrêta son cheval et tendit le chapeau, où tremblaient des noix et des noisettes blondes.

– À toi! dit-il simplement.

Et il secoua la tête avec tristesse.

Déjà, au bout de la rue, le groupe des poursuivants se rapprochait à vue d'œil. Michel tapota le cou de Tatéma, affermit le trophée dans sa main gauche, ramassa les rênes, assura la bouche, et partit en avant.

Des applaudissements et des coups de sifflet saluèrent cette première prouesse. La jument galopait bien, d'une foulée régulière et ronde. Michel menait la course. Il rapporterait le chapeau. Et Tania, étonnée et soumise, lui rendrait l'hommage de son affection. Déjà, en esprit, il établissait l'itinéraire qu'il allait suivre : contourner la ville par des rues extérieures, parallèles au Kouban, virer à droite, longer le cimetière et revenir sur la voie principale. Pourvu que Tatéma n'eût pas été surmenée par l'effort de la première poursuite! Hochant le mors, aidant la bête de tout le corps, de toute la pensée, Michel lui chuchotait à l'oreille des paroles de tendresse paternelle. Puis, il rejeta la tête en arrière et regarda le ciel bleu entre les toits des maisons. La sueur brûlait ses joues, transperçait sa tunique de drap. L'air qu'il avalait était sec et puissant. Son cœur démolissait sa poitrine à brèves bourrades.

– Tout cela pour elle! murmura-t-il.

Il lâcha les étriers et les reprit pour se délasser les jambes. À droite, à gauche, une bordure de visages inconnus s'effondrait à la cadence de la course.

– Il a le chapeau! criaient des voix enthousiastes.

Cependant, derrière lui, le lot des poursuivants accélérait son allure. Michel se retourna et vit la marée noire qui déferlait. Rien à craindre encore. Tatéma ne donnait pas sa pleine mesure. D'un coup d'éperon, Michel la rappela à l'ordre. Mais le cheval frémit, choppa et changea stupidement de pied sans allonger sa foulée.

– Qu'est-ce qu'elle a? Qu'est-ce que tu as? demanda Michel.

À présent, penché sur sa monture, il sentait la détente des jambes se fatiguer, le train se brouiller inexplicablement. Le cheval soufflait dur.

– Encore un petit effort, ma bien-aimée! balbutia Michel. Artem m'a dit que tu étais infatigable! Artem m'a promis que je gagnerais!

Et, de nouveau il la talonna, la poussa des genoux.

La cavalcade se rapprochait dans un grondement formidable. Michel serrait les dents, et une terreur panique, délicieuse, grisante, lui travaillait les entrailles. D'une main, il inclina sa jument, la fit changer de pied vers la droite, et la mena de biais dans la rue transversale qui s'ouvrait devant lui. À ce moment, il aperçut le gardien Tchass, monté sur un petit cheval roux, rapide, qui se détachait du gros de la troupe et s'élançait sur lui. Sûrement, il avait ménagé sa bête, le bougre, et donnait son plein effort à présent.

– À nous deux, grommela Michel.

Sûr d'être rattrapé, il ne poussait plus Tatéma et se contentait d'un galop mou et dansant. Tchass arrivait à sa hauteur. Tout près du sien, Michel voyait le visage du Tcherkess, aux moustaches trempées de sueur, aux yeux pincés. Michel passa le chapeau dans sa main droite et attendit, le cœur battant, que Tchass allongeât le bras. Et soudain, comme Tchass se penchait vers lui, il mit pied à terre en plein galop, fit quelques foulées aussi rapides que son cheval et s'éleva en selle sans ralentir le train. Tchass, décontenancé, avait arrêté sa monture. Michel ficha les éperons dans les flancs de Tatéma et prit du champ sur son adversaire, tandis que la foule s'étranglait dans un rugissement de joie :

– Bien joué!

– On n'a pas le droit de quitter la selle!

– Si! Si! Vive Danoff! Il va gagner!

– Danoff! Danoff en tête!

Ces clameurs bombardaient les tempes de Michel comme des pierres.

Déjà, dans son sillage, Tchass et un cavalier en tunique blanche se rapprochaient pour l'encadrer et lui interdire la fuite. Redoutant leur manœuvre, Michel renonça brusquement à l'itinéraire qu'il avait choisi et crocheta dans la rue Voronianskaïa. Les deux poursuivants galopaient sur ses talons. Essoufflé, assourdi, Michel marmonnait :

– Mon Dieu! faites que je gagne, que je gagne pour Tania, pour Artem!

Il évitait de se retourner pour ne pas déséquilibrer

la marche de Tatéma. Mais, à la longue, il s'énervait. Brusquement, il regarda par-dessus son épaule. Les deux cavaliers n'étaient plus côte à côte. Tchass avait dépassé son compagnon. Cette erreur de tactique rendait à Michel toute son assurance. Comme Tchass allait le rejoindre, il stoppa sa propre monture, la tourna, écrasant de la croupe les visages de quelques spectateurs ahuris, et repartit en sens inverse. Dans un éclair, il vit le cheval de Tchass qui battait à la main et marquait un écart peureux.

– Carne! glapit Tchass.

Michel était déjà loin. Le cavalier demeuré en retrait essayait de lui barrer la route. Mais Tatéma, dans une impulsion furieuse, arrivait droit sur lui. Et l'homme, épouvanté, tirait sur ses rênes :

– *Habarda! Habarda!*

Michel l'érafla en passant et déboucha sur la route qui doublait le fleuve.

– Pourvu que je ne me tape pas dans le peloton des autres! Pourvu que j'arrive avant eux au croisement! Pourvu que j'aie le temps de faire virer Tatéma sur la droite! Joie! Joie! La voie est encore libre! Tatéma! Ma bien-aimée! Double ration ce soir!

Les poursuivants étaient loin derrière Michel. Il entendait, comme du fond d'un rêve, leur galopade désaccordée et leurs cris. La tension de la lutte faisait vibrer ses dents. Sa tête était vide et légère comme un fruit creusé.

Il divaguait de joie :

– Boum! Boum! Ça y est! J'ai gagné! Boum! Boum!

De la manche, il essuya la sueur qui lui poissait la face. Et il sentit alors que l'attache de son bras, que tout son corps, était douloureux comme après une bastonnade.

– C'est bon d'avoir mal!

Il dépassa un moulin à vent et tourna dans « l'allée

du chemin de fer », qui devait le ramener à la rue principale et au Cercle.

La jument avait retrouvé un galop gracieux et rapide qui faisait l'admiration des connaisseurs.

– Regardez-la! Elle vole, la mignonne! cria quelqu'un.

Et, tout à coup, Michel poussa un juron étouffé. Deux cavaliers inconnus, bravant les règles de la course, venaient à sa rencontre et hurlaient à pleine voix.

Un remous parcourut la lisière des spectateurs :

– Ils sont fous?

– D'où sortent-ils?

– Ils ne sont pas de la course!

– Attention! Attention!

Michel rentra la tête dans les épaules et cligna des yeux. Ces imbéciles risquaient de lui couper la route. Il n'avait plus le loisir de s'arrêter ou de mollir le galop. Il fallait passer entre eux coûte que coûte.

– Rangez-vous, cria-t-il.

Mais les deux hommes fonçaient droit sur lui. Les têtes jumelles des chevaux se balançaient à contretemps. La figure des cavaliers était noire de poussière, et l'un d'eux avait perdu sa toque. Michel fut saisi d'une appréhension terrible.

– Rangez-vous, cria-t-il encore.

À ce moment, il les reconnut et son cœur cessa de battre. Il avait devant lui les gardes du corps de Volodia. Leurs silhouettes devenaient énormes. Un mince espace de soleil et de poudre blonde les séparait encore de Michel. Dans un dernier espoir, Michel se pencha vers la droite et coucha sa joue contre l'encolure de la jument. Mais, un choc vigoureux l'ébranla, le retourna, et il sentit que son cheval se dérobait sous lui, épouvantablement.

D'une volée, il roula par terre avec Tatéma. Sa tête heurta le sol. Un goût de poussière et de sang écrasa ses lèvres. Ses pieds étaient pris dans les étriers. Une jambe du cheval lui broyait la cuisse. Il eut le temps de voir l'un des hommes qui brandissait un revolver, le visait et faisait feu à trois reprises sur lui.

– Qu'est-ce que c'est?

Instinctivement, Michel se cacha la face dans les mains. Déjà, les deux hommes talonnaient leurs montures et se ruaient dans la direction de la steppe. Des spectateurs tiraient sur les fugitifs et poussaient de grandes clameurs inutiles. Michel releva le front. Il n'était pas touché. Mais, près de lui, la jument râlait, les lèvres sanglantes, l'œil crevé par une balle. Comme Michel cherchait à se redresser, la cohorte des poursuivants arriva sur lui au galop de charge. Un jeune Tcherkess, un gamin, nu-tête, le visage frappé de soleil, le torse usé par le vent, commandait le peloton. Il avait l'air d'un fou, aérien et splendide. Sûrement, il allait passer sur le tas, d'un seul bond. Dans un rapprochement horrible, Michel aperçut les sabots du cheval qui battaient la terre à quelques enjambées de lui.

– Prends à gauche, cria-t-il.

Le gamin inclina la bête vers la gauche, et, basculant autour de sa selle, en plein galop, ramassa le chapeau de noix qui traînait non loin de Michel. Le visage du Tcherkess rasa presque le sol. Michel vit cette face enfantine, gonflée de sang par l'effort, passer devant lui comme un boulet. Les sabots sonnèrent dans ses oreilles au point qu'il se crut piétiné à vif. Un nuage de poussière et de menus cailloux retomba sur sa figure. Il ferma les paupières et les rouvrit difficilement. Déjà, d'un souple coup de reins, le cavalier avait retrouvé son équilibre. Il filait, cravachant sa monture, et poussait à pleine gorge des ululements enragés. Un troupeau violent dévalait la rue à ses trousses. La cohue des chevaux et des hommes évita Michel de justesse.

Michel émergea de la tornade, étourdi et faible. Il s'étonnait soudain d'être au milieu de cette rue, au milieu de ce silence bourdonnant, et de sentir que ses mains étaient vides. Une saveur âcre de sel et de terre lui gonflait la bouche. Sa cuisse écrasée lui faisait mal. Près de lui, la jument tendait l'encolure, se soulevait sur les pieds de devant, et retombait, flasque et laide, dans la poussière. Des bulles de sang noir bouillonnaient dans ses naseaux. Ses flancs haletaient. Son seul œil ouvert, noir et bleu, tremblait à légères saccades. Le regard de Tatéma était d'une tendresse insoutenable.

– Tatéma! Ma petite! Ma chérie! dit Michel.

D'un mouvement brusque, il dégagea sa jambe. Puis, il se mit debout devant la jument. Il contemplait ce corps avec une horreur sacrée. Peureusement, honteusement, il toucha de la main le chanfrein souillé d'écume et de sang. Et Tatéma se raidit dans un dernier frémissement de gratitude.

– Elle reconnaît ma main! Elle me reconnaît...

Les spectateurs arrivaient sur Michel, le pressaient de questions et tâtaient ses membres moulus.

– Où as-tu mal?

– Ils ne t'ont pas blessé?

– C'est un guet-apens!

– Je crois les avoir reconnus... Ils étaient toujours avec Bourine...

– La bête souffre, dit un vieillard. Il faut l'abattre sur-le-champ. Veux-tu que je m'en charge?

– Oui, dit Michel.

Un coup de feu retentit. Et il parut à Michel que la balle venait de lui frapper le cœur. Ses jambes le soutenaient à peine. La fatigue lui brouillait les yeux. Il se laissa emmener dans une maison voisine. Un vieil Arménien, à la figure moussue, lui lava les mains et lui fit boire un verre d'eau glacée. Puis, il lui offrit de s'allonger pour prendre du repos. Mais Michel ne voulait pas se reposer. Sa haine contre Volodia lui rendait une vigueur agressive. Aucun doute n'était possible : Volodia avait bien chargé ces deux Tcherkesses d'attaquer et de tuer Michel. N'osant agir par lui-même, il les avait payés d'avance et avait quitté la ville, quelques jours avant l'épreuve, pour éviter toute complication. Un pleutre! Une canaille! Un assassin!

– Mais je me vengerai, je me vengerai, répétait Michel en essuyant la sueur qui engluait son visage. Il verra...

– Rentre chez toi et réfléchis d'abord, dit le vieillard.

– Tatéma tuée, la course perdue, la honte de l'échec, bredouillait Michel.

– La honte est pour lui, dit le vieillard.

– La honte est pour moi, tant qu'il sera en vie.

– Veux-tu prévenir la police?

Michel haussa les épaules :

– Donne-moi encore un verre d'eau.

Ayant bu, il rectifia le désordre de ses vêtements, remercia le vieillard de son hospitalité et sortit dans la rue. Le soleil brûlait haut dans le ciel. Une charrette s'éloignait, emportant le cadavre de la jument, recouvert d'une bâche. Quelques enfants suivaient le convoi en secouant des branches nues. Devant la maison, dans la poussière de la route, il y avait une grande tache de sang que flairaient deux chiens pelés aux queues basses. La foule avait déserté son poste après le passage des concurrents. Des hurlements de joie venaient du côté du Cercle. « C'est le gamin qui a dû gagner la course », pensa Michel. Et une brusque envie de pleurer lui serra la gorge.

Michel regagna la maison par les rues secondaires. Sa jambe gauche lui faisait mal. Une balafre marquait sa joue. Mais cela n'avait pas d'importance. Seule comptait pour lui l'humiliation qu'il avait subie en public. Cet effondrement dans la poussière, ces habits souillés, ce vieillard qui lui tendait un verre d'eau. Quelle déchéance! Quelle pitié! Un Danoff n'avait pas le droit de participer à une course sans la gagner. Qu'aurait pensé Artem en le voyant boitiller ainsi? Que penserait Tania? Ah! s'il avait été blessé, déchiré sur le coup. Mais il ne pouvait se targuer que d'une égratignure. Stupidement sain et sauf. Odieusement préservé. Son cheval seul avait payé pour lui. Le cheval qu'Artem lui avait offert. Une si noble bête, mince et nerveuse, comme un oiseau sauvage. Elle avait la bouche un peu tendre. Elle se traversait au galop. Et ce regard, ce regard effaré et digne qu'elle coulait de biais lorsqu'on lui posait la main sur l'encolure. Quand on disait : « Tatéma », elle chauvait des oreilles et raclait le sol du sabot.

– C'est impardonnable! Impardonnable! grommelait Michel.

Et il reniflait des larmes de colère.

– J'aurais mieux fait de crever avec Tatéma, dit-il encore.

Il le croyait vraiment.

En pénétrant dans le vestibule, il fut gêné de s'apercevoir dans la glace murale, avec son uniforme maculé et son visage livide. Un domestique s'empressait pour le débarrasser de son chapeau et de sa tunique. L'expression attristée du larbin irritait Michel. Aujourd'hui, il eût préféré une franche moquerie à cette commisération ancillaire. Il se raidit pour dissimuler le boitillement de sa jambe gauche et monta l'escalier qui conduisait à la chambre de Tania.

À peine avait-il ouvert la porte que Tania volait vers lui dans un mouvement charitable. Elle était si propre et si blanche, que Michel eut peur de ses grosses mains. Déjà, elle s'abattait sur sa poitrine, pantelante, roucoulante :

– Mon chéri! Je sais tout! C'est atroce! Ton père est allé chez cet Arménien, mais tu n'y étais plus! Tu n'as pas mal à la jambe?...

Michel secoua la tête.

– Nous étions si inquiets! reprit Tania. Assieds-toi! Je t'ai fait préparer du thé et du rhum...

Elle le poussait dans un fauteuil, s'affairant autour du

samovar, heurtait des tasses. Ah! elle était bien de son sexe, avec sa soif un peu commune de petits soins et d'aumônes sentimentales. Cet amour qu'elles avaient toutes pour la faiblesse du mâle, comme si la défaite, la débilité de l'homme le ramenaient à leur niveau! Sans désemparer, Tania offrait à Michel une tasse pleine de thé fumant et s'asseyait en face de lui, la bouche plissée dans une moue maternelle.

– Là! là! ça va mieux! disait-elle avec gentillesse.

Michel avala quelques gorgées de thé brûlant et ferma les paupières. Son orgueil blessé lui interdisait la moindre détente. Il exécrait la compassion excessive de Tania. Elle devait se dire qu'il avait entrepris un travail au-dessus de ses moyens, qu'il avait forcé son talent pour l'étonner et pour lui plaire. Pourtant, il eût gagné la course sans ces énergumènes qui l'avaient assailli en traîtres. Moralement, il avait gagné la course. Pourquoi n'en parlait-elle même pas?

– La course a été belle, dit-il. J'étais bien parti. Si ces deux salauds ne m'avaient pas barré la route...

Elle joignit les mains :

– Oui, oui. Je t'ai regardé lorsque tu as quitté la maison. Tu étais magnifique dans ton uniforme neuf. J'étais fière...

Les yeux de Tania exprimaient une vanité puérile. Michel goûta rapidement la joie d'avoir reconquis son admiration. Mais très vite, il se rappela que cette admiration était imméritée.

– Réserve tes louanges pour d'autres occasions, dit-il. Quelle pitié! Tout ça, tout ça pour rien!

– Il ne faut pas te désoler, dit Tania. Tu n'as pas gagné la course? Eh bien, tant pis! L'essentiel est que tu sois sain et sauf! Non?

Michel serra les dents pour retenir l'injure qui lui montait aux lèvres. C'était donc là toute l'importance que Tania attachait à l'événement. La prouesse manquée, la honte d'une dégringolade en public, le spectacle comique de ce piéton qui regagnait son domicile en traînant la patte, elle n'y pensait pas! En vérité, il eût préféré le mépris à cette indifférence.

Il se leva.

– Où vas-tu? dit-elle.

– Au bureau.

– Tu devrais rester ici, te reposer.

– Je ne veux pas me reposer, s'écria-t-il.

Elle le regardait, éberluée et molle, comme s'il lui eût assené une gifle sans raison.

– Je connais le coupable, reprit Michel d'une voix basse.

– On m'a dit que c'étaient deux Tcherkesses inconnus...

– Ils étaient à la solde de Volodia, dit Michel.

Et il sortit de la chambre en claquant la porte.

À présent, allongé sur le canapé de son bureau, il étudiait scrupuleusement les conséquences de l'attentat. La lâcheté de Volodia soulageait Michel des restes de pitié ou de sympathie qu'il nourrissait encore à l'égard de son ami d'enfance. Sa haine contre le responsable devenait énorme, magnifique. Il exécrait chaque parcelle de peau, chaque cheveu de cet homme. Il ne pouvait plus vivre tant que Volodia respirerait le même air que lui. Avec un entrain joyeux, Michel s'assit sur son séant et ouvrit son carnet de poche. D'un crayon fébrile, il notait les principes élémentaires de la vengeance :

1. Savoir si Volodia a bien quitté la ville.

2. Si oui, rechercher les deux agresseurs et les interroger.

3. Ayant tout appris, me rendre à Ekaterinodar, en secret.

4. Là, rencontrer Volodia, le gifler et l'abattre comme un chien.

Comme chaque fois qu'il avait inscrit ses résolutions sur le calepin, Michel éprouva un soulagement immédiat à l'idée que sa conduite était enfin tracée. Il n'y avait plus qu'à exécuter point par point le programme. Dans la mort honteuse de Volodia, il puiserait un regain de vie.

De la main, il tâta le revolver pendu à sa ceinture.

– Il saura ce qu'il en coûte d'attenter à l'honneur des Danoff! dit-il à voix haute.

Puis il se leva et commença à se déshabiller. Comme il dégrafait son col, quelqu'un frappa à la porte.

– Qu'est-ce que c'est? demanda Michel avec irritation.

Alexandre Lvovitch parut sur le seuil. Son visage, habituellement calme, était serré dans une expression austère. Il s'approcha de Michel et le regarda froidement en pleine figure. Ensuite, il dit :

– Le staroste est là. Désires-tu déposer une plainte?

– Non, dit Michel.

– Dois-je charger nos gardiens de rechercher tes agresseurs?

– Oui.

Alexandre Lvovitch sourit.

– C'est déjà fait, dit-il.

– Ils les ont trouvés?

– Ils sont sur leur trace. Demain, au plus tard, les deux hommes seront capturés. Que comptes-tu faire après leur avoir parlé?

– Me rendre à Ekaterinodar, dit Michel.

– J'irai peut-être avec toi, dit Alexandre Lvovitch. J'ai beaucoup à faire à Ekaterinodar.

Michel le considérait avec stupéfaction :

– Tu as à faire?

– Oui... Oui... Nous partirons ensemble... Moi aussi, je suis offensé...

Il sourit encore d'un air gêné et ajouta :

– Ne parle pas de tout cela aux femmes.

Michel saisit la main de son père et la porta à ses lèvres.

– Allons, voilà! Que tu es bête! Mais pourquoi? Pourquoi? murmurait Alexandre Lvovitch.

Puis il se redressa et fit un pas en arrière :

– Je vais dire à ces policiers que nous n'avons pas besoin de leurs services.

9

– NON, dit Olga Lvovna Bourine en appliquant une claque sèche sur le bord de la table. Je vous ai accordé jusqu'au 15 mai pour vous acquitter. La date est dépassée. Je n'attendrai plus...

Kisiakoff suait à grosses gouttes et s'essuyait les mains contre son pantalon de coutil.

– Vous n'allez pas me dire que ce petit retard dans les versements vous cause un préjudice, vous embarrasse, vous inquiète... Vous n'en êtes pas à trois mille roubles près...

– Voire! dit Olga Lvovna. Mon fils est ici. Sa femme va le rejoindre. Tout cela augmente mes dépenses. D'ailleurs, mes raisons ne vous regardent pas.

Et elle se fourra deux boulettes de tabac dans les narines. Elle s'était mise à priser depuis quelque temps et ne se déplaçait plus sans sa tabatière.

Kisiakoff poussa un soupir de bœuf. La chaleur du bureau était intolérable. Les rideaux tirés laissaient filtrer de grandes flèches de soleil, immobiles. Tous les meubles étaient tendus de housses grises. Aux murs, quelques cadres dorés enfermaient des visages de poussière. Sur la tablette du secrétaire, était ouvert un gros registre noir où s'étageaient des chiffres calligraphiés sur deux colonnes. En tête de la page, il y avait ce titre, tracé à l'encre rouge : *Affaire Kisiakoff.*

Des brindilles de tabac étaient tombées sur la feuille de papier glacé. Olga Lvovna les chassait à petites tapes lestes. Il semblait à Kisiakoff que ses propres intérêts étaient comme ces brindilles de tabac sous les doigts maigres et veineux de la vieille. Elle s'en débarrassait afin que la page fût nette. Et, pour lui, ce geste indifférent signifiait la perte de ses plantations, l'obligation de restreindre son train de vie, la ruine...

Les secondes passaient, scandées par le balancier grinçant de l'horloge. Kisiakoff cherchait en vain l'argument capable de fléchir cette femme autoritaire et avare. S'il avait fait moins chaud et moins sombre dans la pièce, nul doute qu'il eût mieux défendu sa cause. Mais cette tiédeur lourde et malsaine, ces pénombres moites l'endormaient doucement. Olga Lvovna tournait vers Kisiakoff son visage exsangue, au nez pointu et mince comme un index. Les yeux étaient demeurés très beaux, noirs et luisants, dans cette figure ingrate. Pourquoi l'appelait-on « la vieille »? Elle n'était pas si vieille qu'elle voulait le paraître. Cinquante ans, cinquante-cinq ans peut-être? Cette idée rassurait Kisiakoff. Une vieille est, par principe, fermée aux tentations, et ne vit plus que pour quelques manies féroces. On ne sait comment l'attaquer. Mais une créature de cinquante ans reste vulnérable. C'est encore une femelle, une bête. On peut s'entendre.

Il passa un pouce dans sa barbe humide et plissa les paupières, comme lorsqu'il regardait venir à lui la servante Paracha, au corsage gonflé et aux hanches de jument. Il grommela :

– Je vous observe et je ne vous comprends pas, Olga Lvovna. Vous êtes un monstre de sévérité en affaires. Et, cependant, on ne m'ôtera pas de l'esprit que vous demeurez sensible à la souffrance des autres.

– Vous n'allez pas me parler de votre souffrance? dit-elle avec un rire frêle.

Il hocha sa lourde figure et joignit les mains sur son ventre :

– Voilà ce que c'est! dit-il. Je n'inspire pas la pitié. Impossible de souffrir, n'est-ce pas? lorsqu'on a un coffre solide et une constitution sanguine. Ah! si j'avais été un éphèbe pâle et blond, aux attaches fines et au ventre avalé, vous ne m'auriez pas tenu ce langage... Et pourtant... pourtant j'ai mes heures de grave mélancolie, comme les autres. Et je connais les désespoirs, les doutes, les appréhensions qui font de l'homme l'animal le plus faible qui soit. Non, je ne suis pas heureux, Olga Lvovna. Votre décision frappe un être qui a déjà touché le fond de l'infortune. En m'obligeant à vous payer...

– Je croyais que cette question était réglée, dit-elle sèchement. Je vous prie de n'y plus penser.

– Mais comment? gémit-il. Vous me ruinez. Ou bien je vous paie, et me voilà sans un sou pour préparer la prochaine récolte de tabac. Ou bien je refuse de vous payer, et mes terres vous reviennent en bloc. Jugez vous-même de la situation...

La bouche béante, les yeux à demi sortis de leurs orbites, il avança la tête vers son interlocutrice :

– Je suis un homme fichu, si vous refusez de me comprendre. Que faut-il que je fasse pour vous convaincre de m'accorder ce délai? Que je m'humilie et que je vous implore? Eh bien, voilà, je m'humilie et je vous implore! On ne peut pas être plus misérable, plus suppliant, plus veule, plus ignoble que je suis à présent devant vous. Cela vous suffit-il? Voulez-vous que je m'agenouille, que je me prosterne? Oh! je suis prêt à toutes les bassesses, si le spectacle de ma déchéance doit vous procurer la moindre satisfaction. Giflez-moi, mais laissez-moi vivre comme je l'entends!

– Vous parlez comme un valet, dit Olga Lvovna en crispant la bouche avec dégoût.

– Et je suis un valet. Je suis votre valet. Vous avez droit de vie et de mort sur ma personne...

De vraies larmes coulaient de ses yeux sur sa moustache et sur sa barbe. Olga Lvovna haussa les épaules.

– Ne faites pas le singe, dit-elle. En vous restreignant un peu, vous parviendriez fort bien à me régler intégralement dans le délai que nous avons prévu.

– Me restreindre? dit Kisiakoff avec un effroi comique.

– Oui, vous restreindre! Surveiller vos dépenses, arrêter vos réceptions, acheter un peu moins de robes à votre femme, mener une vie plus sage, moins... moins dissolue...

Kisiakoff leva les mains au ciel et les laissa retomber sur ses cuisses en geignant :

– À quoi bon vivre alors?

– Je vis bien, moi, dit-elle. Et je suis heureuse. Et, cependant, je reçois peu de monde, mon train de maison est modeste, et...

– Arrêtez, clama Kisiakoff. Arrêtez, car vous faites fausse route...

Il s'était dressé et paraissait énorme, gras et pesant, barbu et rougeaud, devant cette femmelette triste.

– Vous voulez m'enseigner à vivre? dit-il d'une voix enchifrenée. Mais de quel droit?

– Pardon? demanda Olga Lvovna.

– Je dis : de quel droit? répéta Kisiakoff en marchant sur elle. Si vous aviez su organiser harmonieusement votre propre existence, j'accepterais, à la rigueur, quelques leçons de vous. Mais il n'en est rien. De nous deux, c'est moi qui ai la meilleure part. Et, quand je considère la destinée que vous avez choisie, je suis pris de stupeur et de pitié pour vous!

– Mais... mais je n'ai que faire de votre pitié, s'écria Olga Lvovna. Et je n'admettrai pas que vous me parliez sur ce ton!

– Je sais... je sais... Je suis pour vous un peu moins qu'un dindon de basse-cour. Et cela parce que je suis allié, par mon mariage, à une famille qui est brouillée avec la vôtre.

– Il ne s'agit pas de ça, dit Olga Lvovna, le sang aux joues.

– Et moi je vous affirme, hurla Kisiakoff, que je ne suis pas un dindon! Je n'ai rien à voir dans vos petites vendettas provinciales. Tania, Volodia! Tititi! Tatata! Tout ça, je m'en fiche! Je suis un homme entier. Pour moi, ce qui est blanc est blanc, ce qui est noir est noir...

Décidément, l'atmosphère étouffante de ce bureau le poussait à la démence. Il ne savait plus très bien ce qu'il disait. Ses tempes bourdonnaient, comme prises dans un essaim de mouches.

– Donnez-moi un verre d'eau! dit-il brusquement.

– Vous êtes fou! marmonna Olga Lvovna, qui roulait des prunelles inquiètes et se mordillait les lèvres.

– Oui, oui, je suis fou, dit-il. Et c'est bien agréable d'être fou, car cela vous permet de dire aux gens leurs quatre vérités, bien en face.

Olga Lvovna, épouvantée, se glissait vers la porte à petits pas latéraux. Mais Kisiakoff la retint par le bras et l'attira au centre de la pièce :

– Vous voulez fuir, parce que vous avez peur de moi? Il ne faut pas avoir peur. Je ne vous tuerai pas pour vous voler. Je ne vous violerai pas. Et je n'abîmerai pas vos meubles. Je suis votre ami.

– Je vous remercie, mais je n'ai que faire de votre amitié, balbutia-t-elle. Lâchez mes mains.

– Voilà... Je les lâche... Vous êtes libre...

Il s'inclina devant elle dans un salut profond et, comme il se redressait, une mèche de cheveux lui retomba sur la figure. Il mouilla sa paume d'un coup de langue, et lissa sa coiffure dérangée. Il haletait :

– Savez-vous que moi seul peux vous sauver de vous-même?

– Je n'ai pas besoin d'être sauvée!

– Si, rugit-il. Vous vous noyez, vous vous perdez, ma

bonne. Et je vous tends la main. Pourquoi vivez-vous, dites-moi?

– Mais...

– Vous ne le savez pas. Vous avez renoncé à tous les biens terrestres pour machiner des affaires qui vous rapportent quoi? De l'argent? Mais l'argent ne vaut que parce qu'il est un moyen d'échange. Grâce à lui, nous pouvons nous acheter ce qui flatte nos envies : des fleurs, de l'amour, des robes, des dévouements, du vin... Or, vous ne voulez rien de tout cela. Vous végétez, desséchée et noire, sur un tas d'or. Vous interdisez à votre main le geste de cueillir!

Du bout des doigts, il fit le simulacre d'arracher une fleur au revers d'un talus.

– Vous êtes une morte. Une morte vivante, reprit-il.

Olga Lvovna, suffoquée, songeait qu'il fallait à tout prix élever la voix, sonner les domestiques, expulser ce rustre congestionné et violent. Et, pourtant une terreur délicieuse la maintenait immobile en face de Kisiakoff. Les yeux de Kisiakoff lui perçaient le corps, lui versaient au cœur une espèce de stupidité paisible. Fascinée, amollie, languide, elle ne se défendait plus contre son désarroi.

– Je ne vous reconnais pas le droit de juger ma vie! dit-elle. Je vais appeler mes gens! Je vais appeler mon fils! Il vous jettera dehors!

– Eh bien, appelez-le! Mais cela ne m'empêchera pas de vous dire votre fait, ma bonne. Oui, moi, qui suis une canaille, un vicieux, un paresseux, un menteur, un monstre, moi, dont on raconte que je viole des paysannes et entretiens les amants de ma petite femme chérie, moi qui fais le mal par conviction, je prétends vous dicter la conduite qu'il vous importe de suivre. Il fait chaud. Ça sent Dieu sait quoi dans cette pièce : le renfermé, les chiffres, la misère!

Il s'épongea le front et les moustaches avec un mouchoir. Olga Lvovna recula de quelques pas vers le mur.

Mais il ne la lâchait pas des yeux, et un gros sourire rouge ouvrit tout à coup sa barbe.

– Vous méritez mieux que vous-même, dit-il.

Elle ferma les paupières, parcourue par un long frisson qui la laissa les épaules douloureuses. Que se passait-il? Elle ne voulait plus qu'il s'arrêtât de parler. Il lui plaisait d'être à la merci de cet homme horrible. Jamais, depuis le suicide de son mari, elle n'avait senti une puissance aussi obtuse, aussi mâle, battre en brèche sa propre décision. Tous ses débiteurs tremblaient devant elle, mais celui-ci lui tenait tête enfin, avec des cris et des gestes furieux. Et, à cause de cette audace, elle redevenait une femme débile, la jeune compagne de Philippe Savitch Bourine, l'épouse humble et malheureuse, la servante.

– Si jeune encore! répétait Kisiakoff. Cinquante ans au plus! Une bagatelle!

Il se mit à rire franchement. Quelle drôle de petite bonne femme! Comment était-ce, sous sa robe? Elle devait avoir un corps exigu et cassant, avec des hanches plates, des seins dégonflés. Rien ne l'amusait davantage que d'imaginer les femmes dans leur nudité. Cette vision lui rendait son assurance devant les créatures les plus inaccessibles. Déshabillées du regard, elles n'étaient plus que du gibier d'alcôve.

Il cligna de l'œil :

– Vous pourriez être jolie en vous arrangeant mieux. Hein?

– Taisez-vous! implora Olga Lvovna.

À présent, elle contemplait avec extase les grosses mains de Kisiakoff, rouges et velues, qui pendaient de part et d'autre du pantalon. Elle évoqua ces mains, caressant des épaules, des seins de fillettes, étranglant un oiseau. Puis, elle frémit et sentit ses joues s'enflammer, son regard se brouiller de larmes.

– Laissez-moi! Vous me faites mal! dit-elle.

– Vous laisser au moment où vous devenez raisonnable? Allons donc! s'écria Kisiakoff. Ma petite dame desséchée, mon petit oiseau oublié, il faut m'écouter jusqu'au bout. Changez de toilette, bannissez les housses de vos meubles, tirez ces rideaux pour accueillir le soleil dans votre chambre et dans votre cœur. Et les hommes viendront à vous comme un troupeau de moutons dociles. C'est si bon d'être courtisée! C'est si criminel de s'interdire le passe-temps de l'amour! Vous avez bien envie, parfois, de sentir deux bras qui vous entourent...

Sa voix s'enrouait. Le sang gonflait une grosse veine sur son front.

Olga Lvovna se laissa tomber dans un fauteuil et cacha dans ses mains sa figure fiévreuse :

– Partez, je vous en supplie...

– Deux bras d'homme, une bouche d'homme! Toutes les délicieuses cochonneries! Ça vous tourmente? Et c'est en votre honneur!... Dieu n'aime pas qu'on méprise les plaisirs qu'il met à notre portée. Dieu veut qu'on jouisse de son monde à pleine peau. Car, dès votre naissance, vous êtes invité à la table de Dieu. Et un invité ne refuse pas les plats préparés par son hôte. Ne blessez pas votre hôte, ne blessez pas Dieu par l'abstinence.

Il leva les yeux au plafond. Comme sa tête était renversée, on voyait son cou nu sous la broussaille épaisse de la barbe.

– Dieu vous bénira comme il me bénit! dit-il encore. Je prierai pour qu'il vous éclaire. Mais, déjà, je sais que sa lumière est sur vous.

Ayant dit, Kisiakoff se prosterna devant Olga Lvovna, qui se signait à petits gestes mesquins.

– Que racontez-vous là? bredouilla-t-elle. C'est... c'est peut-être un sacrilège!...

– Non, ma noble colombe! Non, mon ange radieux! Ce n'est pas un sacrilège, c'est un ordre divin que mes lèvres impies vous transmettent fidèlement! J'ai l'air d'une truie. Mais je suis près du ciel! Alléluia! Je vous ai délivrée du démon!

Et Kisiakoff appuya ses lèvres chaudes sur les mains abandonnées d'Olga Lvovna. Elle poussa un faible cri. Des larmes coulaient sur ses joues maigres.

– Pleurez! Pleurez! dit Kisiakoff. Et moi aussi, je vais pleurer. Mais de joie. Je reviendrai vous voir. Je vous guérirai malgré vous...

– Oui... revenez, dit-elle d'une voix usée.

Kisiakoff se dressa péniblement et tira ses manchettes :

– Au revoir, ma petite miraculée. Vous penserez au délai que j'ai sollicité de vous. Dans deux, ou trois, ou quatre mois, je verserai le solde...

– Ne parlons plus de ça! soupira-t-elle.

– Oui, dit-il gravement. Ne parlons plus de ça. Ces questions sont indignes de notre amitié, de notre alliance secrète!

Son front ruisselait de sueur. Ses prunelles brillaient d'un éclat sauvage. D'un geste prompt, il tira les rideaux, et le soleil bondit dans la pièce. Kisiakoff frappa des deux poings sa large poitrine bombée.

– Le soleil! dit-il. Vous redevenez une créature du soleil! Une créature de Dieu! Olga Lvovna, mes hommages sont à vos pieds.

Il pencha le buste dans un salut impeccable, pivota sur les talons, et gagna la porte sans se retourner.

Dans le vestibule, il se heurta à Volodia qui revenait du Cercle.

– Vladimir Philippovitch! s'écria Kisiakoff. Je ne vous aurais pas reconnu! Comment va votre charmante femme que je n'ai pas encore l'honneur d'avoir vue?

– Bien, dit Volodia d'une voix sèche.

– Votre mère m'a dit que vous comptiez vous installer ici, avec votre épouse. C'est une excellente idée. Olga Lvovna s'ennuie toute seule. La maison est grande.

Volodia retirait ses gants d'un geste nerveux. Puis, il prit une lettre sur la table de l'entrée, l'ouvrit, la parcourut du regard.

– Des nouvelles d'Armavir? demanda Kisiakoff avec un sourire mielleux.

Volodia avait rougi brusquement.

– De mauvaises nouvelles, peut-être? reprit Kisiakoff.

– Non, dit Volodia. Tout va bien. Vous m'excusez?

Et il s'éloigna dans la direction du salon. Kisiakoff haussa les épaules et prit le chapeau, les gants et la canne que lui présentait un valet de chambre soupçonneux.

La rue dormait, engourdie de chaleur et de silence. Les blocs des maisons étaient saisis dans le bleu éclatant du ciel, comme dans la pâte d'une céramique. Une odeur de poussière et de crottin desséché doublait l'arôme têtu des feuillages. Quelques rares passants suivaient le trottoir de la rue Rouge, et ils avaient des mouvements économes de nageurs. Kisiakoff monta dans sa calèche, déboutonna sa veste, enfonça son chapeau sur les yeux. Il était satisfait de son entrevue avec la vieille Bourine. Il savait déjà qu'il avait secoué la malheureuse et qu'il obtiendrait d'elle tous les délais dont il aurait besoin. Peut-être lui faudrait-il devenir l'amant de cette créature décharnée? Cette perspective ne lui déplaisait pas outre mesure. Il y avait dans cette femme une sorte de virginité noire et rance qui l'attirait malgré lui. Sûrement, elle était à découvrir et à salir autant qu'une jeune fille. Mais, alors que les jeunes filles sont fières de leur corps et de leur visage, la mère Bourine ne pouvait qu'être honteuse des siens. Ses pudeurs seraient comiques, pitoyables. Kisiakoff cligna des paupières et sentit que la tête lui tournait un peu. Le sang battait dans ses oreilles à tapes régulières. Il appuya un doigt sur la grosse veine de son front. Et, tout à coup, il lui sembla qu'il n'était plus seul dans la calèche. Quelqu'un était assis près de lui, ou derrière lui. Il rouvrit les paupières. Personne. Le dos du cocher se dandinait mollement sur le siège. Une mouche se promenait sur le drap bleu de sa tunique. Le cheval hennit et lâcha une bordée de crottin.

Kisiakoff se mit à rire. Vraiment, il était heureux de vivre. Tant qu'il n'aurait pas de remords, il serait irréprochable vis-à-vis de Dieu. Car Dieu existait, bien sûr, aussi certainement que Kisiakoff lui-même. Et Kisiakoff était nécessaire à Dieu, comme Dieu était nécessaire à Kisiakoff. Tous deux faisaient partie d'un même équilibre, immense et merveilleux. « Je suis le bouffon de Dieu. Dieu s'amuse à regarder mes cochonneries. Aujourd'hui encore, il était là lorsque j'ai baisé les mains de la mère Bourine. Et il riait, il riait en me regardant! Je croyais entendre son rire dans mes oreilles. »

Kisiakoff soupira et passa ses deux mains sur son visage ruisselant d'une sueur épaisse. Qu'allait-il faire à présent? Il avait laissé sa femme chez les Arapoff. Il pouvait aller la rejoindre. Les Arapoff avaient invité quelques amis pour le dimanche. Il y aurait là, sans doute, ce Prychkine, cet acteur raté, qui achevait une série de spectacles au théâtre municipal. Lioubov s'était entichée du bellâtre et finirait peut-être par coucher avec lui. Elle en mettait du temps à se décider! Kisiakoff aimait Lioubov, parce qu'elle était belle et savait bien porter la toilette. Mais elle demeurait une femme entre mille. Il ne prétendait pas à une affection exclusive. Et, puisqu'elle éprouvait le besoin de tromper son mari avec Prychkine, Kisiakoff ne se sentait ni le droit ni l'envie de lui prêcher la fidélité. « Lorsqu'on est un cochon, il n'y a pas de volupté plus grande que de pousser les autres à le devenir », songea Kisiakoff. Mais la liaison de Lioubov et de Prychkine était trop fraîche encore. Il fallait laisser au poison le temps de se concentrer et de mûrir. Pour l'instant, il avait mieux à faire qu'à les surveiller. Depuis quelques jours, il pensait à cette gamine de quinze ans qui travaillait à l'usine de briques.

La mère était accommodante. Mais elle avait le tort d'obliger sa fille à se laver soigneusement avant de recevoir « les visites ». Il eût aimé que l'enfant fût encore toute chaude et toute sale de son labeur, avec de la poussière de brique sous les ongles.

– Tourne à droite, cria Kisiakoff au cocher.

Comme la calèche tournait en grinçant, il lui sembla de nouveau sentir une présence invisible à ses côtés.

– C'est la chaleur... Une hallucination, dit-il.

Et, instinctivement, il se signa.

La maison où habitait la fillette était à la lisière de la Doubinka. L'escalier en tire-bouchon puait le chou aigre et l'urine. Des cris et des rires traversaient les minces portes de bois. Dès le second palier, Kisiakoff, essoufflé, trempé, les oreilles bourdonnantes, dut s'arrêter pour reprendre haleine. Il arriva enfin devant le logement marqué du numéro 29 et frappa trois fois au battant. Un bruit de savates répondit à son appel. Quelqu'un chuchota :

– Sainte mère de Dieu! Ce ne peut être que lui!

Puis la porte s'ouvrit sur la silhouette d'une femme taillée en tonnelet. Aussitôt, elle joignit les mains et fit une courbette :

– Nous avons reçu votre lettre, Ivan Ivanovitch. Nous vous attendions...

La pièce, basse de plafond, était tapissée d'un papier chocolat. Le plâtre apparaissait par endroits, en grandes écorchures blanches. Deux lits, gonflés d'édredons, encadraient une petite table cirée. Dans un coin, une veilleuse brûlait sous l'icône. Et, au-dessus de la fenêtre, des branches de sapin entouraient le portrait en chromo de Nicolas II. Kisiakoff demanda brièvement :

– Où est-elle?

– Ah! barine! excusez-nous, gémit la matrone en reniflant un plein bouillon de morve. Nous sommes impardonnables, et la volonté de Dieu nous plie comme un fétu.

– Ça va... ça va... Où est Arina?...

– Elle est ici, barine. Comment ne serait-elle pas ici, lorsqu'elle sait que vous lui faites l'honneur de vous déranger pour elle? Elle est ici, ma tourterelle. Mais elle est malade...

– Malade?

– Oui! hoqueta la vieille, en portant un mouchoir à son nez bulbeux. Une fièvre maligne... J'ai été si inquiète!... Elle délirait... elle criait comme une folle... Maintenant, elle s'est calmée... elle pourra vous recevoir... Vous aurez tous les contentements... Ah! j'ai eu bien peur qu'elle ne nous prive du plaisir de votre visite... C'est une telle joie et un tel réconfort pour nous!...

Elle s'interrompit et cria :

– Arina! Arinouchka! Sais-tu qui est ici?

Puis, elle cligna de l'œil à Kisiakoff et ajouta à voix basse :

– Je vous conduis dans sa chambre. Suivez-moi.

Les volets étaient clos dans la chambre d'Arina. Le visage maigre de la gamine flottait sur la pâleur des oreillers défoncés. Ses petites mains maigres étaient abandonnées aux plis de la couverture. Elle tourna vers Kisiakoff des yeux brillants de fièvre et balbutia seulement :

– Je suis malade...

– Nous le savons! Nous le savons! grogna la vieille. Mais tu t'imagines plus malade encore. Ivan Ivanovitch va te tenir compagnie et tu guériras en un tournemain!

– Je ne veux voir personne, dit la petite.

– Si tu ne veux voir personne, tu ne te rétabliras jamais. Ivan Ivanovitch est un homme savant... Une lumière... Il... Il t'auscultera... Il te caressera et hop... tu sauteras sur tes pieds comme une petite chatte!... N'est-ce pas, Ivan Ivanovitch?...

Kisiakoff ne répondit rien. Il regardait, au chevet de la gamine, une poupée de chiffon, à la figure bariolée et aux membres mal cousus. La mère, ayant deviné l'objet de son attention, saisit la poupée et la lança dans un coin de la chambre.

– Je n'ai pas eu le temps de ranger, dit-elle.

– Remettez la poupée où elle était, dit Kisiakoff.

– Mais pourquoi? demanda la vieille.

– C'était très bien ainsi.

– Ah! s'écria l'autre. Après tout, vous avez raison! Quel plaisir de parler avec des hommes cultivés! D'un mot, ils vous font tout comprendre. Quand je pense à mon ivrogne de mari! Dieu ait son âme! Ce n'est pas lui qui aurait eu de semblables délicatesses! Arina, ma chérie, tu ne connais pas ton bonheur...

– Laisse-moi, maman, dit Arina.

– C'est ça! C'est ça! je vous laisse. J'ai des courses à faire. À propos, Ivan Ivanovitch, si vous saviez ce que les médicaments coûtent cher!...

Kisiakoff fourra la main dans sa poche et tendit à la mégère quelques billets roulés et une poignée de piécettes.

– Merci! Merci, barine! souffla la vieille. Vraiment, vous gâtez ma fille. Mais soyez sans crainte, elle saura vous gâter à son tour.

Elle eut un petit rire servile qui lui secoua drôlement les joues, et disparut en refermant la porte avec soin.

Kisiakoff attira une chaise et s'assit au chevet de l'enfant. Il examinait de près ce visage vidé, ce cou maigre, ces seins réduits, dont la forme se devinait à peine sous les draps. En même temps, il respirait avec attention un parfum alliacé de peau malpropre et de cuisine. Tout à coup, il prit la poupée dans sa main et palpa ses flancs mous et rêches. Puis il la reposa et dit :

– Tu joues à la poupée?

– Oui, répondit l'enfant.

Kisiakoff ferma les yeux. Il avait l'impression d'être au bord d'un gouffre. Les lèvres du gouffre bougeaient doucement sous ses pieds. Un tiraillement nerveux serrait et desserrait ses joues. La salive se faisait rare sous sa langue. Il rouvrit les paupières et toucha du doigt l'épaule de la fillette. La chair était brûlante et humide sous la chemise. Une chair vulnérable d'esclave.

– Mon Dieu, c'est vous qui avez voulu tout cela, dit Kisiakoff. C'est votre main qui me pousse...

Il tourna la tête. Personne dans la chambre. Seulement lui et cette enfant, et Dieu qui les regardait. Kisiakoff pouvait la tuer, l'étrangler, s'il en éprouvait l'envie. Mais il ne le voulait pas.

– Serre ta poupée sous ton aisselle, ordonna-t-il d'une voix rauque.

– Pourquoi?

– Ne pose pas de questions. À présent, découvre-toi. Là... Et laisse-moi m'asseoir à ton côté.

Ses tempes ronflaient. Sa respiration était courte, sifflante.

– Tu es ma petite fille, mon enfant malade, bafouillait-il. Tu as des ongles sales... Tu n'as pas lavé tes pieds de la semaine... Hein? Hein?

– Oui, geignait la gamine, en roulant des prunelles épouvantées.

– Oui... Oui... Tu es si faible, faible, faible... Ouvre la bouche!

Arina ouvrit la bouche. Kisiakoff reçut en pleine face son haleine fiévreuse.

– Bon, dit-il. Maintenant, fais le signe de la croix et prie, prie tant que tu peux.

La famille Arapoff était réunie autour d'une table à thé, dans le jardin. Constantin Kirillovitch lisait à haute voix une lettre de Nicolas qui lui était parvenue la veille, et dans laquelle il était pour la première fois question de la Khodynka. Nicolas n'avait pas écrit plus tôt à ses parents pour éviter de les alarmer inutilement. Zénaïde Vassilievna, qui connaissait la missive par cœur, ne put s'empêcher d'essuyer une dernière larme lorsque son mari eut replié les feuillets et les eut glissés dans sa poche.

– Et je n'étais pas près de lui, gémit-elle.

– Cela valait mieux ainsi, dit Constantin Kirillovitch. Tu l'aurais agacé avec tes jérémiades.

Akim s'arrêta de tailler une branche, rangea son couteau, et déclara d'une voix éraillée par la mue :

– Je me demande pourquoi Nicolas n'a pas assommé sur place tous ceux qui voulaient l'écraser.

– On t'attendait pour calmer la foule, dit Nina.

– Combien paries-tu que je l'aurais calmée? s'écria Akim. Si on m'avait donné le commandement de cinquante hommes, j'aurais maîtrisé la populace en vingt minutes. J'aurais réparti mes soldats par groupes de dix. Et puis, par un mouvement tournant...

– Akim, tais-toi. Tu agaces maman, dit Nina.

Depuis qu'Akim avait décidé de se consacrer à la carrière militaire, il ne manquait pas une occasion d'exposer en public ses conceptions sur le commandement. Dès maintenant, il savait qu'après le gymnase il entrerait à l'école de cavalerie d'Elizavetgrad, et que, son instruction militaire terminée, il solliciterait l'autorisation d'être incorporé au glorieux régiment d'Alexandra. Tout cela était net et simple dans son esprit. Les sceptiques le faisaient sourire. Déjà, il méprisait tous ces civils indécrottables qui portaient des vestons sombres comme des plumages de corbeaux, ignoraient le maniement du sabre, et n'avaient jamais passé une nuit sous la tente, ou en faction à la lisière d'un bois.

– Pas moyen de s'entendre avec eux, grogna Akim.

Et, pour s'exercer, il brandit sa baguette et faucha d'une seule volée trois têtes de marguerites dans le gazon.

Arapoff alluma un cigare, dont l'odeur âcre flotta un instant dans l'air.

– Plus je réfléchis à la catastrophe de la Khodynka, moins je la comprends, moins je l'admets, dit-il.

– Sacha m'a déjà tout expliqué au sujet de la Khodynka, dit Lioubov. Il était à Moscou pendant les fêtes du couronnement. Et il a une vision si exacte des choses!...

L'acteur Sacha Prychkine inclina la tête avec gravité. C'était un homme de petite taille, aux joues rasées et au menton pointu. Ses cheveux roux, calamistrés, lui descendaient sur la nuque, jusqu'au faux col. Il avait, au coin de la bouche, un grain de beauté marron qui bougeait coquettement dès qu'il prenait la parole.

– Oui, dit-il avec une voix de velours, j'ai vu tout ce qu'on pouvait voir. Et j'en ai tiré mes petites conclusions personnelles.

Lioubov décocha au jeune homme un regard de langoureuse reconnaissance.

– Racontez tout, dit-elle.

Et elle se rapprocha de l'acteur, avec un joli mouvement des épaules. Elle était fière de sa nouvelle robe en mousseline champagne. Son chapeau de paille blonde, orné de rubans rouille et de coquelicots épanouis, versait à son visage une ombre fraîche où brillaient des paillettes de feu.

– On prétend, dit Arapoff, que les vrais responsables de la catastrophe sont les grands-ducs Vladimir et Serge, qui étaient chefs de la distribution. Mais ils n'ont pas été inquiétés.

– Des bons à rien, dit Prychkine en montrant sa dentition dans un rictus amer.

– C'est Vlassovsky, le chef du corps des gendarmes, qui a payé pour les autres, n'est-ce pas?

– Oui... Une crapule, dit Prychkine.

– Mais comment se fait-il que Berr et l'architecte Nicoline n'aient même pas songé à combler les trous autour des baraques?

– Des imbéciles, dit Prychkine.

– Des bons à rien, des crapules, des imbéciles! Nous voilà renseignés, dit Arapoff en riant.

Prychkine se renversa dans son fauteuil en osier et allongea les jambes, de façon à frôler le pied de Lioubov sous la nappe.

– Nos dirigeants, dit-il sur un ton suave, se sont montrés au-dessous de la tâche. Ils ont fait confiance au peuple, comme si le peuple n'était pas une force aveugle et brutale, dont les armes seules peuvent avoir raison.

– Comme je plains l'empereur et l'impératrice! soupira Zénaïde Vassilievna.

– Ils ne sont pas à plaindre, dit Prychkine. Savez-vous qu'ils se sont rendus au bal de l'ambassade de France, le soir même de la catastrophe? Le grand-duc Constantin Constantinovitch raconte que l'impératrice douairière aurait interdit à Nicolas II de demeurer plus d'une demi-heure à la réception de Montebello. Et ce sont les grands-ducs Serge et Vladimir qui ont décidé l'empereur à ne pas quitter le bal : ils prétendaient, pour convaincre le souverain, qu'à une fête de Londres quatre mille personnes avaient péri sans que le roi d'Angleterre songeât à décommander les réjouissances prévues.

– Vous connaissez le grand-duc Constantin Constantinovitch? dit Lioubov, le regard allumé d'admiration et d'envie.

– Vaguement, dit Prychkine.

Et son pied glissa sur la cheville de Lioubov. Lioubov devint rose et se pencha sur sa tasse de thé.

– Racontez-nous encore quelques cancans de cours et d'ambassades, dit-elle avec une distinction appuyée.

– Que vous dire, mon Dieu? Le 19 mai, au lendemain de la Khodynka, il paraît que le grand-duc Vladimir et le prince napolitain sont allés tirer le pigeon dans les parages du cimetière Vagankov, où reposaient les victimes de la catastrophe.

– Ne parlez plus de catastrophe, minauda Lioubov,

dont Prychkine venait d'emprisonner une jambe entre les siennes. Je veux des potins comiques.

– Des potins comiques? dit Prychkine en posant une main sur le genou de Lioubov, sous la table. Pourquoi pas? Il y en a... il y en a... Mon collègue, l'acteur Pravdine, raconte que, lors du couronnement, à la cathédrale, le gentilhomme chargé de rajuster le manteau de pourpre du tsar s'acquitta si bien de sa tâche qu'il rompit la chaîne d'André Pervozvanny. On dit aussi que le conseiller d'État Nabokoff, qui tenait la couronne impériale, a été pris... excusez l'expression... de diarrhée... Son pantalon en était tout taché!...

– Pfui! Quelle horreur! s'écria Lioubov.

Arapoff secouait tristement la tête :

– Ce qui me chagrine, dit-il, c'est de constater que le peuple russe éprouve du plaisir à rabaisser et à salir son souverain par toutes sortes de ragots indignes. Les faits que vous racontez sont peut-être exacts, mais il n'en demeure pas moins qu'un sujet dévoué au tsar et à la patrie devrait s'interdire de les colporter. Il y a, en Russie, un besoin étrange d'insulter ce qui est beau, grand, noble et traditionnel. On dirait que le Russe a honte de tout ce qui signale son pays à l'attention émerveillée de l'Europe. Il aspire à devenir le plus petit, le plus gris, le plus vil, le plus bête des hommes. C'est dommage.

Prychkine était trop occupé à caresser la cuisse de Lioubov pour s'intéresser au discours du docteur. Néanmoins, il prit une mine de circonstance et répondit :

– Oui! C'est dommage!

– Les livres de nos meilleurs auteurs ne paraissent écrits que pour donner à l'étranger une idée dérisoire et infâme de notre patrie, poursuivit Arapoff. Demandez à un Français, à un Anglais, l'enseignement qu'il a retiré d'une lecture de Dostoïevsky ou de Gogol, par exemple. Ils vous répondront que, d'après le témoignage de ces messieurs, la nation russe est un ramassis d'hystériques, de tuberculeux, d'ivrognes, de prostituées et d'assassins...

– Vous vous attaquez là à la liberté suprême de l'artiste, dit Prychkine en tâtant la jarretière de Lioubov.

– Oui, dit Lioubov. Et c'est une question tellement brûlante!... Nous n'en finirions pas de la discuter!... Parlons d'autre chose...

Il y eut un silence. Nina reprit la broderie qu'elle avait laissée sur le coin de la table. Zénaïde Vassilievna pria son mari de lui rendre la lettre de Nicolas qu'elle voulait relire. Akim, qui s'ennuyait à périr, demanda l'autorisation de rejoindre ses amis au parc municipal. En passant derrière la grille, il jeta une poignée de cailloux dans le jardin en criant :

– Paf! Des shrapnells!

– Quel gamin! dit Lioubov.

Et elle ajouta, en avançant une lèvre suppliante :

– Vous ne voudriez pas nous réciter quelque chose, Sacha?

– Que désirez-vous que je vous récite?

– Du Lermontoff. Un poème d'amour...

Prychkine se leva, et, comme il s'écartait de Lioubov, elle murmura vivement :

– Demain, à deux heures, venez à Mikhaïlo. Mon mari fait la sieste jusqu'à quatre heures de l'après-midi.

Prychkine acquiesça du menton, glissa une main dans son gilet, et commença d'une voix pesante :

Quelle tristesse! Et quel ennui!
Personne à qui serrer la main...

Son grain de beauté vibrait au coin de sa lèvre. Ses cheveux luisaient au soleil comme du miel roussi. Il cambrait les reins pour redresser sa petite taille.

« Comme il est beau! » songea Lioubov. Et, de la pointe de son ombrelle, elle traça un cœur approximatif dans le sable de l'allée.

Après la *Tristesse* de Lermontoff, Prychkine récita, sans se faire prier, le monologue du *Chevalier avare* et des poèmes de Joukovsky. Lioubov ne le quittait pas des yeux et happait au vol chaque mot formé par ses lèvres. Zénaïde Vassilievna somnolait, les paupières closes derrière ses lunettes. Constantin Kiriliovitch fumait, le regard perdu dans le ciel et les mains jointes sur son ventre. Nina cousait avec application. Tout le jardin était enveloppé d'un bien-être paresseux, d'une poésie facile. Un triangle d'oiseaux passa au zénith. Le pivert familier tapa l'écorce d'un arbre. Un lézard fila d'une secousse émeraude entre deux cailloux. De la rue, venait le roulement assourdi des calèches.

– Et dire que, dans une heure, il va falloir que je vous quitte pour ce maudit théâtre! dit Prychkine.

– Voulez-vous ne pas dénigrer votre art! s'écria Lioubov.

Et elle le menaça de son ombrelle en tussor.

– Quelle paix! murmura Arapoff. Des hommes sont morts. D'autres meurent à la minute présente. Les prisons sont bondées de misérables. Il y a des cas de typhus à la Doubinka. Et ici, ce calme, ce soleil, ces chants d'oiseaux. Pourquoi? Pourquoi?

À mesure qu'il avançait en âge, Arapoff perdait lentement son insouciance, et des inquiétudes funèbres le secouaient en pleine nuit, ou à la roseraie, tandis qu'il soignait ses fleurs avec le jardinier philosophe.

– Je vieillis, je vieillis, dit-il en souriant.

– Non, tu ne vieillis pas, s'écria Nina. Tu es le plus jeune de tous les papas du monde!

– Nina, c'est l'heure de travailler ton piano, dit Zénaïde Vassilievna.

Nina poussa un soupir et quitta la table. Bientôt, des accords limpides et réguliers s'échappèrent d'une fenêtre ouverte. Zénaïde Vassilievna battait la mesure avec son doigt. La lumière du ciel devenait douce.

À sept heures, la grille s'ouvrit d'une volée, et Kisiakoff

entra dans le jardin. Il était nu-tête. Ses yeux avaient une expression hagarde. Il portait une égratignure toute fraîche sur la joue.

– Qui est-ce qui t'a griffé? demanda Lioubov.

– Ce n'est rien, dit-il d'une voix basse. Je me suis accroché à une branche... oui, à une branche, en longeant le jardin...

10

LE LENDEMAIN de la course, Michel, négligeant le bureau, sortit à cheval en compagnie d'un gardien tcherkess. Tania déjeuna seule avec ses beaux-parents, et ils lui parurent soucieux et secrets. Ils évitaient de lui adresser la parole, mais échangeaient entre eux de brèves répliques en circassien. Alexandre Lvovitch regardait fréquemment sa montre. Vers la fin du repas, Tania se hasarda à lui demander :

– Savez-vous où est Michel?

Il sourit évasivement :

– Mais non... il se promène...

– A-t-on retrouvé les agresseurs?

– Qui songe à les rechercher?

– Vous avez donc décidé de classer l'affaire?

– Mais bien sûr! Michel est indemne! N'est-ce pas l'essentiel?

Cependant, Tania ne voulait pas le croire.

Michel rentra tard dans la soirée. Il était fourbu, couvert de poussière. Ses yeux brillaient de fièvre. Ayant embrassé Tania, il la pria de le laisser seul avec son père. Les deux hommes s'installèrent dans le bureau d'Alexandre Lvovitch. On leur servit à souper, là-bas. Tania profita de ce répit pour courir à son poste d'observation. La fenêtre de Suzanne n'était pas éclairée.

Longtemps, Tania demeura penchée sur l'ombre de la rue. Elle appela même à voix basse :

– Suzanne, Suzanne...

Elle était inquiète. Elle avait envie de pleurer. Sans doute les deux Tcherkesses qui s'étaient jetés sur Michel n'avaient-ils agi que par rancune personnelle. Il était absurde d'imaginer que Volodia les eût chargés d'accomplir ce geste. Alexandre Lvovitch lui-même ne croyait pas que Volodia fût coupable. Mais que pensait Michel? Que préparait-il? Que devait-elle redouter? Ses idées tournaient en rond avec une rapidité épuisante. Par moments, elle se sentait au bord d'une catastrophe épouvantable. Puis, tout à coup, sa terreur s'apaisait, et elle se reprochait de s'être alarmée sans raison. Vers dix heures du soir, elle regagna sa chambre et convoqua Oulîta pour la déshabiller. Tout en peignant les cheveux de Tania pour la nuit, la vieille servante lui rapportait, selon son habitude, les derniers ragots d'Armavir.

– Il paraît que le banquier grec a fait une fortune. Tout le monde avait parié sur notre maître. Et c'est un gamin, le fils de Mourad, qui a gagné. Toute la nuit, ils ont fait la fête, dans la maison de Mourad...

– Que dit-on des deux hommes qui ont assailli Michel Alexandrovitch?

La vieille se troubla. Visiblement, elle avait reçu des instructions de Marie Ossipovna ou d'Alexandre Lvovitch. Elle remuait ses lèvres flasques sans émettre le moindre son. Puis, elle se moucha bruyamment :

– Alors? dit Tania. Tu te tais? Tu ne sais rien? Je te croyais toujours bien renseignée.

– Je le suis, barynia, soupira l'autre. Mais que dire? On se promène. On cherche. Les gens croient que ce sont des acheteurs qu'on aurait mal reçus au magasin. L'année dernière, un homme a failli tuer des employés de chez nous, parce qu'ils n'avaient pas voulu consentir de rabais. Voilà toute l'histoire!

Tania hocha la tête. Peut-être la vieille avait-elle raison? Elle le souhaitait de tout cœur, pour Michel, pour Volodia, pour elle-même.

Elle était déjà couchée, lorsque Michel entra dans sa chambre. Il sifflotait avec affectation. Il dit :

– Tu ne dors pas encore?

– Je t'attendais.

– Moi, je suis éreinté. Cette promenade m'a fait le plus grand bien. Rien de tel qu'une longue course à cheval pour oublier les petits tracas quotidiens.

– Tu as oublié tes petits tracas?

– Mais oui!

– Même ceux d'hier?

– Pour l'amour du ciel, Tania, ne fais pas cette grimace! dit Michel en riant.

Et il passa dans le cabinet de toilette pour se dévêtir. Longtemps, Tania l'entendit chanter une complainte circassienne. Il chantait faux, mais avec entrain. Tania était heureuse. Elle s'endormit avec le son de cette voix amicale dans les oreilles.

Il faisait à peine jour lorsqu'elle se réveilla. D'une main engourdie, elle voulut toucher l'épaule de Michel. Mais ses doigts palpèrent en vain les draps vides, la couverture froide. Elle se dressa sur son séant. Michel, debout au milieu de la pièce, vérifiait son revolver. Il avait revêtu son uniforme tcherkess. Un poignard d'argent ornait sa ceinture. Retenant son souffle, Tania se recoucha sur les oreillers. Michel regardait toujours le revolver. Puis il sourit. Tania eut peur de ce sourire tranquille. Le visage de Michel lui parut soudain étranger. Elle pensa crier. Mais aucun son ne sortit de sa gorge. Quelqu'un frappait à la porte. Michel glissa le revolver dans sa poche.

– Qu'est-ce que c'est? demanda-t-il en collant sa figure contre le battant.

– C'est moi, dit la voix d'Alexandre Lvovitch. Tu es prêt?

– J'arrive.

Et, avant que Tania eût tenté le moindre mouvement, il avait quitté la pièce. Tania consulta sa montre de chevet : il était cinq heures du matin. Elle se leva, courut à la fenêtre. Les croisées de sa chambre donnaient sur la cour. Dans la brume du petit jour, elle vit le palefrenier qui sortait un cheval de l'écurie. Le cocher astiquait les portières de la calèche. Des poules se promenaient en se dandinant sur les gros pavés. Saisie d'une brusque inspiration, Tania enfila un peignoir et se rendit dans le salon de l'aïeule. Comme à l'accoutumée, les meubles dormaient sous leurs housses grises. Les papiers journaux, étalés sur le sol, guidèrent Tania jusqu'à l'embrasure de la fenêtre. Elle tourna l'espagnolette. Une bouffée d'air frais toucha son visage. La rue, en contrebas, était déserte. On entendait sonner, très loin, le cor du berger communal. Un meuglement prolongé lui répondit. Les troupeaux sortaient des étables. Tania frissonna et regretta son lit. Au bout d'un moment, la calèche des Danoff vint se ranger contre le trottoir. Alexandre Lvovitch prit place dans la voiture, et le cocher lui recouvrit les jambes avec un plaid à carreaux. Puis le palefrenier amena un cheval sellé. Michel le suivait, tête basse. Il tenait une cravache à la main, dont il fouettait ses bottes en marchant. Tout à coup, il leva le front et Tania eut l'impression que leurs regards se croisaient. Michel hésita un moment et enfourcha sa monture qui dansait d'impatience. La calèche et le cavalier s'ébranlèrent, côte à côte. Tania les vit disparaître au tournant de la rue. L'idée que Michel était parti en compagnie de son père lui semblait rassurante. Quelle que fût la raison de ce voyage matinal, Alexandre Lvovitch surveillerait son fils et l'empêcherait de commettre une folie. Mais que ces gens étaient donc mystérieux et compliqués! Elle s'épuisait à les aimer et à les comprendre! Une contraction nerveuse lui serra les tempes. Elle se sentit malheureuse. Volodia. Michel. Suzanne. Trop de visages s'accumulaient dans son esprit et sollicitaient sa pensée. Le plus sage était de dormir. Comme elle allait se retirer, elle remarqua qu'une lumière brûlait derrière les vitres de Suzanne. Tania attendit quelque temps dans l'espoir que Suzanne viendrait à la croisée. Puis une lassitude morbide s'appesantit sur elle. Elle referma la fenêtre, descendit dans sa chambre et se recoucha frileusement dans le lit trop vaste.

Ce fut Oulîta qui la réveilla, aux environs de onze heures. Sans ouvrir les yeux, Tania lui demanda :

– Il fait beau?

– Oui, barynia.

– Les messieurs sont rentrés?

– Oh! non. Ils ont dit qu'ils partaient pour toute la journée, déclara la vieille avec fierté.

Puis elle s'approcha de Tania et chuchota d'une voix gourmande :

– Il y a du nouveau, en face.

– Quoi?

– La petite dame est malade. Le docteur est venu hier. On a mis une garde à son chevet.

Tania se dressa sur ses coudes :

– Tu es sûre?

– Sûre! Elle perd du sang. Il paraît que ce n'est pas grave. Mais le portier m'a dit qu'on avait aussitôt télégraphié à Ekaterinodar, pour rappeler le mari.

Tania écoutait ces paroles avec stupéfaction. Une boule de feu se formait dans son ventre. Tout à coup, elle s'entendit crier :

– Oh! vous m'embêtez tous! Volodia qui est parti! Michel qui veut se venger! Suzanne qui est malade! Mais qu'est-ce qu'ils ont contre moi?

Des sanglots lui gonflaient la bouche. Elle hurla encore :

– Va-t'en! Va-t'en! Sorcière!

Et elle tira les couvertures sur sa tête, pour que la servante ne la vît pas pleurer.

– On les a rattrapés sur la route, avant Koubanskaïa, dit Tchass. Ils n'ont presque pas résisté. D'ailleurs, ils étaient trop fatigués, et leurs chevaux ne valaient rien. Tout de suite, j'ai envoyé Hadji pour vous prévenir.

– Je te remercie, dit Alexandre Lvovitch avec un sourire. Je sais qu'on pourrait te charger de retrouver une aiguille dans une botte de foin.

– Où sont-ils? demanda Michel.

Tchass désigna de la main une hutte, à la lisière de l'*aoul* :

– Chez moi. Ils vous attendent.

Michel et Alexandre Lvovitch emboîtèrent le pas au Tcherkess. Avant d'arriver à la maison, Tchass se retourna et dit :

– Ils ont si peur! C'est à peine s'ils ont mangé!

Ils durent se baisser pour pénétrer dans la cabane. Les murs de terre glaise, passés à la chaux, dégageaient une fraîcheur agréable. Deux hommes gisaient sur le sol, côte à côte, les poings dans le dos. Ligotés des épaules aux chevilles, ils haussaient douloureusement vers les visiteurs leurs têtes furieuses et souillées de poussière. Alexandre Lvovitch demanda d'une voix calme :

– Ils sont désarmés?

– Oui, dit Tchass.

– Détache-les.

Tchass se pencha vers les prisonniers et se mit en devoir de les déficeler. Tandis qu'il travaillait, Alexandre Lvovitch demanda encore :

– Comment vous appelle-t-on?

L'un des hommes ouvrit la bouche et découvrit un tronçon de langue, rose et bourgeonnante.

– Il est muet, dit Tchass. Il se nomme Aï.

– Et l'autre?

– L'autre, c'est Adzoug, de l'*aoul* de Goulkevitchi.

Adzoug se dressa le premier et frotta des deux mains ses cuisses meurtries par les cordes. Il était très grand, large d'épaules, avec une taille épaisse et des jambes torses. Sa bouche était déformée par une cicatrice. Il louchait. Aï, le muet, petit et trapu, se leva à son tour et cracha par terre. Tchass posa tranquillement la main sur son poignard.

– Tu les reconnais? demanda Alexandre Lvovitch en se tournant vers Michel.

– Oui, dit Michel.

Et il fit un pas vers les prisonniers.

– Je pourrais vous abattre comme des chiens galeux, dit-il.

– Tu le peux, dit Adzoug avec sérénité.

– Mais je vous offre une chance.

– Garde-la pour toi.

Aï se mit à rire, avec un affreux gargouillis d'arrière-gorge. Tchass serra la main sur le manche de son poignard.

– Je vais faire chercher les anciens de l'*aoul*, poursuivit Michel. Devant eux, vous avouerez votre crime. J'ai besoin de leur témoignage.

– Je n'ai rien à dire, grommela Adzoug en se dandinant d'une jambe sur l'autre.

– C'est ce que nous verrons, dit Michel.

Tchass sortit pour appeler les anciens. Au bout d'un assez long temps, il ramena trois vieillards, qui se rangèrent aux côtés d'Alexandre Lvovitch.

– Je vous demande, dit Michel, en se tournant vers eux, d'être les témoins des aveux que je vais recevoir.

– Je ne ferai pas d'aveux, dit Adzoug.

– Reconnais-tu au moins m'avoir attaqué pendant la course d'Armavir?

– Oui.

– Tu agissais sur les ordres de Bourine?

Adzoug rejeta la tête et dit :

– Non.

Alexandre Lvovitch toucha le bras de son fils.

– Laisse-le, dit-il. Il est plus misérable encore que je ne l'imaginais. Il s'est vendu à son maître. J'ai honte pour lui à la pensée qu'il porte l'uniforme tcherkess.

Tout à coup, les yeux du prisonnier étincelèrent :

– Je suis un Tcherkess.

– Ah! oui? dit Alexandre Lvovitch. Tu me permettras d'en douter. Un vrai Tcherkess n'aurait pas consenti à servir un homme tel que Bourine. Un vrai Tcherkess aurait craché à la figure de Bourine, si Bourine lui avait proposé la besogne que tu as accepté de faire. Comment, voilà un pleutre qui n'ose pas tuer son adversaire, mais qui supplie deux Tcherkesses de préparer l'attentat, et qui se réfugie lui-même à Ekaterinodar pendant que les autres risquent leur tête? Et, non contents d'obéir à ce pleutre, vous prétendez encore lui demeurer fidèles? Excusez-moi, je ne vous comprends pas.

Les Tcherkesses baissaient le front.

– De mon temps, dit Alexandre Lvovitch, quand un homme avait à se venger de quelqu'un, il ne payait pas des gardes du corps pour exécuter son dessein. Il travaillait lui-même. Les jours ont changé. Les hommes aussi. Je le regrette.

Adzoug paraissait soucieux.

– Qu'en disent les anciens? demanda Alexandre Lvovitch.

L'un des vieillards s'inclina et posa une main sur sa poitrine :

– Tu parles comme le Coran. Je resterais des heures à t'entendre.

– Ces deux hommes, dit un autre, ne méritent pas des paroles, mais d'être noyés avec une pierre au cou.

– Je veux oublier leur nom et le nom de leur père, dit le troisième.

Aï ne riait plus, mais mâchait sa moustache rare. Des gouttes de sueur glissaient sur le front d'Adzoug. Visiblement, il soutenait un combat intérieur violent.

Enfin, il s'écria :

– Bourine n'a rien ordonné. Nous avons agi sans qu'on nous commande.

– Par haine contre moi? demanda Michel vivement.

– Bourine disait souvent, reprit Adzoug, qu'il te détestait, qu'il paierait cher pour être débarrassé de toi. Puis, il est parti... Il nous avait promis de nous prendre à son service, quand il s'installerait à Ekaterinodar... On a attendu... On ne savait pas... Pour le décider, pour lui montrer qu'on n'était pas des ingrats, on a eu l'idée de te régler ton compte...

Il se gratta le crâne et ajouta d'une voix bourrue :

– On regrette. On croyait bien faire. On s'est trompé. Ça arrive.

Michel réprima un sourire.

– Il n'en reste pas moins que Bourine désirait ma mort, dit-il.

– Il ne parlait pas de toi avec amitié, dit Adzoug.

– S'il ne vous a pas ordonné de me tuer, il vous a laissé entendre qu'une telle issue lui serait agréable.

Aï secouait sa petite tête rusée en signe de négation.

– Non, dit Adzoug. Pas tout à fait.

– Mais presque.

– Oui, presque, dit Adzoug.

Un cheval hennit. Des chiens aboyèrent au loin. Michel jeta un coup d'œil à son père pour demander conseil. Tchass serrait toujours le manche d'argent de son poignard. Alexandre Lvovitch leva la main et dit :

– Voici ma sentence. Je vous offre la liberté. Mais à une condition. Vous vous obligez sur l'honneur à partir immédiatement pour Ekaterinodar. Là, vous verrez Bourine et vous lui direz que, s'il lui arrive de se présenter à mes yeux ou aux yeux de mon fils, nous l'abattrons sans pitié. Qu'il ne s'avise donc plus de remettre les pieds à Armavir.

– Il doit revenir pour chercher sa femme, dit Adzoug.

– À ses risques et périls. Il est prévenu.

Adzoug réfléchit en plissant le front avec effort. Enfin, il murmura :

– C'est juste. Je lui dirai.

– Tu le jures? demanda Michel.

– Sur le Coran.

Michel tira quelques billets de sa poche et les tendit au Tcherkess :

– Voici pour vos frais de voyage. Vous prendrez le train ce soir même.

– Allah te bénisse, dit Adzoug en empochant l'argent. Sommes-nous libres?

– Vous l'êtes, dit Michel.

Puis, s'adressant à Tchass :

– Laisse-les sortir, dit-il. Et fais préparer leurs chevaux.

Tchass lâcha son poignard et inclina le buste :

– Ta justice est notre justice.

Les deux prisonniers quittèrent la hutte, suivis de Tchass. Les vieillards leur emboîtèrent le pas, en silence.

– Je te remercie, dit Michel en serrant la main de son père. Si tu n'avais pas été là, j'aurais sûrement commis une sottise.

– Et j'aurais commis la même sottise, si toi tu n'avais pas été là, dit Alexandre Lvovitch en souriant. Nous sommes quittes.

11

UN GARDIEN de la propriété avertit Marie Ossipovna que son mari et son fils avaient résolu de passer à l'*aoul* toute la journée suivante, et qu'ils ne rentreraient que le lendemain. Tania se souciait peu de dîner en compagnie de sa belle-mère et prétexta une migraine pour exiger qu'on lui servît son repas dans sa chambre. Ayant mangé, elle se rendit dans le salon de l'aïeule. Les fenêtres de Suzanne étaient éclairées. Mais, comme elle le prévoyait d'ailleurs, aucune silhouette ne vint animer les carreaux. Selon Oulîta, les nouvelles de la malade étaient rassurantes. On attendait l'arrivée de Volodia.

Comme Tania s'apprêtait à quitter son poste d'observation, un petit homme en redingote et en chapeau haut de forme sortit de l'hôtel et monta dans une voiture découverte. Il tenait une valise à la main. C'était le docteur. Tania retourna dans sa chambre.

Jusqu'à une heure avancée de la nuit, elle tricota une brassière pour l'enfant de Suzanne. Elle pensait à Volodia qui, sans doute, avait déjà reçu le télégramme alarmant du docteur. Était-il impatient de retrouver Suzanne? Avait-il été prévenu de l'attentat contre Michel? Craignait-il une vengeance? Il n'y aurait pas de vengeance. Mais une réconciliation générale. Aujourd'hui, Tania en était sûre. Lorsque Oulîta vint pour la déshabiller, elle l'accueillit en riant.

– Tu vois, dit-elle. Mon mari n'est pas là, et je suis heureuse.

– Oui, oui, dit Oulîta, il faut se dépêcher de rire. Après, il y aura bien assez de raisons pour pleurer.

– Quelles raisons?

– Eh! sait-on jamais!

– Tu as appris quelque chose?

Oulîta se moucha bruyamment et détourna la tête.

– Quoi? Qu'y a-t-il encore? s'écria Tania.

La vieille hésita une seconde, puis murmura très vite :

– Il vaut mieux que tu saches. Le gardien qui est venu de la propriété nous a tout raconté. Tchass a retrouvé les bandits sur la route. Et nos deux messieurs ont décidé de tuer Bourine s'il remettait les pieds à Armavir.

Tania eut l'impression que la chambre devenait obscure. Les battements de son cœur se répercutaient à travers tout son corps. Elle en éprouvait le choc jusque dans ses oreilles. Elle dit enfin :

– Mais... voyons... ce n'est pas possible... Suzanne est malade... Le docteur a télégraphié à Volodia de rentrer d'urgence...

– C'est une misère, dit Oulîta.

– Il est peut-être temps encore de le prévenir... Qu'il attende un peu... Suzanne comprendra... Oh! mon Dieu... Vite, vite, cours à la poste... Je vais te donner le texte d'un message...

– Volodia Bourine est arrivé par le train de ce soir, dit Oulîta, il est auprès de sa femme...

Et, comme Tania reculait, blême, décoiffée, les yeux lourds de larmes, la servante ajouta avec une brusquerie sévère :

– On verra... Ce sera peut-être mieux ainsi... Ce sera plus propre...

Tania ne put dormir de la nuit. Il lui semblait qu'elle s'était engagée dans un labyrinthe. Malgré tous ses efforts, elle revenait à la même place, et les mêmes paroles heurtaient son tympan : « Michel va tuer Volodia. » Alors, elle se levait, allumait toutes les lampes et s'observait dans la glace, comme si la contemplation de son propre visage dût lui procurer un peu de répit. Mais son visage lui faisait peur. Elle ne le reconnaissait pas. Elle apercevait devant elle une femme traquée, au regard implorant : l'image même du scandale qui se préparait. Puis, elle ouvrit violemment la fenêtre pour respirer l'air de la nuit. La cour intérieure était déserte sous le clair de lune. Aucun son ne montait de la ville assoupie. Une tristesse laide pesait sur Armavir. Tania se mit à haïr ces maisons, ces pierres, ces hommes et ces femmes qui entretenaient son tourment. Elle avait envie de crier, de mordre. Et, en même temps, une lassitude abominable la détournait du moindre effort. Plus tard elle se laissa glisser sur une chaise et demeura immobile. Une sueur froide perlait à la racine de ses cheveux. Dans sa tête sonore et creuse, défilaient des figures terribles. Elle assistait à la querelle de Michel et de Volodia. Elle entendait le coup de feu. Elle voyait Volodia chanceler et fléchir comme un pantin fauché. Des bulles de sang crevaient entre ses dents. Il marmonnait des choses tendres et affreuses. Il mourait. Arrivée à ce point de ses réflexions, Tania eut un soubresaut. Une douleur vraiment physique lui trouait le ventre. Dans son affolement, elle psalmodiait :

– Volodia! Volodia!

Au bout d'un moment, il lui parut que cet appel monotone endormait son chagrin. Elle devenait plus raisonnable. Ses idées s'ordonnaient selon une logique bienfaisante. Elle se dit, tout à coup, que rien n'était encore perdu. Il suffisait qu'elle courût avertir Volodia du danger qui le menaçait. Et il quitterait la ville avant le retour de Michel. Cependant, la pensée d'avoir à se présenter, en pleine nuit, dans la chambre de Volodia et de Suzanne lui était pénible. À plusieurs reprises, elle résolut de se coiffer, de s'habiller, de sortir. Mais, chaque fois, une espèce de honte écœurante la retenait. Pour excuser sa lâcheté, elle se répétait que Michel n'arriverait pas avant midi et qu'elle aurait le temps de prévenir Volodia dans la matinée. Elle finit par se recoucher en attendant le jour.

À l'aube, elle se réveilla en sursaut et sonna sa femme de chambre. Puisqu'il lui était désagréable de se rendre elle-même chez Volodia, elle enverrait Oulîta à sa place. Comment n'avait-elle pas songé plus tôt à cette solution facile? Sans attendre l'arrivée de la servante, elle griffonna un billet pour expliquer la décision de Michel et supplier Volodia de partir. Elle cachetait l'enveloppe, lorsque Oulîta pénétra dans la pièce, l'œil endormi, la savate traînante.

– C'est bon, dit la vieille. J'irai. Il faut éviter le pire. Mais, si je me fais jeter à la porte par notre maître, ce sera ta faute...

– Ne parle pas tant et va te préparer, dit Tania.

– Faut que je me lave, que je m'habille... et que je t'habille aussi...

– Je m'habillerai moi-même.

À sept heures du matin, Tania était prête et, ne sachant que faire, descendit à la salle à manger. Marie Ossipovna buvait son thé kalmouk, seule, au bout de la grande table déserte.

– Tu es bien matinale, dit-elle en voyant Tania.

– Je ne pouvais plus dormir.

– Oui. Tes yeux sont rouges. Tu n'es pas jolie. Et tu as mis la robe que je n'aime pas. Blanche Béjine, la femme du notaire, a une robe dans ce genre. Affreuse!

Pour détourner la conversation, Tania demanda :

– Blanche Béjine est bien la nièce de Véra Karlovna, n'est-ce pas?

Marie Ossipovna la foudroya d'un regard de vieux corbeau royal :

– Sottise! Véra Karlovna n'est même pas d'ici. C'est une femme d'Odessa. Une femme de rien du tout.

À ce moment, la porte s'entrebâilla, Oulîta parut sur le seuil et fit signe à Tania de la rejoindre. Marie Ossipovna, qui n'avait rien remarqué, continuait de mastiquer sa tartine.

– Vous m'excusez, dit Tania.

Et, d'un pas vif, elle sortit de la pièce. Oulîta l'attendait dans le couloir. Elle avait une attitude humble et reniflait bruyamment.

– Alors? demanda Tania. Parle. Pourquoi restes-tu devant moi comme une souche? As-tu remis la lettre?

Oulîta porta un mouchoir devant son nez, lança un coup d'œil épouvanté à sa maîtresse et dit d'une voix basse :

– Elle est morte.

– Quoi? murmura Tania.

– Oui, dans... dans la nuit... une hémo... hémorragie plus forte...

Tania avait saisi la vieille par le bras et la secouait de toutes ses forces, en répétant :

– Tu mens!... Tu mens!...

– Je te le jure... sur la tête de mes parents, barynia... Maintenant, on l'a déjà arrangée sur son lit... Le prêtre est venu... Je croyais que tu l'avais vu passer... Je l'ai regardée... si... si petite... Hô, hô!...

Tania lui lâcha le bras et s'adossa au mur en grommelant :

– Va-t'en... Laisse-moi seule...

Tout son être tremblait si fort qu'elle se crut sur le point de défaillir. Au bout du couloir, les marches de l'escalier se pliaient et se dépliaient comme les soufflets d'un accordéon. Morte! Suzanne était morte! La frêle et pâle petite Suzanne, qui souffrait avec tant de docilité, qui tricotait si gentiment à la fenêtre! Non, ce n'était pas possible! Il fallait aller là-bas, vite, vite! Sûrement on pouvait la sauver encore!

Des larmes jaillirent de ses yeux. Elle se précipita nu-tête hors de la maison. Comme une folle, elle traversa la rue, pénétra dans l'hôtel, bouscula le portier qui lui barrait la route, et gravit l'escalier en courant. Arrivée au premier étage, elle s'aperçut qu'elle ignorait le numéro de la chambre, et redescendit quelques marches. Elle cria :

– Le numéro?

– Quel numéro? demanda le portier.

– Celui des Bourine.

– Chambres 37, 39 et 41, dit l'homme en soulevant sa casquette.

Et il ajouta :

– Le corps est dans la chambre 37.

Tania reprit son ascension en grognant des paroles incohérentes. Des inconnus, graves et noirs, étaient assemblés sur le palier du troisième étage. Ils discutaient entre eux :

– L'hémorragie devenait de plus en plus violente... Une insertion anormale du placenta... On aurait pu... Mais d'autre part, mon cher confrère...

La porte n° 37 était entrebâillée. Tania poussa le battant d'une main ferme et s'arrêta, stupide, sur le seuil. Les rideaux étaient tirés. La pièce, impersonnelle et laide, avec ses meubles de bois marron, son lit de fer, son armoire ventrue, baignait dans une lueur vague de crépuscule. Des cierges allumés encadraient la couche funèbre. Leurs flammes se couchaient au gré des courants d'air, et des ombres ovales dansaient sur les murs nus. Une odeur d'éther, de cire brûlée et d'encens emplissait la chambre. Sur le lit, une personne était étendue de tout son long, raide et menue comme une poupée. Sa robe était de voile blanc. Ses mains de porcelaine tenaient une icône brun et doré. Tania ne reconnut pas Suzanne. Elle fit un pas et, tout à coup, elle aperçut la figure dans le creux des coussins. Une toute petite figure, sereine et douce, au nez retroussé. Les bandeaux lustrés serraient les tempes. Les paupières basses épousaient exactement la forme de l'œil. Tania se pencha un peu, attirée, fascinée par ce masque de pâleur fine. Alors, elle vit que la bouche close souriait un peu. Ce sourire conférait à tout le visage une expression grave et mûre. Suzanne, qui n'était qu'une enfant, était devenue soudain quelqu'un de très âgé, de très averti, de très fort. Les rôles étaient renversés. Elle dominait à présent de son grand mystère ceux-là mêmes qui l'avaient négligée et n'avaient pas craint de lui faire du mal. Elle savait tout, et eux, les vivants, les méchants, les nerveux, s'agitaient comme des marionnettes autour de son sommeil.

Tania avait honte de son corsage corail, de sa jupe havane, devant ce cadavre innocent. Elle avait envie de demander pardon à Suzanne de sa coquetterie et de sa chance.

– Ce n'est pas juste! Ce n'est pas vrai!

Ses jambes tremblaient. D'un doigt léger, elle toucha la joue de la morte, et le contact de cette peau glacée et souple lui souleva le cœur. Suzanne était ailleurs. Elle n'avait laissé à sa place que cet objet de chair froide modelé à son image. Elle n'avait légué aux hommes que ce qu'ils étaient capables de comprendre, d'aimer et de pleurer un peu.

Comme Tania détournait la tête, elle vit, sur le coin d'une petite table, une brassière inachevée, avec les aiguilles plantées dans l'ouvrage. Plus que l'aspect de la morte, ce travail abandonné, cette épave d'une existence finie, était pitoyable. Hébétée, Tania s'écarta du lit.

Alors, seulement, elle aperçut un corps effondré, tassé dans le fauteuil, près de la fenêtre : Volodia. Elle n'avait pas songé à lui, en pénétrant dans la chambre. Et lui, abîmé dans son désespoir, n'avait même pas remarqué qu'il n'était plus seul. Aux pieds de Volodia, traînait une enveloppe déchirée; un peu plus loin, sur le parquet, la lettre que Tania lui avait écrite. Il était donc au courant des résolutions de Michel. Et, cependant, il ne pouvait s'arracher au spectacle de sa femme morte. Cette pensée traversa Tania comme un trait de feu. « Il l'aime... Il la pleure... Et moi je suis là... inutile... Si je lui dis de partir, il ne m'écoutera pas... Pourtant, il faut lui dire... »

Le silence écrasait Tania comme un drap mouillé. L'odeur de la cire et de l'éther lui serrait les tempes. La flamme des cierges s'inclina soudain. Une ombre folle bondit au plafond. Tania, saisie d'effroi, se tordit les mains et gémit :

– Suzanne!

Cet appel la réveilla de sa propre torpeur. Épouvantée, elle vit la forme sombre, enfoncée dans le fauteuil, qui se dépliait d'une secousse. Deux mains s'écartaient, retombaient. Un visage d'homme apparaissait et se tendait vers elle : le visage de Volodia. Ses joues livides étaient envahies de barbe. Ses lèvres pâles tremblaient. Il y avait dans ses yeux une expression de douleur et d'étonnement indicibles.

Tania, immobile et glacée, le regarda s'avancer vers elle d'un pas pesant. Il avait les épaules basses. Son faux col était froissé. Il s'arrêta devant la jeune femme, la considéra bien en face d'un air égaré. Puis, il dit très calmement :

– Voilà, elle est morte. Ils l'ont tuée. Nous l'avons tous tuée.

Et, tout à coup, comme un homme ivre, il s'écroula aux pieds de Tania et baisa le bas de sa jupe.

– Morte, morte, c'est fini, râlait-il.

Tania le releva doucement.

– Oui... oui... Merci... Excusez-moi, balbutiait Volodia en se redressant. Comment était-ce déjà? « Mon pauvre ami », a dit le docteur... Il m'a dit : « Mon pauvre ami », et il m'a serré la main...

Tania sentait, tout proche de son corps, ce grand corps lourd que les hoquets ébranlaient, tels des coups de cognée. Volodia pleurait comme un enfant, avec des reprises gémissantes et des reniflements. Il n'était plus l'orgueilleux, l'irresponsable et charmant Volodia des beaux jours, mais un pauvre bonhomme assommé de chagrin. Il bredouillait sur un ton de litanie plaintive :

– Hier soir encore, elle me parlait... Et maintenant, je suis seul... Pourquoi est-elle morte?... Peut-être parce que je ne l'aimais pas assez?... Ou parce que c'était mieux ainsi?... Hein! Hein! dites-moi?... Mais qu'a-t-elle eu de la vie?... La chambre d'hôtel et la grossesse... Et voilà tout... Alors, où est la justice?... Moi, je suis une brute et j'existe... Et elle... elle!... Oh! Personne ne l'a connue!... Moi-même, je ne la connaissais pas... je ne l'appréciais pas... je m'ennuyais avec elle... je disais : « Suzanne, fais ceci... Suzanne, je te quitte pour quinze jours... Suzanne!... »

Il s'arrêta pour souffler et murmura de nouveau :

– Suzanne... Suzanne... un petit nom... C'est tout ce qu'il me reste... Elle était si douce... elle a tant souffert... Oh! ça a été atroce!... Ce médecin... Ce sang... J'ai tout vu, vous savez?... tu sais?... Non, je ne veux pas m'en souvenir... Ma petite fille, pardonne-moi, pardonne-nous!...

– Elle vous a déjà pardonné, dit Tania d'une voix faible.

Volodia releva la tête. Ses cheveux blonds lui pendaient sur les oreilles. De sa bouche ouverte s'échappait une haleine de fièvre. Il fronça les sourcils, comme s'il eût essayé de comprendre quelque chose de très difficile. Il dit :

– Oui... Oui... Elle m'a pardonné, et elle est morte... Elle est morte de m'avoir pardonné... Elle n'avait pas le droit de me pardonner... Personne n'a le droit de me pardonner...

Instinctivement, Tania lui posa la main sur le front. Il sourit et proféra dans un soupir :

– Tu ne me repousses pas?... Tu as pitié de moi?... Cette nuit, j'ai aidé à coiffer ses cheveux...

Tania baissa les paupières. Les larmes coulaient de ses yeux, abondantes et calmes. L'espace d'un instant, il lui sembla même qu'elle était heureuse. Pourtant, elle n'avait pas le droit d'être heureuse. Et il n'y avait pas de raison qu'elle le fût. Volontairement, elle tournait le dos à la morte. Elle regardait Volodia.

– Calmez-vous, dit-elle. Il faut vous ressaisir...

– Oui, dit-il, c'est nécessaire... Je ne sais pas pourquoi d'ailleurs... Ah! oui... J'ai eu votre lettre... Merci...

– Vous allez partir?

Il hocha la tête :

– À quoi bon?... Si vous saviez... Hier soir, on lui a servi du bouillon dans une tasse... Et avec ça... oui... une biscotte... Elle a juste mangé un petit bout... Pour me faire plaisir... Elle voulait encore me faire plaisir, tu comprends?...

Il allongea le bras et désigna une tasse sur la table :

– La tasse est encore là.

Le grincement de la porte le fit sursauter. Il se retourna, et ses prunelles devinrent hagardes. Ses mains remontèrent nerveusement jusqu'à sa bouche.

– Toi? dit-il enfin.

Michel était sur le seuil de la chambre. Il se tenait très droit. Son visage était sec. Ses yeux brillaient d'une lueur fixe. Tania voulut s'élancer à sa rencontre, mais ses genoux fléchirent et elle dut s'appuyer au mur. Elle cria dans un souffle :

– Michel! Il ne faut pas! Tu n'as pas le droit!...

Mais Michel ne répondit rien. Son regard glissait de Volodia à Tania et de Tania à la morte. On entendait sa respiration régulière. Il fit un pas. Le plancher craqua sous son talon. Puis il leva la main droite et se signa lentement.

– Elle est morte à trois heures du matin, dit Volodia d'une voix enrouée.

– Je sais, dit Michel.

Et, comme Volodia chancelait sur ses jambes, il s'approcha de lui et le serra maladroitement dans ses bras.

12

SUZANNE fut enterrée dans le cimetière d'Armavir. Ses parents, prévenus trop tard, ne purent assister aux funérailles. La mère de Volodia refusa de se déranger. Il n'y eut pour accompagner le convoi que quelques serviteurs de l'hôtel et quelques commerçants. Mais Michel et Tania furent aux côtés de Volodia pendant la cérémonie. Le lendemain, Alexandre Lvovitch, sur la demande de son fils, invitait Volodia pour un dîner de réconciliation.

Pendant le repas, il fut décidé que Volodia s'installerait chez les Danoff et aiderait Michel dans son travail aux Comptoirs. Volodia, bouleversé de gratitude, les yeux noyés de larmes, la bouche molle, se leva pour dire qu'il ne méritait pas une semblable mansuétude.

– Après ce que j'ai pensé de vous, balbutiait-il, vous auriez dû me maudire. Mais vous m'avez pardonné. À cause de mon chagrin. À cause du passé. Maintenant, je n'ai plus d'autre famille que la vôtre. Je ne veux plus exister que pour aider votre bonheur et m'acquitter envers vous de la dette de reconnaissance que j'ai contractée.

– Ne parle pas de reconnaissance, dit Michel. Occupe-toi seulement de vivre et d'oublier.

– Oublier Suzanne?

– Non, ta haine contre moi, dit Michel.

Volodia s'approcha de son ami et l'embrassa violemment sur les deux joues.

– Oh! ça va mieux, soupira-t-il. Tu ne peux pas savoir combien j'ai souffert de te détester.

À dater de ce jour, l'existence de Volodia s'organisa d'une façon saine et monotone. Ayant refusé de retourner à Ekaterinodar, il s'intéressa aux affaires de Michel et s'appliqua vaillamment à aimer le travail de bureau. Par une sorte de convention tacite, les jeunes gens évitaient toute conversation relative à leur ancienne querelle. Ils essayaient de guérir leurs blessures par le silence. Tania elle-même obéissait à cette consigne, bien que sa curiosité ne fût pas en repos. Souvent, lorsqu'elle se trouvait seule avec Volodia, elle était tentée de l'interroger sur ses pensées et ses gestes d'autrefois. Mais, à la dernière minute, la peur de compromettre une paix si chèrement acquise l'empêchait de poser les questions qui lui montaient aux lèvres. Un soir, pourtant, elle osa lui parler. Michel ayant été retenu au bureau, Volodia était rentré seul et n'avait pas tardé à rejoindre Tania dans son boudoir.

Une pluie forte battait les vitres et ruisselait dans les gouttières à gros bouillons. Le samovar fumait sur une table ronde, servie de pain bis, de confitures et de salaisons légères. Un feu de bûches craquait dans la cheminée. Tania s'était allongée sur une méridienne, à boiseries taillées en col de cygne. En face d'elle, Volodia, installé dans un fauteuil, avait croisé haut les jambes, et fumait, les yeux mi-clos, à petites bouffées égales. Tania le regardait avec sympathie. Il avait un peu engraissé. Ses gestes étaient moins nerveux. Visiblement, il reprenait goût à la vie.

– Je vous trouve bonne mine, dit-elle. Et j'en suis heureuse.

Volodia écrasa sa cigarette à demi consumée dans une

soucoupe et frotta du bout des doigts ses paupières faibles.

– Oui, ça va mieux, dit-il. Grâce à vous, grâce à Michel.

Tania regretta qu'il n'eût pas dit : « Grâce à vous seule. » Et, subitement, elle demanda :

– Vous désiriez vraiment le tuer?

Les paroles avaient jailli de ses lèvres à son insu. Elle n'avait pas voulu s'exprimer de la sorte. Une autre s'était servie de sa voix. Maintenant, elle attendait avec terreur les réactions que provoquerait cette phrase imbécile. Volodia avait relevé la tête et considérait la jeune femme avec étonnement.

– Tuer qui? dit-il enfin.

Tania murmura timidement :

– Michel.

Le visage de Volodia eut une contraction et il tenta de sourire.

– Pourquoi me demandez-vous cela? Nous nous étions juré de ne plus évoquer cette affaire.

– Excusez-moi, chuchota Tania. Je ne sais pas quel démon m'a poussée. Ne me répondez pas. Cela vaut mieux.

Volodia réfléchit un long moment. Puis, il dit d'un ton calme :

– Je préfère vous répondre. Après, vous raconterez tout à Michel, qui, lui aussi, sans doute, brûle d'être renseigné et n'ose pas m'interroger encore.

– Michel ne m'a rien demandé...

– Je le sais, dit Volodia. Mais il souffre de mon silence. Ce n'est pas juste.

Il se leva et fit quelques pas dans la pièce. Tania le suivait du regard, avec tendresse, avec pitié. Tout à coup, il pivota sur ses talons et dit :

– Oui, j'ai désiré sa mort, lorsqu'il vous a épousée. J'aurais été heureux qu'il disparût de ma vie, de votre vie. J'ai répété autour de moi que je le haïssais. Mais je n'ai pas ordonné à ces deux hommes de l'attaquer et de l'abattre en mon absence. Non! Non!

– Je vous crois, Volodia, dit Tania sans le quitter des yeux.

– Sans doute, reprit Volodia, ont-ils mal interprété mes paroles. Ils ont obéi à une intention vague, et non à un ordre formel. Ils ont pris l'absurde souhait d'un rêveur pour l'expression d'une volonté catégorique. Ils ont cru me rendre service. Mais je suis innocent, je vous le jure.

Tania hocha la tête avec mélancolie.

– Tout de même, vous avez espéré sa mort.

– N'a-t-il pas espéré la mienne? s'écria Volodia. Ah! ne parlons plus de cela. J'ai tellement changé depuis ce deuil que je ne sais plus comment justifier mon propre passé. Nous sommes le 17 octobre. Il y a quatre mois aujourd'hui qu'elle a disparu.

– L'avez-vous tant aimée?

Volodia se rassit et prit son front dans ses mains :

– Non, je ne l'aimais pas. Elle ne m'était pas destinée. Mon mariage a été un mariage de dépit. C'est comme si j'avais triché avec le destin. On m'avait distribué un certain nombre de cartes, avec lesquelles je devais jouer contre mes adversaires. Et moi, j'ai tiré une carte fausse de ma manche, et je l'ai glissée parmi les atouts. Et, aussitôt, tout le jeu s'en est trouvé brouillé, décalé, compromis... Moi-même, je ne me retrouvais plus dans mes comptes. J'accumulais erreur sur erreur, malice sur malice. Cette idée saugrenue de vous narguer en m'installant à Armavir... Cet argent que j'ai versé au *Grand Bazar du Caucase*... Cette claustration de Suzanne... Cette grossesse... Cet attentat contre Michel... Cette mort... Autant de chutes pitoyables, après un mauvais départ... Et la petite carte fausse, la petite Suzanne, était cause de tout cela...

Il avait une face figée de somnambule. Son regard errait au-delà des murs, comme s'il eût suivi la démarche d'un promeneur invisible. Une bûche s'écroula dans l'âtre, et des étincelles crépitèrent faiblement. Un bruit de dispute monta dans la rue et se calma. Tania ramena un châle sur ses épaules.

– Oui, dit-elle, tout avait l'air factice, mal équilibré et bête, depuis notre double mariage. Et nous en souffrions tous, sans savoir comment nous évader de cet enchantement.

– Nous n'aurions pas pu nous en évader sans l'intervention de Dieu, dit Volodia. Il a fallu que Dieu retire du jeu la petite carte fausse, qu'il reprenne Suzanne, et la tempête s'est apaisée. Tout est rentré dans l'ordre. Oui, c'est affreux, tout est rentré dans l'ordre parce que Suzanne a cessé de vivre. Elle a payé pour nous. Elle a racheté nos fautes...

Tania prit les mains de Volodia dans les siennes et dit :

– Volodia, mon ami, vous cherchez à vous faire mal.

– Non... Non... Laissez-moi parler, dit-il avec une exaltation croissante. Je n'avais pas compris que les personnages qui m'entouraient n'étaient pas des marionnettes soumises à ma fantaisie, mais des êtres de chair, de sang. Oh! le choc avec la réalité, le choc avec la vie, qu'il est donc terrible et décevant, Tania! Comment pouvez-vous m'avoir pardonné toutes ces vilenies?

– Mais vous-même, dit-elle, ne m'avez-vous pas pardonné mon mariage?

Il battit des paupières et rougit d'un coup, comme les très jeunes gens. Un tic léger bridait sa lèvre.

– Je vous aimais profondément, Tania, balbutia-t-il. Je vous ai aimée, tout en vous détestant. Je n'étais venu à Armavir que pour ne pas disparaître de votre vie. Je ne pouvais pas accepter l'idée de notre séparation... J'étais... oui... j'étais fou de vous!...

– Et maintenant?

Il eut une moue mélancolique.

– Maintenant, je ne vous aime plus, dit-il. C'est fini.

Suzanne ne comptait pas de son vivant. À présent, il n'y a plus qu'elle au monde.

Ils se turent. La pluie s'était arrêtée. Une buée opaque voilait les vitres.

Tania s'étonnait de l'allégresse qui était en elle. Volodia lui avouait qu'il ne l'aimait plus. Et, cependant, elle était heureuse. On eût dit que cette révélation la soulageait d'un grand poids.

– Nous étions si naïfs! dit encore Volodia.

Des larmes brillaient au bord de ses paupières. Il les essuya du poing, durement, toussota, avala le fond de sa tasse :

– Quelle heure est-il?

– Six heures, dit Tania.

Une porte claqua au rez-de-chaussée. Un pas alerte gravit l'escalier. Michel pénétra en coup de vent dans le boudoir.

– Mes amis, dit-il, la pluie a cessé. J'ai fait atteler la calèche. Que pensez-vous d'une promenade aux environs, pour nous ouvrir l'appétit?

Un quart d'heure après, installés dans la calèche, les jambes enroulées dans un couvre-pieds, les trois jeunes gens traversaient la ville et s'élançaient dans la steppe. Tania était assise entre Volodia et Michel. Il lui semblait qu'elle avait trouvé sa place véritable entre ces deux hommes, dont l'un était son ami et dont l'autre l'avait choisie pour femme. L'air vif sentait la terre mouillée, la vapeur d'eau. La plaine coulait jusqu'à l'horizon, d'un seul flux égal et triste. L'herbe était rare, fanée. Parfois, un coup de vent ouvrait de longs sillages dans cette immensité où pourrissaient les dernières fleurs de l'automne. Dans le ciel, bas et gris, de gros caillots de nuages se bousculaient, s'accolaient avec force. En renversant la tête, on ne voyait que cette mer de nuées, pleine d'éboulements silencieux et de lourdes rencontres. Des corbeaux noirs, aux ailes spasmodiques, se hissaient en quelques battements jusqu'à la limite du regard, poussaient un cri rauque et redescendaient, foudroyés d'extase, comme des pierres. Les grelots des chevaux tintaient gaiement. Le cocher fredonnait une chanson de route.

– On a l'impression qu'on pourrait rouler des jours et des jours, sans rien rencontrer d'autre que cette herbe et que ces nuages, dit Volodia.

– Plus vite, cria Michel, en se penchant vers le dos du cocher.

Le cocher cingla ses bêtes. La calèche bondit, fendit l'herbe sifflante. Des crachats de boue sautaient au visage des voyageurs. L'air grondait à leurs oreilles comme la corde d'une contrebasse.

– Plus vite encore, hurla Michel.

Le cocher haussa les épaules :

– Je fais ce que je peux.

– Alors, tu vas me céder ta place.

– Ne m'offensez pas, barine.

Le cocher passa les guides dans une main, se signa et lança un ululement féroce :

– You-ou...

Fouettées, les bêtes partirent au galop.

– Vous n'avez pas peur? demanda Volodia en serrant la main de Tania sous les couvertures.

– Non, dit-elle, puisque je suis entre vous deux.

Elle ouvrit la bouche pour avaler une lampée d'air humide. Le vent lui coupait la figure. Ses paupières rapprochées étaient brûlantes.

Le ciel. La plaine. Le ciel. La plaine. Tiens, un étang bordé de roseaux roussis! Un tertre. Des milans tournoient autour d'un carré d'herbe piétinée. Quelques chardons arrachés palpitent dans l'ouragan. Plus vite, plus vite encore. Les chevaux volent. Des mottes de glaise bombardent la voiture. Les essieux craquent à se briser. Michel tourne vers Tania un drôle de visage aux yeux puérils et au nez rouge. Il crie quelque chose. Tania ne comprend pas ses paroles et lui tire la langue pour le narguer. Volodia retient son chapeau de fourrure qui risque de s'envoler. Dieu! qu'il est amusant, avec son air effaré et grave! Elle le pousse du coude :

– C'est agréable, hein?

Et il hurle :

– On va se casser le cou!

Ce sillon noir, là-bas, c'est la route. Un chariot passe, tiré par des bœufs invisibles. On n'aperçoit que sa charge bâchée qui glisse sur la pointe des herbes, comme à la surface de l'eau.

– Fouette tes chevaux, endormi! glapit Michel.

– Oui, fouette tes chevaux, répète Tania.

– Vous êtes des sauvages, dit Volodia. Nous allons verser. J'en suis sûr!

Il se met à rire. Tania ne l'a jamais vu rire, depuis la mort de Suzanne. Et, maintenant, il rit. Comme elle est heureuse de le savoir heureux! Il est vraiment son ami, son frère! Michel a remarqué le rire de Volodia. Il crie :

– Hourra! en levant les deux bras au ciel.

– Hourra! reprend Volodia.

– Hourra! piaille Tania.

– You! *Droujok!* beugle le cocher.

Plus vite. Plus vite. Le passé est loin. La ville est loin. Et le ciel se rapproche.

Un éclair brille, comme une flambée de soufre. Une vapeur d'argent tombe d'un nuage noir. Il pleut, du côté du fleuve.

Le tonnerre gronde, coléreux et bref. Le cocher retient ses bêtes et se signe rapidement.

– On rentre, barine?

– Pas encore! Pas encore! supplie Tania.

– Moi, j'aime la pluie sur le visage, dit Volodia.

Cette phrase, Tania l'a déjà entendue, il y a très longtemps, dans la bouche même de Volodia. Mais quand? N'était-ce pas sur le perron, à Ekaterinodar? Michel tenait la main d'une petite fille peureuse. Et il pleuvait, il pleuvait... On dirait que cela se passait dans une autre vie! Pourquoi donc a-t-elle envie de pleurer? Elle n'a pas le droit de pleurer. Elle dit :

– Nous avons bien le temps de rentrer, n'est-ce pas?

Le cocher bougonne, et campe sur sa tête son petit chapeau orné de plumes de paon. Les bêtes renâclent et halètent. Michel remonte la capote de la voiture. Une odeur de cuir mouillé se mêle au parfum de l'herbe et de la terre.

– En route.

De nouveau, les grelots sonnent. Il fait sombre. Le ciel se gonfle, se tord, crache un feu livide. Le vent dérape sur la plaine ébouriffée. Et, tout à coup, un grésillement pressé attaque la capote. Il pleut. Les chevaux hennissent, effrayés, et accélèrent leur allure. Toute la steppe est rayée d'argent fin et mouvant. Les herbes s'affaissent. Les oiseaux se cachent. Tania sort sa main de la voiture et la rentre toute trempée. Elle lèche l'eau de pluie sur sa paume.

– Ça sent le ciel, dit-elle joyeusement.

Michel lui sourit. Volodia lui sourit. Elle voudrait les embrasser tous les deux. Elle cherche leurs mains sous la couverture, les unit et pose sa propre main mouillée en travers de leurs doigts.

– Nous trois, nous trois, répète-t-elle.

– Aïe! aïe! aïe! gémit le cocher. Quel orage! Sainte mère de Dieu! Protège nos humbles carcasses!

Et il se met à psalmodier des prières.

Puis le crépitement de la pluie s'apaise. Le silence lisse la steppe luisante. Dans le ciel gris, roulent des nuages inoffensifs et obèses. La nuit est proche. La lune monte dans un bain de vapeurs. Les grelots tintent plus nettement dans l'air. Et, très loin, au bord du monde, on entend le tonnerre qui s'endort avec des roucoulements engorgés.

– Maintenant, c'est fini. Maintenant, nous pouvons rentrer, dit Tania.

Aubin Imprimeur
LIGUGÉ, POITIERS

Reproduit et achevé d'imprimer en avril 1996
N° d'édition 96057 / N° d'impression L 50935
Dépôt légal mai 1996
Imprimé en France

ISBN 2-73820-898-3

33-5898-3